水属性の魔法使い

第二部
西方諸国編

I

JN070741

TOブックス

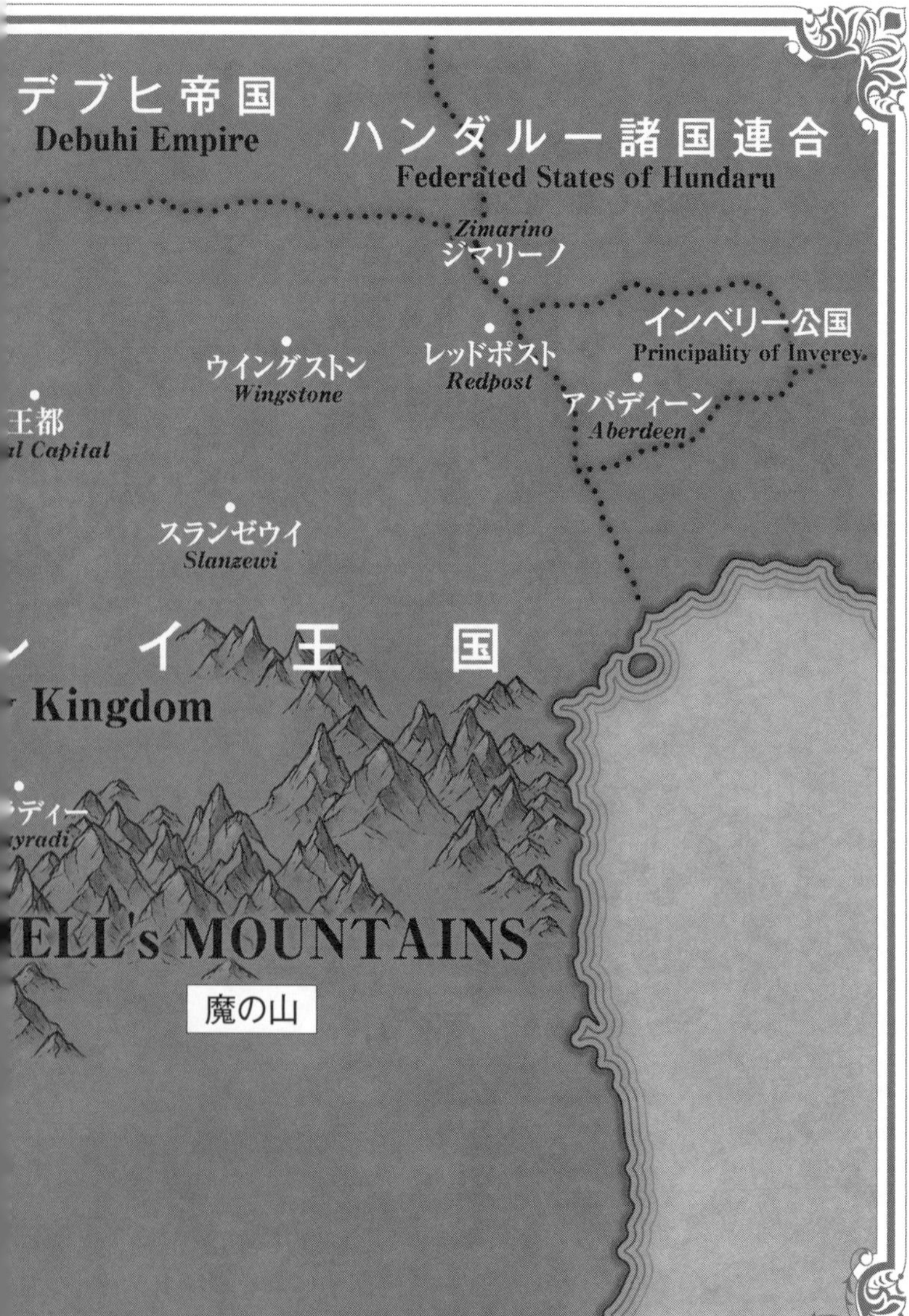
デブヒ帝国
Debuhi Empire
ハンダルー諸国連合
Federated States of Hundaru
Zimarino
ジマリーノ
インベリー公国
Principality of Inverey
ウイングストン
Wingstone
レッドポスト
Redpost
アバディーン
Aberdeen
王都
l Capital
スランゼウイ
Slanzewi
イ王国
Kingdom
ディー
ELL's MOUNTAINS
魔の山

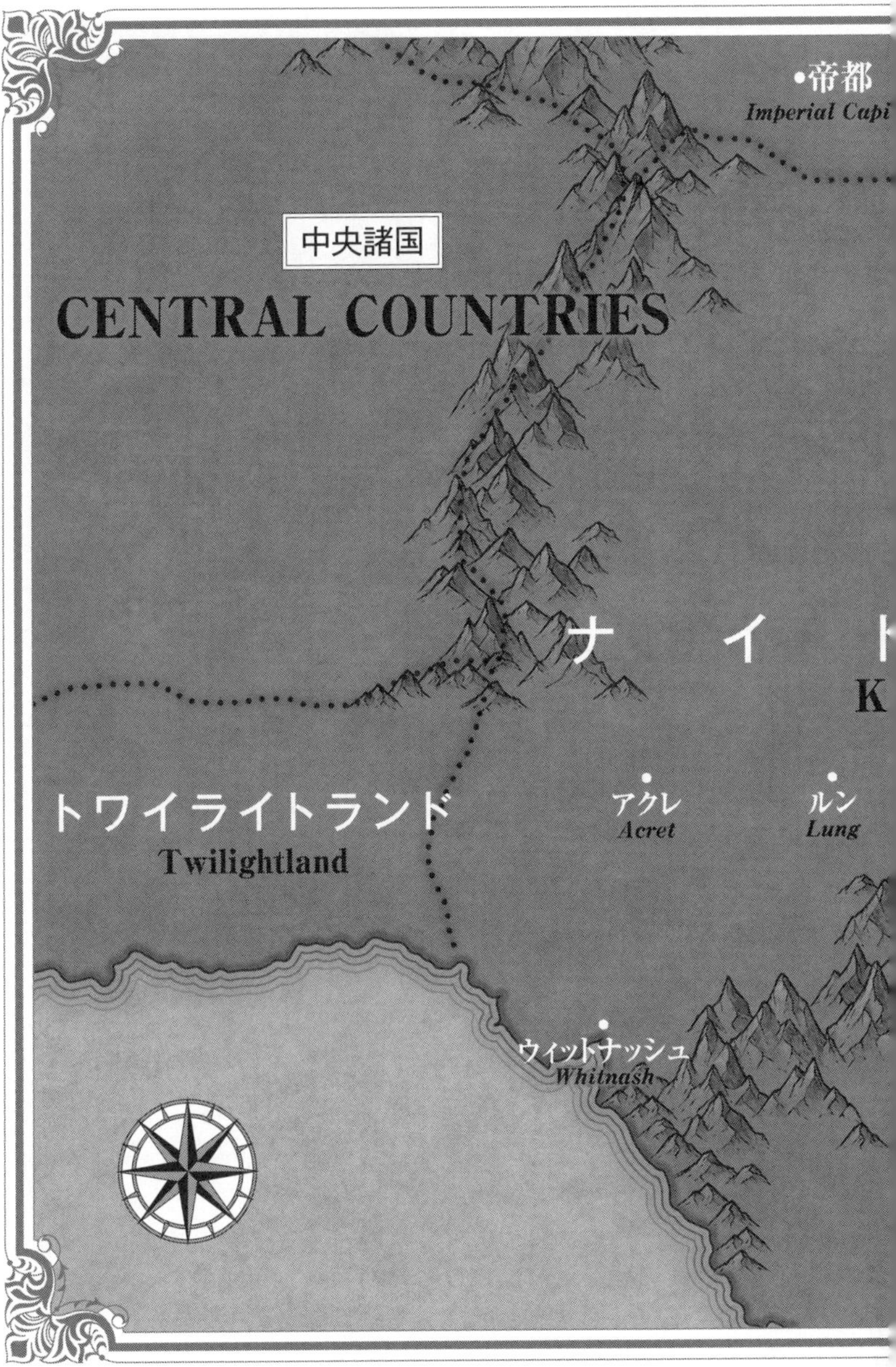
•帝都
Imperial Capi
中央諸国
CENTRAL COUNTRIES
ナ イ ト
K
トワイライトランド
Twilightland
アクレ
Acret
ルン
Lung
ウィットナッシュ
Whitnash

登場人物紹介

赤き剣

【アベル】

ナイトレイ王国国王。
元A級冒険者。剣士。
パーティー『赤き剣』のリーダー。

【リン】

B級冒険者。風属性の魔法使い。
『赤き剣』メンバー。ちびっ子。

【リーヒャ】

B級冒険者。神官。『赤き剣』メンバー。
鈴を転がすような美声の持ち主。

【ウォーレン】

B級冒険者。盾使い。『赤き剣』メンバー。
無口で、2mを超える巨漢。

スイッチバック

【ラー】

C級冒険者。剣士。
パーティ『スイッチバック』リーダー。

・ナイトレイ王国・

【三《み》原《はら》涼《りょう》】

主人公。C級冒険者。水属性の魔法使い。
転生時に水属性魔法の才能と
不老の能力を与えられる。永遠の19歳。
王国解放戦の戦功によって
ロンド公爵に叙せられた。

十号室

【ニルス】

D級冒険者。剣士。
ギルド宿舎の十号室メンバー。20歳。
やんちゃだが仲間思い。

【エト】

D級冒険者。神官。十号室メンバー。19歳。
体力のなさが弱点。

【アモン】

D級冒険者。剣士。十号室メンバー。16歳。
十号室の常識人枠。

Characters

デブヒ帝国

【オスカー】
火属性の魔法使い。
「爆炎の魔法使い」の二つ名で有名。

【ルパート六世】
デブヒ帝国皇帝。
先の王国侵攻戦の首謀者。
実力主義者だが娘には甘い。

【フィオナ】
デブヒ帝国第十一皇女。
皇帝魔法師団団長。
末子として現皇帝に溺愛されている。
オスカーとは
並々ならぬ絆があるようで……？

ハンダルー諸国連合

【オーブリー卿】
ハンダルー諸国連合執政。
王国東部やその周辺国を巡って
暗躍している。

所属不明

【レオノール】
悪魔。とてつもなく強い。
戦闘狂で、涼との戦闘がお気に召した様子。

【デュラハン】
水の妖精王。涼の剣の師匠。
涼がお気に入りで、剣とローブを贈っている。

【ミカエル】
地球における天使に近い存在。
涼の転生時の説明役。

冒険者ギルド

【ヒュー・マクグラス】
ルンの冒険者ギルドのマスター。
身長195cmで強面。

【ニーナ】
ルンの冒険者ギルドの受付嬢。
ルンの冒険者にとってのアイドル的存在。

風

【セーラ】
エルフのB級冒険者。
パーティ『風』唯一のメンバーで、
風の魔法使いかつ超絶技巧の剣士。
年齢は秘密。

ハインライン家

【フェルプス・A・ハインライン】
白の旅団団長、B級冒険者。
ハイライン家次期当主で、
アベルとは幼なじみ。

【アレクシス・ハインライン】
王国有数の諜報部隊を抱える
ハインライン侯爵家の現当主。
王国解放戦では
アベル側に立って参戦した。

西方諸国

【ローマン】
一つの時代に一人だけ現れるとされる勇者。
素直で真面目で笑顔が素敵な超善人。

第二部　西方諸国編Ⅰ

イラスト――天野 英
デザイン――伊波光司+ベイブリッジ・スタジオ

第二部　西方諸国編Ⅰ

プロローグ

四月。

ロンド公爵領《こうしゃくりょう》では田植えも終わり、穏やかな田園風景が広がっている。

水田の広さは、約五十反《たん》。五万平方メートル。坪にして、一万五千坪。東京ドーム、一個強……。

元々は、この十分の一ほどの計画だったのだが、人ひとり一年分のお米と、ご近所さんへ配る分で……特にご近所さんの旺盛な食欲を考慮して、十倍になったのだ。これだけあれば、いちおう十分と言えるお米が採れる。

「ふぅ、今日も暑くなりそうです」

ロンド公爵である涼の一日は、水田を見回ることから始まる。その時刻には、既に水田の中で、四体の物体が黙々と仕事をしている……。

「今日もお仕事、ご苦労様です」

涼が声をかけると顔を上げ、小さく頷く。そして無言のまま、水田内の草取りに戻る。

全長一・五メートルの彼らは、氷でできたゴーレム、アイスゴーレム。

そう、ついに涼は、ゴーレムの製造に成功したのだ。

二足歩行、二本の腕、顔はのっぺらぼうで言葉を発することはできないが、涼の言葉は認識できる。しかし人工知能のように、自己学習することはできない。

未だ機械でしかない。

彼らは、水田管理ゴーレム。

除草剤を使わない水田での稲栽培は、水田内の除草が最も手間のかかる作業と言っていいだろう。そんな除草を毎日行う水田管理ゴーレム。疲労を感じない、そしてある意味単純ともいえる除草の繰り返しは、間違いなく人よりもゴーレム向きの作業といえる。

彼らは、水田管理ゴーレム。決して、除草ゴーレムではない。

除草作業だけでなく、米の育成、収穫全般にわたって働くことができる。育苗《いくびょう》、田植えから除草、収穫、家に隣接した小屋に造られた乾燥機を使用しての籾《もみ》の乾燥、保管まで……。

水田管理に関しては、完璧と言ってもいいだろう。ここ半年、涼がロンド公爵領に籠って形にした。

だが、涼の中ではまだ完成形には程遠い。会話、自己学習の部分を除いたとしてもだ。

「彼らには、戦闘能力がありません」

水田管理ゴーレムたちには、戦闘能力がない。水田管理ゴーレムなのだから当然ではあるのだが……。

「いずれは、水田を襲撃する魔物を、自分たちの手で撃退できるくらいになってほしいです」

そんな創造者の意味不明な願いなど関係なく、今日も水田管理ゴーレムたちは黙々と働く。

除草のほとんどはゴーレムたちに任せている涼であるが、たまに自分で除草することもある。だが、水田の中には入っていかない。あまりにも面倒だからだ。泥に足を取られ、水の抵抗を受け、歩くだけで疲労が蓄積して……転ぶ。

だから涼は水田の外から除草する。

右手の親指と人差し指だけ伸ばし、銃の形にする。そして、水中から顔を出している草の根元に狙いを定め、撃つ。

「〈バンッ〉」

根元の泥が弾け、草は水面に浮きあがる。

かつて、テッポウエビの大きい版が、涼を気絶させた、あのプラズマというか、キャビテーションというか……あれである。

涼がつけた魔法名は〈バンッ〉。

……やっぱり涼には、命名のセンスがないのかもしれない。

とにかく、そうやって水面に浮いた草はゴーレムたちが回収するので、一件落着。

え？　ゴーレムたちは転ばないのか？　大丈夫なのか？

当然です。彼らには、涼が地球にいた頃に見た、最先端のロボット技術が流用されているのですから！

地上において、考えられる限り最悪の足場ともいえる水田内においても、ゴーレムたちが転ばない理由は……今は秘密です。ええ、そのうちね！

そんな水田の周りには、何本かの柱が立っている。王国で退魔柱と呼ばれ、大きな街道沿いに立っている魔物避けの柱だ。ミカエル（仮名）が涼の家に設置した『結界』の性能には及ばないが、今までのところ十分役に立っており、魔物が水田や畑に入ってきたことはない。

もちろん、ご近所さんである、超巨大で超強力な方々には、ミカエル製の結界すら効果が無いことは分かっている……。

彼らを、怒らせてはいけない。

朝方は、そんな水田の見回りをし、残りの午前中は、森の中を走りながら魔法の練習をして過ごし、午後は、『ハサン』から引き継いだ錬金術の『黒ノート』を読んだりして過ごす。

そんな平穏な生活が破られたのは、ある日の夕方であった。

今まで、一度も起動したことのなかった錬金道具が、動き出したのだ。

それは王立錬金工房から受け取った、『通信タブレット』と涼が勝手に呼んでいる、石板のような錬金道具。ファックスのような、電子メールのような……そんな文字情報を受け取るもの。一対一。しかも、一方通行。しかもしかも、一回使えばエネルギー切れになる。

ただし、有効距離は数千キロ！　ロンドの森の涼の家から王都まで、直線距離で約二千キロ以上あるのだが、問題なく届く……らしい。

「珍しい物が動いた……」

初めて通信が行われたため、さすがに涼も驚いてタブレットを手に取って読む。

「できるだけ速やかに、正装して登城せよ……？　登城せよは分かるけど……正装して？」

面倒ごとの予感しかしない。

その夜。

涼は支度して王都に……は、まだ向かわない。

まず、伝えるべき相手がいる。

涼が出向いたのは、北の湿地。そこにやって来たのは、首なし騎士デュラハンの姿をした、涼の剣の師匠たる水の妖精王。

二人は言葉を交わすことなく剣を抜き、剣戟《けんげき》が始まった。


二時間後、涼の二勝三敗で模擬戦が終了。

なかなか勝ち越せない。涼が強くなるたびに、デュラハンも強くなるのだ。その限界はいったいどこ……。

「師匠、もうしわけありません。また今夜から、しばらく森を留守にすることになりそうです」

涼はそう言うと、深々と頭を下げた。

これまでにも何度かあったことではある……もちろん、首のないデュラハンは何も喋らない。いつものように、少し寂しそうな雰囲気を醸《かも》し出《だ》すだけ。

少なくとも、涼はそう感じている。

いつもは、剣戟が終わると、デュラハンは踵《きびす》を返し、去っていくのだが、今日は違った。両手に何かが生じた。そして、涼の方に、両手を突き出す。

涼はそれを受け取る。

「これは……靴？　ブーツですか？」

決して華美ではない。

見た目は、ごく普通のブーツ。しかしよく見ると、何かのデザインもされている。レースアップブーツとでも言おうか。

それを見て、ふと涼は自分が履いている靴を見た。かなりボロボロ。着るものに、全く頓着しない涼らしいといえばらしいのだろうが。

すぐに涼は靴を脱ぎ、レースアップブーツを履いてみた。当然のように、完璧なサイズ。跳んだり跳ねたりしてみたが、非常に動きやすい！

「凄い。ぴったりです。師匠、ありがとうございます！」

涼は嬉しそうに、そして再び深々とお辞儀した。

デュラハンはそれを見ると踵を返し、去っていった。


家に戻った涼は、少し考えた。

「師匠が物をくれたのは、このローブ以来です。あの時も、しばらくここには戻ってこられなかったから……もしかしたら、今回もしばらく帰ることができないということなのでしょうか」

妖精王に、予知能力や未来視の力があるかどうかは知らない。だが、彼ら人外の者が、人間よりも鋭い感覚を持っているのは間違いない。彼らが『いつもと違う』ということは、『いつもと違うことが起きる』と考えるのは、それほど外れていない気がする。

結果、いつも通りであれば、それはそれでいいのだから。

涼は四体の水田管理ゴーレムの活動設定を、『年中』に設定した。これで、涼が一年以上戻ってこれなかったとしても、米の育成と収穫に関する全てを自律的に行ってくれるはずだ……設定上は。

その後、涼はお風呂に入って汗を流し、塩とコショウを振りかけたお肉を焼いた。これから呼ぶ存在は、生肉も好きだが、実は塩とコショウで味付けされた焼いたお肉が格別好きなのだ。

村雨《むらさめ》と鞘《さや》、ミカエル謹製ナイフ、肩掛け鞄《かばん》を身につけ、いつものローブを羽織り、先ほど貰ったブーツを履く。

そして、家の外に出る。

まさに、満天の星空。

そこで唱えた。

「〈アイスクリエイト　覇者の笛〉」

右手に、小さな氷の笛が生成される。それを口に持っていき吹いた。人の可聴音域外であるため、涼には認識できないが、鳴っている。

しばらく待っていると、目の前に降りてきたものがいた。

それは、天空の覇者……グリフォン。

涼は何も言わずに、右手に持ったこんがりと焼いた肉をグリフォンに投げる。

グリフォンは、飛んできた肉を器用に嘴《くちばし》で受け取り、一瞥《いちべつ》した後、嘴を開いて口の中に滑り落とした。

そして、涼を見る。

「グリグリ、王都まで乗せていってほしいのです。報酬はいつも通り、今のお肉二枚。どうでしょうか？」

グリフォンのグリグリは、少し考えた後、かがんで涼が乗りやすいようにし、頭を動かして「乗れ」という意思表示をした。

「ああ、ありがとう！」

涼は、グリフォンの調教に成功したわけではない。そもそも、そんなことができる者などいない。あくまで、一人の人間として、一人のお肉提供者として、グリフォンに協力を願い出ているだけである。

今まで、断られたことはないが、断られても仕方のないことだと思っている。本来グリフォンは、その背に何者も乗せないのだから。涼が乗せてもらえるようになったのも、地道な交渉の結果だ。

しかし、そのおかげで、涼はロンドの森から、他の追随を許さない移動力を手に入れた。

涼は、グリグリの背に跨る。グリグリはそれを確認すると、一つ大きく羽ばたいて空に上がった。ぐんぐん上昇した後、水平飛行に入り、すぐに音速に達する。

音速を超えるほどだと、断熱圧縮《だんねつあっしゅく》で熱くなるだろう？おっしゃる通り。

宇宙から帰還する宇宙船などが恐ろしく熱くなる、あれである。気体は圧縮すると熱を持つ。

でもグリグリはもちろん、乗せてもらっている涼も、熱くなったことはない。グリグリはグリフォンなため、風属性魔法で何かやっているのかもしれない。

人には理解できない魔法の使い方が、『ファイ』にはまだまだあるようだ。

それとは別に、涼がグリグリに乗せてもらって超音速で飛ぶ場合、一つお手伝いさせてもらうことがある。

それは、ソニックブームの発生を抑えること。

例えば、航空機などが超音速で飛行すると、機体各部から発生する衝撃波が、大気中を長い距離伝播《でんぱ》する間に統合し、地上で急激な圧力上昇を引き起こして被害を与えることがある。それがソニックブームと呼ばれるものだ。

だが二十一世紀の地球ではすでに、発生するソニックブームを半減させる研究が各国で進められ、試験機や実験機が造られていた。

それらすべてに共通するのが、『恐ろしく長い機首』と『三角翼』。

そのため、涼は、超音速で飛んでくれる場合にグリグリと交渉して、グリグリの前に、不可視の氷で長い機首をつけることを許可してもらっていた。

最初はグリグリも渋ったが、実際につけてみると飛びやすかったらしく、今ではお気に入りの装備になっている。ちなみに三角翼は、グリフォンの翼の場合には必要ないらしい。

かくして、地上はソニックブームの脅威から解放された。地上の住人が誰も知らないうちに。


ロンドの森から王都まで二千キロ強。グリフォンの飛行でも一時間半はかかる。一時間半、氷のロングコーンを維持したまま……それもグリフォンの背の上でというのは、涼ですら多少の疲労を感じる。

涼が、王都にグリグリで乗り付ける場合、もちろん王都そのものには乗り入れない。そんなことをすれば、王都中が大パニックになるから。というより、どこに行くでも、その街のかなり手前で降りる。

基本的に、グリフォンを人に見せるつもりはないし、人に見られるべきではないと涼は思っている。その辺りは、グリグリも理解しているようだ。

王都近くに差し掛かると、涼は報酬のお肉を、手ずからグリグリに食べさせた。

そして、グリグリの背から飛ぶ!

グリグリはそのまま反転してロンドの森に帰っていき……涼はパラシュート無しのスカイダイビング。もちろん、地面に叩きつけられたりはしない。

「〈ウォータージェットスラスタ〉」

体前面からウォータージェットを噴き出して減速。地面が近付くと、体の各所からもウォータージェットを噴き出して姿勢を制御し、完全にノーダメージで着地する。数百回の経験により、今では完全に身につけた、パラシュート無しスカイダイビングの技術であった。


王都、午前三時。

涼は王都そのものにはよくいて、王立錬金工房や王城にもそれなりに出入りしていた……非公式に。特に国王執務室は、隠し通路があり、涼はよく利用していたのである。その結果、筆頭公爵に叙爵されて以来、一度も正式に登城していないことになっているのだが。

ロンド公爵邸は、王城にほど近い場所にある。とはいえ最近、涼はほとんど使っていない。

公爵邸の鍵はもちろん持っているため、涼は鍵を開けて中に入った。屋敷と庭の管理は業者に任せてあり、外も中も非常にきれいに保たれている。

涼は、今夜は全く寝ていないことを思い出し、二階の寝室に行ってベッドにもぐりこんだ。睡眠不足でいいことなど何もない。

◆

翌朝七時。

ロンド公爵邸の正面扉が開かれ、少年が入ってきた。歳の頃は十六歳ほどであろうか?

「失礼します」

扉のところで、決して大きな声ではないが挨拶《あいさつ》をする。とても礼儀正しい。

誰かが見ているかどうかに関係なく、きちんとする。その一つの動作が、自分の将来を切り開くこともある。

「どうぞ」

その声が奥から聞こえてきた時、少年は文字通り跳びあがった。誰かがいるとは思っていなかったからだ。

少年が、このお屋敷の清掃担当になって一年。週に一度、こうして清掃に来ているが、誰も見たことなどない……それなのに、今朝は言葉が返ってきた。

少年は、しばらく固まったままであったが、意を決し、屋敷の奥に進むことにした。

少年が所属する商会は、清掃業務だけでなく管理業務全般を請け負っている。

この館に貴重品は無く、十数着の服があるだけだということは分かっているが、ソファーやベッドなどの調度品は一級品だ。噂では、国王自らが命じて納入されたと言われるほどの物であり、それらに対しての強盗や窃盗犯であったら大変なことになる。だから確認をするのも業務の一環。

もっとも、貴族の屋敷に忍び込む賊が、「どうぞ」などと返事をするとも思えないが。

少年はリビングに続く扉を開けた。

「失礼します……」

見ると、リビングには、一人の青年……自分とそれほど歳の違わないように見える、黒髪の青年がおり、ソファーに座ってコーヒーを飲んでいた。風呂上がりなのだろうか、非常にリラックスした様子だ。

「ああ、こんにちは。この家の清掃の方ですよね？」

黒髪の青年は、丁寧な口調でそう問うた。

質問ではあるが、答えを確信した質問である。

「はい。シュミットハウゼン管理商会王都店のボブです。こちらの、ロンド公爵邸の清掃を担当させていただいております」

「ああ、やっぱり。凄く綺麗《きれい》な状態なので、丁寧な仕事をしてもらっているのは理解しています。いつもありがとうございます」

そう言うと、黒髪の青年は頭を下げた。

「あ、いえ……」

言葉の内容から、黒髪の青年は、ロンド公爵邸の関係者らしい。

とはいえ、ボブは、そんな人が来るという話を商会からは聞いていない。

いったいどういうこと？

「ちょっと急用で館を使うことになって。昨日の夜、というか明け方に来て、ベッドとお風呂を使いました」

そう言うと、黒髪の青年は金色の鍵を見せる。

それは、ボブには、この公爵邸の正式な鍵に見えた。

「ちょっと、ボブにお願いがあります。今日の清掃は必要ないので、代わりのお仕事を頼まれてほしいのです」

「え……」

ボブも、貴族の館の清掃担当である。貴族とその周辺の人間たちが、時に無茶な要求をすることは理解している。

商会の方針としては、人間としての尊厳を損なうような要求は断固として受け入れる必要はないが、それ以外なら受けても構わない、となっている。

「えっと、商会の規約的に、内容次第ではあるのですが……」

「ああ……。大丈夫、大変な仕事ではありません」

そういうと、黒髪の青年はにっこり笑った。

同じ男性であり、多分ちょっとだけ相手の方が年上であるにもかかわらず、その笑顔はボブには可愛らしく見える。

「この手紙を、今から届けてほしいだけです」

そういうと、黒髪の青年は、封筒に入った手紙をボブに差し出した。

ボブは受け取ると、宛名と差出人を見る。

「こ、国王陛下宛て……ロンド公爵様から……。あの、失礼ですが、あなた様は……」

「ああ、申し遅れました。私は、ロンド公爵リョウ・ミハラと申します」

そう言うと、涼は立ち上がって、頭を下げた。

あまりの驚きから、ボブの思考が正常に戻ったのはきっちり一分後であった。

◆

「本物なのか？」

「そんなこと、分かるわけないだろうが。三年前に公爵位について以来、一度も登城していないんだぞ」

「当然、『プレート』で本人であると判断されたから、こうして謁見されるのであろう？」

「王妃様は、顔もご存じらしいじゃないか」

「まあ、どちらもルンの冒険者だったしな」

「それにしても急過ぎだろう？　ここに来て、三年間、一度も姿を見せなかった筆頭公爵が登城して謁見……」

「やはり、噂は本当……」

「しっ！　声が大きい」

ロンド公爵の初めての登城を前に、謁見の間に並ぶ廷臣たちの間では、様々な会話が交わされていた。謁見に関する全ての準備は整い、あとはロンド公爵が入ってくるだけである。

「ロンド公爵リョウ・ミハラ殿！」

式部官がそう声をあげると、謁見の間の扉が開かれる。

一人の黒髪の青年が、公爵の正装を身につけ、マントを翻《ひるがえ》しながら入ってきた。

その歩みは速すぎず、しかして遅すぎず。

三年前に、アベル王に特訓されて身につけたことを思い出しながら歩いている……などということは、誰にも分からない。

涼が歩みを進めるごとに、小さな声を漏らす者たちがいた。

「若いな……」

「あれが爆炎の魔法使いすら上回る……」

「一部では、『白銀公爵《シルバーデューク》』あるいは『氷瀑《ひょうばく》』と呼ばれているとか」

涼は玉座に近付くにつれ、奇妙なことに気付いた。

(玉座が二つ並んでいる?)

普通、玉座は一つだ。

しかし、二つある。

一人は分かる。王妃リーヒャ。

アベル王の正妃であり、『赤き剣』にいた神官リーヒャ。

もう一人は、やけに小さい。

(アベルが縮んだ……わけではなさそうです)

となると、その小さい人物は……。

(第一王子ノア……まだ三歳にはなっていないはず。ぐずりもせずに座っている)

階の下につき、片膝をついて礼をとる涼。

「ロンド公爵リョウ・ミハラ、お召しにより登城いたしました」

「ロンド公爵、面《おもて》を上げられよ」

女性の声が響く。リーヒャの声だ。

だが、その声には感情が籠っていない。そして、見上げたリーヒャの表情にも、全く感情が表れていない。

「公爵、遠いところを大儀です」

「もったいなきお言葉」

この辺りはテンプレ通り。

だが、やはり抱く疑問。

(アベルは、どこに行った?)

◆

王城の離れ。

涼は、謁見の後、王妃リーヒャに呼び出されていた。

「リョウ、これから先のことは、口外禁止です」

リーヒャはそう告げ、涼は無言のまま頷く。

そして隣室へ。そこには、大きなベッドが置かれ……。

「アベル……」

国王アベル一世が寝かされていた。

思わず、体から力が抜けそうになる涼。

僅かに胸が上下している……生きてはいる。

そう、生きてはいるのだが……その顔は……。

たいして専門的な医学知識のない涼ですら分かるほどの、重病人の顔。頬《ほお》はそげ、皮膚《ひふ》は張りも無く、唇もカサカサで……衰弱がひどく、死期が近い……そう思わされる。

「アベル……」

二度目のその呼びかけは……本当に弱々しいものであった。

その時、アベルが目を開いた。

「リョウ……似合って……いるじゃない……か」

アベルは、途切れ途切れになりながら、公爵の正装を着た涼を褒める。

その声は、本当に痛々しい。

「アベル……」

涼の、三度目の呼びかけ……とても小さく、弱々しく、そして……悲痛……。

「すまんな……もう、ダメ……らしい……。ノアと……王国を……頼む……」

涼に、王子と国を託すために、登城させたのだ。

第一王子ノアは、まだ幼い。王妃リーヒャが摂政《せっしょう》として補佐するのであろうが、筆頭公爵である涼が支えれば、さらに強固な立場になる。

それを託すために、アベルは涼を呼んだ……。

「半年ぶりに会ったのに、これはないよ……」

涼の声は弱々しいままだ。

当然であろう。こんな場面で、力強い声など出せるわけがない。

「だが……早かったな……昨日、登城要請……出した……のに」

「たまたまロンドの森にいたから、早く来られた」

「……」

アベルは、ロンドの森がどれほど王都から離れているか、なんとなく理解している。涼と共に、歩いて王国領まで戻ってきたことがあるからだ。

あんな遠いところにいたのに、早く来られた？

「まあ……いい」

もちろん涼は、グリグリのことは、アベルにも話していない。いずれは話そうと思っていたが……この状況では、いずれは永遠に訪れないのかもしれない。

だが、ふと疑問に思う。

この『ファイ』には、魔法というものがある。光属性の魔法なら、多くの回復が望める。怪我なら〈ヒール〉で。毒や病気なら〈キュア〉で。

涼は、後ろにいるリーヒャを見る。

リーヒャも、涼が見た理由は理解できたのであろう。小さく首を振った。

『聖女』とすら呼ばれたリーヒャの〈キュア〉が効かない？


この三年の間に、涼の錬金術は、かなり進歩した。

錬金術を学ぶということは、魔法そのものを学ぶということでもある。なぜなら錬金術には、錬金道具に魔法現象を発現させるという側面があるからだ。そのために、魔法に関する深い知識が必要となる。

その中でも、特に〈ヒール〉や〈キュア〉といった回復系の魔法は、深く研究した。それは、これら回復系の魔法を行使できる錬金道具が作れれば便利だな、と思ったから。

だが研究してみて……光属性魔法を錬金術で再現するのは、かなり困難であることも分かった。

まあ、その辺りは別の機会に触れるとして……。

その研究の中で、毒や病気からの回復を行う〈キュア〉は、人間の免疫系を強化することによって回復を促しているらしいことを理解した。

つまり〈キュア〉は、白血球とそのサブタイプのリンパ球の働きを非常に強くする。いわゆる、ナチュラルキラー細胞やT細胞と呼ばれるものたちをだ。〈キュア〉が効かないということは、その病気を引き起こしているものを、体が攻撃・排除すべき相手と認識していないということになる。

涼は、もう一度後ろを振り返って聞いた。

「リーヒャ、アベルの病気の診断は？」

「分からないの。中央神殿の、キュアに詳しい人たちにも診てもらったけど……昔からの不治の病としか」

答えるリーヒャの声も弱々しい。すでに、アベルの死を受け入れているのか、涙はない。

「リョウ……すまんが……俺は、もう……」

アベルがそんなことを言っている……が、涼は何度も首を振る。

〈キュア〉が効かない……つまり、白血球やリンパ球が攻撃をしない……体が激ヤセする……。そんな病気が地球にもあった。涼ですら知っている、日本で最も有名な死に至る病気。

「がん……」

がん細胞は、かなりのエネルギー大食らい細胞だ。脂肪を分解してエネルギー源とし、筋肉を構成するタンパク質も分解してアミノ酸にして、これもがん細胞の栄養になる。

体内の脂肪も筋肉も奪っていく。しかも、通常の食事で補充できる以上を。

涼は一つ頷くと、アベルに声をかけた。

「アベル、ちょっと体内を診せてもらいますね」

「ん？」

涼はアベルの肩に触れる。

そして、目を閉じた。全神経を、アベルの体内を『診る』ことに注ぐためだ。

人間の体の六十パーセントは、水分である。

そして、涼は水属性の魔法使いである。

であるから、人の体内は、涼の独壇場なのだ。

もちろん、全く知らない人の体内、一度も魔法で診たことのない人の体内には、簡単にはアプローチできない。

だが、アベルはそうではない。これまでに、何度もアベルの体内は、涼の魔法にさらされてきた。

そのため、涼自身を除けば、最も知った体内とさえ言える場所。

涼のソナーは水分子の振動を伝え、対象に当たって跳ね返ってくる……それを分析することによって、臓器とそれ以外を判断できる。

それ以外というのはつまり……。

(この異物が、がん細胞ですか……)

地球にいた頃、テレビや動画で、がん細胞の実物を見たことがある。そして何より、祖父が大腸がんの手術を受けた時、取り出されたがんの浸潤《しんじゅん》した大腸を見せられた記憶も残っている。

(一番大きいのは……胃のやつ？　内側、粘膜にできたやつが、筋肉層に達しているということは……転移している可能性がある……？)

がんが胃壁内のリンパ管や血管に入り込んで、別の臓器に転移する場合がある。

慎重に診なければならない。

(違う！　胃壁を貫いて、胃の外までがん細胞が達している……腹膜転移……この腹膜にいっぱいついてるやつって……こぼれたがん細胞？)

いつの間にか、涼の額《ひたい》には大粒の汗が浮き出ていた。

ここまで真剣に体内を探ったのは、さすがに初めてだ。

(肺と肝臓にもかなり大きなやつが……。脳にはない！　それだけでも良かったと言うべきだよね。原発《げんぱつ》巣《そう》は胃。腹膜転移とリンパ転移？　肺と肝臓にも転移。小さいがん細胞と思われるものは、けっこう広がっている。問題は、これからどうするべきか……)


基本的に、『がん』へのアプローチは二つだ。

切除するか、しないか。

常に人の体に悪影響を与え続けるものを、切除しないで体内に入れたままにしておく？

それは無謀なことに思えるが、手術に耐える体力のない患者の場合は仕方がない。あるいは、技術的にメスを入れることのできない部位であれば……例えば脳の奥であるとか、そういう場合は、放射線や化学療法によるしかないのだろう。

だが、即効性という点で見れば、やはり外科手術になるのか？

難手術という条件をクリアしているのであれば、切除する一択となるのか？

もちろん、涼は地球で、がんの手術などしたことはない。医者だったこともない。素人知識だ。せいぜい、祖父ががんになった時に調べた程度……。

そんな人間が、がん細胞の切除など、愚かを通り越して大馬鹿と言える。

だが！

そう、だがなのだ。

ここは、『ファイ』。魔法のある世界。

そして、涼は水属性の魔法使い。

水の満ちた人の体内は、涼にとってホームゲームと言っていい。

現状において、いくつか疑問はある。

そもそも、涼がアベルの元を離れていたのはせいぜい半年。その時、涼の記憶にあるアベルは、とても元気だった。つまり、たった半年でこんな状態に……。

胃がんで、半年で、これほど酷《ひど》い状態になるものなのか？　まあ、がんの進行速度や体の状態は、個人差がかなりあるのもまた事実。あるいは、別の何らかの要因があるのかもしれない。

現状の把握と、これから先にやるべきことは理解できた。

「アベル、リーヒャ、原因は分かりました」

涼は目を開け、結論を告げることにした。

「リョウ？」

リーヒャが、弱々しいながらも、何かを求めるような目で涼を見る。

何を求めているか？　もちろん、アベルを助けるという言葉であろう。

ならば、答えるべきだ。

「アベルの体、僕に任せてもらえませんか？」

リーヒャは、間髪を容《い》れずに頷く。

だが、アベルの反応は……。

「リョウ……もう、俺は……いい」

死を受け入れてしまっている。

「ダメです！　僕は認めません！」

涼は、部屋に入って以来、初めて激した。

「アベルは、まだやるべきことがあるでしょう！　リーヒャを置いていくのですか？　ノアを、父無し子にするのですか？　国民を……あなたを王に戴いた彼らを放置するのですか？　ダメです。そんなこと、僕は認めません！」

「だが……」

「アベル。確かに、難しい状況です。これから僕がやることは、誰も試したことがないかもしれません。だから、絶対確実とは言いません。でも、こう考えてください。『どうせ死ぬのなら、涼に任せよう』と」

「なんだ……その説得は……」

アベルは、弱々しい声で、苦笑した。

そして、一度目を瞑《つぶ》る。

たっぷり二十秒後。

目を開け、涼をしっかり見て言った。

「分かった。リョウ……頼む」

「はい。アベルの命、お預かりします」

アベルが寝ている部屋の隣室。

涼はリーヒャと向かい合って、説明を行う。

「簡単に言うと、アベルの体内に、〈キュア〉の効かない悪い奴が巣くっています。それを切り取って、体外に排出します。場所と数は把握しました。方法も考えてあります。ただ、アベルの体で行う前に、試しておきたいことがあるのです。ああ、さっき頼んでおいた麻酔は……」

「ええ、今、届いたわ」

そう言うと、リーヒャは瓶を涼に渡す。

全身麻酔の薬である。以前、脱教団者シャーフィーの手術をした時、泊まった宿屋でも調達できたので、けっこう一般的だと思っていたのだが。やはり王城だと保管されているらしい。

「よし。これはアベルの手術で使います。で、その前に、ちょっと試したい技法があるので……それは僕の体でやります」

「え……」

「大丈夫、ちょっと試すだけです。僕のお腹の中……胃に穴を開けます。その技法の確認と、そこにリーヒャには体外から〈ヒール〉をかけてもらいます。それによって、開けた穴が埋まるかどうかの確認です」

「お腹の中に、穴？」

リーヒャは首を傾げている。

当然であろう。

いわゆる、外科手術などというものは、少なくとも王国には存在しない。であるならば、体の中がどうなっているかは知らないであろうし。涼はそう思ったのだが……。

「リョウが、胃と言っているのは、食べたものを消化する、あそこよね？」

リーヒャは知っていた。

「神殿で習いました？」

「いいえ。魔物の解体で……」

「なるほど」

確かに、元冒険者ならば魔物の解体の経験はあるわけだ。涼自身が、魔石を取り出す以外ではあまり魔物を解体しないために失念していたのである。

がんを取り除くために使うのは、涼お得意の〈ウォーターージェット〉。日本においても、すでに八十年代には医療用ウォータージェットの開発は行われていた。そう考えると、決して特殊な方法というわけではない。

「〈精査〉」

涼は、体の中を探る魔法に、名前を付けた。

何度も、自分の体を〈精査〉する。

「よし。では、いきます」

体内にある水分を魔法制御下に置いてウォータージェットのように使い、胃に穴を開ける。

「ぐはっ」

激痛が走る。

麻酔などしていないのだから。中間管理職の人々が、日々、味わっている『胃が痛い』というあの感覚の重症版だ。

「リーヒャ、お願い」

息も絶え絶えの涼が言うと、リーヒャは、涼のお腹に手を当てて詠唱する。

「母なる女神よ　大いなるその癒しの手にゆだねん〈ヒール〉」

「〈精査〉」

リーヒャの〈ヒール〉と同時に、涼は自らの体内を〈精査〉で診る。〈ヒール〉による改善状況をリアルタイムで確認するためだ。

すると、胃に開いた穴が、みるみる塞がっていくのが分かった。

「うん、〈ヒール〉でいけそう」

涼は、そう言うと、大きく頷いた。

「リョウ?」

「アベルの手術、やってみましょう」

全身麻酔で完全に眠ったアベルを前に、涼は重々しく告げた。

「これより、胃、肺、肝臓、腹膜、ならびにリンパ節部分切除を行います」

誰も、何も言わない。


リーヒャは、涼が言うであろう「ヒールを」という言葉を聞き逃さないように集中しており、つっこみ役のアベルは眠っているから。

涼は少しだけ落ち込む。

なんとしても、つっこみ役のアベルを復活させねばならないと決意を新たにして、手術を開始した。

「〈精査〉」

頭のてっぺんから足の先まで、慎重に診る。

焦る必要は全くないのだから、慎重に、何度も、何度も。

「うん」

涼は一つ頷くと、アベルの腹部に右手を持っていった。

胃は内側から、粘膜層、粘膜下層、固有筋層、漿膜《しょうまく》下層《かそう》、漿膜の五層構造。これらをまとめて胃壁と言う。その胃壁を完全に貫く形で、胃の内側から外側にまでがん細胞が浸潤している。

この胃がんから、かなりの場所に散らばっている。散らばった先……肺と肝臓も、それなりの大きさで切除する必要があるようだ。他の、全身に散らばったがん細胞は、大きくはないが数が多い。

涼の術式は、まず、それら散らばったがん細胞たちから切除する。

これは、地球であったなら、まず不可能である。あまりにも広がりすぎ、数が多すぎ、しかも小さすぎる物もあるから。

だが、そこは水属性魔法。

分子単位でイメージして水を操れる涼は、ナノ単位の小さながん細胞すら見つけることができる。

体内の水をウォータージェットのように使って、がん細胞を剥ぎ取る。

がんが浸潤した部分は、浸潤された部分ごと切り取る。血管やリンパ管は、氷の膜を被せて体内に流れ出ないように処置。これは、あとでリーヒャの〈ヒール〉で回復してもらう。

肺と肝臓も、基本的には同じ。

回復はリーヒャという元聖女がいるのだから、大胆に切除しても大丈夫!

剥ぎ取り、切除したがん細胞たちは、胃がんのそばに集めておく。

同時に、認識できる限りの全てのがん細胞を、さらに剥ぎ取る。

慎重に、丁寧に。

一時間以上かけて、ようやく全てのがん細胞を剥ぎ取った。

さすがの涼も、わずかに疲労を感じ始めていた。これほどの精密制御は、かなりの集中力を必要とするから。

だが、まだである！　ここからが大切。

そう。

原発巣、一番の大本たる、胃がんの切除。

再度〈精査〉を行い、浸潤している箇所を正確に特定する。目で見ることはできないが、健全な箇所との弾力の違い、ソナーによる反射の違いが、それを決定的なものにする。

「いきます」

涼は小さくそう呟くと、胃がんの周囲をぐるりと、一気に切り裂く。胃の粘膜層から漿膜まで貫く穴が開く。

切り取った原発巣を、胃の中に落とし込む。先に集めてきた肺、肝臓、細かながん細胞たちも、ごっそり切り裂かれて開いた穴を通して胃の中に入れる。

　これで、胃の中に、体内全てのがん細胞たちが入った。

「リーヒャ、体全体に〈ヒール〉を」

「はい。母なる女神よ　大いなるその癒しの手にゆだねん〈ヒール〉」

　涼の合図で、リーヒャがアベルの体全体に〈ヒール〉を施す。一度だけでなく二度……そして、仕上げに三度目……。

　涼が〈精査〉で、胃の穴と共に、肺、肝臓、浸潤していた部位を削り取った箇所全てが、〈ヒール〉で修復されたことを確認した。

　いよいよ最後だ。

「では、吐き出します」

　胃の中で水を生成し、その水で全てのがん細胞を捉え、胃から食道へと少しずつ上へと運んでいく。

　最後は、開けたアベルの口から、水の袋に入ったがん細胞たちを取り出した。

「〈氷棺〉」

　取り出したがん細胞たちを氷に閉じ込めた。

　涼は、何度も深呼吸を繰り返す。

　そして、告げた。

「リーヒャ、手術は成功です」

「ああ……」

　涼のその言葉を聞き、泣き崩れるリーヒャ。

　そんなリーヒャと、静かに眠るアベルを見て涼は呟いた。

「魔法って、ほんっとに、凄い。ファンタジー万歳」

◆

　手術翌日。

「お加減はどうですか？」

　涼は、アベルの寝室に入ると、そう言った。そして、眼鏡をクイッと上げる動作をする。医者は眼鏡をかけている、というステレオタイプを地で行っているのだ。

　涼は、幼馴染や同級生が、けっこうな数で医学部に行っているが……そのうち、眼鏡をかけているのは四人しかいないのに……。

まあ、こういうのは、イメージである。そう、イメージが大切なのだ。

「ああ、リョウ。信じられないくらい、いいぞ。こんな状態は、数カ月ぶりか……それ以上だな」

昨日までとは打って変わって、アベルの血色は良かった。

食事も、きちんと食べられているようだ。

魔法万歳！

がんの厄介なところは、がん細胞自身は大食らいでありながら、宿主たる人間の食欲を減退させる点にもある。しかも地球の場合は、治療過程においても食欲不振に陥ってしまうことがしばしばであった。

病気の治療というのは、非常に難しい。

「一カ月くらいは絶対安静ですよ。あと、しっかり食事を摂って、焦らないで、じっくり体力を回復させましょう」

涼にしてはまともなことを言う。気分はまるで主治医なのだ。


「時にアベル……」

「ん？」

「アベルって、王様になってからずっと、書類まみれだったじゃないですか？」

「表現があれだが……まあ、そうだな」

涼が見ていたアベルは、いつも書類にサインをしている姿だった気がする。

「ちょっと前とか、ベッドの上で署名もできなかったと思うのですが、その間って……」

「あぁ……」

涼が問うと、アベルは視線をつーと逸らした。人は、都合の悪いことを指摘されると、そんな行動をとる。

「ノアはまだ幼いですし、リーヒャも書類にまみれている姿を見たことはないです」

「まあ、その、なんだ……ハインライン侯爵に代わってもらっている……」

三年前の王国解放後、アレクシス・ハインライン侯爵は、アベルの手によって王国宰相《さいしょう》の地位に就《つ》かされていた。

そう。就いたではなく、就かされた。

アベルが、先の王太子カインディッシュの即席国王養成問題集で、集中的に国王に必要な知識をアップグレードしたとはいえ、冒険者からいきなり国王になったのだ。さすがに、一人で国の舵取《かじと》りをするのは現実的ではない。

そのため、冒険者仲間であったフェルプスの父であり、南部の大貴族で王国解放でも主導的役割を果たした一人、ハインライン侯爵に宰相に就くように要請した。

ハインライン侯爵は、当初、かなり渋ったらしいのだが……。現在、書類まみれになっていると聞けば、渋った理由がよく分かる。

「ハインライン侯爵、どんまい……」

涼は、その境遇を哀れんで呟く。

「いや、筆頭公爵であるリョウが担ってもいい役割……」

「お断りします！」

間髪を容れずとはこのこと。

アベルが言い切る前に、涼は断言した。

「速いな……」

そのスピードには、アベルも驚く。

「筆頭公爵は、名誉職だから受けただけです！」

「リョウの知識とか、けっこう使えると思う……」

「お断りします！」

二度目の拒絶。

顔の前で両腕をクロスさせている。バツ、ダメ、絶対を表しているらしい。

断固たる拒否。

そんな王様と筆頭公爵の会話が王城の離れで交わされていると、ノックが響き、国王付き侍従たちが書類の山を持って入ってきた。

「陛下、本当によろしいのですか？　もう少しお休みに……」

「いや、かまわん。ここに置いて……」

「アベル？　これはいったいなんのまねですか？」

侍従が尋ね、アベルが答え、涼がその行動を詰問《きつもん》する。

「いや、少し、仕事をしようかと……」

「ダメに決まっているでしょう！　一カ月安静にして

くださいと言ったはずです！」

涼は、主治医として絶対安静を申し渡したばかりなのだ。

「いや、今、リョウだって、ハインライン侯が書類まみれになっているのがかわいそうだと……」

「それはそれ、これはこれです。主治医としてそんなことは許しません。侍従さんたち、それはそのまま、ハインライン侯爵のところへ持っていってください。ロンド公爵がそう言ったと、お伝えを」

「はい！　かしこまりました！」

そういうと、書類を抱えた侍従たちは部屋を出ていった。

アベルは、「ああ……」とか言って、手を伸ばしている。

完全に、仕事中毒だ。仕事をしない王様というのは困るが、書類に囲まれていないと不安になる王様というのも、あまり健全だとは思えないのだった。

◆

「なあ、リョウ……」

「なんですか？　またお金？」

「それ、以前も言わなかったか？」

「よく覚えていましたね。ネタの使い回しは仕方のないことです」

「うん、その時もネタ、って言ってたな」

「ネタ国王……寝た国王……寝たアベル……」

「馬鹿にされていることだけは分かる」

アベルは王城図書館から持ってきてもらった何かの本を読み、涼も王城図書館『禁書庫』にあった錬金術の本を読みながら、そんな会話を交わしている。

「暇なんだが」

「本を読んでいるじゃないですか」

「いや、読んでいるが、こう、やはり書類を……」

それを聞いて、涼は深いため息をつく。

「時間の空いた時に何をするかで、その人の価値が決まります」

「……それ、絶対適当に言っているだろう？」

涼が厳然と言い放つが、アベルは反論する。実際、涼は適当に言っているので、アベルこそ正解なのだが。

「書類仕事以外なら、剣を振りたい」

「却下です！」

「だよな」

「病み上がりなのに、そんなこと、許されるわけないでしょう！」

立ち上がった涼が、両手を腰に当てて厳しい顔で言い切る。さすがにアベルも、認めてもらえないと理解している。

そんな二人の丁々発止のやりとりの中、遠くから弦楽器の音が聞こえてきた。

「これは……バイオリン？」

涼が呟く。それは驚きから。

この『ファイ』に、いや、このナイトレイ王国にバイオリンがあることに驚いたから。

「王城楽団の、誰かの練習だろう」

アベルの答えは、バイオリンどころか他にも多くの楽器がありそうな答え。もちろんそれらが、地球にある楽器と同じとは限らないが……。

「楽団とか、あるんですか？」

「もちろんあるぞ。芸術を保護・育成するのは大国の役割だ。それを失えば、いかに強国然としていたところで、他国からは一段下に見られるようになる。あの帝国ですらそれを理解しているから、学術都市を抱えるクルコヴァ侯爵領や、帝国芸術の中心と言われるアラント公爵領がある。王国の場合は、この王都クリスタルパレスが芸術に関しては最も盛んだ」

アベルは当然という顔で説明する。

芸術の振興にはお金がかかる。パトロンがいなければ芸術は廃れる。

その旗振り役となるのが、王族や貴族、あるいは政治家たちである。実際のお金は大商人たちが出すにしても、彼らがお金を出す流れ、素地をつくるのが政治には求められる。歴史に対しての責任という側面もあるが、もっと実務的に外交の一環でもあるのだ。

歴史を学べば明らかなことだが、それを理解している国民は……いつの時代、どんな世界でも極めて少ない。

「アベルが、まるで王様みたいなことを言っています」

「リョウは知らないかもしれないが、俺はこの国の国王だからな」

「小さい頃から、剣しか振るってこなかった人が芸術を語るなんて」

「いちおう、王族ってのは、小さい頃から芸術を学ぶのが当たり前なんだぞ。好き嫌い関係なくな」

「剣大好きアベルも、学んできたと言いたいんですか？」

「それなりにな」

いかにも信じられないと胡乱《うろん》げな目で見る涼、肩をすくめるアベル。

「リョウも筆頭公爵だから……」

「却下です！」

アベルの言葉を食い気味に否定する涼。

「いや、まだ中身を言ってないぞ」

「芸術を学べとか言うんでしょう？　十分に学んできたのでいまさらやりません」

地球でね、と心の中で付け足す涼。

そして、すぐに反撃する。

「そんなことより、芸術を学んできた王族の力を見せてください」

「うん？」

「絵を描いたりとか彫刻を彫ったりとかできるんでしょう？」

「いや、できん」

「えぇ～」

アベルが肩をすくめて否定すると、涼がわざとらしく声を上げ、顔をしかめている。

アベルはため息をつくと、卓上のベルを鳴らして執事を呼んで命じた。

「ケーキとコーヒー、それとバイオリンを持ってきてくれ」

「え？」

予想外の展開に驚くのは涼。

まさか、ケーキとコーヒーが出てくるなんて！

え？　その後の楽器？　それはほら、ケーキとコーヒーに比べれば些事《さじ》……。

しばらくすると、二組のケーキとコーヒー、それからバイオリンが運ばれてきた。

テーブルにケーキとコーヒーが置かれ、執事が出ていくと、コーヒーの香りを纏《まと》ったアベルがすっくと立つ。

そして、バイオリンをかき鳴らした。

「えっ……」

コーヒーカップを持ったまま固まる涼。

アベルが弾き始めた曲は、あまりにも特徴的な出だし、あまりにも有名な主題。開放弦による華やかな主題が何度も変奏される、とても有名なバイオリン独奏曲……そう、涼でも知っているほどに有名な。

涼でも知っている？　ここは『ファイ』のナイトレイ王国だ。それなのに、涼が知っている？　王城の中、あるいは街の食事処で聞いたことがある？

いいや、違う。

地球で聞いたことがある。

それは間違いない。だって、作曲者だって知っているもの。それは地球の歴史上、最も有名なバイオリン曲の作曲者であり演奏者と言っても過言ではない。

「パガニーニ……『二十四の奇想曲《カプリース》』……第二十四番」

涼の口から呟かれる曲名。

天才パガニーニ、いや悪魔に魂を売ったと言われたパガニーニ作曲の無伴奏バイオリン独奏曲。バイオリンのあらゆる奏法が織り込まれた難曲として知られる。

だが、とても煌《きら》びやかで豪奢で美しい。

それは、演奏者アベルの姿とも相まって、驚くほどの完成美を現出する。

涼は一心不乱に聴き入った。

地球にいた頃に、動画で何度も聞いたことのある曲。

だが目の前の演奏は、圧倒的だった。


五分間の演奏。

終わった瞬間、涼は動けなかった。

人は感動すると、すぐには動けないのかもしれない。

三秒後。

「ブラボー！」

ソファーから立ち上がり、拍手する涼。それはもう熱狂的に。

たった一人の聴衆のスタンディングオベーションに、

顔を真っ赤にして、アベルはバイオリンをテーブルの上に置いてソファーに座った。

「アベル、素晴らしかったです！」

涼が拍手を続けながら座り、素直な言葉で称賛する。

「いや、大袈裟《おおげさ》だろ」

アベルが顔を赤いままに答える。

「何が大袈裟なものですか！　素晴らしい演奏でした。これほどの演奏、僕は聴いたことがありません」

「そうか？　まあ、リョウが喜んでくれたのなら良かった」

アベルは朗らかに笑った。

「それにしても凄いですね。これほどの演奏技術、いつ身に付けたのですか？」

「もちろん冒険者になる前、王城にいた頃だ」

「第二王子時代？　アベルが剣に溺れていたというのは聞きましたけど、バイオリンを練習した……いや、これほどの演奏ができるほどに弾き込んだというのは聞いてませんよ」

「まあ、言ってないからな。弾き込んだというか、これくらい弾けるようにならないといけなかったんだよ。ナイトレイ王家の人間としてな」

「なんですと……」

アベルの口からさらりと出た言葉に驚く涼。

「王族というやつは国の顔だ。国の名前を背負って他国に行くこともある。その際、無様をさらせば王国と王国民が安く見られる。だから小さい頃から、あらゆることを修めるよう求められる」

「その一つとしてバイオリン？」

「ああ。リチャード王がバイオリンの名手だったそうでな」

「リチャード王……ナイトレイ王国中興の祖、の方ですよね」

「そうだ。さっきの曲も、リチャード王が最も愛した曲だ。兄上も大好きだった曲……俺も、一番弾き込んだぞ。難しかったから」

アベルはそう言うと笑った。懐かしさと一抹の寂しさを伴った笑い。間違いなく、今は亡き先の王太子カインディッシュを思い出しての笑いであろう。

そんなアベルを見ながら、涼は確信した。いや、元々そうだろうと思ってはいたのだ。

すなわち、王国中興の祖リチャード王は、地球からの転生者であると。

アベルが弾いた曲は、パガニーニの『二十四の奇想曲』。その最後の第二十四番。もしリチャード王が音楽の天才であったとしても、彼が作曲したとは到底思えない。『二十四の奇想曲』はそんなものではないのだ。パガニーニ以外の誰にも作れない、特殊な……バイオリンにおける全ての超絶技巧が詰め込まれ、それでいて、一度聴いたらずっと耳に残る特徴的なフレーズが繰り返される名曲。

超絶技巧。

あらゆる分野で心躍る四文字だが、それは、パガニーニから始まったと言っても過言ではない……と、涼は勝手に思っている。

『二十四の奇想曲』は、その超絶技巧の頂点の一つ。考えてみると、それをアベルが完璧に演奏したというのは驚くべきことだ。

王家教育の一環として修めたとアベルは言ったが……この場合の修めるとは、国でトップクラスの演奏技術を身に付けたという意味になる。アベルは、どれほどの練習を繰り返したのか。涼は想像できずに小さく首を振った。

「アベルが弾いた曲、作曲者と曲名は、パガニーニの……」

「すまん、作曲者は不明、『二十四のカプリース』という曲名しか伝わっていないんだ」

そこでアベルは、ふと何かを思い出したかのようにうっすら笑って言葉を続けた。

「そういえばカプリースという言葉は失われた言葉で、きまぐれ、変わっている、普通じゃない、例外的といった感じの意味らしい。リチャード王のそんな言葉が伝わっている。まるでリョウのことみたいじゃないか？」

「失敬な！　僕はごく普通に真面目な、一般的水属性の魔法使いです」

「いや、絶対一般的じゃないよな」

涼が言い返し、アベルは苦笑した。

「王族の代わりがきかないというのは、当たり前なのかもしれませんね」

「うん？」

「だって、バイオリンをはじめ、ありとあらゆるものを修めるってなったら、小さい頃から取り組まないと時間が足りないじゃないですか。大人になってからでは大変です」

「そうかもしれんが……それこそ今、リーヒャは取り組んでいるぞ。楽器は少しずつだが、ダンスはかなり踊れるようになった」

「え？」

涼が驚く。

リーヒャはもちろんアベルと結婚し、現在はこの国の王妃様だ。以前、リンとウォーレンに聞いた時には、リーヒャは貴族の生まれではなかったはず。そこから王家に嫁げば確かに……。

「もの凄く大変そうです」

「そうかもしれん。とはいえ、申し訳ないが他に選択肢はない」

涼の一般人的感想に、顔をしかめて答えるアベル。

国王たるアベルであっても、しなくていいとは言えない。なぜなら王家の人間となったから。出自に関係なく、これから先、『王妃』として見られるのだ。つまり王家の人間と。

あらゆることを修めているのが当然な人たちの一人と。

小さく首を振って、アベルは話題を変えた。

「そういえば、リョウもバイオリンが弾けるのか？」

「弾けませんよ？　僕が弾ける楽器はピアノくらいです」

「ぴあの？　それは楽器の名前か？」

アベルは首を傾げる。ピアノを知らないらしい。

「え？　あれ？　ピアノを知らない？　白と黒の鍵盤があって、それを指で押すと音が出る楽器なんですが……」

「すまん、俺は知らん。聞いたこともないな」

「なんてこと……」

うなだれる涼。

だがすぐに気を取り直す。うなだれたらその目の前に、まだ手を付けていないケーキがあったからだ。とても珍しいことに、アベルの演奏が凄すぎて、食べるのを忘れていたらしい。

「まあいいです。素晴らしい演奏はケーキで締めましょう。アベルの分もありますから、食べてください」

「うん、リョウが今にも食べようとしているケーキも、俺が頼んだやつだからな」

ナイトレイ王国の中枢は、芸術と美食に彩られていた。

◆

アベルのバイオリン演奏を聴いた数日後。

涼が王城図書館で、新たに読もうと錬金術系の本を探していると、後ろから声を掛けられた。

「ろ、ロンド公爵閣下……」

「はい？　ああ、司書長さん、こんにちは」

涼はにこやかに挨拶をする。

声をかけてきた初老の司書長ガスパルニーニは、王城図書館の責任者だ。涼がいつもお世話になっており、質問にも的確に答え、お薦めの本を教えてくれるとっても善い人である。

だが、そんな司書長ガスパルニーニさんは、大量の冷や汗を浮かべていた。一目で、普通の状態ではないことが分かる。

「えっと、どうしました？」

「お、怒らずに聞いていただきたいのですが、閣下は、二年前に借りられた『錬金術　その未来と展望　～生活の全てに錬金を～』を、まだご返却されていないようなのです……」

「え……」

「実は昨日、王立錬金工房のケネス・ヘイワード子爵様がおいでになり、その本を借りられようとなさいまして……。いえ、もちろん、王城図書館には返却期限などはないのですが……子爵様も立場上、ちょっと確認したい内容が載っているはずとかで、一目見ようとお寄りになられただけで……」

「ああ……」

今度は、涼の背中を、冷たい汗が落ち始めた。

確かに借りた記憶がある。

確かに読んだ記憶がある。

確かに……返した記憶はない。

ケネス・ヘイワード子爵は、涼が勝手に錬金術の師匠と仰いでいる人物であり、ナイトレイ王国のみならず、中央諸国を代表する天才錬金術師だ。未だ二十五歳と若いが、すでに中央諸国錬金術師の頂《いただき》にあり……さらに将来を嘱望《しょくぼう》されるという、稀有な人物でもある。怒ったりすることは全くないため、多分、今回の件でも苦笑する程度だったろう。

それでも、借りっぱなしにしていた涼に責任が無いわけではない。

しかも司書長は、命の覚悟をしてと、はた目には見えるほど追い詰められた表情で、涼に伝えてきた。

さもありなん。

涼は、こう見えても筆頭公爵。名目だけとはいえ、国王の次の権力者。

そんな人物に『本を返せ』というのは……司書長ガスパルニーニの長い司書歴でも、初めてのことだったろう。

それが、涼が背中に大量の冷や汗をかいた理由であった。

「司書長さん、ごめんなさい。確かに借りっぱなしな気がします。捜して、すぐに返しに……あ、それよりケネスに直接届けた方がいいですかね？」

「い、いえ、子爵様も、『リョウさんなら仕方ないか。また今度聞いておきますから』と仰っておられましたので。ご都合がよろしい時にご返却いただければ大丈夫です」

「あ、ははは……」

司書長の優しい言葉に、さらに冷や汗の量が増える涼。こんなに善い人に迷惑をかけていた、自分の行動に恥じ入る。

すぐに返そう！

そう、心の奥で固く誓うのであった。

涼は王城を出ると、急いでロンド公爵邸に戻った。

王都のロンド公爵邸はアベルが用意しただけあって、

王城に近い場所にある。そこは、上級貴族の館が立ち並ぶ、王都の中でも最もハイレベルな場所。もちろん、涼はそんな話を聞かされただけで、ご近所さんがどなたなのかは、全く知らないのだが。

だいたいにおいて涼は、王城の国王執務室のソファーに寝転がってぬべ～っとしており、王都のロンド公爵邸はあまり使っていない。そんな所に、借りた本が置いてあるわけがないのだ。

「ああ……」

扉をくぐって、それを思い出した涼。

両手両膝をついて絶望のポーズ……になる前に思い出す。

「ルンの家だ！」

本を借りた時、ルンまでの馬車の中で読む本として借りた。それを思い出した。そして、ルンの家から戻ってくる時には、持ってこなかったことも。

「ルン……遠い……」

結局、絶望のポーズで、館の床に沈むのであった。

◆

王都冒険者ギルド、グランドマスター執務室。

「そこをなんとか！」

「そう言われても、無理なものは無理だ」

懇願する涼。顔をしかめながら拒否するヒュー。

「くっ……筆頭公爵とか言われながら、馬車の一つも借りることができない、この現実」

涼はうな垂れながら嘆く。

「いや、仕方ないだろうが。貸したくとも、ギルド馬車は全部出払っているんだから」

涼は、ギルド馬車を使ってルンの家に急いで戻ろうとした。

普通の馬車であれば、王都からルンまで片道七日かかる。しかし、街ごとに用意された馬を取り換えてノンストップで移動することが可能なギルド馬車なら、王都からルンまで片道二日で着く。以前、アベルと一緒にルンから王都まで、そのギルド馬車で移動したことのある涼は覚えていた。

もちろん、ギルド馬車は、普通の冒険者は使えない。ギルドマスターの特別な許可を受けた者が、特別な依頼のために、特別に速く移動しなければならない場合にだけ利用可能なのだ。

だが、そこは筆頭公爵。

地位と権力を悪用……もとい、グランドマスターたるヒュー・マクグラスにお願いして、なんとか使わせてもらおうとしたのだが……。

しかし、断られた。

「確かに、王都冒険者ギルドは王国の中心だからな、ギルド馬車は二十台以上ある。グランドマスター権限で、かなり融通が利くのも事実だ。前の、フォーサイス殿も、娘さんを逃がすのに使ったことがあるしな」

王都陥落の際、時のグランドマスター、フィンレー・フォーサイスは、娘を王都からルンに逃がすためにギルド馬車を私的利用した。緊急避難であったとはいえ、実際に私的利用は不可能ではない。

というより、現実問題として、王家や貴族が力を持つ王国においては、貴族から冒険者ギルドへの要望は多岐にわたり、かなり柔軟にそれに対応できるようにもなっている。

その観点から見ても、筆頭公爵である涼のような者からの要望に応えるのは、実はよくあることなのだ。

それでも……。

「全ての馬車が出払っている以上、貸してやりたくとも貸してやれんのだ」

「ぐぬぬ……」

ヒューは顔をしかめながらそう告げ、涼は悔しそうに唇をかんだ。

ヒューが唇をかむ涼から視線を逸らし、ふと窓の外を見る。

そして事態を理解すると、窓に走っていき、勢いよく窓を開けて中庭に向かって叫んだ。

「三号馬車を止めろ！　グランドマスター命令だ！」

即断即行。

そこまで二秒。

あまりの展開の速さに、同じ部屋にいた涼ですら理解が追いついていない。

だが窓の外を見ると、中庭からギルド職員らしき人物が、馬車発着場に向かって走っている。ヒューの怒鳴り声からすぐに動いたようだ。

それを見て……。

（よくあることなんだろうなあ）

と、涼は他人事のように思った。

「リョウ、ついてるな。馬車は貸せんが、ルン行きのギルド馬車に相乗りさせてやる」

ニヤリと笑ったヒューの顔は、見慣れている涼であっても、正直、怖かった。


二人は馬車発着場に着き、ヒューが三号馬車の扉を開く。

中から聞こえる声。

「グランドマスター、なぜ止めさせたのですか。急がないといけないはずですが」

「おお、わりぃな。ちょっとこいつも、ルンまで乗せていってくれ」

ヒューはそう言うと場所を譲り、涼が馬車の扉から頭を入れた。

「すいません、ルンの街まで相乗りを……」

そこまで言ったところで、涼は大きく首を傾げた。

それに呼応するように、馬車に乗っていた三人も大きく首を傾げた。

リーダーらしき剣士が、おそるおそる口を開く。

「もしかして……リョウか？」

涼も、おそるおそる口を開く。

「もしかして……ニルス？　エト？　アモン？」

馬車に乗っていたのは、パーティー『十号室』の三人であった。

◆

「何年ぶりだよ」

「かなり久しぶりだよね」

「一年半ぶりくらいだと思います」

ニルスも、エトも、アモンも驚きつつ、四人は再会を祝した。

「いや～まさかこんなところで会えるなんて！」

そう言いながら、涼は氷のミルでコーヒー豆を挽《ひ》いている。再会したら、コーヒーで祝杯をあげるに限る！

「凄いよね～、ルームメイト三人のパーティーが、今じゃ押しも押されもせぬB級パーティーでしょ？」

涼が感心したように言うと、三人とも顔を真っ赤にして照れた。

そう、『十号室』は、現在三人ともB級冒険者のB級パーティーなのだ。

「B級ともなると、王都に派遣されたりもするんだね。僕にとっては、凄くラッキーだったけど」

「それは違うぞ、リョウ」

リーダーのニルスが、重々しく告げる。

「俺たちは拠点を王都に移し、王都所属のパーティーになっているんだ」

「なんと……」

それは涼にとっては意外であった。

もちろん、拠点をどこに置くかは冒険者それぞれで自由に決められるし、コロコロと拠点を移すパーティーもそれなりにいる。国をまたいでの所属変更となるといろいろ難しい部分が出てくるらしいが、国内ならよくあることらしい。

「でも、どうして王都所属に？」

涼が当然の疑問をぶつける。

「アベル王のお側近くにいるのは当たり前だろ！」

「リーヒャ王妃、マジ天使！」

「……まあ、そういうことで」

もう、誰がどのセリフか説明する必要もないだろう。

ニルスはアベルをずっと尊敬している。

エトにとってリーヒャは天使である。

アモンは……十九歳、最年少なのに、なぜか二人を見守るポジションなのだ。

「あ、うん、よく分かった」

涼は、アモンの苦笑を見ながら……そして二人のいつもと違う興奮状態を見て、理解していた。

この辺りは、時間の経過を感じさせない『十号室』の三人であった。

「じゃあ、依頼でルンに向かっているんだ？」

「そうだ。緊急で、しかも人手が足りないということで、わざわざ王都にまで来るような依頼だ」

ニルスが、少し胸をそらして威張った感じで答える。

「ニルスがそんな依頼、遂行できるんでしょうか」

「おい、リョウ、俺だって昔とは違うぞ！　まあ、今回の依頼が、かなり大変なのは事実だがな」

涼のあまりの言い方に反論するニルス。

「今回は、ワイバーン討伐の援軍だよ」

「しかも二体！」

エトが依頼内容を教え、アモンが驚愕の情報を補足する。

「二体のワイバーン討伐？　凄い」

「だろ？」

「ということは、今回アモンは、二回、空を飛ぶんですね」

「いえ、それはもう勘弁してください……」

涼がまぜっかえし、アモンは頬を掻きながら苦笑する。

以前、『十号室』の面々は、『六華』というパーティーと連携して、やむを得ずワイバーンを討伐することになった。彼らは、アモンを空に飛ばすことによって、ワイバーンを討伐するという快挙を成し遂げたのだ。

わずか九人でのワイバーン討伐。冒険者の間では、今でも語り草になっている。

「今回、ルンの南にある村近くで、ワイバーンが二体確認されたんだ。現在、南部にいる冒険者だけでは足りないということで、王都から向かうことになったんだよ」

「ワイバーン討伐に駆り出されるのは、C級以上の冒険者だからな。ルン、アクレ、カイラディーを合わせても、今はかなり少ないらしい……。そもそもカイラディーには、C級以上の冒険者は一人もいないしな」

エトが丁寧に説明し、ニルスはカイラディーの変わらぬ現状を指摘した。

カイラディー……カレーは美味しかったのに。涼はそんなことを考えながら、相槌《あいづち》を打つのであった。

ギルド馬車は各街で馬を交換しつつ、四人は馬車の中で一泊し、次の日の午後、ルンの街に到着した。

「よし、俺らはまた移動だな。ギルド馬車はここで返却して、あとは……」

「ルンの冒険者ギルドが、ここから先の馬車を準備してくれているよ」

「もう、他の人は現地の村に入ってるんですよね」

ニルスも、エトも、アモンも、一昼夜馬車に揺られていたのに気合十分。さすがは、B級冒険者……涼は素直に感心していた。

ちなみに、涼はC級冒険者のままだ。この三年間で、数件しか依頼をこなしていないことを考えれば当然だろう。

「リョウはどうするんだ？」

ニルスが馬車から降りながら聞く。

「僕は家で本を取って、久しぶりに『飽食亭』でご飯を食べたら、すぐに王都に戻ります。多分、ギルド馬車は借りられないだろうから、普通の辻馬車とかで」

「王都と違って、ルンのギルドは馬車三台しかないもんな」

ニルスも小さく頷き、涼の考えに同意した。

「よし、まずはギルドマスターに到着の報告と、馬車を借りる話だな。じゃあ、俺らはこのままギルドに上がるわ。リョウも気をつけてな」

「今度は王都で会おうね」

「『飽食亭』のカレーは美味しいですよね、羨ましいです」

ニルスがリーダーっぽい真面目なことを言い、エトが王都での再会を約束し、辛い物好きのアモンが飽食亭のカレーを褒めて去っていった。

涼は、ルンの冒険者ギルドに顔を出すこともせずに、東門の『飽食亭』に向かった。


翌日午前。

ルン冒険者ギルドの講義室には、ルン所属のD級冒険者が集められていた。

「……というわけで、ワイバーン討伐に出ているため、現在ルンの街にはC級以上の冒険者はいない。ここにいるお前さんたちが、街を支える最高戦力だ」

前に立って、そう話しているのは、ギルドマスター、ラー。

かつて、このルン所属であったパーティー『スイッチバック』のリーダーであった、剣士ラー。『スイッチバック』はB級パーティーにまで上がり、解散していた。リーダーであったラーは、サブマスターの職などを歴任して、現在は辺境最大のルン冒険者ギルドマスターである。

ラーのその堂々たる体躯《たいく》は、前任のギルドマスターであり、現在は王都のグランドマスターとなっているヒュー・マクグラスに連なる系譜を思わせる。かつてB級冒険者だったというのは、若手現役冒険者からすれば、憧れの人物だ。講義室で、ラーを見るD級冒険者たちの視線は、熱っぽかった。

「ラー、いい演説だったよ」

ギルドマスター執務室に戻ったラーを褒めたのは、サブマスターのスー。パーティー『スイッチバック』の斥候だったスーだ。

「お、おう……」

ルンの冒険者ギルドがうまく回り、ラーの仕事が破たんしないのは、スーがサポートしているから。多くのギルド職員がそう思っていた。何よりも、ラー自身がそう思っていた。

そのため、パーティーであった時以上に、今でもスーには頭が上がらない。


同日午後三時。ルン広場の鐘が鳴り、街中に三時であることを知らせる。

それを聞いて、ラーが呟く。

「そろそろ、ワイバーン討伐が始まる頃か」

「大丈夫、南部の冒険者はタフだから。それに、『十号室』もわざわざ来てくれたじゃん」

ラーの呟きに、スーは大きく頷きながらそう答えた。

ワイバーン討伐の定石として、魔法攻撃職を多めにした方がいいというのがある。『十号室』には魔法攻撃職はいないが、それ以外に集められたパーティーは、かなり魔法職の多い編成になっている。その定石からすれば、いいメンバーが揃っているはずであった。

だがこの日、問題はワイバーン討伐組ではなく、ルンの街自体に襲い掛かった。

「ギルドマスター大変です！」

ギルド職員が執務室に転げるように入ってきて報告する。

「大海嘯《だいかいしょう》が発生しました！」

大海嘯。

ルンの街中央にあるダンジョンで、数年に一度発生する魔物の大増殖。もちろん、定期的に発生するものなので、ダンジョン入口周辺は、大海嘯で魔物が出てきても迎撃しやすいように防壁が構築されている。

前回の大海嘯から三年。絶対にあり得ない間隔ではないのだが……。

「もうかよ」

ラーは思わず呟いた。

数年に一度、発生すると言われる大海嘯。過去の記録には、前回の大海嘯から三年以内に再発生したという記録も確かにある。だが三年前の大海嘯は、その前から十年経って起きた。それに比べると、あまりに早いと感じてしまったのだ。


すぐに続報が届く。

「ダンジョン近くにいた領軍騎士団長ネヴィル・ブラック殿が指揮を執られ、防壁内での封じ込めに成功。迎撃態勢を取りつつあります」

「よし。俺も行くぞ。残っている冒険者にも声を……」

そこまで言ってラーの声は尻すぼみになった。

そう、C級以上の冒険者は全員ワイバーン討伐に駆り出されており、D級以下しか街には残っていない。

しかし、それでも言うしかない。

「残っている冒険者にも声をかけろ。全員ダンジョン防壁に集合。ありったけの弓矢、武器を防壁に運べ！」

ラーがその指示を出した時には、すでにサブマスターのスーは執務室にはいない。先にダンジョン防壁へ、冒険者側の防衛態勢構築と指揮のために向かっていた。

そこに、さらなる続報が入る。

「今回の発生は、オーガです！」

「な……んだと……」

大海嘯で発生する魔物は、一系統。前回はゴブリン系統。数が尋常ではなかったため、かなり大変だった。

だが、それでも、ゴブリン……一体一体は強くはない。

しかし、今回は、オーガ……一体一体が凶悪。

二メートル半という巨大な体躯には、ほとんど矢が刺さらない。振り回す棍棒《こんぼう》がかするだけで、人間は戦闘不能になってしまう。ゴブリンとは比べ物にならないほど、厄介なオーガ。

そんなオーガが発生したのに、D級冒険者以下しかいないのだ。

「対抗できる戦力は騎士団だけか……」

執務室を出るラーの顔は、土気色になっていた。


土気色の顔をしたラーがギルドから外に出ようとした時、ギルドに入ってきた魔法使いを見かけたのは……神の差配、あるいは天の配剤か。

「あ、ラーさん、お久しぶりです」

それは、久しぶりにギルド食堂でも、おやつ的に何か食べていこうとやってきた、C級水属性の魔法使いであった。

「リョウ……？　なんでここにいるんだ？」

ラーの口から思わず漏れたその言葉は、純粋にただの疑問である。

「け、決して、飽食亭を含めたルンの街で食べ歩きをして、おやつがてらにギルド食堂で食べて、もっかい夕飯を飽食亭で食べてから、もう一泊して、帰るのは明日の馬車でいっか、とか思ったわけじゃないですよ！」

涼は、なぜかうろたえながらそう答えた。ちょっと食べ過ぎな自覚はあるらしい。

「あ、うん、そういう意味じゃなくて……。いや、それはどうでもいい。リョウ、緊急依頼かつ指名依頼だ！」

「はい……？」

◆

「まさかこのタイミングで大海嘯とは……」

さすがに涼も驚いた。

C級以上の冒険者が全て出払っているのは『十号室』との会話で聞いていたが、そのタイミングで大海嘯……しかも今回はオーガ。

涼とラーは防壁上に着き、中を見る。

「これは……壮観ですね！」

涼は興奮していた。

前回の大海嘯の時、涼は図書館にいたために実際の光景は見ていない。

今回、生まれて初めて、数千体規模の魔物が蠢《うごめ》く様を目にした。ちょっと不気味に思いつつも、壮観であることに変わりはない。

「これは……さすがに厳しいか」

隣で、ラーが呟く。

防壁では、すでに弓矢による遠距離攻撃が始まっていた。まず弓矢でできる限り魔物の数を減らす。魔法も使うが、魔力は矢以上に有限であるため、主攻は弓矢となる。

だが……。

「オーガの皮膚が硬すぎて、矢が通りません！」

ギルド職員が、叫ぶように報告する。

「ラー、騎士団側の弓矢でも、やっぱり通らないみたいよ」

先に到着して指揮を執っていたサブマスターのスーが、騎士団側も難しいという報告をする。

そして気付いた。

「あら、リョウ？」

「あ、スーさん、こんにちは。決して、せっかくルンに来たから、ルン冒険者ギルド食堂の日替わり定食を食べようとしていたわけではないですよ！」

「う、うん……どうしてリョウが見つかったのか、なんとなく分かった……」

そう言うと、スーは乾いた笑いを口から漏らした。

涼は防壁上から、ルン騎士団と冒険者たちの矢による攻撃を見る。

「確かに、オーガには矢が効きません」

体長二メートル半のオーガは膂力《りょりょく》を活かした強力な攻撃力もさることながら、剛毛とも言うべき体毛と厚い皮膚と筋肉によって、驚くほど強力な防御力を持った魔物だと認識されている。生半可な剣では傷つけることができない……当然、普通の矢ではかすり傷すらつかない。

防壁上からの遠距離攻撃で数を減らして、最後に残ったボスたちを近接戦で倒す……それが大海嘯への基本的な対処法。

とはいえ、矢が効かないとなれば、使える遠距離攻撃は魔法だけとなる。

しかし、ルン騎士団も残っている冒険者たちも、魔法使いは多くない。騎士団はそもそも騎士団であるし、冒険者の魔法使いはD級であっても、魔法使い多めで対処するべきワイバーン討伐に駆り出されているからだ。

「僕ならなんとかなります」

涼だって、いつもいつも対価を求めて戦うわけではないのだ。ルンの街は好きだし、住んでいる人たちにはお世話になっているし、そもそも自分の家もあるわけで。

以前だったら、目立ちすぎると面倒なことに巻き込まれるんじゃないかという懸念があったが、現在では、そしてルンなら大丈夫じゃないかと思う。

だってルンの人は、剣術指南役をしていた騎士団を含め、身内みたいなものであるし、今ではなんといっても筆頭公爵なのだ。変な貴族に目をつけられて……みたいなことを気に病む必要はないはずだ！

なので、涼は自分から提案することにした。

「ラーさん、あのオーガたち、魔法で数を減らしましょうか？」

「で、できるのか!?」

「はい。水属性魔法に、ちょうどいい魔法があります」

「ぜひやってくれ！」

この時のラーの心境は、まさに藁《わら》にも縋《すが》る思いであった。

涼の戦闘力が非常に高く、魔法も剣も相当いけるらしい、という話は昔から聞いていた。そのため、弓矢である程度削った後の近接戦で活躍してもらおうと思って連れてきたのだ。前回における、ゴブリンキングらを葬った『赤き剣』や『白の旅団』の役割として。

だが弓矢が通じず、そもそも数を減らせない。近接戦など仕掛けられない。絶望していたところに、涼が提案してくれたのは、まさに渡りに船。

しかし、そこまで考えてようやく思い出した。

王国解放戦で、涼が何をやったのかを。

「〈フローティングマジックサークル〉」

涼が唱えると、周囲に無数の魔法陣が浮かび上がった。

その光景に、冒険者たちの矢を放つ手が止まる。対面の防壁上で、矢を放っていた騎士団たちの手も止まる。

そして、唱えられた。

「〈アイシクルランスシャワー〝扇〟〉」

その瞬間、涼と魔法陣から、数万にのぼる氷の槍が発射された。

空から見れば、無数の氷の槍が、涼を要にして、扇状に拡散して飛んでいく姿が見られたであろう。それは、降り注ぐ太陽の光を反射し、美しく煌めいて……オーガたちを貫いた。

一斉射だけでなく、二度、三度、さらに四度……。

防壁下のアリーナは、無数のつらら《アイシクル》が突き刺さり、足の踏み場もないほど。

雪ではなく、氷に満たされた、白銀の世界と化した。

「白銀公爵……」

「氷瀑……」

そう、涼の二つ名を呟いたのは誰であったろうか。

全てが静止した世界。

防壁下も、防壁上も、動かず、呟き以外の言葉も吐かれず……。

しかし……。

「ラーさん、一体動いています」

静寂を破ったのは、静寂をもたらした水属性魔法使いであった。指をさした先には、他よりも一回り大きいオーガがただ一体、生き残っている。

五千を超えるオーガが、ただ一人の魔法によって命を絶たれたのも信じられない光景であるが、その魔法が効果を上げていないオーガも、信じられないものであった。

「あれは……なんだ？」

ラーは知らなかった。

「あれは、オーガキング……」

スーは知っていた。

「解除」

涼が呟くと、オーガたちを刺し貫いていた氷の槍が全て消える。アリーナには、倒れ伏した数多のオーガと、生き残ったただ一体のオーガキングだけが残っている。

「周りにいたオーガたちが、身を挺してキングを守ったようです」

「オーガにそんな習性があるなんて……」

涼のその呟きは思ったよりも大きかったらしく、スーが呟き、ラーは無言のまま頷いた。

「一体だけ残ったあのキング、どうします？」

涼は、この場の指揮官であるラーに問う。

「俺が行くしかないだろう」

ラーはそう言うと、体を伸ばしたり屈伸をしたりし始めた。

「大丈夫なの？」

スーが、もの凄く心配そうな顔をしている。

その気持ちは、涼にもよく分かった……涼も凄く心配だから。いや、もちろん、ラーはルンの街のギルドマスターであるし、剣士であるし……。

「元Ｂ級冒険者だぞ？　任せろ」

ラーは笑顔を浮かべて、力強く言い切った。

その間も、アリーナ中央に立つオーガキングは身じろぎもせず、ずっとこちらを見ている。それを受けて、ラーはキングを見返した。

ひとしきり睨みあった後、ラーは防壁上から降り、アリーナに向かう。

キングはその姿を追……わず、ずっと先ほどと同じ防壁上を見上げたままである。もしかしたら、氷の槍を放ちまくった自分を見ているのかもしれない……と思いつつも、涼は気にしないことにした。

勝手に涼は、自分の仕事は終わったと判断していたから……。

「おいキング、俺が相手だ！」

アリーナに降り、キングに相対したラーが叫ぶ。

その時になって初めて、キングはラーを見た。

ラーは二メートル近い巨漢剣士。だが、オーガキングは三メートル近い。巨大な棍棒を地面に突き立て、まさに威風堂々。

お互いが得物を構えてしばらく見合った後……剣戟は始まった。

ガキンッ。ガキンッ。ガキンッ。

重量物をぶつけ合う音が、アリーナ中に響く。

ラーの剣は……剣というより、分厚い鉄の板の方がピンとくる。

そんな剣と、オーガの棍棒の打ち合い。

オーガは、多くの魔物の中でも力に秀でた魔物だ。そのため、棍棒を振り回すのだが、その威力は凄まじい。人がそれを正面から受け止めるなど、ほぼ不可能。

しかし……。

「これは、凄いですね」

涼ですら感心した。

ラーは、剣で、棍棒を打ち返しているのだ。パワーにおいて、全く引けを取っていない。ラーも、化物並みのパワーを持っているらしい。

とはいえ……。

「ラーの取柄は、パワーだけだからね」

スーがため息と共に、そう呟いた。

パワーは互角、スピード……も互角、技術……は双方ともにあるのか？

どちらにしろ、決着がつくのはかなり先になりそうであった。


二時間後。

ガキンッ。ガキンッ。ガキンッ。

……何も変わっていなかった。

スーは、傍らに氷製の椅子を作り、そこに座りながら剣戟を観戦している涼を見た。手に、何か持っている。それを時々、口に持っていっている……食べているらしい。

「リョウ、それは……」

「あ、ごめんなさい、一個しか買ってきてないです、クレープ」

涼は、もう一個買ってくるべきだったと思った。この場の権力者たるスーに、賄賂《わいろ》として渡しておくべきだった。

失態である。

「あ、うん、いや、大丈夫。ゆっくり食べて……」

スーは、その光景を気にしないことにした。

涼は、いつの間にかここを抜け出し、街のクレープ屋まで行き、買ってきたということなのだ。そして、食べながら観戦をしている。

こういう時、どんな世界にも共通する素晴らしい言葉がある。

曰く、気にしたら負けである。


さらに二時間後。

ガキンッ。ガキンッ。ガキンッ。

……まだ続いていた。

まだ続いてはいたが、次第に形勢が傾きつつある。

スーは、傍らに氷製の椅子を作り、そこに座りながら剣戟を観戦している涼を、再び見た。氷製の机も構築し、そこに置いたものから手に取っている。そして、時々、口に持っていっている……食べているらしい。

「リョウ、それは……」

「あ、スーさんも食べますか？　ピッツァマルゲリータです。美味しいですよ」

「……うん、一切れいただく」

そう言うと、スーは八分の一切れを取り、食べた。

「ああ……美味しい」

思わず、そんな言葉が漏れる。

何時間も、飲まず食わずここで見ていた。お腹が減っているのは当然だ。

そんなスーの表情と、思わず漏れた言葉を聞いて、涼は心の中でガッツポーズを決めた。

失態を払拭した。

涼が、マルゲリータ最後の一切れを食べ終えた瞬間……キングの棍棒が弾き飛ばされる。無言のまま、ラーはキングの首を刎《は》ね、ようやく剣戟は終わりを迎えた。

それは、大海嘯の終了でもあった。

◆

大海嘯後のギルド食堂食べ放題を堪能し、涼は翌朝、ギルド馬車で王都に向かった。

貴重な、ルン冒険者ギルドのギルド馬車使用許可が下りたのは、大海嘯での頑張りを評価されたかららしい。

頑張ったかいがあったと涼は喜び、貸し切り状態となったギルド馬車の中で眠り続けた。昨晩は、明け方まで食べ続けていたので……。

翌日昼過ぎ、無事王都に到着。そのまま王城図書館に行き、長らく借りていた『錬金術　その未来と展望～生活の全てに錬金を～』を返却した。

その際、司書長のガスパルニーニさんが、泣きそうな表情で……というか、少し泣きながら何度も頭を下げて感謝していたのが印象的であった。

涼は心に固く誓った。借りた物は返さなければいけないと。そうしないと、司書長さんのような善い人を泣かせることになるから。

そして、王城の離れに行ったのだが、国王アベル一世は、ベッドにいなかった。

少し歩き回って、離れの中庭で剣を振っているのを見つける。

「アベル……病み上がりなのですから、無理をしてはいけません。一カ月は安静にと言ったでしょう」

そう、結局アベルは、手術から一カ月どころか十日程度で剣を振っている……。

涼の口調には諦めが交じっていた。

「よう、リョウ。なんか、久しぶりだな。何してたんだ？」

「世界を、破滅から救っていました」

「お、おう……」

また、涼が何か意味が分からないことを言っている。アベルはそう思ったが、あえてそこはつっこまなかった。どうせ、錬金術にのめり込んでいたか、美味しい食べ物にのめり込んでいたか、その辺だろうと勝手に判断して。

涼は不憫《ふびん》な男であった。

剣を振り終えて執務室に戻ったアベルの元に、宰相ハインライン侯爵がやってきた。報告があるらしい。

「陛下、一昨日、ルンの街で三年ぶりの大海嘯が発生し……」

そこまで言って、侯爵は、部屋に涼がいることに気付いた。

「大海嘯か、なつかしいな。今回の種類と規模は？　そういえば、ルンの街の冒険者、今はB級が少ないだろう、大丈夫だったか？　いや、今頃の報告ということは、問題なかったからだよな」

アベルの立て続けの質問に、侯爵は意識を元に戻して答える。

「はい。今回はオーガで、五千体。ルン所属のB級パーティーは、デロング率いる『コーヒーメーカー』のみで、さらに間の悪いことにワイバーン討伐に駆り出されておりました」

「そういえばそんな報告があったな！　ワイバーン二体だろ？　ん？　そうなると、ルンにはC級以上の冒険者は、ほぼいなくなるんじゃ……」

そこまで言って、アベルの表情はだんだん厳しくなっていく。

ワイバーン討伐の難しさは理解している。冒険者時代に、何度も経験があるから。

そして、大海嘯も経験している。しかも、今回発生したのはオーガ……矢が皮膚で弾かれる！

「ルン騎士団でも厳しいだろう？　犠牲がかなり出たのではないか？」

「いえ、それが……」

ハインライン侯爵は、チラリと涼の方を見る。

涼は、王城図書館から新たに借りてきた錬金術の本を、ソファーにぬべ～っと寝転がって読んでいる。報告も聞いていなさそうだ。

「被害はゼロ。午後三時に発生し、同日午後七時過ぎに、率いていたオーガキングの討伐を完了したとのことです」

「被害ゼロか！　今のギルドマスターはラーだよな。スーのサポート能力も高いからな、なかなかやるじゃないか。いや、ルン騎士団が鍛えられているからか。まあ、どちらにしろよくやった、が……ん？　待てよ？　オーガの皮膚は矢が通らんだろう？　それなのに被害ゼロというのは、どういうことだ？」

アベルがそう言うと、再びハインライン侯爵は、ソファーを占拠している涼をチラリと見て答える。

「はい、実は、オーガキング以外は魔法で……」

「そうか！　魔法か。……魔法？　五千体のオーガを？　え？　……あ、うん、いちおう聞くが、その魔法というのは誰が放った？」

アベルはそう問いながらも、すでに視線は、ソファーにぬべ～っと寝転がっている水属性の魔法使いに向いている。

「はい、陛下のご推察の通り、ロンド公爵です」

「やっぱりリョウか！」

「はい？」

アベルが叫び、涼は、自分の名前が呼ばれたらしいので反応した。そして、なぜか自分が話題の中心になっていることに気付く。

「リョウが、ここ五日ほどいなかったのは、ルンの街に行っていたのか？」

「ええ。あ、でも、決して借りっぱなしにしていた王城図書館の本をルンの家に取りに行っていたとか、そういうことではないですよ？」

「うん……なんでその時、ルンにいたかは分かった。まあ、大海嘯の対処、よくやった……」

アベルは少し疲れた表情で、そう褒めた。

「アベル、本当に褒めてます？」

「どういう意味だ？」

「本当にそう思っているのなら、感謝の気持ちを示すのに、言葉だけでは足りませんよ！」

「言葉だけじゃなくて、何ならいいんだ？」

「決まっているじゃないですか、特権をください、特権を」

筆頭公爵が国王に対して、特権を要求する絵……それを見て、宰相たるハインライン侯爵は眉をひそめた。国の秩序を考えた時、あまりいいことだとは思えなかったからだ。

だが、当のアベル王は真剣みの無い表情で涼に尋ねる。

「どんな特権が欲しいんだ？」

「もちろん、月一のケーキ特権です！」

「うん、許可する」

「やったー！」

疲れた表情で、うんうん頷いているアベル。ガッツポーズを繰り返して喜ぶ涼。

そして、理解が追いつかないハインライン侯爵。

「え？　ケーキ？　なんですかその特権」

今日も王国中枢は平和であった。

帝国使節

王国中枢が平和であった翌日。

涼は王城図書館から本を借りて国王執務室に行こうとしていたのだが、そこで珍しく、外から戻ってきたらしいハインライン侯爵に会った。

これは非常に珍しいことだ。かなり忙しい宰相閣下は、宰相府と国王執務室の間を行き来する以外は、ほとんど自分の執務室に籠って仕事をしているイメージがあるから。書類仕事が多くない場合は王都にも出ると聞いたことがあるのだが、書類仕事が多くない場合などがあるとは思えないので……。


「こんにちは、ハインライン侯爵」

「ああ、ロンド公爵。その本はもしや……」

「え？　『火属性魔法への対抗策　錬金術的思考』ですけど？」

ハインライン侯は、涼が借りてきたばかりの本に目を留める。

涼は首を傾げる。

「陛下にお聞きになられたからでは？」

「はい？　なんのことですか？」


いつもとは少し様子の違う涼が、王城離れの、アベル王が静養している部屋を訪れた。

「おう、リョウ。また本を借りてきたのか」

「アベル」

「ん？　なんだ、怖い顔をして」

アベルの言葉を遮って、涼はアベルに呼びかけた。

それをアベルは訝《いぶか》しむ。

「アベル、僕に、何か隠していることがあるんじゃないですか？」

「なんだ、藪《やぶ》から棒《ぼう》に……」

涼が詰問すると、アベルはツツーと視線を逸らした。

「ほら！　目を逸らした！　さあ、はっきり言ってください」

「いや、そんなの多すぎて、どれのことを言っているのか分からない……」

「なっ……」

涼は両手両膝を床に突き、絶望のポーズとなった。

「ナイトレイ王国、国王と筆頭公爵の間に亀裂！」

「いや、国の危機を煽るようなことを言わなくてもいいと思うぞ」

涼が、まるで新聞か週刊誌の見出しのようなことを言い、アベルは苦笑しながらたしなめる。

「で、ホントに、どれのことなんだ？」

「もういっそ、全部言ってもいいですよ？」

「全部知ると、リョウが書類まみれになるが……それもまた一興か」

「ごめんなさい、そうなったら、ロンド公爵領は王国から離脱します」

「うん、それはやめろ」

国王と筆頭公爵の交渉は、まるで火花が散るかのような、丁々発止の……。

「ハインライン侯爵が言っていました。僕を呼び寄せた理由の一つは、一カ月後……もう、あと二週間後ですか。その頃に帝国から来る人たちのためだと」

「ああ、それか……」

アベルは小さく何度か頷いた。

「そう、リョウが、呼んですぐに来られるとは思っていなくてな。ロンドの森にいたら一カ月くらいはかかるだろう？　そう思って、早めに伝えたんだ。実は、帝国から使節が来る。普通の使節ではなく、正使はルビーン女公爵。現皇帝の妹御だ」

「大物ですね」

涼は、なんとなく雰囲気で相槌を打つ。

「まあな。これほどの大物であれば、迎える王国側としても適当な人物だけで、というわけにはいかない。国王かそれに準じる者が出なければならない……」

「ああ、つまり、アベル王の病気がどれほどのものかを測るために送られてくる使節なわけですね」

「そういうことだ。もしくは、俺が死んでいることの確認のためにだ」

アベルはそういうと、苦笑した。実際、少し前までは、帝国の使節が来る前には死んでいるかもしれないと覚悟していたのだから。


三年前に即位したアベル王は、周辺国家から、近年稀にみる強力なナイトレイ国王だと認識されていた。それは、個人戦闘能力が高いという意味での強力というのももちろんある。しかしそれ以上に、国王としての権力が強力であるという意味合いの方が強い。

ナイトレイ王国は三年前、北部貴族の全てが反逆した。反乱を起こした王弟レイモンドや、侵攻してきた帝国に寝返ったのだ。

しかし終わってみればレイモンドは死に、帝国は王国領内から完全撤退。南部、西部の大貴族はアベル王を早い段階で支持していたために力を増し、逆に北部の貴族は全て廃絶となった。また、東部貴族の多くも解放戦前からの東部混乱によって、大きく力を落とした。

その結果、北部貴族が持っていた領地は、一時的とはいえ全て王家の管理下に入った。同時に、東部貴族たちも後継者を失った家門の領地は王家預かりとなった。

それらの領地は、解放戦の功績に応じて手柄を立てた者たちに与えられ、新たな貴族となった者、陞爵《しょうしゃく》した者が生まれた。彼らは、アベル王の手によって新たな領地と地位を手に入れたため、王への忠誠心に篤《あつ》い貴族層が生まれた……。

それが、アベル王が強力な国王だとみなされる理由であった。


「実際の交渉そのものは、ハインライン侯がやるとして、その場にリョウもいてくれれば……宰相と筆頭公爵が揃っていれば、俺が出ていけなくとも格好はつくだろうと思ったわけだ」

「でもその場合、アベルの病が重いというのは確認されちゃうでしょう?」

「それは事実だしな。どうせすぐにばれるから、しょうがないかなと」

アベルは、王としての駆け引きは、全く得意ではない。それでも、なんとかして国の存続を考えた結果が、涼の登城だった……。

そこまで言われれば、当然、涼は協力する。

「分かりました。その使節団の交渉の席には、僕も出ましょう」

涼は力強く頷き、アベルはにっこり微笑み、二人は固い握手を交わしたのであった。

さて、二週間後の予定は決まったが、それまでどうするか……。

やるべきことはたくさんある！

美味しい料理屋の発掘。錬金術関連書籍の読書……等々。

「食べるか錬金しかないのか……」

「ずっと寝ていた王様に言われたくないです！」

「いや、俺、病気だったんだけど……」

◆

二週間後。

「帝国のルビーン女公爵使節団は、明日午前中に迎賓《げいひん》館《かん》に入られます。その後、すぐに交渉開始となります」

「謁見とかしてからじゃないんですねえ」

「はい。今回の交渉が決まった一カ月前に決めてあった手順通りです。あの時は、正直陛下の病状がよくありませんでしたから……」

涼の言葉にハインライン侯爵は、頷きながら説明をする。

「良くなったのはリョウのおかげだ」

「いや～、それほどでも」

アベルは素直に感謝し、涼は照れた。

王城の離れでは、アベル、ハインライン侯爵、そして涼が、帝国からの使節についての打ち合わせをしている。

「重病だと聞いていた国王が元気いっぱいになってたら、帝国の人たちもさぞ驚くでしょうね」

涼はその光景を頭に浮かべているのだろう、ニヤニヤしながら言う。

「交渉が行われるのは、王城と、宿泊される迎賓館の間にある、交流館の会議室です。会議室には魔法障壁は張ってありませんので、その点はご承知おきください」

ハインライン侯爵は、なぜかそんな説明をした。

「うん？　アベル、使節に魔法砲撃でも食らわせるんですか？　女公爵って皇帝の妹さんなんでしょ？　ヤバくないです？」

「俺じゃねぇよ！　リョウに対して言ってるんだ」

アベルは反論した。反論された涼は首を傾げる。

「僕は、いくら帝国の人間だとしても、初めて会う人を突然襲ったりはしませんよ？」

「……ん？」

「……あれ？」

ハインライン侯爵とアベルは思わず見合った。

「陛下、ロンド公爵には、どこまで説明されていらっしゃいますか」

「……リョウは、もしかしたら、ルビーン女公爵を知らない可能性がある？」

「それくらい知ってますよ！　さっきも言った通り、皇帝の妹さんです。ルパート六世陛下が五十代半ばだから……」

涼は、戦場で会った、五十代でありながら余計な脂肪一つつかず、鋼のような体つきだった皇帝ルパートを思い出していた。

「ああ……それ以前の問題だったか。リョウ、ルパート陛下は二年前に退位し、皇太子であったヘルムート皇子が、ヘルムート八世として即位している」

「なんと……」

涼は全く知らなかった。当時は、かなり大きな話題になったらしいが……。

「それに伴って当時の他の皇子、皇女は臣籍降下して公爵家を開いた。今回のルビーン女公爵もだな。ルビーン女公爵のファーストネームはフィオナ……」

「それってまさか、あの皇女様……」

「そうだ。リョウが氷漬けにしようとした、以前の第十一皇女、皇帝魔法師団長、当時の名前がフィオナ・ルビーン・ボルネミッサ。彼女が正使としてお見えになる」

「知りませんでした……」

涼は少し顔をしかめて頬を掻いている。

「ということは、ご夫君もご存じないでしょうな」

ハインライン侯爵は、幾分小さ目な声で言う。

「ご夫君？　旦那さん？」

「はい、ご夫君、ルスカ伯爵が副使です」

「ルスカって……まさか、あいつ……」

「はい、爆炎の魔法使い、オスカー・ルスカ伯爵です」

ハインライン侯爵の説明の瞬間、涼の顔は思いっきりしかめられた。

そしてアベルの方を向いて言う。

「アベル、知っててだましましたね！」

「い、いや、そのうち言おうと思っていて……」

アベルは、涼から視線を逸らして言い訳をする。

「そのうちってことは、僕に使節受け入れの対応をさせようと決めたあの時には、隠しておく気満々だったってことでしょう！」

あの時、アベルと涼は固い握手まで交わしたのに……。

涼は絶望した。


「……分かった、月一のケーキ特権を、週一にしよう」

「アベル、僕はアベルに一生付いていきますよ！　帝国の二人なんて、僕に任せてください！」

涼は復活した。

美味は、人を支配する。

美味こそ、正義。

美味こそ、至高。

人は美味に生き、美味に死す。


ところ変わって、帝国ルビーン女公爵の使節馬車。

「交渉の席に着くのは、宰相ハインライン侯爵と、筆頭公爵であるロンド公爵……」

ルビーン女公爵であるフィオナは、何度目かの呟きを発した。

「フィオナ、まだ気にしているのか」

そう声をかけたのは夫であるルスカ伯爵、爆炎の魔法使いの二つ名で呼ばれるオスカーだ。

「はい……。ロンド公爵家は、先の王弟フリットウィック公爵家を廃して興された、新しい公爵家でありながら、その当主は王国筆頭公爵の地位。それなのに、王城内における職には何も就かず、あまつさえその公爵領がどこにあるのかすら、実は定かではない。しかもここ三年、その姿を見た者は誰もいなかった……。

帝国諜報部ですら、実はロンド公爵など存在せず、王家が他の貴族への圧力をかけるために名目上興した公爵家にすぎないと結論を出していたのです。廃したフリットウィック公爵領の半分を、王室がそのまま保持しているのも、その結論を裏付けていました。それが、今回の交渉の席に出てくる……しかも国王アベル一世の名代として」

「まあ、確かに気にならないと言えば嘘になるが……どうせ交渉の席に着けば分かるのだろう?」

「はい、確かにそうなんですが……」

そういうと、二人は、マリーが淹れてくれたコーヒーを口に運んだ。

「俺が気になるのは、それ以上にアベル王の病状だ。これまで表に出てこなかった筆頭公爵を、わざわざ出さねばならぬほどの状態ということでもある」

「諜報部が集めた情報では、おそらく死病ではないかと」

「だが諜報部も、王城内には人を入れられておらん」

「宰相……」

「そうだ。防諜に関しては、宰相ハインライン侯が帝国より一枚も二枚も上手。だからこそ我々が、正面から直接乗り込むわけだが」

(呼び方は変わったが、結局二人の間には、なかなか甘い時間は流れない……)

傍らで話を聞く侍女マリーは思った。そして、心の中で盛大なため息をつく。

マリーは、皇帝魔法師団長付きの副官であったが、同時にフィオナ付きの侍女でもあった。そのため、フィオナがルビーン公爵家を興した時、その侍女長に納まった。

当然、今回の使節でも、正使付き副官兼侍女として随行している。

自分の全てをフィオナに捧げるマリーとしては、フィオナには幸せになってほしいと思っている。とはいえ、幸せの形が、人によって違っていることも理解している。

（なかなかに難しいです……）

「やはり、かなり悪いのか……」

オスカーのその呟きは、隣に座るフィオナの耳にだけ聞こえるほど小さかった。それを聞いて、フィオナも一つ頷いた。

◆

交流館の会議室。

帝国の使節は案内され、着席した。

すぐに、王国外務省の人間が説明を始める。

「事前の連絡通り、ロンド公爵、ハインライン侯爵が、王国側の窓口としてもうすぐお見えになります。今しばらくお待ちください」

そう言って部屋の隅の席に戻ろうとすると、フィオナが質問をする。

「帝国外務省からも事前に要請があったと思うのだが、交渉終了後の国王陛下への謁見は、やはり難しいのかな」

「は、はい。善処してはいるのですが、王城の方からいい返事がもらえず……申し訳ございません」

答えた外務省の人間は、声が裏返っている。想定外の質問には弱いのかもしれない。あるいは、フィオナの美貌にのぼせ上がったか。

説明から一分後。

会議室の扉が開かれ、先ぶれが、ロンド公爵とハインライン侯爵の到着を告げる。

まず先に入ってきたのは、王国宰相の地位にあり、南部の大貴族としても知られるアレクシス・ハインライン侯爵。名実ともに、王国の屋台骨を支える人物だ。

元王国騎士団長であり、王国と連合が争った『大戦』時に活躍し、『鬼』と呼ばれた。さらに、王国の諜報においても一家言ある人物として知られ、その点からも周辺諸国から警戒されている。

武略、知略、政略、謀略と、全く隙の無い人物。

（やはり厄介な男……）

オスカーは、入ってくるハインライン侯爵を見ながら、そう考えていた。

だからであろうか、次に入ってきたロンド公爵を見るのが少し遅くなった。

しかし、王都到着前からロンド公爵を気にしていたフィオナは、すぐに視線を移している。

そして、息を呑んだのが分かった。

その様子を感じ取り、オスカーも入ってきたロンド公爵に視線を移し……。

目を見張った。

「なぜ、貴様が……」

思わず漏れた言葉。

限りなく小さい声だったため、横に座るフィオナにしか聞こえていないだろうが。

だが、そのフィオナすらも……。

「まさか……」

そう呟いていた。

オスカーは、なんとか感情をコントロールしていた。とはいえ、想像外の驚きであったため、本当にギリギリだ。

「ああ、こんにちは、お久しぶりですね。王国解放戦以来ですかね、半身を斬り飛ばしてお腹を剣で貫いた」

そんなふざけたことを言われたら、当然キレる。

……以前であったなら。

だが、深く重い、本当に深い呼吸を一つ入れ、オスカーは辛うじて、感情が暴走するのを防いだ。

それを見て、涼は正直、少し感心した。

別に暴走させて、交渉をめちゃくちゃにしようとして言ったわけではない。ただ、目の前にムカつく人がいたから、ちょっと煽ってみただけだ。精神的にどんなものなのかという確認も込めて。

だが、そのムカつく人は、深呼吸ひとつで感情をコントロールしてみせた。

それは、驚くべきこと。

涼は、オスカーのことが嫌いであるが、決して、低く評価しているわけではない。そもそも低い評価であれば、好きも嫌いも無い。どうでもいい相手となる。

深呼吸一つで感情をコントロールしたのを見て、成長していることを理解し、評価を高めていた。もちろん、嫌いである点は全く変わっていないのだが。

涼とハインライン侯爵の二人が席に着き、交渉が始まった。

とはいえ、帝国の正使は言いたいことがあったらしい。

「まさか、あなたが筆頭公爵たるロンド公爵だったとは、意外でした」

「そうですか？　王国は信賞必罰を常とする公正な国です。王国解放戦で結果を出したので、国王陛下の思《おぼ》し召《め》しによって、結果にふさわしい公爵という地位を賜っただけですよ。筆頭なのは、我がロンド公爵家が抱える戦力が王国最大だからでしょう。たいしたことではありませんので、お気になさらずに。それより、お二人は結婚されたのですね、おめでとうございます」

「……ありがとうございます」

涼はいけしゃあしゃあと説明してからにっこりと祝福し、フィオナもにっこり笑って祝福を受け取った。

それを横で、無表情で聞いているハインライン侯爵は思った。

（実は、ロンド公爵は腹芸もできるらしい……）


基本的に、国同士の外交交渉というものは、官僚レベルで事前にすり合わせが行われる。政治家や貴族が出てくる最終段階は、その確認や条約の締結が行われるだけだ。つまり、この会議室に集まる前に、今回話し合われる内容については事務レベルで話が終わっている。

そのため、ここで新たに相手方が知らない話が出てくる、あるいは提案されるなどということは、普通は起きない。

そう、普通は。

「事前通告してあった内容に、追加で提案があります」

フィオナがそう言うと、帝国外務省の事務官たちが、王国側に資料を渡していく。

「使節団の派遣？」

ハインライン侯爵が、配られた資料を見て呟く。

資料が行き渡ったのを確認して、フィオナが説明を始めた。

「帝国は、近々、西方諸国に使節団を派遣する予定です。そして可能ならば、その使節団は、帝国だけではなく中央諸国の国々と共に派遣できればと考えています。今回、王国にも、使節団派遣に協力いただきたく、ご提案させていただきます」

帝国にそんな動きがあるという情報を、王国側は掴んでいなかった。

（なぜ、西方諸国に？　そして、なぜ、今なんだ？）

ハインライン侯爵は、その辺りを全く理解できず困惑する。判断するには、あまりにも情報が足りなすぎた。そういう場合は、情報を集めるに限る。

「中央諸国の国々と共にということは、この提案は連合にも？」

「はい。我々と同様に、ほぼ同じタイミングで、連合にも提案させていただいております」

「その、使節団の規模は……帝国はどれほどの人数を派遣しようと考えておいでで？」

「護衛を除いて、帝国から百人規模です」

「文官だけで百人規模……」

これはかなり大きな規模だ。

もし、王国と連合も同じ規模の使節団にするとして、文官だけで三百人……。

しかも今回、行先は西方諸国。その旅程は長く、困難な場所も多い。

そう考えると、護衛の規模も相当なものになるであろう。

護衛も入れれば、全体で千人規模か？

それだけの糧食はどうする？

移動はどう考えている？

「とはいえ、現状は、まだ提案の段階です。王国や連合など、前向きに検討していただけるとなれば、いろいろすり合わせていくことになるのだろうと考えております」

そんな話を聞きながら、涼の心はざわついていた。

それは言うまでもなく、西方諸国に興味があったからだ。

一番の興味は、もちろんゴーレム兵団。西方諸国には、そんなものを抱える国があると、以前アベルから聞いた覚えがある。

ぜひ見てみたい！

とはいえ……実は涼は、いわゆる西方諸国がどんな

ものなのかを知らない！　自慢ではないが、全く知らない！

（あとでアベルに聞こう）

国王陛下を便利屋扱いする筆頭公爵。

国の秩序はいったいどこに……。

それから二日間。帝国と王国の交渉が行われた。

『西方諸国への使節団』以外にも、話し合うべき懸案はいくつもある。国境を接すると、それだけで毎日のように問題が発生するらしい。

そして、最終日夕刻、全ての日程が終了した。

両国の外務、経済関連の文官たちの顔には、特に濃い疲労が漂っている。

当然、彼らは、この二日間だけではなくここに至るまでの一カ月間ずっと、極度の緊張にさらされてきた。その一カ月の緊張の結果がこの二日に集約されるわけだから、手を抜けるはずがない。

それに比べれば、両国のトップ四人は、気が楽……基本的に、難しい顔をして座っており、必要なタイミングで必要な言葉を言うだけだ。特に今回の案件は、そういうものばかりであった。

王国的には、こんな丁々発止のやり取りに慣れていないであろうロンド公爵が交渉の責任者に据えられていたから……かもしれない……そうではないかもしれない。

それは誰にも分からない。

とりあえず、なんとか日程はこなされた。

「二日間お疲れさまでした。ところで、帝国の方々にぜひお会いしたいと、ゲストがいらっしゃっています。皆様にご挨拶したいということなので、お呼びいたします」

涼が、澄ました顔でそんなことを言った。

「ゲスト？」

フィオナが訝し気に問いかける。

オスカーは顔をしかめただけで、何も言わない。

「さあ、どうぞ！」

涼がわざとらしく言うと、扉が開き、一人の男性が颯爽《さっそう》と入ってきた。

涼が「どうぞ」と言った瞬間、王国側は全員起立している。

そう、入って来たのは、ナイトレイ王国国王、アベル一世。

病の気配など微塵もなく、以前戦場で会った時以上に若々しく、それでいて貫禄もつき威厳に満ちた様子。

一瞬の間をおいて、フィオナ、オスカーを含め、帝国側代表たちも全員起立した。

「帝国使節の皆さん、よく王国においでくださいました。挨拶が遅れて、申し訳ありませんな。こちらにもいろいろと事情がありまして」

嘘である。

最後にびっくりさせましょうという、どこかの水属性魔法使いである筆頭公爵の提案に、国王陛下が乗っただけだ。

そして、その狙いは完全に当たった。

フィオナもオスカーも、なんとか驚きを隠しているが、他の帝国使節たちはそうはいかない。

『アベル王、重病』という情報は、帝国上層部においては、半ば常識とされていたのだ。その相手が颯爽と、そして溌剌《はつらつ》とした様子で出てくれば、当然驚くであろう。

『交渉』の最後の最後は、王国の完勝で幕を閉じたのであった。

◆

「ククク、見ましたか、あの火属性魔法使いの間の抜けた顔！　我々の完全勝利です！」

国王執務室に戻ると、悪そうな顔で悪そうに笑う水属性魔法使いが、ご満悦であった。

「まあ……あんまり表情は変えていなかった……」

「キッ！」

反論しようとした国王陛下は、効果音付き筆頭公爵の厳しい視線にさらされる。

「お、驚きを隠しているのが透けて見えていたな……」

「そうでしょう、そうでしょう」

アベルは意見を修正し、涼は何度も頷いた。

隣で聞いているハインライン侯爵は、無言だ。この二人はこういうものだと、諦めているのかもしれない。

とはいえ、意識のすり合わせを早急にしておかねばならない問題があるため、自分から切り出した。

「西方諸国への使節団派遣。これは検討せざるを得ません」

「そうだな。提案を聞いた時には驚いたが……疑問としては、なぜ今で、なぜそんなことを、だな」

アベルが抱いた疑問も、話を聞いた時にハインライン侯爵が抱いた疑問と同じものであった。提案のタイミングが、あまりにも唐突すぎる。

「あの～、西方諸国って、そんなに行くのが大変なのです？」

涼は、西方諸国に関する知識が全くないため、素直に質問することにした。

聞くは一時の恥、聞かぬは一生の恥。

「ああ、大変だな。まず、この中央諸国との間に街道が整備されていない。定期的な交流はもちろん、直接の貿易も行われていない。間には、まとめて『回廊諸国』と呼ばれる、いくつかの小国家が点在していて、それらを経由しながら行くことになる。治安がいいとは言えない上に、国が全く存在しない場所もある。およそ、まともな商隊は行き来しない。定期的な交流は、物理的に難しいな」

涼の質問に、アベルがそう答えた。

その答えに、涼は目を見張る。

「アベルがまともな答えを……」

「おい、こら！　これでも国王だぞ。それくらいは知ってるわ」

涼の酷い言い草に、どなりつけるアベル。

だが、涼の頭にふと疑問が浮かんだ。

「そういえば、勇者ローマンたちって、西方諸国から来たんでしたよね？　それに、ほら、魔法団のアーサー・ベラシスさんも、若い頃は西方諸国に行ってたことがあるって……」

「ああ。だが、いずれも一流以上の冒険者たちだろ？　アーサーだって、その当時すでにB級冒険者だったはずだ。そんな実力者たちなら、辿りつけないわけじゃない。ただ、今回のように非戦闘員を多数抱え、荒事《あらごと》に慣れていない者たちを守りながらとなると……。どう思う、ハインライン侯」

「そうですな、かなりの困難が生じるでしょうな」

ハインライン侯爵は何度か頷きながら答え、続けた。

「西方諸国の最東端であるキューシー公国までの間に、最低でも四つの小国を経由することになります。全体で、片道一カ月の旅程というだけでも大変ですが、間にある漆黒の森、ランシ峡谷、そしてフンスン山脈……いずれも難所です」

ハインライン侯爵の説明に、涼は素直に感心していた。

「さすが宰相閣下……国王陛下よりお詳しい……」

「おい、そこの筆頭公爵、聞こえているぞ！」

国のナンバー1とナンバー2の仲というのはたいてい良くないものだが、王国においては、その心配はなさそうである……。

「派遣するとした場合、規模と、誰を団長として送るかが問題になってくると思います」

ハインライン侯爵が言う。

アベル、ハインライン侯爵、涼の三人はソファーに座り、三人の前にはコナコーヒーが置かれた。

「帝国の出方次第というのが面倒だな」

アベルはそう言うと、コーヒーを一口すする。

「帝国の？」

涼は意味が分からず首を傾げながら問う。

「帝国が、使節団の団長として誰を据えてくるかによって、我々も誰を団長として出すかが変わってくる。例えば、帝国外務省の交渉官などが団長であれば、こちらも外務省の人間でいいだろう。だが、先ほどのルビーン女公爵、つまり現皇帝の妹などが団長として出てきたりすると……こちらも王族、あるいは高位貴族を据えねばならん」

「面倒ですね～」

アベルが顔をしかめながらそう説明し、涼は国同士の、一般の民からは見えないそういう部分って分かりにくいうえに面倒だな～と、他人事のように思って素直な気持ちを呟いた。

筆頭公爵は、間違いなく高位貴族なのだが……。

「それに、帝国と我ら王国以外にも、考えるべき相手が……」

ハインライン侯爵が言うと、アベルが答えた。

「連合か……」

◆

ハンダルー諸国連合首都ジェイクレア。執政執務室。

「なんてめんどくさいことを……」

執政オーブリー卿は、大きなため息をついて呟く。

連合にも、帝国の使節から、西方諸国への合同使節団のお誘いが来たのだ。

帝国使節を送り出した後、オーブリー卿は執務室のソファーで検討していた。目の前には右腕たる補佐官ランバーが座り、いくつかの書類を見ながら言う。

「閣下、そう言われましても……」

「分かっている。帝国が主導し、おそらく王国も使節団を出すだろう。両国と比べて、明らかに劣る内容で送り出すわけにはいかん。馬鹿馬鹿しいとは思うが、国のメンツを潰すような政策をとれば、一部の民が怒り出すからな。スムーズな統治を行うには、自国は大国であり、周辺諸国からも敬意を払われている国であると国民に認識させるのが一番だ。ここで下手な使節団を西方諸国に送ろうものなら、数十年先まで、何を言われるか知れたものではないわ」

オーブリー卿は、苦笑いをしながらそう言った。

とはいえ……。

「さて、誰を責任者として送るべきか……」

頭の中で、その人選に難航していた。

もちろん連合政府としては、使節団を派遣するかどうか決定していない。そもそも、一時間前に帝国使節から聞いた話なのだから。外務省の官僚たちは、慌てて派遣の可否を検討に入ったらしい。

そんな段階ではあるが、オーブリー卿は連合の執政。外務省が出してくるであろう叩き台となる素案、それはそれとして、事前に自分の中でも考えておくのが当然だと思っている。

持ち寄って、検討して、いいプランになれば良し。

お互いが出してきた案が一致していれば更に良し。

持ってきてもらうまでこちらはノープランなど……

そんな馬鹿は、執政などできはしない。

「どう考えても……あのご老体以外、思い浮かばん」

オーブリー卿のその呟きに、ランバーは口をへの字に曲げて言った。

「受けてくださるかどうか……。閣下は、かの御仁に警戒されていますから」

「まあな……」

オーブリー卿は苦笑して、ランバーの意見を受け入れた。

「一昨年、ようやく代替わりをして、今は隠棲《いんせい》しているよな。場所はどこだ?」

「北方の街、フォストですね。良質な鉄鉱石が採れる……ここ五年でかなり成長した街でして、風光明媚さも兼ね備えている良い所です」

「そうか。ではちょっと行ってくる。近衛《このえ》は……中隊で連れていくか。襲われたらかなわんからな」

本気とも冗談ともつかない表情でそう言うと、オーブリー卿は部屋を出ていった。

ランバーが反応する暇もない即断即決。

後には、机の上の大量の未決裁書類と、ランバーが残される。

「……あの……三日は帰って来られないじゃないですか……書類はどうするので……」

執務室では、ランバーの呟きは誰にも聞こえない。


一日後。

北方の街フォストは、大きな川を挟んで両岸に街が広がる。西岸が市街地で、東岸に裕福な商人や貴族の館が立ち並んでいた。

東岸の中でも、ひと際大きな館の前に、立派な馬車と三十人あまりの騎馬が到着した。

当然、訝しむ門番。

その馬車には、連合の紋章が描いてある。しかも護衛する騎馬は、誰もが無視できない存在感を放つ精悍《せいかん》な部隊。それだけで、馬車に乗る人物が尋常な者でないことは、門番にも理解できる。

騎馬を率いる指揮官が馬を降り、門番に近付いて尋ねた。

「こちらは、カピトーネ王国、先の国王、ロベルト・ピルロ陛下のお屋敷でよろしいか」

「いかにも、その通りです。役儀により尋ねますが、そちらはどなた様でしょうか」

門番もしっかりと尋ね返す。さすがに、先王が隠棲する館の門番だ。

「こちらは、ハンダルー諸国連合執政、オーブリー・ハッブル・コールマンの馬車です。訪問の取次ぎをお願いします」

「執政……オーブリー卿！　か、かしこまりました。しばらくお待ちください」

そう言うと、門番二人のうち年上の方が走って館の中に入っていく。残された方は、緊張を顔に張り付かせ、全く動けない状態で待つのであった。

◆

「連合の執政は、それほど暇なのか？」

オーブリー卿が部屋に通され、出されたコーヒーを前に待っていると、ドアを開けて入ってきた老人がいきなりそう言い放った。

白髪は短く切り揃えられ、髭《ひげ》は無い。間違いなく老人であり、見た目の年齢は七十歳を超えているであろう。しかし、眼光には力があり、背中もピンと伸び、正面から見据えられれば多くの者たちが震えあがる……現役を退いて、今なおこれである。

とはいえ、言われた人物はオーブリー卿。

「ありがたいことに、十三年もこの職を続けさせていただいておりますので、少しは慣れました」

そう言い返すと、コーヒーを一口啜《すす》る。

「そのコーヒーに、儂《わし》が毒を入れたとは思わんのか？」

「思いませんね。今、私を排除したら、誰が連合をまとめていけるのか。そんな人物はいない。陛下が一番よくお分かりでしょう」

そう言い放てるだけの存在感を、オーブリー卿も持っている。

「ふん。お主を執政に選んだのは正しかったとは思うが……憎たらしいのもまた事実じゃ」

そう言うと、老人はオーブリー卿の正面に座った。

カピトーネ王国は、ハンダルー諸国連合を構成する主要十カ国のうちの一つ。

ハンダルー諸国連合の中心は、十カ国である。それぞれの国から代表を出して『十人会議』が構成され、そこが本来の、連合の最高意思決定機関であった。

そう、本来は……であった。

今から十三年前、いわゆる『大戦』と呼ばれている連合と王国の全面戦争において、連合は、王国に大敗した。

その後、十人会議は、連合を立て直すために、執政ならびに戦時の独裁官としてオーブリー卿を選んだ。

この時点での力関係としては、十人会議の方が新たな執政オーブリー卿よりも強かったのは確かだ。執政、独裁官の任命権を持っているのだから、当然であろう。

それまでも、数多の執政が選出され、連合を取り仕切ってきたのだが、その上には常に十人会議があった。

だが、オーブリー卿が執政に就いて以降、力関係が変わっていった。

五年経つ頃には、完全に執政オーブリー卿の方が、十人会議よりも強くなっていたのだ。

その理由としては、十人会議に席のあった十人のうち、九人が入れ替わったのが大きいであろう。

十人会議を構成する各国代表というのは、各国の国王、大公あるいは公爵など、いわゆる国主だ。それぞれの国における、最高権力者、トップと言ってもいい。

しかしオーブリー卿が執政になって以降、彼らは立て続けに不幸な目に遭った。

ある者は病で命を落とし、ある者は暴漢に襲われて帰らぬ人となり、ある者はクーデターまがいの事件に巻き込まれてこの世を去った。

当然、あまりに都合よく、タイミングよくそんなことが起きれば、誰かが後ろで糸を引いているのではないかと考える者が出てくる。

そしてこの場合、糸を引く可能性が最も高いのは、執政オーブリー卿であった。それだけの力があり、能力があり、理由もある。

それぞれの国において、新たな最高権力者になった九人。彼らは皆、自国におけるその地位だけで満足した。ハンダルー諸国連合における最高権力は、オーブリー卿が持つことを認めたのだ。自分自身の保身のために。自分たちが、それぞれの自国で持つ地位を守るために。

連合の最高権力まで欲して、前任者同様に殺されてしまったら……元も子もない。

こうして、オーブリー卿は、連合における最高権力者として、誰からの掣肘《せいちゅう》を受けることなく辣腕を振るえるようになった。

十人のうち、九人が入れ替わった。

つまり、ただ一人だけ、入れ替わらず十人会議の座を守り続けた人物がいる。それが、オーブリー卿の目の前に座る、カピトーネ王国先代国王ロベルト・ピルロ。

それだけでもロベルト・ピルロが、人一倍有能であり、あらゆる障害を排除する能力を持っていると証明している。

そして二年前、ロベルト・ピルロは、王太子にカピトーネ王国の玉座と十人会議の椅子を譲り、ついに隠棲した。


「ようやく一昨日、アバディーンから戻ってきたばかりじゃ。この歳になると、さすがに長旅は体にこたえるわい」

「かつてのインベリー公国の公都アバディーン、どうでしたか？」

「自分で滅ぼした国にわざわざ言及するとは……不敵じゃのぉ」

ロベルト・ピルロは一度肩をすくめてから、ゆっくりとコーヒーを飲んだ。

「アバディーンを陥落させた時、ほとんどの民衆が逃げていきました。しかし、逃げるのを拒否し、街に残った者たちがいました。それだけ、アバディーンが良い街だったのでしょう。連合政府直轄都市にしたからには、以前よりも発展させようと思いました」

「ふん、お主の狙い通り、驚くほど発展しておるではないか。最近は、ジェイクレアが北の首都、アバディーンが南の首都と言う者すらおる。行ってみて分かった、それは正しいとな」

「お褒めいただき恐悦至極」

ロベルト・ピルロが不本意ながら称賛し、オーブリー卿が言葉だけは恭《うやうや》しく、だが実際はほんの少し頭を下げただけでうっすら笑った。

「して、わざわざジェイクレアからやって来た理由はなんじゃ？　儂はこれから、剣を打たねばならんのじゃ。手短に話せよ」

「先王陛下が鍛冶《かじ》とは、驚きです」

もちろん嘘である。

ロベルト・ピルロが、趣味で鍛冶をしているのはオーブリー卿も知っている。そのために、良質な鉄鉱石が採れる、このフォストを隠棲場所に選んだことも。

「わざとらしい。全部知っておろうが。このフォストは、開拓村であった頃から良い鉄鉱石が採れておった。当時は優秀な鍛冶師がおったらしく、時々、目を見張る剣を供給しておったものじゃ。儂も、名前を伏せて剣を求めたこともあった。じゃが、ウォーウルフの群れに村が襲われ、全滅した……。今は、これほど大きな街になったがな」

そう言うと、ロベルト・ピルロは窓の外に視線を送る。ここから、対岸の街の景色を見るのがお気に入りとなっていた。

「実は、帝国より使節が来まして……」

オーブリー卿はそう切り出すと、西方諸国への使節団派遣の話を伝えた。

「……その、連合の責任者を、先王陛下にお願いしたいと思いまして」

「もう七十五じゃぞ？　そんな老いぼれに、西方諸国までの旅をせえと言うのか。まったく……連合の執政は鬼じゃな」

ロベルト・ピルロは、顔をしかめてそう言った。

とはいえ、本当に嫌がっているわけではないことを、オーブリー卿は知っている。だからこそ、責任者になることを願いに来たのだ。

「先王陛下は、かつて西方諸国への憧れを語っておられたはずです」

「……そんな昔のことをよく覚えておったな」

オーブリー卿が執政に選任される前に交わした会話の中で、ロベルト・ピルロが語っていた。抜群の記憶力を誇るオーブリー卿が、忘れるわけがない。

「しかし、なぜ儂なのじゃ？　もっと若くてふさわしい者がおろうに」

「私が知る限り、第一線を退きつつも有能で、帝国や王国が誰を出してきても伍《ご》することができる連合の人間となると、先王陛下しかいらっしゃいません」

「そんなに連合は人材不足じゃなかろうが……」

とはいえ、ロベルト・ピルロは手を顎に持っていき、深く考え込む。

そして呟いた。

「誰を出してきても、か……」

その後、無言のまま、たっぷり一分間が過ぎる。

ロベルト・ピルロは、一つ大きく頷いて言葉を発した。

「まあ、よかろう。いろいろ注文はつけるが、儂が行ってやる」

「ありがとうございます」

ロベルト・ピルロが受け入れ、オーブリー卿は頭を下げた。

「とはいえ、例えば帝国が、責任者に外務省の高官などを据えてきた場合は、こちらも陛下ではなく外務省から出すことになりますが……」

「ここまで煽っておいて、なんという落ちじゃ……」

オーブリー卿の言葉に、小さく何度も首を振るロベルト・ピルロであった。

◆

「西方諸国……リョウは行きたがるだろうな……」

「まず、間違いなく」

王城パレス、国王執務室。

そこでアベルは、宰相ハインライン侯爵と中央諸国使節団について詳細を詰めていた。

「ゴーレムの兵団とか……俺でも見たいもんな」

「陛下は行けません」

「うむ……それは、さすがにな」

ちょっとだけ寂しそうな顔をして、アベルは小さくため息をついた。

元々冒険者である。見たことがない物を見たい、それは当然の気持ちだ。

いや、以前、それらしいものを見たことがある。空に浮かぶ『島』の中で。三年前のあの時以来、全く連絡のない『空の民』たちであるが、その旗艦の中で停止したゴーレムを多数見た。あれはおそらく、戦闘用のゴーレム。ある種のゴーレム兵団と言っていいだろう。

だが、『島』で見たゴーレムは全長一・五メートル、人間とほぼ同じ大きさであった。翻って西方諸国に存在するゴーレムは全長三メートルと言われている。

ハンダルー諸国連合がインベリー公国に攻め込んだ際に動員された人工ゴーレム、その大きさが約三メートルであった。アベルも対峙したが、厄介な相手だと感じた。

そんなゴーレムが兵団と呼ばれるほどの数で存在している？

見たいに決まっている！

とはいえ、現在アベルは国王。しかも、涼によって、なんとか命を取り留めた国王である以上、無茶はできそうにない。代わりといっては何だが、涼に見てきてもらおうと自分を納得させていた。

そんな涼を使節団に入れるとして、問題はその身分だ。

「これが普通の使節団なら、団長に筆頭公爵のリョウでもいいのだが、帝国と連合のことを考えると、リョウでは荷が重いだろう」

「能力は問題なさそうですが、なにぶん、交渉の経験が……」

アベルは顔をしかめ、ハインライン侯爵も顔をしかめている。

「これぱっかりはな」

アベルは先ほど以上に顔をしかめた。

アベルには、存命の兄弟も姉妹もいない。唯一の兄であった、先の王太子カインディッシュは病死した。

さらに、父スタッフォード先王にも、存命の兄弟姉妹がいない。先の王弟レイモンドは、反逆した末、自決。そのレイモンドにも子供はいなかった。

こうして改めて見てみると、現在のナイトレイ王家は人が少ない。

「血が足りないというか、薄いというか、直系の人間が……」

「陛下、お子様をたくさんつくられませ」

「お、おう……」

ハインライン侯爵が真面目な顔をして言い、アベルも頷く。

「もし必要なら、側室を娶《めと》るということも……」

「……いや、それはリーヒャに殴られそうだからやめよう」

アベルは、リーヒャが杖を振りかざして殴り掛かってくる光景を思い浮かべ、何度も首を振った。

そして呟いた。

「やはり団長は、あの男しかいないだろう」

ハインライン侯爵も無言のまま頷く。

二人の頭の中には、同じ人物の顔が浮かんでいたのだ。

「俺の方から直接行くべきだろうな」

アベルはそう言うと、王城を出て向かうのであった。


アベルが王城を出た頃、涼は王都の冒険者ギルドを訪れていた。

先日ルンに急いで戻るために使ったギルド馬車に関して、ギルドからお金を請求されたため、支払いに来たのだ。

「まさか、お金を請求されるとは思いませんでした」

ギルドの依頼で使用する場合は請求などされないのだが、涼のような場合は請求されるらしい。もちろん、一介の冒険者は使用許可そのものが下りないために請求されることもないのだが、涼は筆頭公爵として要求し使用したために請求されるのだ。

「ニルスたちに相乗りさせてもらったのに請求されるとは……」

そこも少し不満はあるのだが、利用したのは事実。たいした金額でもないために、真面目にお支払いに来た。

もっとも……。

「口座から引いてくれれば楽ちんなのに」

そんな愚痴も言いながら。

王都の冒険者ギルドは、王国最大の規模を誇る。

涼はギルド馬車を借りるために先日訪れたが、その時は、すぐにグランドマスター執務室に直行したために、一階の受付周辺はよく見なかった。

「こんな時間なのに人がいっぱいです」

そう、今はもうお昼前。朝の依頼争奪時間帯が終わり、喧騒は無くなっているのだが……それでもルンなどに比べて、ギルド内にいる人数が多い。

そんな光景を、涼がコソコソと見ていたのが目立ったのだろうか。

「おい、お前、何してるんだ」

そんな声が涼にかけられた。

声をかけてきたのは、大柄の剣士。もちろん涼は知らない人物。その剣士も、涼のことは知らないのだろう。

王都の冒険者ギルドでは、一度も見たことのない奴が、コソコソしている。依頼者には見えない。怪しい。

涼はどう見ても、強そうな冒険者にも見えないし……。

そんな状況に陥り、ただ一人歓喜した人物がいる。

もちろん、それは涼本人。


そう、ついに！　ついにである！

異世界転生もの王道展開、ギルドでの衝突……それを経験できるかもしれないのだ。

ようやく、ここに来て！　ここに来て、ようやく！

これまで、どれほど待たされたことか！

涼の表情に笑みが浮かんだのは、仕方のないことであったろう。

そして、訝しんで声をかけた相手が、そんな馬鹿にしたような表情をすれば、当然、喧嘩っぱやい剣士は激昂する。

「てめえ、何がおかしい！」

そう言うと、拳を振り上げ……。

「おい、何をしている！」

鋭い、そして圧力を持った声が辺りを貫いた。

「ぐ、グランドマスター……」

声の主は、ヒュー・マクグラスであった。

拳を振り上げた剣士は、冷や汗を流しながら、しどろもどろになりながらも言い訳をする。

「こ、こいつが怪しい行動をして、俺を馬鹿にして……」

言葉として意味不明であるが仕方ない。それほどに、ヒューの圧力は凄まじい。

そんな剣士から、ヒューは傍らの涼に視線を移す。

そして読み取った。涼が、もうちょっとだったのに、と思っているのを。

「リョウ……からかうのは、やめてやってくれ……」

「え？」

涼と剣士は、異口同音に声を出した。

どちらも、「どうして」の意味ではあるが……意図するところは、大きく違いそうだ。

「いいか、そいつはルンのC級冒険者リョウ。C級だが、それはただのランク詐欺だ」

「え……」

涼は絶句する。グランドマスター自らが、ランク詐欺などと言ってしまっているのだ。

「そいつには手を出すな。ルンの水属性魔法使いといえば、聞いたことくらいあるだろう？　このギルドが崩壊するぞ。比喩じゃなく、物理的にだ。死にたくなければ手を出すな」

グランドマスター自らが、そんなことを言う相手。

周囲の視線が、涼には痛い。

「いや、僕はそんなことしませんよ……」

「そんなことより、なんでここに来た？　というか、用があるなら俺の部屋に直接来いよ」

ヒューはそう言うと、涼を連れて奥に入っていった。

残された冒険者たちは、口々に話し始める。

「聞いたことあるぞ、ルンの水属性魔法使いリョウ……」

「昔、噂になったあれだろ……当時のA級冒険者を氷漬けにした……」

「あれ、ただの噂だったろ？」

「本当だったたってことだ、グランドマスターが言うくらいだぞ？」

「二つ名は、白銀公爵……？」

「あるいは、氷瀑……」

涼がグランドマスター執務室に通されると、そこには先客がいた。

三人。

彼らは、まごうかたなきB級冒険者、ニルス、アモン、エト。そう『十号室』の三人。

「リョウは、ちょっとそっちの椅子に座っていてくれ。こっちの三人の用事はすぐに終わるから」

ヒューはそう言うと、『十号室』の三人と話し始めた。

涼は言われた通り、椅子に座って、出されたコーヒーを飲み始めた。

だが、一分もしないうちに……。

ギルドの一階からざわめきが起きる。

「なんだ？　またリョウみたいなのが来たのか？」

ヒューは胡乱な目で扉の方を見る。

風評被害を受けた涼はうな垂れた。もうちょっとで上手くいきそうだった王道展開の失敗を思い出したのだ。「本当に、もうちょっとだったのに！」と。

しかし、入口の方のざわめきは、今回は違ったようだ。すぐに静かになったから。

そして、受付嬢が来訪者を連れてきた。

「グランドマスター、国王陛下がお見えです」

「こくおーへーか？　ああ、国王陛下。アベル……王か」

受付嬢が来訪を告げ、ヒューが理解する。

そこに、元A級冒険者にしてナイトレイ王国現国王アベル一世が現れた。

「グラマス、突然すま……ん？　ニルス、エト、アモン？　久しぶりだな」

「国王陛下！」

ニルスがそう叫ぶと、三人は片膝をついて礼をとる。

「こくおーへーかがギルドに来るのは珍しいな……珍しいですな」

ヒューはそう言うと、おざなりながらも片膝をついて礼をとる。

「またアベルはお仕事をさぼって……」

涼はそう言うと、そのままの姿勢で何度も首を振って肩をすくめ、やれやれといった表情になった。もちろん礼をとったりはしない……。

「なんで、リョウがここにいるんだ？」

そんな涼に対して、アベルが尋ねる。

国王となったアベルがギルドに来るのは非常に珍し

いのだが、涼が王都冒険者ギルドにいるのも珍しいことだ。だいたいにおいて、アベルの執務室のソファーでぬべ～っと寝転んでいるか、カフェ・ド・ショコラでケーキを食べているか……そんなイメージだから。

だが……。

「もちろん僕は、現役のC級冒険者ですからね。ギルドにいるのは当然ですよ」

「……誰も信じなさそうなことを、よくそんなに堂々と言えるよな」

アベルは小さく首を振りながら言う。

「なぜ信じない……」

「それはやはり、日頃の行いだ」

涼の絶望に満ちた呟きに、ニルスの確信に満ちた呟きが覆いかぶさった。

「グラマス、まだこれは内々定なのだが……」

アベルはコーヒーが届くと、そう切り出した。

結局、涼も『十号室』の三人もそのまま部屋に残され、全員がソファーに座りアベルの話を聞いている。

もちろん他言無用、この部屋から外には情報を漏らさないようにと釘を刺されたうえで。

「例の使節団の王国団長を、グラマスにやってもらいたいと思っている」

「マジか……」

アベルが言うと、ヒューは小さくそう呟いた。

中央諸国から西方諸国に使節団を派遣するらしいという話は、かなりの早さで中央諸国中に広がっていた。当然、ヒューの耳にも届いていたが、自分がその王国使節団の団長に据えられるというのは、さすがに想像外である。

しばらく考えた後、ヒューは涼の方をチラリと見てから口を開く。

「俺より、そこの筆頭公爵を団長にした方がいいんじゃないか？　箔もつくだろ」

「残念ながら、リョウは王族相手、あるいは高位貴族相手の交渉の経験が多くない」

アベルがそう説明する横で、涼は大きく、何度も頷いている。その手の経験が少なく、そして好きでもないことは自覚しているのだ。

「俺だって好きじゃないんだが……」

「ヒューさんなら大丈夫です」

ヒューの嘆きに、アベルが無責任に保証し、涼も無責任に保証する。

「俺、子供が生まれて……」

「子供の名前はフレデリカだったな。大丈夫だ、奥方へのサポートは、王室が責任を持って行う」

「グランドマスターがギルドを長期間空けるのも……」

「その点も考えてある。大丈夫だ、完璧な代理を手配させてもらう」

ヒューの文句に対して、アベルが一つ一つ論破していく。

しばらくそれを繰り返し……ついにヒューは諦めた。

「分かった……。俺が団長をする」

「そうか！　さすがグラマスだ。これなら、帝国や連合から、誰が出てきても大丈夫だな！」


アベルはそう言って喜んだ。

隣で聞いていた涼も喜んだ。

十号室の三人は良く分からないけど、コーヒーを飲んでいた。

そこで、すぐに自分たちに話が降ってくることを想像していたかどうか……。

「で、ニルスたちに残ってもらったのは、おそらくお前たちにも一緒に行ってもらうだろうからだ」

「俺たち？　もちろんアベルさんが、いえ、陛下が仰せになるのであれば世界の果てまでも行ってきます！」

ニルスは熱っぽくそう答えた。エトもアモンも苦笑しているが、基本的に断ることはないだろうと思っている。

「そうか！　その言葉を聞いて安心したぞ！　行ってもらうのは、西方諸国だからな」

「それって噂の使節団……」

アベルの言葉に、三人は絶句した。

西方諸国に使節団が派遣されるらしいという話は三人も聞いていたが、今のヒューへの話がそれだったとは思っていなかったのだ。「世界の果てでも」と言ったものの、本当に西の果てに行くことになるとは……。

その後、使節団の話、規模や、王国だけが出すわけではないし、多くの冒険者や騎士団も一緒だという説明を聞き、『十号室』の三人も落ち着くことができた。

さすがに、パーティーに毛が生えた程度だけで西方諸国へと、数百人規模で西方諸国へでは、いろいろと安心感が違うというものだ。


「ところで陛下……」

話がほぼ終わったらしいところで、ヒューが切り出した。

「うん？」

「こちらにいる筆頭公爵兼C級冒険者殿は、どうされるので？」

ヒューの視線は、二杯目のコーヒーを飲みながら、すでに頭の中は、西方のゴーレムはどんなものかな～と考えている涼に向けられた。

その言葉と視線を受けて、涼は初めて気付いたのだ。


自分の派遣に関する部分が、先ほどまでの話に全く出てきておらず、そういえば未だ正式に決まっていないことに。

「え……いや、当然、僕も行くんでしょ？　行くんですよね？　さっき箔がつくからとかどうとか言いましたよね？　止めても無駄ですからね！」

「あ～、リョウは国の貴重な戦力だし、その戦力が国を離れるのはちょっと……」

アベルが何と言おうと、僕は行きます！」

「行きますからね！

アベルの言葉に、半分涙目になりながら涼は立ち上がって叫ぶ。

「しかしなあ……」

「分かりました。今日、この時をもって、ロンド公爵領はナイトレイ王国から離脱して、僕は西方諸国へ行きます！　王国が力ずくで阻止するなら、公爵領の全戦力でもってお相手しましょう！」

「おい、馬鹿、やめろ」

涙をぬぐって独立を宣言しようとした涼に、アベルは若干焦って言った。

どうせ、涼が行くのを止めるのは無理だということは分かっている。ちょっと意地悪で言っただけなのだ。

それで独立されたらたまらない。

「分かった、リョウも使節団に入れておくから。筆頭公爵じゃなくて、C級冒険者で護衛の人員として入れた方がいいよな」

「わ～い、さすがアベルです！　これで、ロンドの森の魔物たちが、王国を襲うことはないでしょう」

「うん、それは絶対にやるな」

グリフォン、ワイバーン、あるいはベヒモスが王国を襲う光景を想像し、アベルは小さく首を振った。

もちろん、涼がそれらの魔物を自由自在に動かせるとは思わないが……涼なら、例えばお肉を駆使してやれそうな気が、若干したのも、また事実だった……。

◆

帝国北西部、ギルスバッハの街。

現在ここには、退位した前皇帝ルパート六世が居を構えていた。齢五十五歳。数十年に及ぶ書類まみれの生活からようやく解放され、まさに悠々自適の生活を送っている。

そんなルパートは、眉間に深い皺を刻み、非常に難しい顔で目の前の問題を必死に解決しようとしていた。

「むぅ～」

時々、呻《うめ》くような声が出るのは、まさに難問だからだ。

向かいのソファーには、ルパートの右腕たるハンス・キルヒホフ伯爵が座り、こちらは涼しい顔でコーヒーを飲んでいる。

「見えた！」

ルパートは、そう小さく叫ぶと、手を動かした。

それに応じて、ハンスも動かす。

合計十数回、二人の手が動き……。

「ふぅ、なんとか引き分けに持ち込んだわ」

「お見事でした。あのまま押し切れると踏んでいたのですが……残念です」

チェスである。

数百戦目の対局は、ルパートが圧倒的劣勢から、なんとか引き分けに持ち込んだのであった。

熱い戦いを終え、ルパートは満足げな顔をしながらコーヒーを飲む。

「それにしても、ヘルムートも存外器が小さい。ハンスを使いこなせずに帝城から追い出すとは。せっかく、ハンスを残して、我は帝城を出たというのに」

「致し方ございますまい。ヘルムート様にはヘルムート様の側近たちがおりますゆえ。ですが、そのおかげで、こうして陛下のお相手ができております」

「うむ、その点だけはヘルムートを褒めてやろう」

そう言うと、ルパートは大きく笑った。

現在、帝国皇帝は、ルパートの長男ヘルムート八世。

ルパートは院政など敷くつもりは欠片もないため、帝位を譲って帝国の舵取り全てをヘルムートに任せて、楽隠居の身となっていた。

日課として、ハンスとチェスで戦い、ハンスと剣を合わせ、時々魔法で遊ぶ。その合間に体を鍛えるなどするため、帝位についていた頃よりも圧倒的に健康で、皇帝時代よりも更に引き締まった体になっていた。

「そういえば例の件、ヘルムートは、コンラートを使節団団長として送るつもりらしいな」

「はい、そのようで。コンラート様も公爵家を興され、ようやく軌道に乗りつつあるようですが……」

「ふむ……」

ルパートの三男であり、ヘルムート八世の同母弟コンラート。ヘルムートが皇帝位に上ったため、他の兄弟同様に臣籍降下し、公爵家を興していた。

「そもそも西方諸国への使節団のきっかけになったのは、西方教会から送られてきた招待状であったな？」

「はい。西方諸国でも有名なパーティーが届けに来たそうです。数十年ぶりに教皇の代替わりが行われる、しかも今回は百代目とか。その就任式に合わせて大規模な使節団を派遣してほしいと」

「なんとも胡散くさい」

ルパートがそう言うと、ハンスは苦笑した。

そして問いかける。

「陛下は、今回の件、何か裏があると？」

「当たり前だ。こんなもの、何重も裏があるに決まっておろう。西方教会の側でも、受けた帝国の側でも、裏が絡み合っておるだろうさ。そういえば、使節団の規模や護衛はもう決まっておるのか？」

「はい。文官百人、護衛は帝国軍から二百人ほどと」

「なるほど。護衛も手厚いな。道中、あるいは着いた先で何かあるかもしれんと考えているわけか」

話を聞いて、ルパートは何度か小さく頷きながらそう言った。

「だが、そこでコンラートを出す辺り……謀略が過ぎる。策を弄しすぎだな」

その小さな呟きは、ハンスにすらぎりぎり聞き取れる程度だ。

「使節団そのものは西方諸国まで行かせたい。その途上ででも、自分の地位を脅かす可能性のあるコンラートを始末したい。コンラートは、子飼いの優秀な指揮官と強力な領軍を有していて、しかもめったに自領から出てこない。だから、使節団団長にして領軍と切り離し、道中で事故を装うなりして暗殺……コンラートを殺し、あわよくばその軍を無傷で取り込む。まあ、その辺りか」

ルパートの呟きに対して、ハンスは何も言わない。自分の意見が求められている場ではないことを知っているから。

呟きを終え、しばらく無言で考えた後、ルパートはこう言った。

「よし、帝国の団長には我がなろう」

ハンスは予測していたのであろう、苦笑しながら小さく首を振った。

いくつかのすったもんだがありながらも、ルパートは、息子である皇帝ヘルムートに、自身の使節団団長就任を承認させた。

その際のヘルムートの渋面は、かなりのものであったが、ルパートはあえて無視した。

そして、帝国から中央諸国中に発表される。

「西方諸国に対し、帝国は使節団を派遣する。団長は、前皇帝ルパート六世である」と。

「まさかルパート陛下とは……」

王国国王執務室で、アベルは呟いた。

目の前のソファーには、宰相ハインライン侯爵と、今回の王国使節団の団長となるグランドマスター、ヒュー・マクグラスが座っている。

ちなみに、涼は部屋の隅で椅子にちょこんと座り、大人しく錬金術関連の本を読んでいる。ソファーが占拠されている時の定位置だ。

「事前の情報では、皇帝ヘルムート陛下の弟である、エルベ公爵コンラート殿で決まりだと流れていたのですが……」

ハインライン侯爵も小さくため息をついた。

中央諸国において、他の追随を許さない諜報網を持つ彼ですら、捉え損ねた情報だ。

「ハインライン侯、ちなみに連合の団長は誰になりそうなのです？」

渋面を作りながら、ヒューは確認をとる。

「まだ正式発表はありませんが、十中八九、先のカピトーネ国王ロベルト・ピルロ陛下です」

「うげ……。オーブリー卿が殺せなかった男ですか」

ロベルト・ピルロは、十人会議のメンバーのうち、ただ一人生き残った男として『オーブリー卿が殺せなかった男』と呼ばれることがある。もちろん、その高い能力は中央諸国中で知られている。

「まあ、誰が出てきても大変だな」

「俺を団長に据えた陛下が言うセリフじゃないでしょうが」

アベルがのんきなことを言い、ヒューは今まで以上に厳しい顔をしながら反論した。

「先帝と先王……かたや、ただのグランドマスター……格が違い過ぎますよ？」

ヒューは何度も首を振りながら言う。

「大丈夫だ。王国使節団には秘密兵器、『筆頭公爵』が潜ませてある。いざとなったら、最高戦力であること間違いなしだ！」

「道中、戦争でもする気ですか……」

アベルの言葉に、さらに何度も首を振るヒュー。

そこに、来客が告げられた。普通、国王、宰相、グランドマスターでの会議中に来客が告げられても、部屋に入る許可は下りないのだが、今回は国王アベルが許可を出した。

入ってきたのは二人の老魔法使い。

「アベル王よ、聞いたぞ。連合の使節団団長はロベルト・ピルロなのじゃろう?」

「アベル、あれはヤバい。王国はヒューが団長と聞いたが死ぬんじゃ……」

部屋に入ってきながら、そう言ったのは王国魔法団団長アーサー・ベラシスと王国魔法団顧問イラリオン・バラハ。以前は宮廷魔法団であったものが、王国魔法団へと改変された。二人は文字通り、ナイトレイ王国における魔法戦力の中心である。

「俺、死ぬのか」

ヒューが小さく首を振りながら呟く。

「ああ、ヒューもおるではないか」

「……ヒューならなんとかなるやもしれん」

ヒューがその場にいることに気付くアーサー、前言を翻して適当なことを言うイラリオン。

「お二人は、『大戦』でロベルト・ピルロ陛下を相手に戦ったのでしたね」

自然と話の流れを変える宰相ハインライン侯爵。これが、できる男だ。

『大戦』とは、十三年前に王国と連合の間で行われた全面戦争。最終的には王国が大勝したが、局面によっては何度も敗北の憂き目にあっている。

その連合側の英雄として名高いのが、現在の執政オーブリー卿。だが、魔法戦における連合の中心には、必ず一人の老人がいた。それが、当時のカピトーネ王国国王ロベルト・ピルロ。

「ロベルト・ピルロは、国王などという非生産的な仕事などしておらねば、帝国の爆炎の魔法使いを超えたであろう男だ」

「あやつのおかげで、我々二人とも何度死にかけたか」

イラリオンとアーサーが昔語りをしている。

アベルは『大戦』時はまだ成人していなかったために詳しくは知らないのだが、ここにいる四人は『大戦』の中心で戦った歴戦のつわものたち。

部屋の隅で椅子にちょこんと座っていた、水属性の魔法使いが反応した。

「その先王陛下って、そんなにヤバい方なのですか？」

「ん？　リョウではないか。そこにおったのか」

「あれとは戦わん方がよいぞ。魔力や魔法威力で上回ったとしても……戦いとはそれだけではないと思い知らされる」

涼が思わず口を挟み、イラリオンが気付き、アーサーが助言する。

だが、そこに落とされる国王による決定的な一撃。

「リョウも、使節団に入るんだ」

「なんと……」

「二人が揃って西方諸国行きとは……向こうの世界は、壊滅するかもしれんのぉ」

「え……」

アーサーが驚き、イラリオンが首を振り、涼は風評被害に絶句する。

西方までの道のりは、困難なものになりそうであった。


ハインライン侯爵は報告を終え、二人の老魔法使いも茶々を入れ終わったのか、国王執務室を出ていった。

ヒューはまだ別の報告があるため残っている。

「グラマスが今日来た、本来の用事は……」

アベルはコーヒーを一口飲み、一息ついた後、そう切り出した。

「ようやく、王都冒険者ギルドの拡張工事が終わって、施設が動き出した。その報告で来たんだが、先帝陛下が帝国の団長に……。いや、それはいい。とりあえず、第二演習場、第二宿舎、それと付属学校が完成したから、その報告でな。西方諸国への旅に出る前に、なんとか軌道に乗せるのは間に合いそうだ」

「付属学校？」

涼は、そう呟き、小さく首を傾げる。

そして、心の中で思った。

（もしや、これは、学園編スタート？）

そう、ライトノベル王道ストーリーと言えば、学園編と闘技大会編！　なぜかこれまで、涼の横をことごとくすり抜けてきたこの二つが、ついにやってきたのか？

「ルンの、ダンジョン講習会の拡張版だ。冒険者なり立てのＦ級向けに、三カ月間の初心者講座を開くための学校だな。講師は、引退した冒険者たちを雇うから、そいつらの再就職先にもなる」

「えっと……それは、僕とかは……」

「リョウはもうＣ級だろう？　それに、リョウみたいに特殊な奴は、講師としても雇わないぞ？」

「が、学園編が……」

そう呟くと、涼はがっくりとうな垂れた。

涼は、『学園編』とは縁がないのかもしれない。

「でも、諦めません。かくなる上は、一般人として突撃を……」

涼の呟きにアベルが反応する。

「また、何かよからぬことを企んでいるだろう？」

「な、何を言っているのですかね。根拠もなく人を疑うのは感心しませんね」

「考えていたことが口から漏れていたぞ？」

「馬鹿な……」

呆れた表情で見るアベル、目を大きく見開き驚く涼。

グランドマスター、ヒュー・マクグラスは無言のまま首を振っている。

「そうだな……グラマス」

「うん？」

「いつでもいいから、リョウが勝手に突撃する前に、見学に連れていってくれんか？　開校する前がいいかもしれん」

「ああ……建物を見るくらいなら、今からでもいいぞ」

「ぜひ！」

アベルがかわいそうに思って提案し、ヒューが受け入れ、涼が感激する。

こうして、生徒がまだ誰もいない状態での、涼の『学園（見学）編』が成立した。

ギルド馬車が冒険者ギルド付属学校に到着した。

中から降りてくるのはグランドマスター、ヒュー・マクグラス。そして、いつものローブ姿の涼。

「おぉ！　凄い立派ですね！」

馬車から降りて、涼の第一声目だ。

三階建ての校舎、広い運動場、体育館のような室内訓練場……。

「まさに学園編の名にふさわしいです！」

「がくえんへん？」

涼の言葉に首を傾げるヒュー。

首を傾げたヒューは、校舎から歩いてくる一人の神官を見つけた。

「ジーク！　来てくれてたのか」

「グランドマスター、ご無沙汰しております」

ジークと呼ばれた若い神官が丁寧に一礼した。

「おぉ……」

その一礼を見て、思わず小さな感嘆の声を漏らす涼。

涼の目から見ても分かるくらい、綺麗な一礼だったのだ。

白い神官服と白い肌に、豪奢と言ってもいい見事な長い金髪と、深い青い目が映える。美しいと言っても過言ではない顔貌であり、先ほどの一礼からも分かる育ちの良さと相まって、同性異性を問わず人気があるだろうと思える。

だがそれ以上に、目に宿る意志の強さが、見る者を惹きつける。

おそらく育ちは良いのだろうが、決して甘やかされて成長したわけではなく、それどころか普通の人は経験しない、重い経験を小さい頃にしたような。それは、この神官に鋼のような精神力を与えているのではないかと……涼は勝手にそんな印象を抱いた。

「ジーク、例の件、やっぱりダメか？　一週間に一回、いや一カ月に一回でもいいんだが」

「申し訳ありません、グランドマスター。やはりお断りさせていただこうと思います。今、事務室にその件をお伝えしてきたところでした」

「そうか。将来……そうだな、大願成就を果たしたら、ぜひ講師として来てくれ。俺がギルドにいる限りは、いつでもお前の席は用意する」

「ありがとうございます」

ジークと呼ばれた神官は、やはり綺麗な一礼をして去っていった。

「今の方、神官だと思いますけど、冒険者ですか？」

声が聞こえないくらい離れてから、涼が問うた。

「ああ、ジークは二十一歳の神官でＣ級冒険者だ」

「二十一歳の神官でＣ級？　凄いですね！」

ヒューの答えに涼は驚いた。

だが驚きはしたが、意外ではない。外見の良さだけではなく、できる雰囲気が漂っていたからだ。そういう人たちというのは、職業や性別、年齢に関係なく、似た雰囲気を纏っている場合が多い。今のジークと呼ばれた神官も、まだ若いのに同じ雰囲気を感じた。

「いつでもお前の席は用意するって、ヒューさんべた惚れですね」

「よせやい」

涼が笑いながら言い、ヒューが少し照れたように言う。

「あいつはそれだけの人材だ。神官としての技量が高いのは当然だが、冒険者として求められる知識、判断力、場合によっては数十人を適切に動かす指揮能力すら高い。それらを、若い連中に体験させたかったんだがな。あれだけのもの、いったいどこで身に付けたのか知らんが……」

「ほぇ～」

ヒューの説明に心の底から驚く涼。

「この付属学校は、冒険者になろうとする若い連中が学ぶためにやってくる。そういう若い連中が目標にしたくなるような……こういう冒険者になりたいと憧れるようなやつを、講師に据えたいんだ」

「分かります」

涼は何度も頷く。

それこそが、本来の教育なのだ。

誰を教師に据えるかで、教え子たちは変わる。その教え子たちが巣立っていき、社会で経験を積んで、次の世代の教師として戻ってきて、また新たな教え子たちに……。

その連綿と続く螺旋《らせん》が、伝統。

良き伝統の始まりを、ヒューはつくろうとしている。

「何事においても、最初が肝心だからな」

ヒューははっきりと言い切る。

その『最初』とは、若い冒険者の『最初』か、それともこの付属学校の『最初』なのか。

おそらくは両方なのだろう。


校内を見て回る二人。まあ、主に涼のためではあるが……ヒューとしても、設計通りになっているか、改修依頼を出した箇所が改修されているかの確認を兼ねている。

生徒の誰もいない校内であるが、涼は上機嫌であった。憧れの『異世界転生学園編』を体験しているからだ。

何度も言うようだが、生徒はまだ誰もいない。図書館にも本は入っていない。食堂もメニューすら掲げられていない。

それでも嬉しい気持ちは確かであった。

とはいえ、実はそれと同じくらい気になるものが心の中にある。それはさっきの神官……。

「ヒューさん、さっきの神官……ジークでしたっけ」

「ああ、どうした?」

「大願成就したら講師に、って言ってたじゃないですか?」

「言ったな」

「その大願は、成就しそうなんですか?」

「そうだな……よほど変なことが起きない限りは、成就するとは思うんだが……」

「だが?」

ヒューは顔をしかめて言葉を濁し、涼は首を傾げる。

「ジークが属しているパーティーのリーダーに関することなんだよな」

「え? ジークって指揮能力すら高いのに、パーティーリーダーじゃないんですか?」

「ああ、リーダーじゃない。そこは能力の問題じゃなくて、出自の問題だ」

「そのリーダーが、貴族の出身?」

「そうだ」

涼の推論に頷くヒュー。やはり顔はしかめたままだ。

「なるほど、かつての『赤き剣』みたいな感じでしたか」

「うん?」

「パーティーの絶対的支柱は、防御から調理までこなす万能大盾使いウォーレン。頭脳は、元聖女としてその名を知らない者はいなかったリーヒャ。攻撃の核は、〈バレットレイン〉すら放てるリンでした。それなのに、リーダーは王子という出自からアベルがやっていました」

「……俺はそれに関しては、何も言いたくない。そうだ、俺は何も言わんぞ」

一歩間違えば不敬罪……というより、間違わなくても不敬罪に問われる言葉を吐く筆頭公爵、それに対して何も言わない宣言をするグランドマスター。

ヒューはしかめた顔のまま、小さく首を振って言葉を続けた。

「簡単に言えば、そのリーダーを、本来いるべき地位に就ける。それがジークの大願だ」

「ほっほぉ～」

「だが最近、そのリーダーがな……」

「道を踏み外したとか？」

「いや、そこまではない。しかし、まだ若いからな、周囲の悪い影響を受けてしまうのは仕方ない」

「まさか、悪い貴族とかが……」

「ああ。あいつらがD級に上がった頃から、厄介な貴族がまとわりつき始めてな。ジークは付き合いをやめるべきだと、はっきりと直言しているようだ。まあ、リーダーはその貴族を上手く利用しているつもりなんだろうが……良くない影響が出ている」

「ああ……」

涼は首を振った。

そう、これなのだ。かつて涼が恐れていたのは。

目立つと変な貴族がやってきて、自分の傘下に入れようとしたり、涼の力を利用しようとするかもしれない……。だから、ルンにいる時もできるだけ目立たないように生きていた！

アベルが聞いたら、「そうか？　十分目立っていただろ」と言いそうだが。涼の心の中的には、静かにひっそりと冒険者をしていたのだ。

「その貴族というのは上級貴族とかなんですか？」

ナイトレイ王国においては、伯爵以上が上級貴族である。

「そうだな、ドタマ伯爵は、王都のある中央部に領地を持つ上級貴族だな」

「ドタマ……なんという強力な名前」

「性格は最悪だが、大きなミスをしないし、王国解放戦の時も王都の地下牢で捕虜になっていたらしく、アベル王に敵対はしていない。だから領地を取り上げられたりもしなかったんだよな」

「憎まれっ子世に憚《はばか》るというやつですね」

そういう人物に限って、生き長らえる。涼は小さく首を振った。

公爵位に就く男

付属学校を出たジークは、彼らのパーティーが定宿としている『白水亭』に到着した。敷地に入るのと入れ違いで、一台の馬車が出ていく。扉に、見覚えのある紋章が描かれていた。

「今の馬車は……」

顔をしかめて呟くジーク。彼がいない間に、忌み嫌う男が訪れていたようだ。

宿に入り、パーティーで借りている部屋に入る。

「ただいま戻りました」

「おう」

「おかえりジーク」

ジークの挨拶に、片手をあげて答える剣士ハロルド、一礼をする双剣士ゴワン。

「ハロルド、今、ドタマ伯爵の馬車とすれ違いましたが」

「ああ、ここに来ていた」

「口うるさいのは重々承知していますが……」

「分かっている。伯爵を切れというのだろう?」

ジークの直言に、頷くハロルド。

「彼《か》の者は、あなたの大願にとって障害になります。できるだけ早いうちに、関係を断つべきです」

「分かっている」

厳しい口調のジークだが、それに返答するハロルドは余裕の笑みを浮かべている。ジークにとっては、それが危うさを感じるのだ。

「だがジーク、伯爵の一人くらい御することもできないようでは、公爵になどなれないだろう？　大丈夫だ、奴が甘い汁を吸いたがっているのは理解している。その上で利用しているのだ」

「ハロルド……」

いつもこうだ。

ハロルドはジークの直言、進言を尊重する。その判断力の高さを貴重なものと理解し、決して粗略に扱うことはない。ドタマ伯爵の件に関しても、ジークの言葉を無視しているわけではない。理解し、受け入れた上で、それでも使い倒そうとしている。

しかしドタマ伯爵の影響は、外からは見えにくい部分に表れている。というより、普段は全く外に表れない。ハロルドが激し、冷静さを失った時に出てくるのだ。

元々ハロルドは、激しやすい性格でも粗雑な気性でもなかった。むしろ丁寧な、そして自分より弱い者に対しても慈愛に満ちた考え方、行動をとる人物であった。

しかし今では……。

(全ては、私の力不足。ハロルドを王国公爵に据えると誓ったあの時から、努力し続けてきたのに……)

ジークの心の中に悔しさが広がる。

今のままでは、たとえ公爵になれたとしても上手くいかないだろう。

公爵というのは、貴族階級における最上位である。それは同時に、侯爵以下の多くの貴族の協力を受けて、物事を動かすということでもある。ただ「公爵である我に従え」だけでは、面従腹背《めんじゅうふくはい》、いつ裏切られるか知れたものではない。

もちろんジークも、そのことを何度も何度もハロルドに伝えている。そしてハロルドも理解し、その直言を受け入れている。

それでも……。

(ドタマ伯爵によって、ハロルドの心に注ぎ込まれた毒が広がっていくのを止められない)

正直、これ以上どうすればいいのか、ジークには分からなくなっていた。

◆

学園（見学）編を堪能した涼は、ヒューと別れ、一度王城図書館に寄った。そこで錬金術関連の本を一冊借り、行きつけのカフェに来ていた。

王都には、多くのカフェがある。その中でも涼が愛用しているのは、『カフェ・ド・ショコラ　王都店』だ。ルンの街にあるカフェの、王都本店。他の店との違いは、ケーキの質の高さ。特に、モンブランといちごのショートケーキがお気に入り。時々、季節限定で出されるケーキも質が高く、いつ来ても飽きないお店である。

涼は、王都にいる際にはけっこうな頻度で、この『カフェ・ド・ショコラ　王都店』を利用している。

もちろん、格好はいつものローブ姿なので、どこからどう見ても冒険者の魔法使い。そのため、彼が公爵であることなど店員の誰も知らない。とはいえ、その利用頻度の高さや、だいたい一人で利用しているため目立ち、実はお得意様であると、ほとんどの店員から認識されていた。

手術直後もここで、一人祝勝会でケーキを食べたのは内緒なのだ。

涼がしばらく待っていると、注文したケーキとコーヒーのセット等が運ばれてきた。

そう、『等』だ。

季節限定のミルクレープ改というメニューと、いつものモンブランと、どちらにするか迷ったのだが……。

「迷ったら、両方注文しなさいと習いました」

などと、誰も聞いていないのに呟く涼。

その結果、届いたのはモンブランとコーヒーのセット……と、単品でミルクレープ改。

「仕方ないのです。全てはアベルによるストレスが原因。その発散には、モンブランだけでは足りませんでした」

誰の耳にも聞こえない言い訳をしてから、まずモンブランを一口食べる。

「う～ん、この、まったりとしていて、それでいてしつこくなく、何とも言えない食感が……」

などと分かったような言葉を呟いている。

そんな涼は、なぜかお店の裏で「かわいい～」と言われている。決して「かっこいい」ではないあたりが、涼の涼たる所以《ゆえん》だろうか。美味しそうに食べる姿が、パティシエを含めて人気があるらしい。見ていると、次も頑張ろうとやる気が出るのだそうだ。

もちろん、涼自身は、そんなことは知らない。

そしてケーキを食べ終わると、借りてきた本を開き、コーヒーを飲みながら読む。

この『カフェ・ド・ショコラ　王都店』の特徴として、コーヒーがデキャンタに入れられて出てくる点がある。そのため、カップ三杯分くらいのコーヒーが飲めるのが、涼のお気に入りポイントであった。

「やはり、アベルの魔手から逃れてのコーヒーセットは、何物にも代えがたい至福の……」

もちろんアベルは何も悪いことはしておらず、涼が風評被害を巻き散らかしているだけである。

そんな涼が、デキャンタに残った最後のコーヒーをカップに注ぎ終わった時、その騒動は起きた。

「おい、ふざけるな！」

何やら、二つ向こうの大きめのテーブル席から声が聞こえてくる。

「モンブランが無いとはどういうことだ！」

それを聞いて、涼はしたり顔で頷く。

（そう、モンブラン、美味しいもんね。せっかく食べにきたのに売り切れてたら、叫び出したくなる気持ちは分かる！）

自分は、先ほどモンブランだけでなくミルクレープ改まで食べたために完全に他人事。

とはいえ、うるさくて周りに迷惑をかけるのはいただけないと思いつつ、騒動を起こした者たちを見る。

まだ若い三人組、おそらくは冒険者だ。

「あれ？」

三人組を見て、涼は首を傾げた。

その中の一人に、見覚えがある。立ち上がって怒鳴っている剣士と、座ったままだが同調している双剣士は知らない顔。だが、同じように座ってはいるが、怒鳴っている人物の袖を引っ張って落ち着かせようとしている神官は……。

「さっき付属学校で会った……そう、名前はジーク」

グランドマスター、ヒューがべた惚れしていた若い神官。

パーティーリーダーを、本来いるべき地位に就けるという大願を抱いていた……それは多分、今怒鳴っている剣士。

「あの剣士を高い地位に就かせるのは大変でしょう」

涼は同情した。ジークに、そして怒鳴っている剣士にも。

ジークには、担ぎ上げる人物のまだまだ未熟な感じから。その困難さゆえに。

怒鳴っている剣士は、モンブランが売り切れてしまっていたから。その運の無さゆえに。

同情するのは無料だし。

そんな同情していた涼だが、剣士が吐いた次の言葉に驚かされる。

「俺はC級冒険者だぞ！　それに将来は公爵位にも就く！　こんな店、なんとでもできるんだぞ！」

涼は、危うく、口に含んだコーヒーを噴き出すところであった。

なぜモンブランが無かったくらいで、そんなことを言う？

それを言ったからといって、何か問題が解決するのか？

そもそも、それって……めちゃくちゃカッコ悪い。

騒動が奥にまで伝わったのだろう。店長と思しき五十代の落ち着いた男性が出てきて、対応し始めた。とはいえ、剣士の望んだ方向には進まない。当然だ、モンブランは売り切れて、もうないのだから。

ついに、剣士が店長に向かって一歩踏み出した。

ツルッ。

「っ……」

突然、剣士が滑り転びそうに……なるのを神官が支えた。

「おぉ……」

涼は、感心した。神官ジークの反射神経は、かなりのものだ。

もちろん涼が〈アイスバーン〉で転ばせようとしたのだが……。

涼の中にある神官のイメージは、『十号室』のエトだ。エトはお世辞にも、反射神経がいいとは言えない。もちろんだからといって、エトの価値をいささかでも毀損《きそん》するものではない。とは言っても、やはり運動神経がいいとは言えない。

しかし、神官ジークは反応した。しかも周囲を探っているようだ。剣士が、ただ滑りそうになったとは捉えず、誰かが何かを意図的に行ったと考えたのかもしれない。

「若くしてC級というのは、伊達ではないと」

涼はそう呟き、小さく頷いた。

「くそっ。もういい！　帰るぞ！」

剣士がそう言うと、三人組は店を出ていった。

客も店員も、みんながホッとしたのは言うまでもなかった。

◆

『カフェ・ド・ショコラ　王都店』でケーキとコーヒーを堪能した涼だが、気になることがあった。

三人組のうちの剣士が吐いた「俺はC級冒険者だぞ！　それに将来は公爵位に就く」というセリフだ。

涼は、ナイトレイ王国筆頭公爵である。形だけとはいえ……名誉職とはいえ……お飾りとはいえ……。それなのに、よく考えてみると、王国に公爵家がいくつあるかも把握していない。

モンブランがなくて頭にきた剣士が、将来、本当に公爵位を継ぐのであれば知っておきたい……そう思ったのは、ある意味当然だったのかもしれない。

まず王国貴族について確認しておこう。

上から、公爵、侯爵、伯爵、子爵、男爵の五爵が貴族とされている。このうち、伯爵以上が上級貴族と言われ、子爵以下とは経済力、軍事力も大きく違うらしい。

ちなみに涼が家を持っているルンの街を支配するの

は、ルン辺境伯だ。この辺境伯は侯爵と同等とされ、辺境の名がつく通り、相応に強力な戦力を有して辺境に置かれている。現在ナイトレイ王国の辺境伯は、ルン辺境伯のみである。

王国は男爵の下に準男爵があるが、こちらは一代限りであり、厳密には貴族には入らない。

騎士は……騎士爵みたいなものはないらしい。貴族ではなく、職業の名前のようだ。

そう考えると、公爵というのは、王族を除けば王国内でも最上位の地位と言っても過言ではない。

『カフェ・ド・ショコラ』での騒動の二日後。

なんとなく、アベルに聞くのは憚られる感じがしたので、別の人に尋ねることにした。

だが、その『別の人』は、偉い人の陰謀によって、書類まみれになっているらしい。宰相という、この国のナンバー2なのに！

もう、その人よりも偉い人なんて一人しかいません！こく、で始まり、おう、で終わる立場の、陛下という敬称の人物によって、書類まみれに……。

涼は、つまみ出されるのを覚悟のうえで、宰相閣下の部屋を訪れた。

「閣下。ロンド公爵がおみえです」

扉の前の衛兵が、涼の訪問を告げる。

「お通しして」

中から、落ち着いた冷静な声が聞こえてきた。

涼が部屋に入ると、部屋の主はソファーに座ってくつろいでいた。

「あ、あれ？　書類まみれのはずが……」

机の方を見ると、『処理済』の方に高い山が作られ、『未処理』の方には書類が全くない。

「ああ、ロンド公爵、どうぞ」

そう言うと、ハインライン侯爵はソファーの上座を譲ろうとする。

「あ、いえ、どうかそのままで」

涼は答えて、さっさと下座の空いている席に座った。

「今、ちょうどいくつかの決裁が終わったところだったのですよ」

ハインライン侯爵はそう言うと、にっこり微笑んだ。

（なんて優秀な！　あの国王アベルによる書類まみれ攻撃を、完璧に受け切ったとは）

涼は、驚愕した。

それは、普段のアベルの様子をつぶさに見て、どれほど強力で、強大な攻撃力を持つものなのかを知っていたからである。

やはり、この人に聞きにきたのは正解だったのかもしれない……そう確信した瞬間でもあった。

「ハインライン侯爵、お忙しいところ恐縮です」

「いやいや、お気になさらずに」

「これは、つまらない物ですが……」

涼はそう言いつつ、持ってきた小さな箱を差し出す。

ハインライン侯爵は、それを受け取ると、さっそく開いて中身を確認した。

「ほぉ、これはあれですな。噂の『カフェ・ド・ショコラ』のイチゴのショートケーキ。いや、ありがたい。後でいただくとしましょう」

嬉しそうにそう言った。ナイトレイ王国中枢の人々は、甘い物好きが多いらしい。

「それで、本日お目見えになったのは、何か確認したいことでも？」

「さすが侯爵、よくお分かりで……」

涼の前にもコナコーヒーが出てきた後、侯爵が切り出し、涼が応じる。

「実は、侯爵に折り入ってお尋ねしたいことがありまして……」

「ほぉ？」

ハインライン侯爵は、少しだけ目を大きくし、小さく頷いた。

「王国内で、現在成人くらいの年齢で、将来公爵位を継ぐ人物を捜しているのです」

「これはまた……珍しい質問ですな」

ハインライン侯爵は、あまり来ない涼がわざわざやってきた……しかも手土産持参で。その瞬間に、いくつかの可能性を想定していた。しかし、その中に『将来公爵位を継ぐ人物捜し』は入っていなかった。

「まず王国内に公爵家は五つあります。ロンド公爵家はいいとして、残り四家。そのうち、シュールズベリー公爵家は、公爵家としての権限を王室が預かり、権限停止中です」

「シュールズベリー公爵と言うと、解放戦の時に、東部のウイングストンに本拠地を置いていた……」

涼は、記憶を頼りに言葉を紡ぐ。

「そうです。東部動乱で、次々と爵位を継いだ方が亡くなり、最後は、当時九歳のアーウィン殿が継がれていました。アーウィン殿以外は、直系は全員亡くなっておられたのですが……」

「まさか、そのアーウィン殿も……？」

「いえ、アーウィン殿はご存命です。ただ、未だ十二歳であり、後見人であったアドファ伯爵などが亡くなられ、公爵家を支える貴族がほとんどいない状態となってしまったのです。そのため、アーウィン殿が成人されるまで、公爵家の権限を停止し、王室が預かっている状態です。ロンド公爵がおっしゃる条件には、一番近いとは思うのですが……」

「う〜ん、十二歳はちょっと幼いかなあ……」


モンブラン小僧……と涼が勝手に命名したジークが担ごうとしている剣士は、日本でいう高校生以上には見えたのだ。もしかしたら大学生に近いくらいの。

十二歳は若すぎる。

「となると、残り三家ですが……ああ、なるほど」

ハインライン侯爵は少しだけ考えた後、何かを思いついて頷き言葉を続けた。

「一人おいでですね。十九歳だったはず」

「おぉ！」

「シルバーデール公爵家のフェイス殿です。確か、剣の腕もなかなかのものだと聞いたことがあります」

「おぉ!!」

涼は、正解を引いたと確信して、ちょっと興奮していた。奮発して、イチゴのショートケーキを持ってきたかいがあったというものだ。

「ぜひ、その方についての詳細な情報を！」

涼がそう言うと、ハインライン侯爵は、今まで以上に大きく目を見開き、大きく一つ頷いた。何か想定した通りの結果になったらしい。

そして、涼にはちょっと意味不明なことを言い始めた。

「ロンド公爵のご本命は、西の森のセーラ殿だと思っていたのですが……いや、もちろん筆頭公爵ですし、経済力さえ許せば第二夫人、第三夫人を抱えるのも全く問題はございません。ですが、フェイス殿は公爵家、セーラ殿は西の森次期代表。どちらを第一夫人にするか難しいところですよ」

「……はい？」

涼は首を傾げる。

「フェイス殿はご兄弟がいらっしゃらないので、シルバーデール公爵家を継ぐのはほぼ確実です。そうなると公爵家当主。公爵家当主を第二夫人に迎えるのは、現実的に難しいでしょう。翻ってセーラ殿は、それこそ、今や王国におけるエルフの代表格。先の、西の森防衛戦における活躍は吟遊詩人によって歌われ、中央諸国中に広まっております。そんな方を第二夫人に迎えるのも、また現実的ではないでしょう」

「あ、ああ……」

涼は、ハインライン侯爵が、何か大きく誤解していることにようやく気付いた。そして、自分がつかんだ答えが、正解ではなかったことも。

「あの、ハインライン侯爵、確認なのですが……そのシルバーデール公爵家のフェイス殿というのは、もしかして女性？」

「はい、見目麗しい……」

「そうですか」

涼はうな垂れた。

あのモンブラン小僧は、間違いなく男だったから。

涼のその様子に、ハインライン侯爵も、自分が何か勘違いをしていたことに気付いた。

「結婚相手を捜していたとか、美しい女性を見初《みそ》めてとか、そういう話ではなくて？」

「はい、捜していた相手は、男性です」

「男性同士の恋とかでもなくて？」

「はい、ちょっと悪ガキな小僧を捜して……」

ハインライン侯爵もうな垂れた。

そこへ、執事らしき人物がやってきてハインライン侯爵に耳打ちする。

「シルバーデール公爵ローソン様がお見えになり、可及的速やかにお会いしたいと。要件そのものは三十秒もあれば十分だが、直接お会いせざるを得ないものなのだと」

「ローソン殿が？」

ハインライン侯爵が訝し気に問い返す。来客中に取り次がれたのも普通ではないのだろう、首を傾げながらだ。

聞こえてしまった涼も、思わずハインライン侯爵を見てしまう。

それをチラリと見るハインライン侯爵アレクシス。

「あ、僕のことは気になさらずに、どうぞ」

「いえ、今思ったのですが、この際、リョウ殿を引き合わせてはどうかと」

「今の話に出てこられた、シルバーデール公爵家の方ですよね？」

「はい。現当主であり、フェイス嬢の父君にあたります」

公爵というのは、最上位の貴族だ。涼の目の前にいるハインライン侯爵ですら、侯爵……公爵の下。もちろん、涼のロンド公爵も公爵なのだが。

涼自身、他の公爵に会ったことはない。もしかしたら、先日のアベルのいなかった謁見などで、廷臣らの中にいたかもしれないが……涼は知らないわけで。

しばらくすると、一人の男性が入ってきた。

六十歳前後だろうか。銀色の髪を後ろに束ね、『颯爽』という言葉がぴったりな歩き方。

着ているものは、高級そうな生地ではあるが、決して派手でも華美でもない動きやすい服というべきだろうか。

涼が抱いた印象は、高位貴族というより引退した将軍。

その目を見た時に、特にそう感じた。

力強い、黒い瞳。

銀色の髪と黒い瞳の対比は、とても印象的だ。

「いや、来客中であるとは聞いていたのだが、この書類は直接アレクシスに手渡さねばならんものだからな。すまんかったな」

「いえ、ローソン殿、ちょうどいいところにおいでくださいました」

「ちょうどいい？」

「ご紹介したい方が」

ハインライン侯爵アレクシスがそう言うと、涼が頭を下げた。

自然と、ローソンの視線が涼を見る。

「ほぉ……。わしは……恐ろしい人物を紹介されそうじゃな」

「恐ろしい？」

ローソンがニヤリと笑いながら言い、アレクシスが首を傾げる。

涼も首を傾げる。まだ何も悪いことはしていないはずなのだが……。

「こちら、ロンド公爵家当主、リョウ・ミハラ殿です」

「やはりか」

アレクシスの説明に、小さく頷き笑うローソン。

その瞬間、ローソンの雰囲気が変わった。

引退した将軍から、公爵家当主へ。

立場にふさわしい見事な一礼。

「シルバーデール公爵ローソンです。筆頭公爵にはお初にお目にかかります」

思わず、涼の口から感嘆の吐息が出そうになるほどの挨拶である。

立場にふさわしい立ち居振る舞いというのは、老若男女問わず、美しさを伴うものらしい。

「ローソン殿は、めったに王城にはお見えになりません」

「わしは、王城とは相性が悪いからの」

アレクシスの言葉に答えた瞬間、引退した将軍に戻った。

「それにしても……そうか、噂の筆頭公爵殿……やはり、噂などあてにならんな」

「噂？」

アレクシスが首を傾げて問いかけ、涼は無言のまま首を傾げている。

「筆頭公爵はあまり強そうではない、そういう噂じゃ」

ローソンはそう言うと大笑いした。それは、呵々《かか》と笑うという表現がぴったりな笑い。

「まったく……貴族共の目は節穴じゃな。どこが強そうじゃないのやら」

「ローソン殿のお眼鏡にかなったということですね」

「いや、わしには恐ろしすぎて……。これほどの人物を傍に置く……昔から知っておったが、アベル陛下も、やはり恐ろしい方じゃな」

小さく首を振る。

そして、少しだけ考えた後、問いかけた。

「ロンド公は、レイモンド殿下の最期に立ち会われたと聞いたのだが」

「え？　はい、立ち会いました」

突然の話題の転換に驚きつつも答える涼。

そんな涼を見て、アレクシスが補足する。

「ローソン殿は確か、レイモンド殿が王城におられた頃の剣術指南役でしたな」

「うむ。決して悪い方ではなかったが……教育係たちが苦労しておったのはそばで見ておった。すぐ目の前にスタッフォード陛下のような兄がいれば、鬱屈するのも分からんではない。不憫な方であった」

帝国と結び、王を僭称《せんしょう》した男として記録されているフリットウィック公爵レイモンド。先の王弟。ナイトレイ王家の歴史上でも、極悪人と呼ばれ続けるであろう人物。

だが小さな頃から知っている者にとっては、別の感情が湧くようだ。

「聞きたいことは一つだけだ。レイモンド殿下の最期の言葉、もし可能なら聞かせてほしい」

「『ナイトレイ王国に栄光あれ』、そうおっしゃって、毒をあおられました」

ローソンの問いに涼は即答する。

一人の人間が、自らの手で命を絶った……その姿と言葉、忘れるはずがない。たとえそれが、戦った相手であり、王国全体に混乱を引き起こした人物であったとしても。

彼には彼の正義があったのだろうと、涼でも分かる。

求めた正義に達する方法が正しかったかどうか……それは数十年後、数百年後にようやく、歴史が判断する。今現在を生きる自分たちではない。

「そうか、感謝する」

ローソンは、再び公爵にふさわしい一礼をした。

そして、大きく一つ頷く。

「よし、わしは帰る。アレクシス、書類、確かに渡したぞ。ではロンド公、またどこかで」

シルバーデール公爵ローソンは、言うが早いか去っていった。


「嵐のようにやってきて、嵐のように去っていかれました」

「全くもって、その通りでしたね」

涼が小さくため息をついて呟き、アレクシスが苦笑しながら同意する。

そして、シルバーデール公爵家に関して説明を始めた。

「シルバーデールは、王都のある王国中央部に領地を持つ公爵家で、王家に繋がる名家でありながら、王国屈指の武家として知られています」

「ああ、確かに、先ほどのローソン様でしたか。引退した将軍といった印象を受けました」

「引退した将軍？　なるほど、言い得て妙です。かつての連合との『大戦』においても、シルバーデール騎士団を率いて活躍されました」

涼の感想にアレクシスも同意する。

「先の王国解放戦時は、たまたま王城に上がっていたローソン殿が侵攻した帝国軍に監禁されまして……」

「それが先ほどおっしゃられていた、王城との相性が悪い？」

「そうですね。元々ローソン殿をはじめ、代々のシルバーデール公爵は王城に近付かれませんでした。王国政治にかかわるよりも、武門の家として騎士団の訓練でもしていた方がましだと」

「な、なるほど」

あまりの割り切り方と言い草に、涼ですら言葉を続けられない。シルバーデール公爵家もナイトレイ王家の流れをくむらしいが、王家の血筋は脳筋なのかもしれない。

涼はアベルを思い浮かべて小さく首を振る。

「レイモンド殿はローソン殿を捕らえたことによって、シルバーデール騎士団を傘下に取り込もうとしたのですが、騎士団は忽然《こつぜん》と姿を消しました」

「姿を消した？」

「はい。当時のシルバーデール騎士団員数は三百人ほどと、決して多くはありませんでした。ですが、その強力無比な突撃、騎射、さらに下馬騎士としての技量において、全盛期の王国騎士団並みとすら言われていました。それを取り込めなかったレイモンド殿は、手に持った杯を投げつけたとか……」

「おぉ……」

「その報告を聞いた時、ローソン殿は呵々と大笑したとか……」

「ああ……」

「自らの命を失うかもしれないのに大笑したその逸話は、戦後、王都でもよく知られた話となりました」

「なぜかその姿が、明確に頭に浮かびます」

涼は、先ほどのローソンにとても似合う姿だと思ってしまった。

「噂では、消えたシルバーデール騎士団は、東部ウイングストン奪還の際に陰ながら協力したと言われました。ウイングストンは、伝統的にシルバーデール騎士団の東部での逗留地《とうりゅうち》であり、その地理に詳しいために、そんな噂が立ったのですが……完全な事実です」

「素晴らしいですね」

「ですがローソン殿をはじめシルバーデール公爵家の方々は、そのことを誇ったりはしませんでした。むしろ、アベル王の下に参陣できなかったことを恥じたそうです」

「アベルは……そんなことで怒ったりはしないでしょう？」

「ええ、もちろんです。東部解放への貢献を称賛されました」

涼の問いにアレクシスは頷いた。

「そんなシルバーデール公爵家の跡取りが、フェイス嬢です」

「僕の捜していた人ではありません」

涼はため息をつく。

だが、さすがはハインライン侯爵アレクシス、別の可能性を提示する。

「他国の公爵家という可能性はどうでしょうか？」

「あ！」

そう、うかつであった。

ナイトレイ王国は大国だ。中央諸国中から人材が集まる国の一つ、そう言っても過言ではない。ジュー王国から留学に来たウィリー殿下のような例がある。

だが、そうなると、さすがにハインライン侯爵であっても答えられない問題となる。

「現当主であれば、国内にいる外国貴族は把握しておりますが、さすがに次期継承者までは……」

「当主は把握されているんだ……」

ハインライン侯爵の言葉に、その防諜能力の高さを垣間見て、涼は驚き呟く。

「うん、分かりました。すいません、ハインライン侯爵。お手数をおかけしました」

「もうよろしいので？」

「はい。まあ、ちょっと気になっただけですから」

そう言うと、涼はソファーから立ち上がった。

◆

涼が一行を見かけたのは、完全に偶然だった。

宰相府でハインライン侯爵に話を聞いた後、なんとなく王城の中を歩き回っていた時に、一行が歩いていたのだ。

「あれはジークと……モンブラン小僧プラス一名」

そう、それこそ今、ハインライン侯爵に尋ねにいった公爵位に就くらしい男ら三人。二日前、『カフェ・ド・ショコラ』で「モンブランを食べさせろ！」と騒いでいた者のパーティー。

もっとも、涼が一番気になっているのは神官ジークであるが……。

その三人が、王城内を歩いている。

一介のC級冒険者風情が王城内を歩いているのは、かなり珍しい。もちろん、涼も一介のC級冒険者であるが、同時に筆頭公爵でもある。だから問題ない。

「これは事件の予感です」

ミステリー小説の主人公かのようなセリフを呟き、

涼は三人の後を追うことにした。

衛兵に先導され、謁見の間に入っていく一行。それを少し離れて追う涼。

その光景は、王城に勤める者たちの目にも映っていたが、誰も声をかけたりはしなかった。

衛兵の一人が声をかけようとすると、もう一人がそれを止めて説明する。説明された衛兵は驚き、遠目に涼を見る。あんななりをしていても筆頭公爵だと説明されて、驚いたのかもしれない。

普段着のローブ姿では、確かに筆頭公爵には見えないであろうし。

それでも、時々、王城内をうろうろしているため、そこで働く者たちの多くにその存在が知られているのは事実だ。貴族たちは知らずとも、衛兵たちは知っている……それがロンド公爵。

謁見の間に入る扉にも、もちろん衛兵がいるが、彼らも涼を止めたりはしない。意識して、表情を変えないように、正面だけを見続けている。


そんな中を、涼はこっそり……少なくとも本人的にはこっそり入っていった。

謁見の間での国王謁見ともなれば、当然、そこには並び立つ廷臣……が普通ならいるのだが、今回、階の下にいる廷臣は三人だけ。

それ以外には、入っていった一行三人のみ。

階の上、玉座にはアベル王が座っており、すぐ後ろに王妃リーヒャが立っている。

それを確認して、涼はこっそりと移動した。

三人の廷臣のうち一番情報を持っているのは、最も玉座に近い位置にいる宰相ハインライン侯爵であろう。しかしさすがに、そんな目立つ場所に行くのは気が引ける。

貴族側にもう一人だけいる廷臣は……小狡《こずる》そうな顔をした、いかにも悪い貴族、という涼が抱くイメージぴったりの人物。

ここまでイメージぴったりの貴族には初めて会った気がして、ある意味感動したが、その隣に移動する気にはならない。

結果、残った一人の横にこっそり移動する。

「なんだリョウ……いや、そこで、なぜばれた！　って顔するのは変だろ」

王都冒険者ギルド、グランドマスターのヒュー・マクグラスであった。さすが元A級冒険者は、涼のコソコソとした移動にもすぐに反応したのだ。

そんな中、謁見が始まった。


「国王陛下には、ご機嫌うるわしく……」

「よい。それよりハロルド、謁見を申し出た理由を述べよ」

階の下で片膝をついて礼をとるC級冒険者ハロルド、別名モンブラン小僧の口上を、アベルは斬り捨て、要件を述べるように言った。

これは、非常に珍しい光景だ。

（アベルは、よほど、この謁見が嫌らしい……）

涼はそんなことを考えながら、ただ見続ける。

「要件はただ一つです。私を公爵にしていただきたい！」

ハロルドの、驚くべき言葉！　だが、そこにいる者の中で驚いたのは、涼だけだ。

アベルは今まで以上に渋面を作り、ハインライン侯爵は身じろぎもせず、小狡そうな貴族はニヤリと笑いを浮かべ……ヒューは小さく首を振っている。

事情を理解していないのは、涼だけらしい。

そんな涼が悔しそうに呟く。

「公爵位って、欲しいですって言えば簡単に貰えるのですね……」

「いや、そんなわけないだろ」

隣のヒューは小声ではあるが、ため息をついてつっこむ。

「あいつ……C級冒険者ハロルドは、先の王太子の息子だ」

「先の王太子？　アベルのお兄さん、王太子のカインさん？」

「なんだ、王太子殿下を知っていたのか？」

もちろん、涼はカインディッシュ王太子を直接には知らない。

だが彼が、アベルのために作った即席王養成講座的な宿題を見たことがある。それは、本当に素晴らしい問題集であった。問題を見れば、問題作成者のレベルは想像がつくというものだ。

あれほど素晴らしい問題集を作ったカインディッシュ王太子という人は、かなり凄い人物なのだろうと勝手に認識していた。

「とても素晴らしい王太子だったのですよね」

「まあな。その王太子の忘れ形見が、あのハロルドで、世が世ならあいつが玉座に座っていたわけだからな……いろいろ複雑なんだよ」

「複雑だとしても……彼には、優秀さの欠片も見られません」

涼は、ハロルドを見て、ばっさりと言い切る。

「C級に上がったばかりとはいえ、十六歳か十七歳でC級なんだから、冒険者としてはかなり優秀だぞ？」

「カイン王太子なら、十六歳でB級まで上がったはずです！」

「いや、それは無理だろ……」

涼の、何の根拠もない適当意見を、きちんと否定するヒュー。真面目な男である。

そんな間も、謁見という名の会話は続いている。

「公爵位は、実力がついたら、と言ったはずだが？」

「私はC級に上がりました。十分な実力がついたと思います！」

国王アベルの言葉に、ハロルドは言い返す。

アベルも、自分の甥《おい》であり、慕っていた亡き兄の遺児だからであろうか。その無礼な言動をたしなめることなく、小さく首を振っている。

それを見て、ハロルドが続けた。

「叔父上、いえ陛下は以前仰いました。自分を剣で倒せたら、文句なしで公爵にすると」

アベルはそれには何も答えない。

「であるならば、今ここで、私と立ちあってください！」

「……なに？」

さすがに、この言い方にはカチンときたのだろう、アベルの声が少し低くなる。

「俺が……病み上がりの今なら勝てると、そう思ってでもいるのか？」

アベルは目を三角にし、ちらりと小狡そうな顔の貴族を見た後、ハロルドを睨み返す。

「そ、そのような意味ではありません！　ただ私の力を示したいだけです！」

ハロルドは顔を真っ赤にして、そう言い返した。

誰かに入れ知恵されたのかもしれない……その辺りでうすら笑いを浮かべている小狡そうな貴族に。

アベルは、ハロルドを睨みつけている。

ハロルドも、アベルの視線を正面から受け止めている。

（これはいけません。叔父と甥の争いは、王国解放戦でもやりました。骨肉の争いは悲しいものです）

涼は、睨みあうアベルとハロルドを見比べて、王国解放戦時の、叔父レイモンドと甥アベルの争いを思い出していた。

（恐れる王と甥の剣戟。そんなことが起きれば……中身は全く違うものであったとしても、アベルの器が小さい、王家は分裂しているなどという噂が出回る可能性があります。それは止めなければ！）

そう勝手に結論付けると、涼は廷臣の列から出て、階の下で片膝をついた。

「C級冒険者涼、国王陛下に申し上げたき議、これあり」

突然出てきた涼に、ハロルドもジークも、もう一人のパーティーメンバー、おそらく双剣士も驚いていた。もう一人驚いたらしい、小狡そうな貴族がわめき始める。

「おい、下郎、何を……」

そこまで言うと、何も言えなくなった。口の前に氷が張られたからである。

剥がれない……。

その様子を見て驚くハロルドと双剣士。何が起きているのかも理解できていないのだ。

だが神官ジークだけは、瞳の中で何かが光ったかのように目が細くなる。

（氷で気付いた？　もしかしたら『カフェ・ド・ショコラ』の時点で、足の下に氷が張られたことを可能性として考えていたかも？　さすが、できる……）

涼は心の中で頷き、さらにジークへの評価を高める。

「C級冒険者リョウ、特に許す。申せ」

アベルが重々しく言う。

「陛下、このハロルドという男は、有名なカフェでモンブランが売り切れていたことに腹を立て、店長をはじめ周囲の客にまで暴言を吐いた人物です。あまつさえ、自分がC級冒険者であり、将来公爵にもなるのだと恥ずかしげもなく言い放つような、そんな子供……いえ、精神面が鍛えられていないはた迷惑な人物です」

「な、何を……」

涼の告発……というかほとんど悪口に、唇をわなわなと震わせ言葉を続けられないハロルド。

周囲は、あまりのことにポカーンと口を開いたままだ。

そのため、涼はさらに続けた。

「そのような人物を公爵に据えれば、王国民を不幸にします。そんなことをすれば、この人物は恥に恥を重ねる鬼畜な所業を繰り返す恐れが……」

「貴様、黙れ！」

事ここに至って、ハロルドは顔を真っ赤にして叫んだ。そして、同時に剣を抜く。

それを横目に見て、首を傾げる涼。

「ハロルド殿、剣を抜くという意味、理解しておられるのかな？」

「当たり前だ！　これほどの侮辱、剣で雪《すす》ぐ以外にあるか！」

「なるほど。これは、尋常なる決闘と」

涼はそう言うと、立ち上がった。

少なくともこれで、国王と甥による剣戟は回避された。その結果に満足して、涼は心の中で頷く。

そして、アベルの方を向いて恭しく一礼した。

「国王陛下、御前を血で穢《けが》しますこと、お許しください」

「う、うむ……決闘であれば仕方あるまい」

アベルも、展開の早さというか異常さに付いていきかねているのか、あるいは全てを諦めてなるようになれと思っているのか……多分、後者であろう。

「さてハロルド殿、本当によろしいのですな？」

「くどい！　貴様も剣を抜け！」

涼が確認をし、ハロルドが怒鳴り返す。

すでに、ヒュー・マクグラスは謁見の間の壁際にまで後退して推移を見守っている。

ハインライン侯爵も、衛兵に指示して口をふさがれた小狡そうな貴族と一緒に反対側の壁際に移動している。

謁見の間の中央には、涼とハロルド一行三人だけが残されていた。

「〈アイスウォール10層パッケージ〉」

涼が唱えると、四方と天井に氷の壁が張られる。

しかし、それに驚いたのは一行のうち神官ジークだけ。ハロルドと双剣士は、そんな状況の変化も理解できないほどに、頭に血が上っているらしい。

「〈アイスウォール〉って……リョウ、剣での決闘じゃないのか?」

アベルのその呟きが聞こえたのは、傍らにいるリーヒャ王妃だけ。そしてリーヒャは、無言のまま小さく首を振った。

「そちらは三人でいいですからね。モンブラン小僧……失礼、ハロルド殿お一人では、すぐに終わっちゃうでしょうから」

「なんだと貴様!」

相手の冷静さを奪うのは、対人戦の初歩の初歩。

涼の挑発に、やすやすと乗るハロルド。

双剣士も完全に頭に血が上った状態。

ただ一人、ジークだけが杖を構え、冷静さを保っている。

(やはり、ジークだけは別格? とても興味がありますけど……)

そう、興味はある。しかし、ジークがどれほどやるのかを見たいから介入したわけではないのだ。

決して、そういうわけではない。

多分……そういうわけではない。

すいません、少しはそういう気持ちもありました。

とはいえ、中心にあった気持ちは、アベルとハロルドによる、国王と甥の剣戟を避けるため。それは確かだ。

「C級冒険者リョウ対ハロルドならびにそのパーティーメンバーによる、決闘を執り行う。双方、準備は良いな」

アベルが確認する。

「はい」

「どうぞ」

ハロルドと涼が了解する。

「それでは、はじめ！」

一瞬後。

「ぐほっ」

「ぐはっ」

ハロルドと双剣士の腹に、先を丸めた極太の氷の槍が突き立った。

二人が悶絶して倒れる前に、神官ジークに向かって、氷の剣を構えた涼が突っ込む。

ジークは油断していなかった。

突然、横から介入してきたC級冒険者涼が、『カフェ・ド・ショコラ王都店』の件をわざわざあげつらったのは、あの時転ばせたのは自分であるということをあえて示すためであろう、そう理解していたのだ。

そして、この氷の壁。

これだけでも、尋常な相手ではないことが理解できる。とんでもない魔法使い。

しかし魔法使いであるなら、近接戦に持ち込めばなんとかなるかもしれない……というより、そういう展開に持っていくしかない。

そう思って、ジークも杖を構えたのだが……。

（一瞬で氷が生えて、ハロルドもゴワンも戦闘不能？なんだそれは！）

そんなことを考えた瞬間、魔法使いが目の前に現れた。しかも氷の剣を持っている！

（受けたらダメだ）

瞬間、ジークはそう判断し、氷の剣を杖で受けるのをやめ、体さばきでかわす。

振り下ろされたはずの剣が、間髪を容れずに斜め下から再び襲ってくるのを、体重移動とわずかな引き足の動きで、再度かわす。

だが……。

（もうかわせない！　仕方ない）

ジークは腹をくくった。

「〈聖域方陣《せいいきほうじん》〉」

カキンッ。

村雨の打ち下ろしを、ジークの杖が弾く。

さらに……。

「〈サンクチュアリ〉」

シャキンッ。

ジークの左腕に、一瞬だけ生じた緊急展開防御魔法〈サンクチュアリ〉が、涼の連撃を弾く。

絶対防御〈聖域方陣〉を杖に展開して氷の剣で斬られるのを防ぎ、緊急展開防御魔法〈サンクチュアリ〉を盾のように使って近接戦を繰り広げるジーク。

この場にいる誰もが、初めて見る近接戦。

特に、ジークの対戦相手は大きく目を見開いて驚き、同時に笑みを浮かべた。

「こんな近接戦があるとは！」

涼の呟きは、間違いなく喜悦に満ちている。

完全に本気な涼の連撃。

杖と〈サンクチュアリ〉の連続展開でしのぐジーク。

後衛職同士の近接戦？

この二人には、そんな枠組みは関係ない。

これが、魔法使いと神官による剣戟であることは、見ている者たちの頭の中からはとっくに消え去っている。もちろん、戦っている者たちの頭の中からも。

いや、もしかしたら、この場にいる者の中で一番冷静さを保っていたのは涼だったのかもしれない。なぜならジークと剣戟を繰り広げながら、うずくまるハロルドと双剣士が回復して立ち上がろうとするたびに、先を丸めた氷の槍をお腹にぶつけては戦闘力を定期的に奪っていたのだから。

ジークとの戦いにのめり込みながらも、周囲の状況をきちんと把握していたということだ。

だからこそ……。

(持久戦になれば僕の勝ちでしょう)

冷静にその判断を下すことができていた。

涼がジークとの一対一の状況をつくり上げたのは、純粋に、その戦闘力を見たかったからだ。別に勝ち負けを付けたかったわけではない。そして今、見たかったものはだいたい見終えた。

ガキンッ。

涼の打ち下ろしが大きく弾かれた。

それはこれまでになかった、大きな隙。

ジークの踏み込みが大きくなる。前への荷重移動も速くなる。

これまで見せなかった鋭い突きが繰り出される。

だが、それはジークが描いた絵ではない。

描かされた、本能まで捉えられて描かされた……。

呼応。

呼び込み、応えさせられた……。

罠。

ジークの突きを読んでいた涼は、頭を振って紙一重で躱しつつ、右足を大きく踏み込んだ。

もうそこは近接戦を超えた距離。超近接戦。

村雨の柄頭をジークの腹に叩き込む。

「うぐっ」

ジークの口から漏れる苦悶の呻き。

それを聞きながら、重心を左半身に移しつつ、そのまま左足を前方にさばき、そのまま伸び上がるようにさらなる重心移動。

ジークの右側に回り込んで……村雨の峰で後頭部を打ち据える。

気を失って、ジークは崩れ落ちた。

魔法使いと神官の剣戟は、唐突に終了した。


涼は素直に驚いていた。

最初に付属学校でジークを見た時から、近接戦を苦にしないだろうとは思っていた。それでも、まさかこれほどとは思わなかったのだ。

絶対防御魔法として知られる神官の奥義〈聖域方陣〉を、杖に纏わせるという発想。

五秒間しかもたないと言われる緊急展開防御魔法〈サンクチュアリ〉を連続生成して、盾として使う発想。

しかし、それらを可能とする近接戦の動きは……。

(ジークは、小さな頃から近接戦を鍛えられてきたようです。それも正統派の剣術……そう、杖ではない。アベルが修めたヒューム流に似ているけど……少しだけ違う？　う～ん、気になります)

ジークとの戦いは終わったが、涼の戦闘はまだ終わっていない。

何度目かの腹への〈アイシクルランス〉を受けて呻いていた、二人の近接職が起き上がろうとしている。素早く移動して、涼は双剣士の後頭部を打ち据えた。ジーク同様に気を失う双剣士。

ようやく、ハロルドとの一対一の状況が整おうとしている。

とはいえ、まだハロルドは回復しきれていない。その様子を、余裕をもって見守る涼。

その時間も、ハロルドにとっては屈辱的だったのだろう。涼を睨みつける目には、はっきりとした憎悪が宿っている。

それを確認して、涼は満足して頷いた。ハロルドから、実の叔父であるアベルへの攻撃的な意思を、涼に向けさせることに成功したと思ったから。

あとはダメ押し。

「さてモンブ……ハロルド殿、仲間は全員沈みました。どうしますか？　もうしわけありませんでした、僕が間違っていました。公爵にしてくれなんて言いません。二度と、アベル陛下にたてついたりはしません。もちろん、国民を馬鹿にしたり虐《しいた》げたりするような言動は致しませんと言えば、許してあげますよ？」

「ふざけるな！」

ハロルドはそう言うと、剣をしっかりと構えて涼を睨んだ。

「その心意気だけは買いましょう。とはいえ、それだけでは勝てませんが……」

「うおぉぉぉぉ」

ハロルドは叫びながら、剣を振りかぶって突っ込んだ。

それは本来の、C級にまで上がった剣士の剣ではなかった。完全に冷静さを欠いた剣。精神的な未熟さがあまりにも表れた剣……。

その剣を涼はあえて村雨で受けて、絡めて、弾き飛ばす。

そのままハロルドの左肩に、袈裟《けさ》懸《が》けに村雨を叩きこむ……もちろん峰打ちで。

「ぐあっ」

ハロルドの骨が砕けた音と同時に、声が響いた。

砕けた左肩を村雨で突き、そのまま、〈ウォータージェットスラスタ〉で一気に、奥の壁まで突っ込む。

奥の壁……涼の〈アイスウォール〉に激突。

ハロルドは、あまりの衝撃に気絶した。

それを確認すると、涼は村雨を外した。実は、突き刺すのはあんまりかなと思って、刃は消してあった。ハロルドは肩の骨さらに折れただけだ。

そんなが、どさりと床に落ちる。


「〈アイスウォール解除〉」

涼が〈アイスウォール〉を解除すると、すぐに神官が呼びこまれて三人の治療が始まった。


「肩を砕いて剣を突き立てるとか……」

「剣は突き立てませんでしたよ。でも、昔、アルフォンソ殿は、剣の突き立てまでされたそうです」

アベルが呟き、涼が補足説明する。もの凄く第三者的に。

アルフォンソ・スピナゾーラは、二年前にルン辺境伯を継いでいる。現在二十二歳。

「正直、こういう体に分からせる、というのは好きではないんです」

「そうか……」

涼が小さく首を振りながら主張するのを、アベルはなんとなく受け入れる。

「アベル、なんですか、その目は！　僕が言っていること、信じてないでしょう？」

「いや、そんなことはないぞ」

「指導に名を借りた体罰とかやっちゃダメです。アベル、息子さん……ノアとかにも、そういうことやっちゃダメですからね！」

「するわけないだろうが」

「そうですね。そんなことしたら、きっとリーヒャの杖に打ち据えられるでしょうね」

「お、おう……」

涼の恐ろしい予言に、アベルは震える。いや、もちろん、リーヒャは愛すべき妻だ。

「叔父と甥の戦いは、いらぬ噂を招きます」

「それでリョウは介入したのか。手間をとらせたな」

「いいんです。あっちの神官、ジークの戦闘能力もちょっと気になっていたので」

涼は、治療が進む三人を見て言った。

そんな涼に、何か横から文句を言いたげな男が……。

「モゴゴグゴゴ……」

「ああ、失礼しました」

涼はそう言うと、小狡そうな貴族の口を覆っていた氷を剥がしてやる。

「貴様！　ドタマ伯爵たるこのわしの口を……」

「ああ、手が滑りました〈氷棺〉」

小狡そうな伯爵、ドタマ伯爵は氷漬けになった。

「これで静かになりました」

「あ、うん、容赦ないな……」

涼は氷の棺を見て、その出来栄えに納得すると一つ頷き、そう言った。アベルはいつものこととはいえ……何か一言、言おうと思ったがやめて、いつも通りの言葉を吐いた。

「今、この人、ドタマ伯爵って名乗った気が」

「ああ、ドタマ伯爵だぞ」

涼の疑問を肯定するアベル。


「それって、ハロルドを悪の道に引きずり込んでいる、憎まれっ子世に憚る伯爵の名だったと思うんです」

「ああ……それに近い報告は受けていた」

「なんで、ちゃんと排除してやらなかったんですか？」

「そう言われてもな……。正当な理由なく、貴族の、それも伯爵という上級貴族の行動を制限するのは国王といえども難しい」

「国王とか関係なく、まだ未熟な甥っ子ハロルドを、親戚のおじさんとして助けてやるべきという話です」

「……そうだったかもしれん」

いつもは無理、無謀、無茶なことばかり言う涼の言葉は受け流すアベルであるが、今回の言葉は思うところがあったようだ。頷いている。

「いずれは国王の甥として、公爵家を興すことになる……その時のために、自分を食い物にするために近付いてくる貴族がいるというのを、経験させたかったんだが……」

「早すぎです。相手は手練手管に長けた貴族たち。まだまだ未熟なハロルドでは、その毒に侵されてしまいますよ」

「ああ、その通りだな」

アベルはそう言うと少し考えこんだ。

しばらくして再び口を開く。

「それで……リョウはハロルドたちをどうするべきだと思う?」

「どうする? 別にどうもしませんよ?」

「いや、何か提案があるんじゃ……」

「もしカイン王太子がいれば、ガツンと強く叱ってやると思うんです!」

「いや、兄上は叱らないだろう……」

「ああ、じゃあ、山のような宿題を出して自分で分からせるのですね、深いです」

「そうだな、俺が出されたように山のような宿題を……」

涼は、カインディッシュの深い思慮に感心し、アベルはカインディッシュに出された山のような宿題を思い出して沈んだ。

「もう一回くらい、誰かがガツンと言ってやれば……まあ、でも、ハロルドはどうでもいいですけど、ジークは凄いですね。ヒューさんがべた惚れしたのも分かります!」

二人の元へ、ヒュー・マクグラスが近付いてきたから、涼はジークの話題にした。

「ジークは、帝国の出身でな。しかも珍しいことに、帝都神殿出身の神官だ。父親が早いうちに亡くなって帝都神殿に入り、母親もしばらくして亡くなったそうだ。それで、成人前に王都の中央神殿に移ってきた。『十号室』のエトの、直接の後輩のはずだ。しばらく修行して、二年前、冒険者になったんだ」

「帝国からの亡命者だったんですか。あれほどの人材を国外に流出させるなんて、帝国の未来も先が暗いですね!」

ヒューの説明に、なぜか腰に手を当てて帝国をあげつらう涼。偉そうである。

「ジークって、元々杖じゃなくて、かなり剣を使いますよ?」

「やっぱりか……あいつの杖術を見た時に思ったんだ

よ。小さい頃から、基礎基本をみっちり仕込まれた動きだ。そういうのは、隠そうとしても隠しきれないからな」

ヒューは何度も頷きながらそう言った。

そんな二人を見ながら、アベルは深いため息をつく。それは、ハロルドについてのため息であった。いずれは、ハロルドを公爵にする。貴重な、現国王の甥だ。ただでさえ、ナイトレイ王国王家直系の血は少ない。貴重な男子を放っておくのは、今後、何かあった時のことを考えるともったいない。

だが、あまりに無法な人物を高位貴族、しかも王家に連なる人物……そんな者を公爵に就けるのはどうかとも思う。

涼が、決闘前に告発したようなことが本当だと言うのなら、あまりにも問題が多すぎる人物ということになるわけで……。

「どうすればいいのか……」

アベルはそう呟くと、再び、深い深いため息をつくのであった。

◆

謁見の間での決闘騒動から二週間後。

王国を含めた中央諸国中が、西方諸国への使節団派遣の話題で盛り上がる中。

王国東部で、あるC級パーティーが危地にあった。

辛うじて意識はあるが、自分では動くことができない剣士。

その剣士を背負い、なんとか危地を脱しようとする双剣士。

そして、二人のために、杖で退路を切り開く神官。杖を振り回し、叩き、突く。武器の特性上、範囲攻撃すらできるために、杖を使う神官ジークが魔物を蹴散らしている。とはいえ、森の中ということもあり、振り回しが少なめであるが……。

とにかく、急いで脱出しなければならない！

「ゴワン、もうすぐ森が切れる。そこまで粘って！」

「おう！　俺の体力ならまだまだ大丈夫だ！」

ハロルドを背負ったまま、ジークに付いていくゴワン。

大丈夫と言っているが、ゴワンの疲労がピークを迎えているのは、ジークにも分かっている。なぜなら、ジークも疲労の極にあるから。

「よし、抜けた！　……っ」

ゴワンが嬉しそうに言ったが……すぐにその言葉は切れた。

理由は明白。

三人が森から抜けた先に、魔物の集団がいたのだ。

「オーク……」

オーク。豚の頭部を持つ、体長二メートル弱の二足歩行の魔物。多くの場合、手に武器を持っている。剣や棍棒など様々。

オーガより知力があり、ゴブリンより頑丈。強さ的には、その二つの中間あたりであるが、知力がある分、集団戦では厄介な相手となる。

そんなオークが……。

「百体はいる？　なぜ、こんなところに……」

思わず呟いたのはやはりゴワンであるが、ジークも同じ疑問を持った。しかも、彼ら三人が来るのが分かっていたかのように、武器を持ち、待ち構えていたのだ。

ハロルドが陥った異常な状態と、なんらかの関係があるのかもしれない。

しかし、そうだとしても、今考えるべきはそれではない。

（なんとか脱出する方法は……）

考えるべきは、この危地を脱する方法。ジークは、二人の前で杖を構えながら、視線だけ左右に動かし退路を探る。

だが……退路はない。

（こいつらを倒すしかないのか……）

他に方法はない。オーク百体……それもハロルドとゴワンを守りながら。

絶望しか感じなかった。

おそらく、自分一人であれば、オークを突破して逃げることは可能であろう。あるいは、ゴワンまでなら、なんとかなるかもしれない。

しかし、動けないハロルドを抱えてとなると、それは不可能。それでも、ジークの中には、ハロルドを置いていくという選択肢はない。

　当たり前だ。

「ジーク、ハロルドは俺に任せろ。奴らには指一本触れさせせねえ！」

　そう言うと、ゴワンはハロルドを地面に寝かせ、その前に双剣を抜いて立ち塞がった。

　ジークもゴワンも、ハロルドを置いて逃げるつもりなど毛頭ない。

「ええ。彼を頼みます」

　ジークはそう言うと、一度深く息を吸い、深く吐く。

「ハロルド……私は、あなたを公爵にすると誓った。こんなところで、それを潰えさせたりはしない！」

　そう呟くと、地面を蹴ってオークの群れに突っ込んだ。

『突かば槍　払えば薙刀　持たば太刀　杖はかくにも外れざりけり』

　日本において、杖が、槍、薙刀、太刀全ての特性を持っていることを表す古歌。

『疵《きず》つけず　人をこらして　戒しむる　教えは杖の外にやはある』

　そう、本来、杖は相手を傷つけないで制圧するもの……そう、本来は。

　だが、『ファイ』においては、そして神官が使う杖は、そうではない。

　なぜならその杖は、聖なる祝福を受けた杖だから。

　人間相手であれば、普通の杖なのだが、魔物に対してはそうではないのだ。人間へのダメージに比べて、何十倍ものダメージを与える。相手がオークなら、一撃で倒すこともある。

　ジークは、オークの集団に飛び込みざま、杖を振り回す。

　倒し切れずとも、戦闘不能に。そうでなくとも、戦闘力を削ぐために。

　そして、突く！　突く！　突く！

　その姿、鬼神の如し。

「ジーク、やっぱすげぇ……」

　双剣士ゴワンは、思わず呟いていた。

　ハロルドに、その忠誠の全てを捧げている。それは、命を救われたから。

ジークには、その全てに全幅の信頼を置いている。

ハロルドも、ジークを信頼していた。今回の東部行も、ジークは反対していた。いつもならジークの直言なら聞くハロルドであったが、今回だけは頑《かたく》なに拒み……。

結果がこれだ。

何はともあれ、ジークは凄い。神官としての光属性魔法に関してはもちろん、判断力、行動力、そして、その戦闘力においても。

これほどの、全力の杖術を見たのはパーティーを組んで以来、初めてだ。謁見の間では、水属性の魔法使いを相手にハイレベルな剣戟を繰り広げていたが……ゴワンは終始、腹に攻撃を受けて周りを見る余裕がなかった。そのためにはっきりと見られなかった。

ジークは確かに神官だ。一般的に神官は後衛職であり、近接戦は苦手。というかできない。しかしジークに関しては、自分以上に近接戦も強いのではないかとゴワンは思っていた。

それが目の前で証明されている。

ならばなおさら、自分も全力を出さねば！

鬼神のごときジークを避けて、何体かのオークがゴワンとハロルドに向かってくる。

「絶対に通さん！」

一合すら許さず、双剣で斬りまくる。

ゴワンも、C級冒険者。その戦闘力は、C級にふさわしいものであることを十分に証明していた。

何十体を屠《ほふ》っただろう。

鬼神のごとき動きを続けながらも、ジークは、疲労から動きが鈍くなっている体を自覚していた。

(倒しきれない)

冷静に戦況も認識している。

ちらりと後ろを見ると、ゴワンの動きも限界が近付いているのが見て取れる。

(せめてハロルドとゴワンだけでも……)

そう思う瞬間もあったが、ゴワンもかなりの傷を負いながら戦っている。ジークがヒールで癒しながら戦える状況にない以上、傷を負ったまま、ハロルドを守り続けた。逃がせるタイミングなどなかったし、そのための道を切り開けてもいない。

もはやオークを減らしても、逃げ出すのは無理な状況になっている。

前方のオークだけでなく、自分たちを追って森の中から出てきたゴブリンらとも抗戦する羽目になっていたのだ。

ジークがオーク、ゴワンがゴブリンと戦い続けている。

一対一なら決して遅れなどとらない。しかし、倒しても倒しても終わらないこの状況下では……。

完全に意識を失い、二人の間で横たわるハロルド。

「私は、なんて無力なんだ……」

ジークは、オークを倒しながら呟く。

力のない自分が恨めしい。

それは十歳の時、自分に家督を譲って隠棲していた父が、別荘の火事で亡くなったと聞いた時に初めて抱いた感情と同じ。別荘に急いで駆けつけ、焼け焦げた父の遺体と対面した時、大切な人は二度と死なせないと誓った。

しかし現実は、ジークが帝都神殿に入っている間に、母が事故にあって亡くなった。その遺言に従って帝国を後にし、王国に亡命してきたが……。

魔力はすでに底をつきかけている。自らに〈ヒール〉をかけて疲労をとることもできない。もちろん、傷口をふさぐことも。

「また私は、守れないのか」

悔しさを噛み潰しながら杖を振るう。

悔しい。

悲しい。

諦める？

いいや、受け入れられない。

ならばどうする？

退路は？　ない。

第二の策は？　ない。

……方法は？　ない。

チラリと視界の端に映るハロルド。地面に寝かされたその姿が、父の遺体、母の遺体と重なる。

父の時も母の時も、死の瞬間、ジークはそばにいなかった。

それを悔しいと思った。

だが今のように、すぐそばで死の瞬間を見るのは……。

ダメだ。

受け入れられない。

方法は？　分からない。

でも……。

抗う！

ジークの表情から、諦めが消える。

疲労で重くなったはずの体に、キレが戻る。

足掻け！　足掻け！　足掻け！

オークを倒すことだけを考えろ！

他は、全て終わってからだ！

かつて帝都の社交界で、子供ながらにその美しさは同年代の少女たちの視線を全て集めた。

その美しいままに、今、鬼となる。

鬼神。

限界を超えた先で、人は鬼や神になるのかもしれない。


凄絶を超えて魅惑的にすら見えるジークの戦い。

ゴワンは、視界の隅でそれを捉えていた。

「はは……ジーク、やっぱ、すげぇ……」

すでに、双剣の一本は折れている。無事な方も、刃は切れなくなっている。

それでも、ゴワンは斬りまくった。C級双剣士として恥ずかしくない、いや、あの鬼神と化したジークのパーティーメンバーとして恥ずかしくないだけの結果は出した。

しかし……。

バキンッ。

残った一本が折れた。

「まだだ！」

剣を折ったゴブリンを、拳で潰す。

ブスリ。

敵は一体ではない。別のゴブリンの剣が腹に突き立てられた。同時に、そのゴブリンも拳で潰す。

しかし……ここで、ゴワンの力が尽きた。

気合いだけで立っていた体が、地面に崩れ落ちる。

「ゴワン！」

ゴワンが崩れ落ちる姿をジークは捉えた。倒れたゴワンに短剣を突き立てようとするゴブリンも！

その時、ジークの思考は冷静さを失った。

自ら手にしていた杖を投げる。

ゴブリンの口に突き刺さり、絶命させた。

そう、その瞬間は、ゴワンの命を救った。

だが、次は？

そして、自分は？

もう、手がない……。

全てが終わる……。

そう思った、次の瞬間。

遠くから声が聞こえた。

「斉射！」

空を覆い尽くした矢は、すぐにオークとゴブリンに突き立った。ジークら三人はかすりもせず。それだけで精鋭と分かる。

「騎士団突撃！」

斉射によって浮足立ったオークとゴブリンを騎士団が制圧するのに、一分もかからなかった。

「貴殿ら、無事か？」

疲労の極にありながら立ち続けるジークの元に、歩いてくる指揮官。

その美貌は多くの視線を惹きつけるであろう。

肩の辺りで切りそろえた銀色の髪は、陽の光を反射して透明にすら見える。茶色い瞳に知性と苛烈さを感じさせる辺りが、騎士団を率いるにふさわしいと思わせる。

その指揮官の胸に光る紋章は……。

「シルバーデール騎士団？」

ジークの呟きはかなり小さかったはずだが、指揮官の耳には届いたようだ。

「そう、我らはシルバーデール騎士団だ。見たところ神官のようだが、立っているだけでもやっとであろう。そちらのお仲間を含めて、うちの神官に治療させてもよいかな？」

「よろしくお願いします」

ジークとゴワンへの治療が騎士団付き神官らの手によって手早く行われた。同時に、別の神官が寝かされたハロルドの治療に取り掛かっている。

「シルバーデールって、王都近く、中央部の公爵だろ?」

「そう」

ゴワンの問いにジークが頷く。二人には、そんな公爵家の騎士団が東部にいる理由は分からない。

だが、まずはお礼だ。ジークとゴワンは、指揮官の元へ歩み寄って頭を下げた。

「治療、ありがとうございます。仲間が詳細不明な罠にかかり、逃げているところをオークの集団に襲われました。助けていただき、感謝いたします」

「いや、間に合ってよかった。我らは東部演習の途中でな。それで、優秀な神官も連れているのだが……」

指揮官はそう言うと、ハロルドの周りで治療を試みている騎士団付き神官らを見る。

見られた神官は首を振って説明を始めた。

「こちらの方は、〈ヒール〉も〈キュア〉も効果がありません」

神官はそう言うと移動し、指揮官にもハロルドが見えるようにする。

ハロルドは、心臓付近を中心に、青い炎のようなものが噴き上がっているように見える。幻影のような……実際に手をかざしても熱くはないため、本物の炎ではないのであろうが。

それがいったい何なのか、なぜそんな状況になっているのか、騎士団付きの神官たちも分からなかった。

「その仲間の状態は、この辺りではどうにもなりそうにないな。我らシルバーデール騎士団は、ウイングストンに駐留している。あそこには現在、高位神官様はいらっしゃらない」

「はい、存じております」

指揮官の言葉にジークは頷く。

東部最大の街ウイングストンは、代々高位神官が赴任する。現在も赴任しているのだが、解放戦後、復興の途上にある王国東部をあちらこちらと回っているため、ウイングストンにはいないのだ。

ジークは指揮官の容姿を見て、言葉を続ける。

「もし、間違っていたら申し訳ないのですが、あなた様は、シルバーデール公爵家のフェイス様ではないでしょうか？」

「いかにも、フェイスだ」

ジークの問いに、指揮官……フェイス嬢は頷いて答えた。

「この我が仲間は、国王陛下の甥であるハロルド様です」

「ハロルド？　先の王太子カインディッシュ様の忘れ形見か。言われてみれば……。昔、王城で会ったやもしれん」

フェイス嬢も驚き、ハロルドをよく見てから頷いた。

「東部では難しいとなれば、王都の中央神殿で診てもらうしかなかろう。ウイングストンから、馬車はシルバーデール公爵家が用意する。ウイングストンから、急げば二日で王都に着く」

「感謝いたします」

異口同音に、ジークとゴワンは感謝の言葉を述べた。

「よい。総員撤収！」

◆

本来、常に静謐を保つ王都中央神殿。しかしその日は、朝から喧騒の中にあった。

神官と双剣士が、ぐったりとした仲間を連れて現れたのが発端であった。

「ん？　ジークか？　久しぶり……」

「お願いです、すぐに大神官様をお呼びください！」

「お？　おお、分かった」

かつて、この中央神殿で修行していたジークのことは、多くの神官が覚えている。常に冷静を地で行っていたジークがこれほどまでに取り乱している。そして大神官様を求めているとなれば、かなり大変な状況にあることは容易に想像がつくというものだ。

ハロルドを奥に運び入れると、すぐに大神官ガブリエルが現れた。挨拶もそこそこに、ハロルドの心臓付近に目を留める。

「これは……もしや、霊呪？」

大神官ガブリエルの呟きに、ジークは訝しむ。王国はもちろん、帝国時代にも、神殿で霊呪について学んだ記憶はない。言葉そのものを聞いたこともない。

つまり、中央諸国においては一般的事象ではないということだろう。

ガブリエルは、即座に傍らに控える神官に告げる。

「〈解呪《ディスペルカース》〉を行います。すぐに準備を。それと、リーヒャ王妃とラーシャータも呼んでください」

「リーヒャ王妃？」

「ええ。ジーク、ついてますよ。今、リーヒャ王妃が中央神殿に来ています」

ガブリエルはそう言うと、一つ大きく頷いた。

ジークも、リーヒャ王妃が元聖女であることは知っている。

「〈解呪〉は普通の魔法と違って、複数の神官で行う大魔法です。高位神官が多ければ多いほど、高い効果が表れます。大神官と聖女が揃った解呪です。中央諸国ではこれ以上の環境は望めません。ジーク、大丈夫です。中央神殿はどんな人物に対しても、全力で治療を行います。安心なさい」

そう言うと、大神官ガブリエルは微笑んだ。

その微笑みは、ジークが中央神殿にいた頃にも何度となく見てきたが、その度に心が癒されたものだ。

そして、今回も……。

「はい、よろしくお願いします、大神官様」


ハロルドが運び込まれたのは、中央神殿で最も北に位置する『静《しずか》の間』。半径五十メートルもの巨大な円形の部屋、オーバルルームであり、その中央には地下墳墓への階段がある。

その『静の間』の階段脇の、祭壇にも見える場所にハロルドは横たえられていた。

地下墳墓から流れてくる、過去の聖者、聖女、大神官らの聖なる力も利用するため、この部屋での治療は最も効果が高いと言われている。

横たえられたハロルドを診ているのは、伝承官ラーシャータ・デブォー子爵。王国だけでなく、中央諸国でも屈指と言われる伝承官で、特例として爵位を持ったまま神官としての地位を認められるほどの人物。

大神官ガブリエルは、そんなラーシャータに近付いて声をかける。

「ラーシャータ、何の霊呪か分かりますか？」

「申し訳ありません、ガブリエル様。これは私が知らない霊呪です」

ラーシャータは、申し訳なさそうに首を振りながら答えた。

「いえ、謝る必要はありません。そもそも、中央諸国においては霊呪自体が多くはありません。特に、なんというか、こういう……一見して、人とは次元の違うものによる霊呪は、神殿にも報告事例は上がってきません」

大神官ガブリエルはそう言い、ラーシャータも頷いて同意した。

「大神官様、〈解呪〉の準備、整いました」

聖女の神官服に身を包んだ、リーヒャ王妃がガブリエルに告げる。ガブリエルは一つ頷くと、大魔法用の大神官杖を持って、寝かされたハロルドの前に立った。


ハロルドとガブリエルを中心に、リーヒャを含めた十人の高位神官が円を作って囲っている。

呼吸を整えた後、ガブリエルが詠唱を始めた。

「おお　偉大なる女神よ　汝《なんじ》に伏して願わん　我らと異なる理に囚われし我らの友を　汝と異なる理に囚われし汝の子を　今一度　この世の理に戻さんことを　我らと異なる傷を負いし我らの友を　汝と異なる傷を負いし汝の子を　その軛《くびき》から解き放たんことを　我ら伏して願わん　〈解呪《ディスペルカース》〉」

詠唱が終わると、囲んだ十人から光が出て、ガブリエルが持つ大神官杖に集まった。その光は、ゆっくりとハロルドを包む。柔らかく温かいその光は……。

だが、突然弾けた。

「なに！」

「〈解呪〉が失敗した？」

大神官と聖女が参加した〈解呪〉の失敗。

それは、現状では、誰もこの霊呪を解けないということを意味していた。

その後、多くの神官たちがハロルドの霊呪の手掛かりを探すために、過去の記録と向き合い始めた。

『中央神殿は、どんな人物に対しても、全力で治療を行う』

大神官ガブリエルの言葉は、神殿の神官全員が共有し、誇りを持っている言葉である……そのことを、彼らは行動で示していた。


ハロルドが、なんらかの霊呪にかかり、中央神殿すらも〈解呪〉できなかったという報告は、国王アベルの下にもすぐに届いた。

その報告を聞いた時、アベルは文字通り絶句した。言うべき言葉が見つからなかったのだ。

確かにハロルドは、突然の謁見の時といい、いろいろと厄介な人物である。問題も起こす。思慮も深いとは言えない。

そうは言っても、亡き兄の忘れ形見であるのは事実だ。

時系列が少し異なっていれば、自分の代わりに、この玉座に座っていた人物でもある。そう考えると、多少の後ろめたさが無いと言えば嘘になる。

現在の『国王の甥』という立場であっても、いずれは公爵となって、王国や王室を盛り立てる人物となる、いや、なってほしい。そう思っていた。

そんな様々な感情がない交ぜになった状態のため、言うべき言葉が見つけられなかった。

結局、言った言葉は……。

「分かった」

これだけであった。


涼が話しかけられたのは、おそらく偶然であったろう。

その日、涼は、いつものように王城図書館にいた。

もちろん、ハロルドの霊呪に関する資料を探していた……わけではない。

『カフェ・ド・ショコラ』で読む本を探しに来ただけだ。そのため、本を見つけたら、さっさとカフェ・ド・ショコラに行ってケーキセットを頼む予定まで、頭の中で立てていた。

「小さなケーキの詰め合わせセットが出たとかいう話

ですから、それを試してみたいですね」

そんな独り言が聞こえたかどうかは分からないが
……涼は声を掛けられた。

「お忙しいところ恐れ入ります、公爵閣下」

「はい？　ああ、司書長さん、こんにちは」

司書長ガスパルニーニは善い人である。そのため、涼はにこやかに挨拶をした。

だが、そこでふと思い出す。

まさか、もしや、また、何か返却忘れの本があるのではないかと。

「もしかして、僕、返却忘れの本がありますか？」

少し、背中を冷や汗が伝ったのは気のせいではないはずだ。

だが、帰ってきた答えは、涼を安心させるものであった。

「いえ、閣下、大丈夫です。長期未返却の本はございません」

「ああ、よかった……」

涼は、心の底からそう言った。

そう言ったが、他に司書長さんが声をかけてくる理由は思いつかない。

涼は首を傾げながら問いかけた。

「となると……何か別の問題が？」

「はい。確認したいのですが、今、王城内で、ハロルド様の原因不明の病について原因を探っていると伺ったのですが」

「ハロルド？　すいません、僕、王城内の人間関係に疎くて……」

涼は、素で思い出せなかった。

きっと、神官ジークのパーティーメンバーとか、決闘騒動のとか言ってもらえば思い出せたのだろうが。

「C級冒険者の剣士で、国王陛下のご親類の……」

「ああ！　はいはい。探しているみたいです。司書長さん、何かご存じなのですか？」

涼は、ハロルドの件には全く興味は無かったのだが、リーヒャがずっと中央神殿に詰めているし、アベルも何も言わないが気にはしているようなので、手伝う気が無いというわけでもなかった。

「はい。実はハロルド様は、二週間ほど前に図書館を訪れ、一冊の本を読まれました。そして一部〈転写〉されて行きました。それが、この本です」

◆

「アベル、お話があり……」

涼はそこまで言って、先客がいることに気付いた。知った顔だ。

「ああ、伝承官のラーシャータさん。お久しぶりです」

「リョウさん、いえ失礼しました。公爵閣下、ご無沙汰しております」

「いえ、以前通りに涼で……」

とそこまで言って、涼はここに来た理由を思い出した。

「アベル、こちらは王城図書館司書長のガスパルニーニさん。ハロルドの件で、情報提供があるそうです」

「もちろん、ガスパルニーニ殿は存じ上げている。俺が小さい頃から司書をされていたからな。かなり世話になった」

「もったいないお言葉です」

アベルが言うと、司書長ガスパルニーニは深々とお辞儀をして感謝した。

「して、ハロルドの件とは？」

「はい。今から二週間ほど前、ハロルド様は王城図書館でこの本を読まれ、一部〈転写〉して持っていかれました」

そう言って、司書長ガスパルニーニが差し出したのは、『力を求めた者たち　～天使から魔人まで』という本であった。

「ん？　その本の著者は確か……」

反応したのは、ラーシャータだ。

「はい、グースー伯爵です」

司書長ガスパルニーニも、ラーシャータの考えていることを理解したのであろう。頷いて答えた。

「グースー伯爵の著書は、なんというか玉石混淆というか……」

「おっしゃる通りです。眉唾なものもございます。この書籍も、あまり真実味のあるものとは、決して言えません。ですが、ハロルド様が〈転写〉されたのは、このページです」

　そう言うと、司書長ガスパルニーニは、該当のページを開き指し示した。

「……なるほど、魔人の力を手に入れる……か」

　ラーシャータはそこを読み、呟いた。

　横から、アベルも覗きこんでいる。

「これは……『破裂の霊呪』？　これが破裂の霊呪……つまりあれは、破裂の霊呪……」

　ラーシャータは目を見開き、額に手を持っていって何がしか考え込む。

「ハロルドはその力を求めて、逆に、この破裂の霊呪にかかったということか？」

　アベルは顔をしかめて問いかける。

「陛下、おそらくその通りだと思います。『破裂の霊呪』については、いくつかの伝承が残っております。中央諸国ではめったにないのですが、西方諸国においては良く知られた霊呪です。私も見たことはありませんでしたし、『破裂の霊呪』という言葉は知っていても、霊呪に捕らわれるとどのような状態になるのかは、伝承が残っておりませんでしたので分かりませんでしたが……。状況から考えると、ハロルド殿の霊呪は、『破裂の霊呪』でしょう。おそらく今回は、封じられた『東の魔人』が関係すると思われます」

　涼たちは、以前、『南の魔人』には出会っている。

　その時は、魔人虫の騒動だった……。

「ハロルド……馬鹿者が……。安易な方法で力を得ることなど、できるわけがないのに……」

　アベルのその言葉は、苦渋に満ちていた。

　だが、今は確認すべきことが他にもある。

「それで、その霊呪はどういうものなのだ。この本には、破裂の霊呪の中身については書いていない」

「まず、魔法による解呪は不可能です。状態につきましては、あと三日もすれば霊呪が定着し、以前のように動けるようになります。霊呪によって、動きや感情が制御されることはありません。ただし、『破裂の霊呪』の名の通り、いずれは体が破裂します」

「破裂……」

　ラーシャータの説明に、アベルは言葉をつづけることができない。

それは涼も同様だ。

(体の中に時限爆弾を抱えるようなものですか。これは辛い……)

別に、ハロルドに積極的に不幸になってもらいたいとは思っていない涼としては、普通に憐れみを感じたのだ。

「いずれは破裂ということだが、それはいつだ?」

「正確には分かりません。一年間は破裂しないとの伝承しか……」

アベルの問いに、ラーシャータは首を振りながら答えた。

「それで……解呪の方法は?」

最も重要な質問を、アベルはラーシャータに問うた。

ラーシャータの答えは、誰も想像していないものであった。

「魔王の血を、額に一滴垂らします」

無言。

誰もしゃべらない。言葉を発さない。

静寂とは違うもの。

たっぷり一分間、誰も口を開かなかった。

仕方がないので、涼が口火を切ることにした。右手を挙手して発言する。

「ラーシャータさん、質問があります」

「リョウさん? どうぞ」

「魔王の血っていうのは、文字通りの魔王の血ですか? こう、何かの例えでなく? あるいはワインの名前とかでなく?」

キリストの血、的な意味合いで涼は問うたのだ。地球の聖書において、キリストの血はワインに例えられることがある。

「ええ、文字通り、まごうかたなき魔王の血です」

「なんと……」

ラーシャータの答えに、涼は心底驚いた。

まるで何かのロールプレイングゲームのような……

ああ、もの凄くファンタジーな感じである。

ラーシャータは、補足すべきだと思ったのであろう。

説明を始めた。

「先ほども言いました通り、この『破裂の霊呪』は、中央諸国には、ほとんど伝承も残っていないほど珍しいものです」

そこで一度言葉を切って、考えをまとめてから、さらに続ける。

「ですが、この霊呪は、西方諸国ではよく知られています。それは、けっこうな頻度で、この霊呪にかかる人間が出てくるかららしいです。そのため西方教会は、魔王の血を保管していると言われています」

「なっ……」

ラーシャータの説明に、そこにいた全員が絶句した。

確かに、魔王は定期的に生まれる。

その魔王を倒すために、勇者も定期的に生まれる。

倒した時に血を採取すれば、保管しておくことも可能ではあるだろうが……。

「これは……ハロルドの意識が戻ってから、全員で話し合った方がよさそうだな」

アベルはそう言い、ラーシャータと涼は頷いた。

◆

それから五日後。王城、特別会議室。

そこには、各種関係者が集まっていた。

国王アベル一世。

王妃リーヒャ。

宰相アレクシス・ハインライン侯爵。

中央神殿大神官ガブリエル。

中央神殿伝承官ラーシャータ・デブォー子爵。

王都冒険者ギルドグランドマスター　ヒュー・マクグラス。

C級冒険者リョウ。

B級冒険者ニルス、エト、アモン。パーティー名『十号室』。

そして、C級冒険者ハロルド、ジーク、ゴワン。パーティー名『十一号室』。

後半の冒険者六人は、ガチガチに緊張していた。

「何か、我々、凄く場違いじゃないですかね」

と、そんな言葉を吐けたのは、アモンだけ。

ニルスは、アベルがいるために硬直し。エトは、リーヒャがいるために硬直し。ハロルドらは……『十号室』がいるために硬直していた。

「では、会議を始めます」

司会は、宰相ハインライン侯爵。

これは、ハロルドの現状が簡単に説明される。

これは、『十号室』の面々も含めて、事前に伝えられていたため、あくまで確認だ。ハロルドも、自分の状況に関して初めて聞いた時にはさすがに動揺していたらしい。しかしそれから二日が経ち、今では状況を受け入れていた。

「……といった状況です」

ハインライン侯爵の説明が終了すると、ある人物が静かに右手を挙げて発言を求める。

「ジーク殿、どうぞ」

ハインライン侯爵が指名する。

「失礼します。国王陛下ならびにマクグラス様にお願いがございます。どうか、私たち『十一号室』を、西方諸国への使節団にお加えください」

それは、当然想定された願いであった。

とはいえ、神官ジークではなく、当の本人であるハロルドが求めてくるだろうと多くの者が思っていたのであるが。

「ジーク……俺は、もう……」

「いけません、ハロルド！　希望がある以上、それにすがるのは恥ずべきことではありません。あなたは公爵家を興すのでしょう？　こんなところで、その大願を打ち捨てていいはずがありません。この霊呪にも全力で挑むべきです！」

ハロルドとジークの会話は、抑えた声ではあったが、それでも、その場にいる全員に聞こえた。

『十号室』、伝承官ラーシャータ、大神官ガブリエルの五人は、ハロルドが先の王太子カインの忘れ形見であることは知らされていない。それでも、特に表情を変えるようなことはなかった。

国王が出席する会議がわざわざ王城内で開かれる。その議題の中心となる者が、普通の人物なわけがない……それくらいは誰でも推測できるというものだ。

「グラマス、どう思う」

アベルは、ヒューに問いかける。

「ああ……まあ、この連中はC級冒険者だから、国外への護衛依頼を受ける資格はある。実力的にも……はっきり言うなら、戦闘力は問題ない」

ヒューは、頭をガシガシ掻いてから言葉を続けた。

「戦闘力は問題ないが……俺は、言葉を飾るのは苦手だからはっきり言うぞ？　ハロルド、お前は性格に難がありすぎる。暴走した時のことを考えると、正直、今回の使節団の護衛に入れるのは不安が大きい」

ヒューは、ハロルドを正面から見つめ、そう言った。

言われたハロルドは、最初こそヒューを睨み返したが、すぐに視線を逸らした。自覚はあるらしい……。

「グラマスが団長であるなら、抑えられるのではないか？」

再びアベルが問う。

アベルからすれば、ハロルドは甥だ。性格などに厄介な部分を抱えているとはいえ、亡き兄の忘れ形見であり、貴重な王家直系の血を引く人物。それがこのままでは、『破裂の霊呪』によって確実に死ぬ。そして本人はともかく、仲間が助けたいと思っているのであれば、挑ませたいと素直に考えたのだ。

アベルは、国王である以前に冒険者なのかもしれない。

「確かに俺が代表ですが、いつも傍についているわけではありませんからね。やり合う相手がルパート陛下やロベルト・ピルロ陛下となると、そっちを考えることに神経を使いますよ」

ヒューは、そう言いながら首を振った。

その顔は苦渋に満ちている。

ヒューだって、ハロルドを助けたいとは思う。貴重な王家の血である以上に、ハロルドも冒険者なのだ。グランドマスターであるヒューにとって部下であり、仲間でもある。それでも、今回の使節団は国家事業。公私の区別をつけざるを得ない。

「私が！　私が責任を持ちます！　ハロルドの行動に責任を持ちます。決して、懸念されるようなことはさせません。ですから、なにとぞ……」

そう言ったのは、やはり神官ジークであった。深々と頭を下げる。

一緒に、パーティーメンバーのゴワンも頭を下げた。

ハロルドは、悔しさと申し訳なさのない交ぜになった表情で、頭を下げるジークを見る。そして、自分も頭を下げた。

ヒューは、そんな三人を黙って見つめた。外からは、ただ三人を見つめているだけのように見えるが、頭の中では多くの計算がなされている。彼だって、ハロルドの命を助けられるのなら助けたい。

冒険者の仲間なのだ。

そう、冒険者……。

ヒューは視線を動かした。動かした先にいるのは、同じ冒険者『十号室』の三人と、涼。

「なあ、ハロルド」

ヒューが呼びかける。

「はい」

ハロルドは、ヒューが自分ではなく、別の人物たちを見ながら呼びかけているのを見た。ヒューが見ているのは、『十号室』の三人と……自分の肩を砕いたC級冒険者。

「お前さん、ニルスたちを尊敬しているよな？」

「はい！　尊敬しています」

これまでで、最も力強い言葉を発したハロルド。

それを聞いて、特にニルスは顔を赤くしている。

（ああ、だから彼らのパーティー名は『十一号室』なのか……）

涼は、妙に納得してしまった。しかも、その熱っぽい視線から、ハロルドは『十号室』の中でもニルスを最も尊敬しているようだ。

「今回の使節団には、ニルスたち『十号室』も加わってもらう。お前たち『十一号室』は、ニルスたちと共に戦うことになるし、お前たちが馬鹿な行動をとれば、王国を代表するパーティーの一つである『十号室』の連中の顔に泥を塗ることにもなる」

ヒューの言葉に、アベルの表情が明るくなったのが涼にも分かった。

団長であるヒューの中で、ハロルドたちを使節団に入れる算段がついた……それをアベルは感じ取ったようだ。

「グラマス……」

「ええ、陛下。ハロルドたち『十一号室』を使節団に入れます」

アベルの確認に頷くヒュー。

そしてニルスの方を向いて口を開く。

「ニルス、B級パーティーとして大変だとは思うが、ハロルドたちをお前さんに預ける。今回の使節団で鍛えてやってほしい」

「ニルス、俺からも頼む」

「はい！　お任せください！」

ヒューに言われただけでも当然やるのに、アベルにも頼まれればそれは……。ニルスが、一番やる気に満ちた表情となった。ちなみに隣に座るエトとアモンも、微笑みながら小さく頷いていた。

ハロルドは大きく目を見開き、ニルスの方を向いて深々と頭を下げる。

そこへ、ヒューの言葉が覆いかぶさってきた。

「いいなハロルド。お前がとる行動は、『十号室』の評判を傷つける可能性がある。それを常に頭の中において行動しろ」

「はい。分かりました」

ハロルドは頷いて、答えた。

ジークとゴワンも無言のまま頷いた。

「グラマス、頼む」

「はい……というか、俺より……」

アベルの言葉に、頬を掻きながらヒューは視線を移す。移した先は、『十号室』の隣にちょこんとお行儀よく座って、話を聞いているふうを装っている水属性の魔法使いだ。

「あとハロルド、今回の使節団には、そこのC級冒険者リョウも加わる」

「！」

おそらくそうだろうと思っていたが、改めて言われて、ハロルドの表情に緊張が走った。当然であろう、自分にあんなことをした相手なのだから。

「そうだ。お前さんの肩を砕き、剣を突き立てたリョウだ」

ヒューのその言葉に、『十号室』の三人は驚きを露わにして涼を見る。

その六本の視線にさらされた涼は、「剣は突き立てない」とか言いながら、あらぬ方に視線をさまよわせ、さらに口笛を吹いてごまかそうとして……失敗した。

そのため、言い訳をする。

「あ、あれは、そこのモンブ……いえ、ハロルドが、僕に決闘を挑んできたからですよ？　尋常な決闘の結果にすぎません。僕のせいではないです。こら、ニルス、そのいかにも信用していませんという視線はなんですか！」

「いや、どうせリョウが煽ったんだろうと……」

正解である。

「な、ななな、何を言っているのかな？」

動揺を隠し切れない涼。

「まあ、経緯はいいとして。ハロルド、お前はニルスたちを尊敬しているのなら聞いたことあるんじゃないか。『十号室の四人目』の話は」

「はい、もちろん、その噂は聞いたことはあります。パーティー『十号室』には、四人目のメンバーとして魔法使いがいたと。信じていませんが」

ヒューの問いにハロルドが答える。

「事実だ。その四人目というのがリョウだ」

その言葉が与えた影響は強烈であった。

ハロルドは思わず立ち上がり、涼を見る。めいっぱい開いた目で。

そして、ニルスの方も見る。

見られたニルスも、ハロルドが何を問うているのかは分かる。

「事実だ。リョウは元々、俺ら三人のルームメイトだし、依頼をこなすのを何度も手伝ってもらった」

ニルスは、はっきりとそう答えた。

「で、ですが……それならなぜ、この男……リョウ……さんは、『十号室』のメンバーに入っていないのですか」

「それは、リョウが強すぎたから」

苦笑しながらそう答えたのは、同じく『十号室』の神官エト。

その答えは、ハロルドだけでなく、神官ジークをも驚かせる。

本当に、この『リョウ』という男は、『十号室』の四人目なのか……ハロルドはその事実を受け入れるのに、かなり苦労しているのが傍目にも理解できた。

「まあ、そういうわけで、使節団の中では、リョウの言うことも聞けよ。リョウも、『十一号室』の連中のことは気にかけてやってくれ」

ヒューはハロルドと涼を交互に見て、そう言った。

「分かりました。それは、ニルスたちが経験したような訓練を、彼らにも経験させろということですね」

「おい、こら、やめろ」

涼が重々しく頷いて答え、それを慌てて止めるニルス。エトは何度も首を振り、アモンは苦笑いを浮かべた。

◆

使節団出発まで数日に迫ったその日、涼が、謁見の終わった一団と出会ったのは偶然である。


「リョウ！」

聞きなれた声と共に、音速の飛び込みで抱きついてきたのはセーラであった。

「あれ？」

以前は、音速の飛び込みで、涼のお腹に拳や肘が意図せずして入ることもあったが、最近は涼の方も慣れたもの。セーラをノーダメージで受け止め、同時にセーラの腕に抱きしめられていた。

「セーラ？　どうして王城に？」

涼は当然の疑問を述べる。

「もちろん、リョウに会いにきたに決まっているじゃないか！」

「それは嘘じゃ」

「おババ様！」

セーラと涼は、異口同音に、オチをつけた人物の名を呼んだ。

セーラは「なぜ言うのか！」という意味で。

涼は「やっぱり……」という意味で。

「リョウも使節団で西方諸国に行くのであろう？

『西の森』からの親書を、使節団に託すために持ってきたのじゃ」

「ああ、なるほど」

おババ様の説明に、涼は頷いた。

中央諸国以外のエルフ事情というのは、涼は全く知らないが、西方諸国にもエルフはいるのではないかとは、なんとなく思える。

「まあ、そんなことはどうでもいい」

「そんなことって……そのために来たと言うたであろうが」

セーラの言い草に、小さく首を振るおババ様。

「リョウ、私は、王都は久しぶりなのだ。美味しいご飯を食べたいから、案内してくれ」

セーラはニコニコと、本当に嬉しそうにねだる。

涼は、セーラの笑顔が大好きだ。もちろん、否やは無い。

「いいよ。最近、いくつもいいお店ができてるんですよ。ハンバーグのレベルは元々高かったし、スパゲッティも美味しいし、カレーのレベルは、ほぼルンに並んだし」

「スパゲッティ？　それは聞いたことがない」

「直径がちょっと太めのパスタで、元々は紐という意味なんだ」

「パスタとは違うんだな」

「そう！　パスタの一種ではあるけど、あれはスパゲッティという料理なのだよ」

セーラと涼はそんなことを言いながら、廊下を歩いていった。

あとには、おババ様と西の森の一団が残されていた。

そして呟く。

「もしや、これを予想して、セーラは親書を届けるこの一団に入ったのでは……」


王都内、エルフ自治庁。

現在、優美さで並ぶもののない建物でありながら、錬金術による様々な仕掛けが施された建物となっている。

かつて王都騒乱の際、最後まで防衛に成功したとはいえ、最後はセーラ一人の活躍に頼っていた。そのことから、その防衛力の強化はおババ様によって厳命され……現在も、日々強化されている。

その一環として、自治庁の周りに隣接し、王都騒乱で途絶えた貴族の館などを買い取り、訓練施設の新設なども行われ、以前以上に敷地面積が広がっていた。

「おババ様、お帰りなさいませ。ん？　セーラは？」

「うむ。王城でリョウに会ってな……」

「ああ、なるほど」

おババ様のそれだけの説明で、自治庁長官カーソンは理解して苦笑した。おそらく、王都を巡るデートであろうと。

涼は、ロンドの森から『西の森』に、けっこう定期的に遊びに来ていた。

かなりの距離があるらしいが、どうやって来たのかは誰にも言わなかった。しかし、おババ様は知っている。経緯は全く分からないが、グリフォンに乗ってやってきていると。

グリフォンの背から飛び降りてきていると。

グリフォンが、その背に誰かを乗せるなど、エルフですら聞いたことがないのだが、おババ様は遠眼鏡でたまたまその光景を見てしまったので、信じられないが、信じるしかない……。

だが、おババ様は、そのことを誰にも言ってはいない。セーラにすら言ってはいない。涼が、広めたがっていないことを理解しているからだ。

いろいろあって、涼のことは王国にいるエルフはみんな知っている。そして、セーラとの剣戟を見て、敬意も払うようになっている。

王国エルフが、おそらく全員で束になってかかっても倒せないであろうセーラと、互角に戦うのだ。

明確に、異常である。

同時に、自治庁長官カーソンにとっては、涼は王国筆頭公爵という立場でもある。王城内で会うこともあるし、国王との会談や宰相との会議に出席することもある。間違いなく、王国内の重要人物の一人であると認識していた。

そんな人物が、今や王国エルフとして最も知られた存在となったセーラと仲がいいのは、立場的にもありがたいことである。

なんと言ってもカーソンの役割は、エルフと王国の橋渡しなのだから。

「して、カーソン。首尾はどうじゃ」

「はい。訓練施設の拡張工事も、来月には完了いたします。防衛設備に関しては、ケネス・ヘイワード子爵と協力し、王都騒乱のようなことが起こっても二度と陥落しない自治庁になりそうです」

「うむ。頼んだぞ」

おババ様はその答えに満足したのであろう。大きく頷くと、建物の方へと歩いて行った。

カーソンは呟く。

「目指すは王都内要塞……」

魂の響

「ケネス、ケネスはいますか～？」

王都デートの翌日、いつか見た光景が繰り返されている王立錬金工房入口。

そこに立つのは、あの頃と変わらないローブを着た水属性の魔法使い。

しかし、一カ所、大きく違う……それは頭の上だ。金色の紐、タッセルの垂れ下がった黒い角帽をかぶっている。これは、王立錬金工房の錬金術師として認められた証し。

まあ、書類上は準研究員となっているが。

もちろん王立錬金工房で働いている錬金術師たちは、普段は角帽などかぶっていない。この角帽は、式典などに出席する時、あるいは国王に対しての天覧発表会の際に、正装の一部としてかぶる場合がある衣装。

だが涼は、三年前に角帽を貰って以来、王立錬金工房に出向く際にはほとんどいつもかぶっている。それはもう、本当に嬉しそうに。

ちょうどその頃作られた『ロンド公爵の紋章』にも、それが表れている。

ロンドの森を表す生い茂る葉と五つ星が、涼を表す氷の結晶を囲む紋章なのだが……その一番てっぺん、頭の上に、ちょこんと角帽が載っているのだ。涼が「どうしても！」と無理を言って載せてもらった角帽……紋章官は首を傾げていたが、最終的に涼の希望は通った。

それほどに、愛すべき角帽。

実際、この三年間で、涼は王立錬金工房の研究員の一人として、いくつかの結果を残している。『王立錬金工房の角帽』を持つ者の一人として、決して後ろ指を指されないほどの結果を。

ちなみにこの角帽、王立錬金工房に行かない普段は、国王陛下の執務室に置かれている。そこは、王国で最も安全なクローゼット……。

「ロンド公爵閣下、お待ちしておりました！」

王立錬金工房の守衛も職員も、涼のことは知っている。筆頭公爵であり、王立錬金工房の準研究員として、この三年間、けっこうな頻度で入り浸っているわけで。

とはいえ、この日は珍しく事前に連絡してあったため、涼は、いつも以上にスムーズにケネスの元へ案内された。

「ああ、リョウさん、よく来てくれました」

ケネスは、いつものように角帽をかぶって研究室に入ってきた涼を見ると、にっこり微笑みながらそう声をかけた。

「ケネス、面白いものが完成したと聞いてやってきました」

そう言う涼の表情は、いつも以上にわくわくが溢れ出ている。

あのケネスが、わざわざ「面白いもの」というのだ。それは嫌でも興味がわくというものであろう。

「はい。これは、なかなかにおもしろいですよ。名前はとりあえず、『魂《たましい》の響《ひびき》』と名付けました」

「何それ！」

これほどファンタジーど真ん中なネーミングもないであろう。

「簡単に言うと、超長距離通信でしょうか」

「い、一気に現実的な言葉になりました……」

「あはは」

『魂の響』と『超長距離通信』……これほど対極をイ

メージさせる言葉の組み合わせも、そう多くはない。

「リョウさんも、長距離通信の石板を渡されていますよね。『通信タブレット』とか命名されてましたっけ?」

「うん、ロンドの家においてある」

設置してから初めて起動し、「登城せよ」とのメッセージを受け取ったあれのことだ。

「あれの改良、小型化したやつなんですけど、着けている人の魔力次第で、何度でも再使用可能です」

「おぉ。それは凄い」

ケネスが説明し、涼が驚きの声を上げる。

そして、涼は、かつてアベルの執務室で聞いた話を思い出していた。

「以前、ケネスが論文を見せてくれましたよね? 魔石分割による長距離通信がどうとか」

「よく覚えていましたね! まさに、それによって石板を圧倒的に超えるものとなりました」

ケネスは、とても小さなピアスのようなものを持ってきた。

「これです」

「小さっ!」

填められている青い魔石は、直径一センチもないだろう。純銀製の枠もおしゃれな感じだ。

おそらく、耳につけるものだが……。

「あの～、僕は体に穴を開けるのは苦手で……」

涼は、生まれてこの方、ピアス穴を開けたことがない。

「大丈夫です。これはイヤリングタイプで、カチッと耳たぶを挟むタイプです。一度設定すれば、ぴったりの大きさに自動調整するので、痛くもないですよ」

「なんと!」

さすがは魔法の世界。

さすがは錬金術。

さすがはケネス・ヘイワードだ。

それにしても……。

「青い魔石は初めて見ました」

「ああ……青い魔石はなかなか手に入らないんです。もちろん、水属性魔法系なので、水生の魔物から採れるのですが、彼らは倒してもそのまま海の底に沈んでいって……」

「言われてみれば、確かに」

ケネスの説明に、頷く涼。ロンドの森の海でベイト・ボールと戦った時、倒した魔物たちは沈んでいった……。

「リョウさんは水属性の魔法使いなので、青い魔石との相性は抜群です。実はこれ、リョウさんの使用を想定して準備しました」

「マジですか……」

「これには一つ、もの凄い機能があるんです。ほら、トワイライトランドにいる、闇属性魔法使いのロザリアさん。彼女の協力もあってでき上がりました。それこそが、『魂の響』と名付けた所以でして……」

ケネスはそう言うと、今まで以上ににっこりと笑って説明を始めた。

対になりそうな、青い魔石の填まった指輪を見せながら。

◆

王城、国王執務室。

アベル王は、以前同様に、書類にまみれていた。ただ、以前よりは数が少なくなっている。

「なあ、リョウ」

「なんですか、アベル?」

アベルは書類に署名をしながら涼に呼びかけ、涼はソファーの上にぬべ～っと寝転がりながら、錬金術関連の本を読み、適当に答えている。

「お前さん、明日には西方諸国に出発するんだが、もう準備は全て終わっているのか?」

「当たり前じゃないですか。セーラには言ってあるし、司書長さんには、今読んでいるこの本以外は全部返却していることを確認してあります。あとは今夜、『ごちそう亭』でカレーかハンバーグを食べれば完璧ですよ」

「お、おぅ……」

アベルは、ちょっとだけ『ごちそう亭』のメニューが気になったが、詳しくは聞かないことにした。病気も治ったことだし、涼のいない間にそこを訪れてもいいな、と思ったのだ。

だが、主治医の目はごまかせない!

「アベル、僕がいないからといって、無理をしたり勝手に出歩いたりしてはダメですからね。病み上がりなのですから」

「も、もちろんじゃないか……」

涼が、眼鏡クイッのジェスチャーをしながら、アベルを見つめている。さながら医者というより、被告を追い詰める検事の雰囲気である。

「それにしても、結局リョウにとっては、錬金術か食うこと以外に重要なものはないのか……」

「失敬な！　錬金術の頂は遙か遠いのです。無駄にしていい時間などありません。そして食事は人間活動の基礎です。おろそかにしていいものではありません。食は国の礎《いしずえ》、国王陛下がその程度の認識では、王国の先行きも暗いですね！」

「な、なんかすまん……」

涼に指摘され、なぜか謝るアベル。

そんなアベルを、したり顔で見ていた涼が、突然叫んだ。

「しまった！」

「どうした？」

思わずアベルも、書類から顔をあげて尋ねる。

「『カフェ・ド・ショコラ』で、ケーキを食べる予定を入れていませんでした」

「あ、うん……それは大変だな」

脱力したアベルは、また、いつものように書類へのサインを再開した。

そう、いつものことである。

しかし、今日はそれだけでは終わらなかった。

「リョウ、今までピアスとかしていたか？」

アベルは、ふと書類から目を離し、涼を見るとそう尋ねる。涼の左耳に、青い綺麗な魔石が下がっているのに気付いたのだ。

「そうでした！　忘れていました」

「けっこうたくさん、忘れてそうだな……」

涼が、忘れていたの声を上げ、アベルはやっぱりと呆れた。出発に際して、きっと忘れ物がいっぱいあるだろう……。

「これは、ケネスの発明品です。凄く便利なものだけど、着けている間中、魔力を消費し続けるそうなので、とりあえず僕が最初に試すことになったのです」

「まあ、リョウの魔力量は底なしだからな……」

多くの魔法使いを知っているアベルから見ても、涼が持つ魔力量は異常だ。そもそも、涼の魔力が尽きた姿を見たことがない。

涼は、そこでじっとアベルを見つめた。

「ど、どうした？」

涼に、そんなふうに見られることなどめったにないアベルは尋ねる。

「アベル。アベルは、僕のことを心の底から信頼していますか？」

「それこそ、どうした……」

涼の問いに、さらに驚くアベル。

「もしアベルが望むなら、そして僕を心の底から信頼しているのなら、アベルの魂を西方諸国へ一緒に連れていってあげます」

「！」

王都冒険者ギルド、グランドマスター執務室。

「俺がいない間のグランドマスター代理が、今日来るそうだが……」

ヒュー・マクグラスは落ち着かない様子でありながらも、書類を見る手を休めない。

そもそも、直前まで誰が引き継ぐのか当の本人が知らされていないというのが、本来ならあり得ない。

とはいえ、国王アベルが言ったのだ。「完璧な代理だから」と。だから直前まで知る必要はないと言って、あえて教えてくれなかった……。

もっとも、ヒューの頭の中には、ありそうな答えはすでに導かれているが。

ノックの音が響き、受付嬢が来客を告げる。

「お見えになりました」

そして執務室に入ってきたのは……、

「ヒュー、引き継ぎに来たぞ」

「ああ、やはりあなたでしたか……」

入ってきたのは、フィンレー・フォーサイス。前グランドマスターであった。

フィンレーは三年前の王都陥落を生き延び、グランドマスターの地位をヒューに譲って、今は悠々自適の生活を送っている。そしてヒューの妻、エルシーの父親でもある。

「まあ、フォーサイス殿であれば引き継ぎは特に必要ないですな。いちおう、サブマスターのショーケンも呼ぶ予定ではありますが……」

「フォーサイス殿……いずれは、ヒューがその家名と伯爵位は継ぐのだが……。ショーケンがサブマスターか。堅実に、丁寧に仕事をこなすことを考えると、いい人選かもしれんな」

かつてトワイライトランドへの使節団の護衛冒険者のまとめ役をし、王都陥落後は『反乱者』の有力冒険者として抵抗運動の主力を担っていたのがショーケンだ。派手さはないが、人をまとめ、確実に役割をこなす手腕は高く評価されていた。

「こき使ってやろう」

前グランドマスターのその呟きに、現グランドマスターは心の中でため息をついた。そして、祈った……自分が戻ってくるまで、ショーケンが無事でありますようにと。

出発

翌日、王国使節団の出発式が大々的に行われた。

当然だ。王国が、帝国、連合他の中央諸国と共同で西方諸国に使節団を送るなど、歴史上初めてのことなのだから。各国の使節団は、いったん、帝国北西部ギルスバッハの街で合流、会合を行った後、西方諸国へと出発することになる。

王国使節団は文官百人、護衛二百人の合計三百人。その中でも特徴的であったのは、護衛二百人が、全員冒険者で構成されているという点であろうか。

王国は冒険者の国……その言葉は健在だ。

帝国使節団の護衛二百人の中に、冒険者が一人も含まれていないことと比べると分かりやすいだろう。もちろんそこには、先の王都騒乱から王国解放戦まで、王国騎士団をはじめ国内の騎士団の多くがかなりの損害を受け、未だ復旧の途上にあることも大きな理由であった。

だが、冒険者の数が比較的多い王国とはいえ、国境を越えての依頼を受けることができるC級以上の冒険者だけで、二百人を集めるのはさすがに厳しい。数の上では可能だが、それを行うと、王国各地のギルドが悲鳴を上げることになる。

彼ら使節団が西方諸国に行っている間にも、いつも通りの依頼は来る。B級、C級がごっそり抜ければ、力量の足りない者たちが無理をして依頼をこなす場面が出てくる……当然、失敗すれば命にかかわる依頼もあるだろう。

そのため、この使節団においては例外的に、一部D級冒険者も含まれた。もちろん、人数的に最も多いのはC級冒険者。B級は、D級以上に少ない……。

B級冒険者は、さすが王国を代表する精鋭ともいえる位置付けなのであった。


「エト、アモンはともかく、ニルスも、そんな精鋭B級冒険者……」

「おい、リョウ、聞こえているぞ」

涼の呟きは、B級パーティー『十号室』のリーダー、ニルスの耳にも聞こえていた。

当然である。

涼のすぐ隣を歩いているのだから。

「ニルス、僕の独り言ですから気にしないでください。僕は全然気にしませんから」

「おい……」

「でも、そんなニルスに言っておきます、勘違いしてはいけませんと」

「あん?」

「『十号室』がB級になれたのは、パーティーを支える神官エトの献身と、危地を切り開く剣士アモンの剣閃によるものです。ニルスも、多少はやれたのかもしれませんが、二人に比べればまだまだ……」

「エトとアモンの頑張りは否定しないが、俺だって……」

涼のあまりの言いようにうな垂れるニルス、声を抑えて笑うエト、苦笑するアモン。

平和な『十号室』の光景が、そこには広がっていた。

そんな四人の様子を見つめる三人の冒険者。将来の公爵ハロルド率いる『十一号室』の三人だ。

その中でも、ハロルドの表情は複雑であった。尊敬する『十号室』のニルスが、自分の肩を砕いた人物と談笑している……。

もちろん、ニルスへの尊敬と憧れには一片の曇りもない。

複雑な表情の理由は、主に、涼一人に関する部分。自分の肩を砕いた人物。そんな人物に対して何の感情も持たない、などということはありえないだろう。

だが、今ハロルドの心にある感情は、憎しみではない。もちろん、戒めてくれたことに対する、感謝でもない。かと言って、純粋な恐怖というわけでもない。

それら全てがない交ぜになった、自分でもよく分からない感情……だからこそ、複雑な表情となっているのだ。

そんなハロルドたち『十一号室』と涼を加えた『十号室』は、王国使節団の最後尾に配置されている。

使節団の先頭には、デロング率いるB級パーティー『コーヒーメーカー』が配され、最後尾に涼を加えたB級パーティー『十号室』。

先頭と最後尾に精鋭が置かれるのは当然の配置といえよう。

そして、『十号室』預かり的な状態である『十一号室』も、当然のように最後尾に配されている。

これらの配置を決めたのは、全て、使節団団長でありグランドマスターの、ヒュー・マクグラスであった。

「三百人の使節団が泊まれる宿って、どれくらいあるのでしょう……」

涼が誰ともなしに問う。

「まあ、帝国国境までは第一街道を通るからな。南部の第三街道ほどではないにしても、王国主要街道の一つだ。通る街は、でかいのが多いだろ?」

「事前に、いくつかの宿を借り上げていたはずだよ」

ニルスの答えを、エトが補足する。

「ということは、野宿する必要はなさそうですね」

涼は嬉しそうに言った。

もちろん冒険者である以上、野宿には慣れている方だろう。それでも可能ならば宿屋で、ベッドで眠れた方がいいのは当然だ。

「帝国国境の街、ブラウンベアまでは問題ないはずだ。街から街の間も、各領軍騎士団が護衛に出てくれるそうだしな」

ニルスのその言葉に、涼は後ろを振り向いて言った。

「つまりそこまでは、『十一号室』の三人はギリギリまで鍛えられても問題ないということですね！」

「いや、それはやめてやれ」

涼の過激な発言をニルスが止める。

どうせ、数日の訓練で強くなったりするものではないのだ。旅が始まる前からボロボロでは、三人が無事に西方諸国まで辿りつけるかどうか危うくなる。

そしてニルスは見た。『十一号室』の、ハロルドとゴワンが、少しだけ震えているのを。

唯一震えていなかった神官ジークは、『十号室』の神官エトと話していた。エトはジークにとって、中央神殿時代の先輩神官でもある。

「エトさん、ちょっとお尋ねしたいことが」

「うん？」

ジークはチラリと涼の方を見ると、言葉を続けた。

「リョウさんのことで……」

「いいけど……あんまり答えられることはないと思うよ」

エトはそう言うと、苦笑した。

「リョウさんって、いったい何なんですか？」

「ほら、やっぱり答えられない質問だった」

ジークの質問に、エトは先ほど以上の苦笑いをしながら答える。

「何と聞かれても、あのまんまとしか言いようがないんだよね。うちらのルームメイトで、水属性の魔法使いで……ああ、そうそう、ずっと錬金術にはまっているね。この三年、ほとんど依頼をこなしていないからC級冒険者のままらしいしね」

「魔法使いにしては、信じられない剣技でした」

「あれ？　ジークは、リョウの剣を見たことがあるの？　ああ、もしかしてハロルドの肩を砕いたっていう？」

「はい……叩きのめされました」

ジークはそう言うと、俯《うつむ》いた。

「ジークの杖術もかなりだと聞いていたけど、リョウはねぇ……」

「いえ、私など足元にも及びません」

「エト、情報をタダで渡すのは感心しません」

二人の会話に、涼が突然割り込む。

「あはは……」

割り込まれたエトは、こめかみを人差し指で掻きながら苦笑した。

「ちゃんとお金をもらって情報を渡すべきです！」

「お金をもらえば、いいんだ？」

「はい。あるいは携帯型ケーキ、シュークリームとの交換でもオッケーです」

涼はジークの方を向いて、強い調子でそう言い切る。

「すいません、シュークリームは持っていません……」

「そうですか、それは残念です」

ジークが持っていないと告げると、涼は心の底から残念そうに答えた。意地悪などではなく、単純に、心の底から食べたかっただけらしい。

「ね？　リョウはこういう人なんだよ」

「はい……ちょっとだけ分かった気がしました」

エトが小さい声で言い、ジークも同じく小さい声で答えた。

「あっ」

小さく涼の叫びが上がる。

すぐに、その理由が語られた。

「アベルの、ケーキ特権……使節団に入ったら、また無くなっちゃう」

今頃気付いた涼である。

しかしそれによって、別の気付きもあった。自分の左耳についた『魂の響』のことを思い出したのだ。

初めて会話してみることにした。

《アベル生きてますか？　アベル生きてますか？　アベル生きてますか？》

《生きてるわ！　いや、生きてると言えるのか……。凄く不思議な感覚なんだよな。体は執務室にあって、視界も執務室にあって、基本的な生活は今まで通りなんだが……意識を切り替える感じか？　それをすると、そっちの魔石に映っている景色が目に飛び込んでくる……。そしてリョウと会話ができる……。しかもその間も、執務室にある体を動かしたり、その視界を取り込んだりすらもできる。ようやく、それに慣れた気がする……》

アベルは嬉しさを噛み殺しながらそう言った。

本来、アベルは冒険者。知らない街、知らない世界を見るのは大好きだ。

《凄いですね。ケネスが言うには、そういうふうに意識の切り替えや意識の共有ができるようになるには、数週間かかるかもってことでしたけど……さすが、アベルは優秀ですね》

《い、いやあ、それほどでも……》

涼の素直な賞賛に、アベルは照れた。

《この『魂の響』に映った景色を見れて、聞こえてきた音を聞けて、着けている人間、つまりリョウと会話をすることができる、ということだな》

《ええ。ただ、確かに魔力が常に使用されている感覚があるので、誰でも使えるわけではなさそうですね》

《リョウの魔力が尽きたりは……？》

《ああ、それは大丈夫でしょう。魔力使用量はかなり少なそうです》

《リョウ基準でかなり少ない、なんだろうな……》

アベルは小さくため息をついた。この『魂の響』が他の者でも使えるようになれば、いろいろと便利になるであろうことは想像に難くない。

アベルは、渡された魔石の填まった指輪をつけているが、こちらは魔力の消費はないらしい。涼のイヤリング側だけ、魔力が消費される。

しかし、一番の問題点は、魔力消費量ではない。使用されている闇属性魔法の魔法式によって、片方の人間の『魂』に干渉するという点だろう。だからこそ、本当に信頼した相手どうしでしか使えないし、使うべきではない……開発者のケネスが言った言葉だ。

《アベルの声は、僕にしか聞こえません。ですから、他の人に助けを求めても無駄です！》
《うん、意味が分からん。リョウが俺に助けを求める方が多いんじゃないか？》
《剣士に頭脳労働を求めるほどには、落ちぶれたくないですね！》
《まあ、いい。そうだ、とりあえず、ケーキ特権は保留な》
《ぐぬぬ……》
こうして、アベルは王都に居ながらにして、一部、西方諸国へと向かうことになった。王都に体がある以上、今まで通りのお仕事から解放されるわけでは、もちろんない……。

まんまと涼へのケーキ特権を保留することに成功したアベルは、もちろん国王執務室にいた。『魂の響』の接続は一時的に切ったため、こちら側での会話やアベルの思考が、涼にだだ漏れになることはない。

そんな中、以前涼が言った言葉の中で気になることを思い出していた。

「あれは、『ごちそう亭』と言ったか……」

涼が、王都での最後の晩餐《ばんさん》に選んだ店が、ごちそう亭であった。

アベルは、決して食いしん坊というわけではない。しかし、美味しいものを食べるのは好きである。そのため、ちょっと王城を抜け出して、ごちそう亭に食べに行こうと思ったのだ。

だが……。

「陛下、恐れながら、王城を抜け出すのはおやめください」

「なぜ……」

目の前にいる宰相には全てがばれていた。

「ロンド公爵から申し送り事項が。国王陛下は、王城を抜け出して外食をしようとするはずだから阻止するようにと。特にカレーのような刺激物は、胃によくありませんからしばらくは禁止ということでした」

「リョウ――――！」

アベルの叫びは、むなしく消えていった。

アベルは復活するのに三十秒を要した。

「……外食の件は、まあいいだろう。それで、例の調査はどうなっている？」

「はい。東の魔人の件ですね」

ハロルドが『破裂の霊呪』にかかった原因は、伝承によるところの『東に封じられた魔人』が原因であろうということは、分かっていた。

しかし、東の魔人に関しては伝承以上の情報が無い。そうは言っても伝承に残るだけでも、その強さはかなりのものだ。

曰く、一日で三つの都市が灰燼《かいじん》に帰した。

曰く、その軍団は人が勝てるものではない。

曰く、リチャード王と死闘を繰り広げた。

どれも伝承というより、伝説、あるいはおとぎ話のレベルだ。

最後のリチャード王とのくだりなど、民間に流布する英雄伝説の類だと言われているが……。

とにかく、凶悪にして強力。

しかも魔人単体だけでなく、付き従う『将軍』たちもおり、さらに数万にも上る兵士までもいたという伝承すら残っている。もし現代に甦《よみがえ》ったりすれば、王国東部はもちろん、ハンダルー諸国連合西部も、数日のうちに壊滅する可能性が高い。

この辺りは、ラーシャータを中心とした、神殿伝承官たちの分析によるものだ。そして彼ら伝承官たちが東部に入り、ハロルドが呪われたと思われる場所付近を調査していた。

「ラーシャータ・デブォー子爵の報告では、ハロルド殿が呪われた地点は特定できたが、新たに別の人物が呪われるようなことはなさそうだということでした」

「そうか」

ハインライン侯爵の報告に、アベルは明らかに安堵していた。少なくとも、次々に『破裂の霊呪』にかかる人が出てくる事態には、ならなさそうだと判明したからだ。

「それで、魔人が封印されている地点はどうだ？」

「それに関しては、まだ進展はないと」

アベルの問いに、ハインライン侯爵が答える。

「正直……見つかったからといって、どうしようもないのだがな」

「はい……」

　魔人などというものは、はっきり言って人間がどうにかできるものではないと、認識されている。伝説上の生き物であるドラゴンやグリフォン、あるいはベヒモスのようなものだ。

　人が抗ったところで、どうにもならない相手。

　とはいえ、現実に、その影響によって霊呪にかかった人物が出た以上、無視することはできない。

「そう言えば、南に封じられた魔人は、西の方に飛んで行ったんだったな」

「はい。その後の行方はようとして知れず」

「東の魔人の封印も、解けなければいいんだがな……」

　アベルのその呟きに、ハインライン侯爵は何も答えることができなかった。

◆

　王国使節団は、何の問題も無く帝国国境に達し、何の問題も無く国境を越えた。形式的な検査すらなかった。

　その理由は、すぐに明らかになる。

「使節団の周囲、全部、帝国軍が囲んでいます……」

「ちょっと怖いね……」

「これがいきなり襲って来たら、さすがに助からんだろうな……」

「これはかなりのVIP待遇ですね！」

　アモンが事実を述べ、エトが素直な気持ちを言い、ニルスが恐怖を吐き、涼が喜びを露わにする。

　この四人は、そういうものである。

　この状態で、各国使節団の集合場所であるギルスバッハの街まで護衛される。

「護衛というより捕虜だろ……」

　ニルスのそんな言葉に何か言い返そうと思った涼だったが、ふと、後ろを歩いていた神官ジークの硬い表情が目に入った。

「ジーク、緊張しているのですか？」

「え？」

まさか涼に声を掛けられるとは思っていなかったのだろう。ジークはびくりと反応した。

「大丈夫ですよ、もし彼らが襲ってきても、すべて倒しますから」

「いや、リョウ、冗談に聞こえないからやめろ」

涼がジークを安心させるように言うと、ニルスが阻止する。

「ニルスは、ジークが犠牲になってもいいと。後輩を思いやれない先輩はダメですよ？」

「いや、犠牲になっていいとか言ってないだろ」

「これがアベルだったら、身を挺してでも後輩を守るはずです」

「アベル王、万歳！」

ほとんど条件反射で反応するニルス。

そんな即席漫才を見て、ジークは軽く頭を下げた。

「すいません、帝国軍には、あまりいい思い出がなくて」

「ジークは帝国から移ってきたんだもんね」

ジークの言葉を、エトが補足した。

「分かります」

涼がしたり顔で頷いて言う。

「デブヒという、あの国名のせいですよね。あんな名前では、虐められる可能性を高めているようなものです。そう、例えば、グランドクロスシューティングスターパイソンマグナムギャラクティカ帝国とかの方が、まだましです」

「ああ、リョウにネーミングセンスがないことは知っていたぞ」

「！」

ニルスの酷い宣告に、絶望の表情を浮かべて見返す涼。

当のジークを含めて、周りはみんな大笑いであった。


夕方到着した宿には、広い、というよりも広大な裏庭があった。

そんな庭を見ながら、何か言いたそうにしているアモン。その様子にニルスとエトは気付いていたが、あえて何も言わない。

しばらく逡巡《しゅんじゅん》した後、アモンは涼に近付いて、言った。

「リョウさん、お願いがあります」

「アモン？」

アモンが涼に、わざわざお願いするのはあまりないことだ。しかも、表情はかなり思い詰めている。

まさか、リーダーのニルスによるいじめを告発しようとして……。

「おい、リョウ、今、何か変なこと思っただろ」

「な、なんでもないですよ。さあ、アモン、言いたいことがあるなら言うといいです」

ニルスの鋭いつっこみをごまかすために、アモンに言葉を続けさせる涼。

「ありがとうございます。実は、模擬戦をしてほしいのです」

「え……」

アモンのお願いに絶句する涼。

そして、やっぱりかという表情で頷くニルスとエト。

涼以上に驚きの表情な『十一号室』の三人。もちろん三人の頭の中には、王城での涼との決闘が思い描かれている。正直、三人とも二度と経験したくない……。

「アモン……どうしたのですか？　ニルスに、行けよ！　って唆されたんじゃないですか？　そんなイジメは僕が許しませんから、大丈夫ですよ。ニルスを氷漬けにしておきましょうか？」

「おい、こら、やめろ」

涼の不穏な言葉が聞こえたニルスが怒鳴る。

苦笑するアモン。

「いえ、ニルスさんは関係ないです。純粋に、リョウさんに模擬戦の相手をしてほしくて……。ダメですか？」

そこまで言われたら、涼も理解するしかない。アモンは、純粋に、自分と模擬戦をしたがっているのだと。

もちろん、模擬戦自体はやってもいいのだ……セーラとはよくやっているし。

ただ……。

「模擬戦をするのはいいのですが、なんというか……安全な武器が無いです……」

そう、ここは訓練場や演習場ではない。

刃を潰した剣はもちろんないし、護衛依頼に就いている冒険者たちも、そんなものは持ってきていないはずだし……。

「実は、自分の分だけは馬車にこっそり載せてきてい
ます」
アモンは苦笑しながらそんなことを言った。出発す
る前から、模擬戦をする気満々だったらしい。
「そ、そうですか……」
涼は、その用意周到さに驚いた。まあ、アモンの分
があるのなら問題ない。そして、仕方ない。
「じゃあ、僕は刃のない氷の剣でお相手しましょう」
そう、涼は、水属性の魔法使い。
いちおう、エトが宿に、庭で模擬戦をしていいか、
確認をとったらしい。その際、「魔法は困ります」と
言われたのだそうだ。当然であろう。
そのため、涼対アモンの模擬戦は、剣戟のみとなった。
「いつでもいいですよ」
「では、行きます！」
アモンは力強く言い切ると、一気に間合いを詰めて、
突いた。
二連突き、三連突き、四連突き、五連突き……突き
が止まらない。
（速い！）
涼は素直に感心した。これまでにも、人外が振るう
数多の剣を受けてきたが、その中でもトップクラスに
入る突きの速さ。
連続突きの速さとは、ひとえに、『引き』の速さで
もある。
突きだけでなく引きも速ければ、相手からの間合い
の侵略を防ぐことになる。
アモンの連続突きは、相当な速さだと言えた。
だが……だからこそ……。
（速すぎる）
涼は気付いてしまったのだ。
人間の体というのは構造上、剣の突きにしろ拳のパ
ンチにしろ、突く速度、回転数を上げるには、インパ
クトの瞬間以外は力を籠めることができない。
ボクシングのジャブがいい例であるが、動き出す瞬
間、拳は軽く握るだけだ。当然、腕全体にも力を籠め
ない。そして、ヒットする瞬間に拳を握り込む……つ

まり力を籠めるのだ。

そうしなければ、速度が出ないから。

当然、突きを連続で行う場合でも同様である。

つまり……。

(突きで腕と剣が伸びきった瞬間は力が籠っているけど、それ以外の時は……)

アモンの突きの一つを、涼は両腕を伸ばして剣の『腹』で受けた。

そのポイントは、アモンの想定外のポイントであり、力の籠っていないタイミング。

アモンの剣は大きく後方に弾かれる。

涼は剣の腹で受けて弾くと同時に、右足を大きく踏み込む。同時に左手を柄から離し、右手一本で大きく横に薙いだ。

日本の剣術で言うところの、抜刀術を放った瞬間の体勢に近い。

横薙ぎは、アモンを十分に捉えたと思ったのだが……空振った。

突きを弾かれたアモンは、そのまま片足だけで更に後方に跳んだのだ。

アモンにとっては完全に想定外の弾かれなので、跳んだ距離もわずかではあるが、そのわずかな距離が、涼の横薙ぎから自分を救った。

必殺の連続突きを崩され驚くアモン。

二人の攻防を見て頷くニルスとエト。

想像以上のレベルの高さに言葉が出ない、『十一号室』の三人といつの間にか集まって模擬戦を眺めていた冒険者たち。

そして、ニヤリと不敵に笑う涼。

しかし、涼の心の中では……。

(あれをかわすの？　アモン、もしかして剣の天才なんじゃ……)

相当に驚いていた。

「すいません～、夕飯の準備ができていますけど～」

その声が持つ力は強力であった。

「アモン」

「はい、リョウさん」

涼とアモンは頷きあうと、剣を納めた。

こうして、模擬戦は唐突に終了した。

結局、一合しか剣は合わせていないのだが……料理ができたのであれば仕方がない。

そう、仕方がないのだ。

◆

涼とアモンが模擬戦を行った翌日。

王国使節団は、お昼過ぎに、次の街、ブランシュハに到着した。

理想は、夕方近くで街に入って一泊して、次の日の朝出発し……というものなのだが、ブランシュハから次の街が、ちょうど一日かかる。つまり、ここで一泊するのが、ちょうどいい。

そんなブランシュハの街に王国使節団が入ろうとした時……太陽が翳《かげ》った。

「日食……」

呟きながら、周囲を見回す涼。『十号室』の三人も、『十一号室』の三人も、翳った太陽を見上げつつも、いつも通りの表情。

だが、挙動不審になった涼の様子に気付く人物がいた。

神官ジークである。

「リョウさん、どうかしたんですか？」

「あ、いや、なんでもないよ……」

そう言った瞬間。

周囲の景色が色を失う。

そして、世界は反転した。


「まさか……封廊……」

涼が呟く。

そんな涼に、声が聞こえてきた。

「まさか？　そうなのか？　これは……なんとなんとなんとなんと！　リョウではないか？」

現れたのは、スタイル抜群の美女……ただし、ツノがあり、黒い尻尾のある……。

そう、それは悪魔。

「レオノール……」

涼はそれだけ言うと、生唾を呑み込んだ。

「ここで会ったが十億年目じゃ！　実は別の仕事があ

ったのじゃが、リョウを取り込んでしまったのであれば仕方ない。うむ、仕方ないな、やむを得んな、戦おうぞ！」

「いや、なんで……」

悪魔レオノールは、凄絶な笑みを浮かべて提案し、涼は、苦渋の表情で疑問を呈する。

「リョウは、これから西方諸国に行くのであろう？　今、西方はかなりごちゃごちゃしておるからな。無事に帰ってこられるとは限らんではないか。今戦わんで、いつ戦うと言うんじゃ！」

「西方ってごちゃごちゃしてるんだ……」

「なんじゃ、知りたいか？　教えてやっても良いぞ？」

「どうせ、教えてほしければ戦えとか言うんでしょ」

「分かっておるではないか！」

レオノールはにっこにこな表情で頷いている。

戦う以外の道がないことは、涼も理解している。そうであるならば、情報を引き出した方がましだ。

「分かりました。戦いましょう。でも、終わったら、その西方諸国の情報、教えてくださいね！」

「うむ、もちろんじゃ！　リョウが死ななければな！」

「！」

確かに、死んだら情報は聞けない。

こうして三度目の、二人の戦いが始まった。

「〈石筍炎装《せきじゅんえんそう》〉」

炎を纏った何十もの石の槍がレオノールの周りに現れ、撃ち出された。

「〈積層アイスウォール10層〉」

分厚い氷の壁が、涼からレオノールに向かって、さらに分厚さを増していく。

そして、両者がぶつかる。

煌びやかな光を発して、一撃で、氷の壁の半分以上が消失した。

「なっ……」

想定以上の破壊力に、涼は絶句。

「ククク、リョウの、その分厚くなっていく氷の壁対策じゃ。とくと味わうがいい」

してやったりのレオノール。まさに悪魔的な笑いを

浮かべ、さらに追撃の魔法を唱える。

「追加じゃ。〈風塵連環《ふうじんれんかん》〉」

レオノールから、不可視の風属性攻撃魔法が発射される。右手から二十、左手から二十。それぞれが、半円軌道で、〈アイスウォール〉の外側を通って涼への直撃コースに乗る。

氷の壁と炎付き石槍の削りあいの最中、不可視の攻撃が織り交ぜられれば、誰もよけることはできない。

しかし、現在の涼は、その「誰も」の中には入らない。

それは、この『封廊』に取り込まれた瞬間に〈パッシブソナー〉を起動し、現在も稼働したままだから。

見えない攻撃も認識できている。

「〈アイシクルランス64〉」

左手から三十二本、右手から三十二本の氷の槍を撃ち出して、四十本の不可視の風の輪を迎撃。さらに、迎撃に使われなかった二十四本の氷の槍は、そのまま逆侵攻の形でレオノールに向かわせる。

到達。

だが、手ごたえがない。

「こんな時に来るのは、死角から。上か!」

上を見て、同時に、刃を生じさせた村雨……凄絶な笑みを浮かべたレオノールが、全体重をかけて空から打ち下ろしてきた。

ガキン。

「うぐっ」

思わず呻く涼。

打ち下ろしを村雨で受けたが、恐ろしいほどの重さの剣。風魔法で、剣もレオノール自身も加速されたための衝撃。

受けつつも、涼は思わず膝をつく。

そのまま、ギリギリと体重をかけてくるレオノール。

片膝をつきながら、両手で剣を支え、なんとか額の前で剣を受け続ける涼。

(〈アイシクルランス〉)

涼が心の中で唱えた瞬間、極太の氷の槍が涼とレオノールの間に生成され、そのままレオノールの腹を貫いた。

「うぐっ……」

それは、レオノールの予測、反応速度すら超える超速の魔法生成。

貫かれたレオノールは、思わず声を出し、瞬時に後退する。後退し終わった時には、腹の傷はすでに修復されている。

「その再生は反則です」

涼がぼやく。

「その生成速度も反則じゃ」

レオノールは笑った。

次の瞬間。

一気に間合いを詰めたレオノールが打ち下ろしてきた。

涼は正面から受けずに、流す。

さらに続く剣戟。

全て流す、流す、流す……。

レオノールにしては珍しい、剣による連続攻撃。

レオノールの剣といえば、速さと力で押しまくる……あるいは、意表を突く動きで一撃を繰り出す……

涼は、そんなイメージを持っていた。


それなのに、これは……。

「連撃は珍しい……」

「ククク、リョウと戦うために、我も訓練をしているのでな。ちょっとした力試しじゃ」

唐竹、逆風、袈裟、逆袈裟、右薙ぎ、左薙ぎ……そして、突き。

剣の筋を、試すように繰り出すレオノール。その表情は笑みを浮かべ、本当に楽しそうだ。

もちろん、一撃でも入れれば、その瞬間、涼は死ぬ可能性大なのだが……。

剛剣に技術が加われば、それは手に負えないものとなる。その過程を、涼は実体験している。

「なんて恐ろしい……」

「そう言いながら、リョウも笑っているであろうが」

「キノセイデス」

戦闘狂は……救われない。

レオノールの打ち下ろしを流し、間髪を容れずに袈裟懸けに打ち込む涼。

それをレオノールは、涼が見たことのない片足のステップでかわし、そのまま大きく後ろに跳んだ。

そして少しだけ首を傾げる。

「ふむ。今回の封廊は短い……そろそろ時間もあれじゃな。とっておきを見せてやろう」

レオノールはそう言うと、堂々と唱えた。

「〈マルチプル7〉」

唱えた瞬間、レオノールが、七人『増えた』。

涼の知る言葉で言うなら、分身！

「いや、なんで……」

言葉に詰まる涼。

「ククク、驚いたか？　連続次元生成現象を使っておるからな。水属性しか操れぬリョウにはできまい」

得意げに笑うレオノール。

だが……。

「愚かなり、レオノールよ、その傲慢《ごうまん》さを打ち砕いてやるです。〈アバター〉」

ほんのわずかに、村雨の鞘が光り、涼の分身が現れた……その数七体。

「馬鹿な！」

思わず叫ぶレオノール。

「今どきの水属性魔法使いは、分身くらい使いこなせるものなのです」

「いや、そんなはずないであろうが……」

こんな時でも出てくる涼のボケに、正確につっこむレオノール。

できる悪魔だ。

悔しげな表情のまま動かない八人のレオノール。

油断なく構えて待つ八人の涼。

そのまま、二十秒ほどが過ぎた後、レオノールが首を振った。

「やめじゃ。もうすぐ封廊が壊れる」

レオノールはそう言うと、七体の分身を消し去った。

涼も、分身を消す。もちろん、村雨は油断なく構えたままだが。

「それにしても、リョウは面白いな。いつも、我の想像を超えてくる」

レオノールはそう言うと、クククと笑った。

「それはどうも……」

いちおう褒められたらしいので、涼も答えておく。

だが、聞くべきことは聞いておかねば。封廊の制限時間も迫っているらしいし……。

「それで……西方諸国がどうとか言ってましたよね？」

「うむ、まあ、死なずに戻ってくるがいい」

「いや、ちょっと、そんなアドバイス？」

あんまりと言えばあんまりである。誰でも無事に戻ってきたいと考えているのだし……。

「西方は、いろいろ厄介なことになっておってな……。正直、一番ひどいところに突っ込んだら、今のリョウでも無事でいられるとは思えん」

レオノールは、小さく首を振りながら言う。

「じゃあ、その一番ひどいところに突っ込まないようにするにはどうすればいいのかを、教えてください」

「それは簡単じゃ！　あっちに行かなければいい」

「はい、それは無理～」

レオノールのあまりの提案に、全然ダメだという顔で首を振りながら否定する涼。

「む～、仕方ない。そうじゃの～、気を付けるべき言葉を教えておいてやろう」

「そうそう、そういうのを待っていました！」

「『生贄』『天使』『ヴァンパイア』じゃ」

「生贄、天使……ヴァンパイア？」

レオノールの全く分からないアドバイスに、顔をしかめながら呟く涼。

どれもこれも不穏。

「そういえば、今、西方には我のような悪魔がおる。目覚めたばかりの我に比べれば強いはずじゃから、気を付けるんじゃぞ」

消えゆくレオノールの、そんな言葉が聞こえた。

「いや、それもっと詳しく言ってください！」

思わず叫ぶ涼。

そして、世界は元に戻った。


涼の周りには、元通りの六人。

情報を取り損ねた涼は、深いため息をつく。

それを見て、神官ジークが不思議そうな顔になる。

「ああ、ジーク……うん、なんでもないよ」

涼の言葉に、何やら納得のいかない表情のジーク。

涼もその表情には気付いていたが、ものには順序というものがある。まず報告、相談すべき相手は、いちおう涼の上司っぽい立場にある国王陛下になるだろう。

《アベル生きてますか？　生きてたら、すぐに返事をしてください！　アベル、アベルー！》

《いや、生きてるわ。生きてるが……さっき、ほんの数秒前だが、すげー雑音がしたぞ？　まあ、一瞬だけだったが》

《多分それ、僕が『封廊』に閉じ込められたからですね。こっちでは一瞬でも、向こうでは数分はあったはずなので、そのずれのためでしょう》

《よく分からんが》

《簡単に言うと、悪魔のレオノールと戦ったのです》

《なるほど、それはよく分かる。こうして会話しているということは、リョウは無事なんだな》

アベルが安堵した感情が、『魂の響』を通して涼にも流れ込んでくる。魂が繋がっているというのは、声だけが伝わるわけではないのだ。

《無事です。で、レオノールが西方諸国の情報をくれたのですが、意味が分からないのです。教えてくれた単語は三つ、生贄、天使、ヴァンパイアでした》

《ふむ》

《ふむ？　それだけですか？》

《この場で答えられるのは、それだけだろ。三つとも、神殿に関係しそうだから、大神官や伝承官のデブォー子爵にも相談してみる》

《お願いします。こっちでも、エトやジークに相談してみます》

《ここで俺が言っても意味はないかもしれんが、いろいろ気をつけろよ》

《分かりました》

こうして、アベルへの報告は終了した。

「生贄、天使、ヴァンパイア……」

「確かに、神殿あるいは西方教会に関係しそうな言葉ではありますが……」

歩きながら、涼はアベルに報告したことを『十号室』と『十一号室』の六人に説明した。もちろん『悪魔レオノール』に関しては、「人外の者に隔離されました」と曖昧な表現にしておいた。『悪魔』という言葉じたい、人間が知るべき言葉ではないらしいので……六人に言うのは、やはり憚られるのだ。

　涼の報告に答えているのは、エトとジークの神官組。ニルス、アモン、ハロルドそしてゴワンは、お互いにチラリと視線を交わしたが無言のまま歩いている。

「大丈夫です。ニルスに、こんな難しい問いへの答えは期待していません」

「答えられないのが事実だとしても、すげームカつくぞ」

　涼が重々しく告げ、ニルスがじろりと睨みながら答える。

「ニルスは剣で貢献してくれればいいのです」

「いちおう俺、リーダーなんだが」

「かつての『赤き剣』も、役割分担はしっかりしていました。ウォーレンが精神的支柱、リーヒャが頭脳、リンが攻撃……アベルは剣だけ。ニルスと一緒です」

「アベル陛下、マジ尊敬します！」

　涼の言葉に、ニルスは喜んだ……アベルといっしょということで。本当にそれでいいのか、ニルス。

「生贄は分からないけど、天使って、あの天使様だよね」

「エトやジークは、天使と話したことがあるんですか？」

　エトの言葉に涼が問う。

「私はありません」

「私もないよ。普通、ない」

「え、そうなの？」

　ジークもエトも天使と話したことはないと答え、涼は首を傾げる。

　ファンタジー世界なので、人が天使や神と話したりするのは、よくあるんじゃないかと涼は勝手に思っていたのだ。もちろん根拠など全くない。

「普通、神官は天使様と話したりはしないよ。大神官様でも無いみたい」

「え？　でも天使とか神様とかは、いるんですよね？」

「うん、もちろん。聖者様や聖女様は、天使様と話した記録が残っているから」

「おぉ！」

エトの答えに頷く涼。

「その……姿を見たりとかは……」

「昔の聖者様や聖女様の中には、天使様とお会いした方々もいたんだよ」

「おぉ！」

嬉しそうに、何度も頷く涼。「まさにファンタジー」とか「そういう世界観を待っていました」とか呟いている。それをエトとジークは、首を傾げながら見ている。

「また良からぬことを考えているに違いない」

そう断定したのは、某B級剣士のパーティーリーダーであった。


「あと、ヴァンパイアですけど」

「三年前のあの時以来、聞いたことないよね」

涼がヴァンパイアに話を振ると、エトは首を振った。

三年前というのは、王国のコナ村近くで、ヴァンパイアのハスキル伯爵カリニコスによって起こされた騒動についてだ。あの時、涼と『十号室』は現場に居合わせたので。

「え？　もしかしてエトさんたちは、ヴァンパイアと対峙したことがあるんですか？」

だが驚いたのは、『十一号室』の三人だ。ジークが代表して問いかけているが、ハロルドとゴワンも大きく目を見開いている。

コナ村付近でヴァンパイアや魔人に遭遇した件に関しては、冒険者ギルドだけでなく王国政府からも箝口《かんこう》令《れい》が敷かれ、吹聴して回れば罰せられると言われていた。そのため、現場に居合わせた者たち以外は、ほとんどその件を知らない。

「ああ……詳しくは言えないんだけど、いちおう知っているんだよ」

そういう事情から、エトは苦笑しながら答える。

「そういえば、あの時、勇……ローマンさんのパーティーにいた聖職者の方って……」

ギリギリでアモンが『勇者』という言葉を呑み込んで問うた。

「グラハムさんは、西方教会の大司教だったよね」

「異端審問庁長官、ヴァンパイアハンターってカリニコスは言ったんですよね～」

エトの言葉を、涼が補足する。

カリニコスが言った言葉は印象的だったため、涼ははっきりと覚えていた。だいたい『異端審問庁』とか『ヴァンパイアハンター』とか、なんかいかにもって感じじゃないですか！

「グラハムさんの剣さばきは凄かったよな」

ニルスが、自分の専門である剣に関して思い出したからだろう。口を挟んだ。

「剣？　そのグラハムさんという方は、聖職者なのでしょう？」

「そう、だが凄かったぞ」

ハロルドの問いに、ニルスは大きく頷いて答えた。

「ジークも近接戦が凄いですからね。そういう神官や聖職者は、よくいるのかもしれません」

「え？」

「私は当てはまらないから」

涼が言い、ジークが驚き、エトは笑いながら答える。


「どちらにしても、素晴らしい可能性があります」

「うん？」

「西方諸国は、中央諸国以上にファンタジーなのかもしれません！」

「意味が分からん」

涼が嬉しそうに言い、ニルスは意味が分からずに首を振った。

もちろん他の五人も、意味は分かっていなかった……。

◆

王国使節団が国境を越えて五日後。

使節団は、集合地点であるギルスバッハの街に到着した。

使節団が案内されたのは、郊外に建てられたかなり大きな宿。

「今回の使節団のために、わざわざ建てられたらしいよ」

涼が、その大きさと、いくつも連なる宿泊棟らしきものに目を奪われていると、エトがそう言うのが聞こえた。

「おのれ、デブヒ帝国……。さすが帝国と呼ばれるだけはありますね！」

「うん、リョウが言っている意味は全く分からん」

「いえ、やはり帝国というのは、強いと同義語なのが、ファンタジーにおける定番だと思うのですよ」

「なんだよ、定番って……」

涼の王道設定に、首を振りながらつっこみを入れるニルス。

「覚えておくといいですよ、ニルス。帝国＝強いと。油断していい相手ではないのです」

「そ、そうか」


涼ら護衛の者たちは、到着すれば休憩となる。

だが、外務省を中心とした文官たちは、到着してからが本番なのだ。もちろん、西方諸国に着いてからが『本当の本番』ではあるのだが、そこに至るまでに、回廊諸国と呼ばれるいくつかの小国を経由する。当然、そこでも様々な交渉が行われる。

そして一番厄介なのは、この『使節団』は一国だけではなく、複数国の混成だという点だ。まず、同行する中央諸国内他国との調整が、なされねばならない。

それは、使節団のトップたちもそうであった。その中でも、帝国、連合、そして王国の三大国のトップが、まず集まることになっていた。

「王国使節団団長、ヒュー・マクグラス殿、お見えになりました」

「お通しして」

衛兵がヒューの到着を告げ、この場のこまごまとしたことを取り仕切る役割を担う、ハンス・キルヒホフ伯爵が入室を促す。

ヒューが室内に入ると、そこにはすでに二人の団長がいた。

帝国使節団団長、デブヒ帝国先帝ルパート。

連合使節団団長、カピトーネ王国先王ロベルト・ピルロ。

ヒューが入室した時、二人は談笑していた。

「おかげで、『大戦』終結後は大変でしてな。国内のかなりの工房が破壊され、生産能力は地を這うような有様。いや、帝国の支援のおかげで、連合は国が潰れないで済みましたわい」

「いやいや。連合の安定は、中央諸国一帯の安定とも同義。一刻も早い支援は、中央諸国の一翼を担う帝国としては当然のことかと」

先王ロベルト・ピルロが、『大戦』後の帝国の素早い支援に感謝をすれば、先帝ルパートもそれは当然のことと答えている。

正直、ヒューとしては、あまり嬉しくない話の流れであった。

なぜなら……。

「いやあ、それにしても、王国のアベル王は何とも豪気な方ですな。我が連合とも連携して送る使節の自国団長に、ヒュー・マクグラス殿を据えられたのですから。『大戦』の英雄、マクグラス殿を」

微笑みながら先王ロベルト・ピルロは言う。目は全く笑っていない。

(やはりか……)

ヒューは、心の中で苦虫を噛み潰したようになる。

当然、その点をあげつらわれるであろうことは、分かっていた。

個人的なただの嫌みであればどうということもないのであるが、国同士の利害がぶつかるこういったトップ交渉の場では、それらも全て交渉カードと化す。

先王ロベルト・ピルロはもちろん、先帝ルパートも、その辺りを全て理解している人間だ。

「アベル王には、先の戦場で直接お会いしましたが、いや、あれは天晴れな方でしたな。さすが冒険者としてA級まで上がっただけのことはあります。一部では、冒険王と呼ばれているとか。冒険者の国ナイトレイ王国を率いる王としては、近年、稀に見る強力な王と言えましょう」

大げさなほどに先帝ルパートが褒める。こちらも、目は全く笑っていない。

ヒューは、心の中で深い、本当に深いため息を一つつき、二人がいる円形テーブルの側まで歩いた。

「マクグラス団長、どうぞこちらの席へ」

すると、ハンス・キルヒホフ伯爵がヒューの席を示す。

「失礼」

ヒューはそう言うと、椅子に座り、深い息をついた。

その一息で、最終的な精神の安定を図る。

先帝ルパートも先王ロベルト・ピルロも、ヒューのその一息の理由と、効果を理解したのであろう。ルパートはほんの僅かに口角を上げ、ロベルト・ピルロはほんの僅かに眉を動かした。

二人は、ヒューが自分たちの言葉を、完全に受け流すことに成功したのを見て取る。

すでに、会談は始まっていた。

◆

「この帝国領を離れて、回廊諸国最初の国がアイテケ・ボ」

「アイテケ・ボ？　変わった名前ですね」

「それだけでも中央諸国とは違うってのを感じるな」

エトが説明し、アモンとニルスが感想を述べる。

それを横で聞きながら頷いている『十一号室』の剣士ハロルドと双剣士ゴワン。

しかし神官ジークは、きょろきょろと辺りを見回している。

ジークのそんな行動は、あまり見ないため、エトが説明を止めて尋ねた。

「ジーク、どうしたの？」

「あ、いえ……。リョウさんの姿が見えないなと」

その言葉に、ハロルドとゴワンは少しだけ、本当に少しだけビクッとなった。

アモンはそのことに気付いたが、小さく苦笑して何も言わないことにした。理由が、なんとなく分かるからだ。

ここは、王国使節団に割り当てられた宿泊施設の食堂。三百人全員が、同時に食事をとれるほどの巨大な空間となっているため、そこかしこで、ニルスたちのような小会議が開かれている。

だが辺りを見回しても、確かに、例の水属性の魔法使いの姿は無い。

「リョウは……一度、ここに入った後で、すぐ出ていったよね」

「騒動の種をまいているんじゃないか……」

エトが言い、ニルスが独断と偏見から決めつける。

その言葉が聞こえたらしい……。

「そんなことを言うニルスには、あげませんよ？」

件の水属性の魔法使いが、両手いっぱいに何かを抱えて登場した。

「リョウ、それはいったい……」

「あ！　リョウさん、くれぇぷじゃないですか？」

「アモン、正解です！　宿泊所のすぐそばに、クレープ屋さんがありました。試食してみましたが、配合もウィットナッシュと同じ、完璧なるプラチナダイヤモンド配合です！」

プラチナダイヤモンド配合の意味は通じていないだろうが、気にしてはいけない。なんか凄い感じ！　が出ていればそれでいいのである。そもそも涼が、今適当に作った言葉であるし。

一人ずつ、クレープを渡していく涼。

エト、アモンはもちろん、『十一号室』の三人にもきちんと渡す。ここで、イジメみたいなことはしないのだ！

「よし、全員に行きわたりましたね！」

「おい、リョウ！　俺は貰ってないぞ！」

何やらB級剣士がわめいている。

「だって、さっき騒動の種をまいてって……」

「ああ、悪かったよ、俺が悪かった。リョウさん、すいませんでした。自分の不明を恥じております。だからくれぇぷをください！」

B級剣士は、最強甘味クレープの前に屈した……。

「仕方ありません」

そう言うと、涼はニルスにもクレープを渡す。

受け取ると、嬉しそうに満面の笑顔でかぶりつくニルス。

まさに、美味しいものは正義！

全員がクレープに満足し、コーヒーも並べられたところで、中断されていたエトの説明が再開された。

「回廊諸国最初の国アイテケ・ボは、森の国という異名があるって。世界樹で有名な、広大な森である『漆黒の森』の中にあり、途中、木の魔物であるトレントを見かける可能性があるそうだよ」

(漆黒の森！　なんという中二的なネーミング。しかも世界樹付き！　そういえば、ドイツにもあった森……シュヴァルツヴァルト、訳すと黒い森！　きっとシュヴァルツヴァルトの名付け親も中二病だったに違いないです！)

ドイツの有名な森に対して、失礼な感想を持つ涼。

(そしてそして、ついにトレント！　森の魔物と言えば、歩く木の精霊的なトレントですよね！　これぞこのファンタジーの王道。ロンドの森では、ついぞ見かけることはありませんでした。なんででしょうね、やっぱり魔物にも植生的なものがあるのかな？)

涼は、そんな植物学的考察を頭に描いていた。

もちろん、それは表情に出る。

「リョウさんが……」

「うん、あれはいつものあれだね……」

「また、よからぬことを考えているな……」

アモンが気付き、エトが指摘し、ニルスが再び断定する……もう、最強甘味クレープは無いため容赦ない。


特に問題のあることを考えているわけではない涼であるが……やはり日頃の行いのせいであろうか。

そんな三人の横で、『十一号室』の三人は不安そうな表情を見せている。それは、神官ジークも例外ではない。きっと、先輩たち『十号室』の面々の言葉が理由であろう。

涼……それは、不憫な男の名であった。


宿舎食堂で、涼たちがクレープ片手に甘々なミーティングを開いている時、先帝ルパートの談話室では、渋々な会議が続けられていた。

主に、ヒューにとって渋々なわけで……。

「つまり……帝国は、未だ準備が整っていないために出発できない。使節団の先頭を他に譲ると？」

「マクグラス団長、まさにおっしゃる通り。いやはや、お恥ずかしい限りだ。我が退位してからというもの、帝国政府の規律が緩みきってしまったのか……全くもって面目《めんぼく》ない」

ヒューの確認に、先帝ルパートはそう答えた。

話している内容は、面目ない感じではあるが、様子も表情も全くそんなことを思っていないのは明らかだ。

まさに、「いけしゃあしゃあと」という言葉がぴったりな。

「準備が整っていないのであれば致し方ありませんな。長らく皇帝位におられたルパート陛下が退位されたのです、いろいろと混乱もあるでしょう、分かりますぞ」

先王ロベルト・ピルロは、何度も頷いて理解しているふうな雰囲気を出している。

そして自国の使節団についても触れた。

「我が連合使節団は何の問題も無いのですが、わし自身の体調が難しくて難しくて。帝国が無理なら、ぜひ連合が先陣を切ってと手を挙げたいのじゃが……寄る年波には勝てぬのぉ」

「いや先王陛下、無理をなさってはいけませぬぞ」

先王ロベルト・ピルロがわざとらしく咳をしながら体調の難しさを述べ、先帝ルパートがしたり顔でそれに頷く。

（この……ジジイどもが！　出発は、帝国、連合、その他小国、最後に王国、の順番でと決まっていただろうが！　それを今さらになって変更だと？　当然、先頭を行く国が、最も困難な状況に陥る可能性が高い。だからこそ帝国がそれを担おうと言っていたろう？　それなのに……。しかも連合も無理だと？　つまり我が王国に先頭を行かせようと……無言のうちに連携しやがって。これだからジジイは嫌いだ！　ああ、そうかいそうかい、それならいいさ！　先頭を進んで、真っ先にアイテケ・ボについたら、貴様らが到着する前に王国に有利な協定を結んでやるぞ！　くそったれが！）

心の中では、罵詈雑言を交えながら叫んでいたヒューであるが、外面は全く冷静さを保ったままであった。

そして一言。

「分かりました。では王国が、使節団の先陣を承りましょう」

◆

中央諸国使節団の先頭は、ヒュー・マクグラス率いる王国使節団。

だが、その王国使節団は、回廊諸国の一つアイテケ・ボに繋がる街道の途中で停止していた。街道脇に入って休息などではなく、街道の上でそのまま動きを止めている。

「平和な光景です」

涼は氷の椅子と机を生成し、淹れたてのコーヒーを飲みながらホッと一息ついて、そう呟く。

「お、おう……」

涼に淹れてもらったコーヒーを飲みながら、『十号室』リーダーのニルスは微妙な顔をしながらも、いちおう同意した。

「まあ、めったにできない経験なのは確かだね」

涼に淹れてもらったコーヒーを飲みながら、『十号室』神官エトは、微笑みながら同意した。

「壮観ですね！」

涼に淹れてもらったコーヒーを飲みながら、『十号室』剣士アモンは、とても嬉しそうに周りを見回して言った。

ちなみに、『十一号室』の剣士ハロルド、神官ジーク、双剣士ゴワンは、三人とも無言でコーヒーを飲んでいる……。

現在、王国使節団一行の前と後ろを、右側から左側へ、木の魔物トレントの集団が移動していた。

帝国領からアイテケ・ボまでは、決して広くはないとはいえ街道が通っている。その街道は『漆黒の森』を貫いているため、森の中を移動する魔物たちは、どうしても街道を横切ることになる。

これは生態上、仕方のないこと。

だから、この街道には、中央諸国の街道にあるような退魔柱などは設置されていない。

基本的に、木の魔物トレントは穏やかな性格の魔物であり、こちらが攻撃しない限りは襲ってこないと言われている。それでも、数千は下らない数の魔物がすぐそばを移動していれば、心穏やかではいられないという人間は多いだろう。

少なくとも、平和な光景などと言える人物は、そう多くはないと思われる……。

「おっきぃ奴は、それはそれで威厳がありますけど、

小さいのはけっこう可愛いですね」

「あ、リョウさんもそう思います？　他の魔物も、みんなこんな感じならいいのにな～」

涼の言葉に、アモンも頷きながら答えている。

「いや、俺は、つい剣に手をかけたくなるぞ」

「ニルス、落ち着いて。トレントの子供とか、襲ってきたりはしないから」

ニルスが正直な感想を述べ、エトが苦笑しながらそれをなだめる。

「でも、今回はトレントですけど、場合によってはウォーウルフの群れが横切ることもあるんですよね？」

誰とはなしに、そんな懸念を口にしたのは神官ジークだ。

「うん、あるみたいだね。そういうのに出くわすと、簡単にパーティーが壊滅するらしいよ」

懸念に答えたのは、同じく神官のエト。

それを聞いて、『十一号室』の残りの二人が少しだけ震えたのは、仕方のないことであったろう。先輩であるB級剣士のニルスも、その光景を想像して震えたのだから。

だが、一人自信満々の態《てい》で口を開く水属性の魔法使い。

「大丈夫です！」

何やら自信があるらしい。そのまま言葉を続けた。

「その時は、ニルス一人を残して、全員走って逃げますから！」

「なんで俺なんだよ！」

「そのおっきな体が食べられている間に時間を稼いで……」

「食べられるの前提か……」

もちろん冗談である。

もちろん、冗談ですよ？

ええ、冗談ですとも……多分。


王国使節団最後尾で、『十号室』と『十一号室』がそんな会話を繰り広げている間も、使節団の先頭では団長が難しい顔をしていた。

その手元には、簡易な地図らしきものがある。

「仕方のないこととはいえ……これは相当な時間を食

うな。当初予定していた夜営地までは行けんか」

「ですね。第二予定地点での夜営になるでしょう」

ヒューの言葉に答えたのは、先頭を護衛するB級パーティー『コーヒーメーカー』リーダーの、デロングであった。

ルンに拠点を置く『コーヒーメーカー』は、B級パーティーでありかなり経験豊富だ。特に護衛依頼をこなしてきた経験は、王国でもトップクラスと言える。

かつて、涼を含めた『十号室』初めての護衛依頼が、『コーヒーメーカー』と組んでのウィットナッシュ往復護衛依頼であったのも、決して偶然ではない。

そのため今回の王国使節団は、『コーヒーメーカー』が先頭の護衛につき、リーダーのデロングはヒューの相談役にもなっていた。

「夜営第二予定地点は、河原だったか」

「はい。街道沿いです。気を付けるのは……」

「ああ。水飲み場の可能性だよな」

動物であろうが魔物であろうが、たいていのものが生きていくために水を飲む。そのため、河原はそれらの水飲み場となっており、夜営すれば遭遇する可能性がある。

特に、この『漆黒の森』は、中央諸国の森とは違って人通りが多くはない。ゼロではないが、かなり少ない。そのため、森の魔物たちは人間に慣れてはいない。

魔物と人間。最も衝突が起きる可能性の高い場所が河原。

「しっかり柵でも造れればいいのだが……」

ヒューはそこまで呟いて、ふと思いついたことがあった。

「もしかして……できるか？」

「ヒューさん、いちおう、アイスウォール……氷の壁で使節団全体を囲ってみました」

ヒューの依頼により、涼は使節団全体を囲む〈アイスウォール〉を構築し、魔物が現れても使節が襲われないように整えた。

「お、おう……」

思い付きで涼に問うたヒューであったが、「できますよ」と言われ、そして実際に構築したのを見て、言葉少なくなっている。

半径百メートル……全周約六百二十八メートル……の氷の壁。

本来、一人の魔法使いが構築できる規模のものではない。

かつての『大戦』を含めて、ヒューは、戦場における魔法による大規模構築物をいくつか見てきた。この規模の土壁を構築しようとすれば、土属性の魔法使い二十人以上が必要だったということを、思い出してもいた。

（リョウ……やはりとんでもない）

ヒューは心の中で呟く。

しかし、そのすぐそばでは……。

「けっこうでかいな！」

「屋根もついていますし、これで安心して寝られますね」

「もしかして見張りもいらないのかもね」

ニルス、アモン、エトの言葉が、こんなとんでもないものを前にしているのに、ごく普通の感想であることにヒューは目を見張り呟く。

「あいつらも、すでにリョウに毒されているのか」

そして、思ったのだ。『十一号室』のお目付け役を、『十号室』の連中にしたのは間違いだったのではないかと……。

◆

王国使節団が、『漆黒の森』の街道を進み始めて三日目。

標識などないので、正確ではないが、回廊諸国最初の国アイテケ・ボまでの中間地点辺りにまで進出していた。

一日目の夜、二日目の夜共に十分な休息をとれたため、使節団一行は元気いっぱいだ。どちらも、巨大な氷の壁に守られて眠ることができたことが理由であろう。

その様子を見て、元A級冒険者で、王都冒険者ギルドグランドマスターで、この使節団の団長が、「夜営の概念が変わってしまうな」と呟いたのは内緒である。

夜、安心して眠ることができるのは喜ばしいことなのは確かであるから。

「水属性の魔法使いとは、かくも凄いものなのですか」

「いや、リョウが普通じゃないだけだから」

『十一号室』の剣士ハロルドが呟き、『十号室』の神官エトが苦笑しながら否定する。

ジークが、よくエトと話しているからであろうか。『十一号室』の剣士ハロルド、双剣士ゴワンの二人とも、エトには話しかけやすいようだ。

「あれを水属性魔法使いの標準と思うのは、間違いだよ」

「けど、リョウの弟子たちも氷の壁を作っていたよな……」

エトが認識の修正を求めるが、剣士ニルスがかつて見た光景を思い出して呟いた。

ゲッコー商会の庭で見た光景だ。

「リョウさんの弟子ですか。強力な冒険者なのでしょうね」

「いや、商人だよ」

「え……」

エトが告げる事実に、絶句するハロルド。


冒険者よりも強い商人……。どこかのゲーム世界のお話なのかもしれない……。


そんな穏やかな使節団の移動は、斥候の急報によって打ち切られた。

使節団は、当然、斥候を放って先の方で問題がないか探りながら移動している。その中心にいるのは、B級パーティー『コーヒーメーカー』の斥候ラスリーノ。彼を中心に、各パーティーの斥候職の者が交代で行ったり来たりしていた。

「グランドマスター、この先の街道は、川の増水で押し流されています」

「……川の増水？　押し流されている？　なんだそれは。夜営した河原は問題なかったろ……いやそもそも、帝国から提供された地図には、街道を横切る川など書いてないぞ」

「多分、何かあって川の流れが変わったのだと思います。増水した川は、対岸まで三百メートルはあるので……」

「くそっ。こういうのがあるから、先頭は嫌なんだ。やむを得ん、上流の方で渡れそうな場所がないか探る。森の中を行ってもらうからな、魔物にも遭遇するだろ。斥候隊は休ませる。戦闘できる冒険者を行かせよう」

ラスリーノの報告から、ヒューは途切れた街道を迂回できる場所を探ることにした。

使節団はいったん小休憩となった。

涼が斥候隊にコーヒーをふるまって、元いた場所に戻ってくると、『十号室』の三人も『十一号室』の三人もいなくなっていた。

「あれ？」

六人全員が消えると言うのは、あまり考えられない。

ちょうどそこに通りかかったのは、C級パーティー『天山』の面々であった。『天山』は、隊列で十号室の前を歩いている冒険者であるため、涼も見知った顔だ。

「あの、うちの子らは……」

迷子になった子供の行方を尋ねるかのような、涼の問いかけ。

「ああ、リョウ。ニルスたちなら、グランドマスターの指示で迂回路探しに行ったぞ」

「迂回路？　はて……」

涼は首をひねる。

そうしていても仕方ないので、ヒューに直接聞きに行く。

「ヒューさん、ニルスたちに迂回路を？」

「ああ、リョウ。そうだ。『十号室』と『十一号室』に、上流で渡れそうな場所がないか探しに行ってもらった」

「あの……僕が、氷の橋を渡せばいいだけな気がするのですが……」

「あっ……」

その瞬間、ヒューは、己の失態に気付いた。

そうなのだ。あれだけ巨大な氷の壁を築ける男がここにいる。氷の橋だって築けるのではないか？　そう考えるべきであった。

そんなヒューの口から出た言葉は……。

「もう、全部リョウに造ってもらう。氷の壁も橋も、その他諸々も……」

「えぇ……」

仕事が増えそうな羽目になった涼ではあるが、とりあえず、〈パッシブソナー〉で迂回路探しに出かけた六人を探る。

（距離四百メートル、順調に移動中）

だが、そこまで確認した次の瞬間……六人の動きが止まった。

五人の反応が変わる。気絶でもして、その場に崩れ落ちたかのように。

「ヒューさん、ちょっと六人の所へ行ってきます」

ヒューの返事も待たずに、涼は飛び出した。

四百メートル走は、無酸素運動だ。一分弱、呼吸無しで走り抜けることになる。

もちろん、涼は走りながらさらに情報を集める。

「〈アクティブソナー〉」

動き、変化を、空気中の水蒸気を伝ってくる情報から読み取る〈パッシブソナー〉。そのため、ソナー発動前からそこに存在し、動かない物についての情報は上手く読み取れない。

それに比べて〈アクティブソナー〉は、空気中の水蒸気を伝わせる点は同じであるが、涼から『刺激』を発し、対象に当たって反射してきた情報を読み取るため、動かない物に対しても有効だ。

五人が地面に崩れ落ちている。

一人……神官ジークだけが辛うじて立っている……？

彼らの周りに漂う空気に異物が……。

「これは、麻痺毒？」

過去にもあった……涼が感じる既視感。

「かつて、ソナーで探った経験がある。いつ？　麻痺毒？　でも発生対象は不明？」

そこでようやく思い当たった。

「アベルを、ロンドの森から送り届けた時だ！」

そのタイミングで、涼は六人の元にたどり着いた。

ソナーで探った通り、ジークだけが杖を支えにして辛うじて立っており、他の五人は完全に地面に崩れ落ちていた。五人とも意識はあるが、麻痺毒に侵されている。

「〈スコール〉」

まずは、空気中を漂う麻痺毒を驟雨《しゅうう》によって地面に叩き落とし、流し去る。

そして、奥に目を凝らした。

「やっぱりいた！」

一見、何もいないようだが、ほんのわずかに空間が『揺らいで』いるように見える。

「〈氷棺5〉」

〈氷棺〉によって屈折率が変化したからであろうか。

そこには、氷漬けにされたラフレシアの外見そっくりな植物の魔物五体の姿が現れていた。

ラフレシアもどきが他にいないことを確認すると、涼は小さく頷き、ジークの方を見た。ジークは、麻痺に抵抗し立っているようだ。

「凄いねジーク……」

思わずそう呟き、涼はいつもの鞄から、自家製毒消しポーションを取り出す。ジークは無言のまま受け取ると、緩慢な動作ながら、自分でポーションを飲み干した。

そこまで確認して、涼は地面に崩れ落ちている五人にも、一人ずつ毒消しポーションを飲ませていく。

五人の状況は、けっこうばらばらだ。

最も症状が軽いのはアモンとハロルド。

アモンはなんとなく分かる気がする。理由はないのだが、なんとなく。ハロルドは先の王太子の嫡男として、毒への耐性が強くなるように鍛えられてきた気がする……そんな、一見非人道的なことがあるのかどうか知らないが、なんとなく。

古来、特権階級の人間が最も恐れるものの一つが毒なのだから。

次に症状が軽いのはニルス。そして、ゴワンとエト。この三人は、指一本動かすことができなさそうだ。

恐るべし、麻痺毒！

毒消しポーションを飲ませて五分もすると、全員いつも通りに回復した。

だが、顔色は悪い。

「あれ？　僕の毒消しポーション、不味かった？」

涼は、その顔色の悪さを心配する。毒を消すためのポーションなので、不味いのは我慢してほしいのだが……。

「いや、リョウ、助かった」

ニルスが真っ先に口を開いた。

それでも微妙に聞き取りにくい。麻痺毒からの回復は、喋れるようになるまで時間がかかるようだ。体は、けっこうすぐに動くのだが、口の周りの筋肉は微妙な制御がいるのかもしれない。

「しかし……あれはなんだったんだ。突然、体全体が痺れたぜ」

「うん、驚いたね。麻痺にしても、あそこまで瞬時に体全体の麻痺とか……」

「リョウさんが凍らせた、あの植物のせいってことですよね」

ニルスが苦い顔をしながら思い出し、エトが苦しい記憶を辿り、アモンが苦しさの欠片もない清々しい表情で、氷漬けになったラフレシアもどきを眺める。

「リョウ……さん、ありがとうございました」

「感謝します」

「来てくださって助かりました」

『十一号室』のハロルド、ゴワン、ジークも、きちんと涼に感謝した。

この辺りは、けっこうしっかりしてきた印象だ。ニルス辺りが何か言ったのかもしれない。

憧れている人からの言葉というのは、圧倒的な影響を及ぼすものだから。

ニルスは恐る恐るという感じで、アモンは初めてのものを見るわくわくした感じで、氷漬けラフレシアもどきに近付いた。

「さっきは、こんなやついなかったよな……」

「見えていなかっただけ、ということですかね」

ニルスとアモンが意見交換をしている。

「以前、アベルとの旅でこいつに遭ったことがあるんです。多分、鏡のように反射して、周りの景色に紛れる能力があるんだと思います」

涼が簡単に説明する。

「見えなくなる植物型の魔物とか、初めて聞いたぜ」

「中央諸国にはいないのかもね」

「あれ？　でも、リョウさんとアベルさん、見たことがあるって……」

ニルス、エトが感想を言い、アモンは今、涼が言ったばかりの情報に問い返す。

「僕とアベルが遭ったのは、魔の山の向こう側だから。中央諸国と呼んでいいか微妙ですね」

涼のその言葉は、他の六人から驚愕の視線を以て迎えられた。

「魔の山の向こう……そんな所から、よく生きて……」

「てか、アベル陛下、さすがっす」

「魔の山の向こうとか、もの凄い魔物がいそうですね！」

エトが呟き、ニルスが敬愛する人をさらに尊敬し、アモンが戦闘狂《バトルジャンキー》への道に足を踏み出しているかのような言葉を吐く。

もちろん、『十一号室』の三人は無言であった。ハロルドとゴワンが、少しだけ震えていたのは……これも、いつも通り内緒である。

「それにしても、街道から少し外れただけで、こんな恐ろしい魔物がいるなんて……。漆黒の森、恐るべしですね」

涼が頷きながら、したり顔で感想を述べる。

「……この植物型の魔物って、移動はしないんですかね？」

「ああ……確かに。こいつ、地面に突き刺さってはいないな」

「ゆっくりとではあっても、動ける植物型の魔物はけっこういるって聞いたことがあるから、これもそうなのかも？」

アモンが、氷漬けのラフレシアもどきの足元を見ながら呟き、ニルスも確認し、エトが何度か小さく頷きながら答える。

「こんな所まで移動してきたんですね、この子ら。森の奥で、何か不穏なことが起きているのかもしれませんね」

「リョウ……深刻な内容を言っているのに、顔がにやけているぞ」

「そんな馬鹿な！」

涼が真面目さを装って言い、ニルスがその化けの皮を指摘し、涼が驚く……。

「ぼ、僕は、緊張しているこの場を和ませようと、あえて笑いを提供しているのです」

「……よく、そんな、誰も信じそうにないことを堂々と言えるよな」

涼の抵抗に、一顧だにしないニルス。

「くっ……最近、ニルスの反応が厳しくなってきている気がします」

「意味が分からん」

ニルスは小さく首を振るのであった。

そんな二人の会話は、『十号室』の、昔からよくある光景だ。エトとアモンは苦笑い。

『十一号室』の三人は、震えてはいないが顔色は悪くなっていた。全ては涼のせいなのかもしれない。場を和ませるのではなく、顔色を悪くさせてしまった……。

笑いとは、かくも難しいものらしい。


涼が全長三百メートルの氷の橋を架け、王国使節団は無事に渡り切った。

「よし、リョウ、橋はきっちり消しておいてくれ」

ヒューは、全員が渡り切ったのを確認すると、そう言った。

「え？　いいんですか？　まだ後から他国の使節団が……」

「さあ？　知らんなぁ？」

先帝と先王の陰謀で先頭にさせられたことを、未だに恨んでいるようだ。

まあ、帝国や連合の力があれば、土属性魔法使いたちに橋を架けさせることはできるであろうが、少しでも苦労させたいのだろう。

「少しでも時間を稼いで、その間に、帝国や連合よりも王国に有利な通商条約を結ぶ」

決して、ヒューの個人的な恨みや、器の小ささではなかった。国のためを思っての、決断だったのである！

「先帝やら先王やら、ジジィどもが舐めやがって。少しは苦労しやがれってんだ」

……多分、国のためを思ってである。

氷の橋による渡河後も、使節団の移動は続く。

『十号室』と、その預かりとなっている『十一号室』の面々は、渡河前同様に使節団の最後尾を守っていた。

だがその中の二人の神官エトとジークは、手に何か持ってきょろきょろしながら歩いている。

当然、涼はその光景を見て気になる。

「エト、ジーク、その手に持っている物はなんですか?」

きょろきょろしている様子より、手に持っている物が気になったらしい。それは、数十枚の紙を束ねて糸で綴じた冊子に見える。

「これ？　これは、今回の使節団が訪れる場所の概要をまとめてあるものだよ。王国は、大人数で、遠距離の使節団を送り出す時には、この手のやつを作って各パーティーに一部ずつ配布する伝統があるんだって。そういえば、古のリチャード王の時代からの伝統って言ってたね」

「名前は、『旅のしおり』と言うらしいです」

エトとジークが、冊子を見せながら答えた。

「旅のしおり……」

なんという非ファンタジー的言葉……。

そこはかとなく転生者のにおいが……というか、リチャード王は絶対転生者だろうと、涼は勝手に決めつけていたが……予感が確信に、いや確信が更なる確信に変わっていた。

だってどう見ても、まるで修学旅行的な冊子だし。

「で、その旅のしおりを片手に、何をきょろきょろしていたの？」

「うん。これによると、そろそろ『世界樹』が見えるはずなんだよ。天を衝《つ》くような巨大な樹だから、当然見えると思って探しているんだけど、見えないんだよね」

「街道の左右は木々が多いですが、それでも世界樹が見えないというのは、不思議だなとエトさんとも話していたところです」

涼が質問し、エトとジークは、世界樹が見えないのが不思議だと答えてくれた。

ちなみに、他の剣士等の四人は世界樹など全く興味がないようだ。

エトとジーク、その他四人……その対比を見て、涼は知的好奇心の存在理由を深く考えるのであった……。

涼が見回すと、けっこうな冒険者たちが、冊子を持って歩きながら、周りを見回している。おそらく彼らも、彼女らも、世界樹を見ようとしているのだろう。だが、世界樹らしきものは見つけられないようだ。

「もしや枯れてしまったとか……」

涼は呟く。

一般的に、地球において『世界樹』と言った場合、それは北欧神話に登場するユグドラシルのことである。ワーグナーの『ニーベルングの指輪《ゆびわ》』第四部『神々《かみがみ》の黄昏《たそがれ》』第一幕、第三場で、神オーディンが世界樹の枝から槍を作るが、結局それによって、世界樹ユグドラシルは枯れてしまう。

神の行為によって枯れてしまう世界樹。

なんと暗示的な現象であろうか！

「人は愚かですが、神も愚かです……」

涼は小さく首を振ると、横を見て言葉を続けた。

「ニルスも……」

「うん、リョウ、その後に続く言葉は慎重に選べよ？」

涼の横を歩き、「人は愚か～」のくだりを聞いていたニルスが、剣に手をかけながら言う。

「ニルスも……剣士として成長しました」

アベルほどの抜剣速度ではなくとも、涼にとって、この間合いでは不利であることは理解できる。ニルスはB級剣士なのだ……気を付けなければ！


使節団最後尾では、そんな光景が繰り広げられていたが、先頭では……。

いつもは一番馬車に乗っている団長ヒュー・マクグラスが、二番馬車を訪れていた。二番馬車には、文官百人を取りまとめる首席交渉官が乗っている。

「イグニス、このアイテケ・ボの国主についての報告書って、確かなのか？」

「ええ、団長殿。それは、ほぼ百パーセントの確度ですよ。外務省情報部だけではなくて、ハインライン侯からの情報とも一致しましたからね」

「そうか……」

首席交渉官イグニス・ハグリット。西部の大貴族ホープ侯爵家の次男で、外務省の高級官僚。

かつて、トワイライトランドへの使節団においても交渉官を務めた。続く王国解放戦においては、父ホープ侯爵を説得して早々にアベル王への旗幟《きし》を鮮明にし、その後の王国におけるホープ侯爵家の威光を今まで以上に高めることに成功した優秀な男。

見た目は、いつもニコニコしているとても話しやすい人物であるが、頭の回転は非常に速いのだ。

「アイテケ・ボの国主ズラーンスー公は、唯我独尊《ゆいがどくそん》を地で行くようなお方らしいですから……交渉は難航するでしょう。帝国や連合が追いついてくる前に、王国に有利な条約を締結するのは難しいかもしれません」

「だよな～」

イグニスの冷静な指摘に、顔をしかめるヒュー。

報告書を一読した時に、そうだろうとは思っていたが、改めて交渉責任者から言われると、さらに落ち込んでしまうのは仕方のないことであろう。

「よし。せめて宿だけでも王国で全占拠してやる。帝国や連合の連中は、街の外で野営でもしやがれってんだ！」

ヒューのその言葉に、さすがのイグニスも苦笑するしかなかった。

アイテケ・ボ

外交使節団であるため、特別な検査などされることなく、王国使節団はアイテケ・ボに入った。

『アイテケ・ボ』は、国名であると同時に街の名前でもある。つまり、一つの都市が国の全てともいうべき、都市国家なのだ。周囲は魔物の襲来を退ける高い城壁に囲まれている。

アイテケ・ボは中心をそれなりに大きな川が流れ、街が東西に分かれている。西岸に国主館を中心とした貴族街、東岸に市街地が広がっていた。

宿は、全て東岸地区にある。

とはいえ、帝国で王国使節団が逗留した時のような巨大な宿泊施設などもちろん存在しない。最も大きな宿ですら、四十人ほどしか宿泊できない。

そのため、王国使節団は合計十三カ所の宿に分かれて逗留することになった。

当初は、一国当たり四軒ずつで、王国、帝国、連合の使節が宿泊し、残り二軒の宿に小国の使節が……ということになっていたらしい。だが、王国使節団団長ヒュー・マクグラスの意向で、王国使節団が全十四軒のうち十三軒を占拠することにしたのだ。

器が小さい？

そんなことはない！

これも王国のため……に違いない……そのはずだ……そうだといいな……。

文官のまとめ役は首席交渉官イグニスだが、護衛冒険者のまとめ役は、B級パーティー『コーヒーメーカー』リーダーのデロングだ。

『十号室』も同じB級パーティーであるが、『コーヒーメーカー』の方がB級としては先任であり、何より王国冒険者の中で、最も多くの護衛依頼をこなしてきたパーティーの一つでもあるため、そうなっていた。

もちろん、ニルスら『十号室』も否やはない。

『十号室』初めての護衛依頼であったウィットナッシュへの護衛で、『コーヒーメーカー』と組んで以来、両パーティーは良い関係を築けているからでもあった。

さすがに、この西方諸国への道中は、帝国のギルスバッハの時のように街に入ったら護衛のお仕事は終了、というわけにはいかない。街中でも何が起こるか分からないからだ。西方諸国に着いた後ならともかく、その道中は、常に護衛依頼中となる。

それは、宿においてもであった。

「ニルス、すまんな。『月夜の誘い館』の護衛は『十号室』に任せる」

「はい、デロングさん。お任せを」

「いや……以前も言ったが、同じB級だし、呼び捨てにしてくれ……」

未だにやんちゃ坊主な雰囲気を持つニルスであるが、

先輩はきっちりとたてるタイプだ。

「俺らは、予定通り『春の太陽』で護衛に入るから、何かあったらそっちに来てくれ」

「分かりました」

『春の太陽』は、アイテケ・ボで最も大きな宿であるため、団長ヒューをはじめ、首席交渉官イグニスもそこに宿泊することになっている。いわば、最重要拠点であり、気の抜けない護衛任務の最たる場所。

自ら進んで、最も厄介な場所を引き受けるあたり、デロングのプロ意識の高さがうかがい知れるというものだ。

三年前まで、その背中で、その行動で、ルンの街の冒険者たちを引っ張ってきた『アベル』の薫陶がいまだに生き続けている、その証しなのかもしれなかった。


アイテケ・ボ、謁見の間。

そこでは、アイテケ・ボ国主ズラーンスー公による、ナイトレイ王国使節団の謁見が行われていた。

「それで、今回の使節団受け入れによって、王国は、我が国に何を差し出してくれるのだ？」

国主ズラーンスー公のあまりと言えばあまりの言葉に、団長ヒュー・マクグラスは言葉を失った。

最初の謁見で、いきなりの要求というのも驚きであるが、そもそも『差し出して』などという表現を使うのも理解しがたい。

彼我の国力差を考えろとまでは言わないが、もう少し言い方というものがあるのではないか？

ヒューが何か言おうと顔を上げた時、機先を制してイグニス首席交渉官が口を開いた。

「おそれながら陛下、明日よりの交渉の席で、それを明らかにしていくことができればと考えております。王国が一方的に差し出すものよりも、貴国が望まれるものを手に入れる方が、よりお互いの利益になるのではないかと愚考いたします」

「ふむ。それも一理ある。それでは明日よりの交渉に期待するとしよう」

そう言うと、ズラーンスー公は退出し、謁見は終了した。

「さすがイグニス……言質を取らせず謁見を終わらせたな。俺はブチ切れそうになっていたわ……」

「ははは。団長殿、口を開かなければ、失礼な言葉を浴びせることにはなりませんよ、問題ありません。ただ、先ほどの謁見からも、想像以上に唯我独尊……というより傲慢なお方のようですな。いろいろと、時間がかかりそうです」

「時間は仕方ない、もう諦めた。全部任せる」

正直、トラブルが起きる前にさっさと先に進みたいと、ヒューは思いはじめていた。

だが最初の取り決めで、後発の帝国や連合が追い付くのをアイテケ・ボで待つ、と決まっているため勝手に進むわけにはいかないのだ。


「今、聞いてきたんだけど、二カ月くらい前に、世界樹は無くなったらしいよ」

「世界樹はお隠れになった、って言っていましたね」

街中で、世界樹の情報を拾ってきたらしい神官エトと神官ジークは、涼にそう報告した。

「お隠れになった……？」

涼は首を傾げながら問う。

「うん。一夜にして消え去ったって」

エトが頷いて、そう答えた。

「世界樹の幹は、ここから十キロ以上離れた森の中にあるのだそうです。で、何が起きたのかを確認するために、冒険者や兵が派遣されたらしいのですが、だれ一人帰ってきていないと」

ジークは顔をしかめながら言う。

「何か恐ろしいことが起きているのかもしれません」

涼は、いかにもな感じで、深刻な事態に陥った可能性を指摘した。

二度目である。

『十一号室』の面々はともかく、付き合いの長い『十号室』の面々は、もちろん騙されない。

「リョウさん、深刻な感じで言ってますけど……」

「うん、いつものやつだよね」

「よからぬことを考えている顔だ」

アモン、エト、ニルスは涼の顔を見て断定する。

「なぜバレた！」

断定されて驚く涼。

本人は、真面目で深刻な顔をしていたつもりらしい。

◆

王国使節団がアイテケ・ボに到着して三日が経過した。

「マーラータ、そちは余を馬鹿にしておるのか」

「へ、陛下……滅相もございません」

アイテケ・ボ国主館の一室。

国主ズラーンスー公の前で両膝をついて俯き、叱責されているのは騎士団長マーラータ。

国主付き侍従以外で、その場にいるのは一人だけ。

その一人は、うっすらと笑いを浮かべ、叱責されている騎士団長を馬鹿にしたように見ている。だが口は開かない。ズラーンスー公が、横から口を挟まれるのを、何よりも嫌っていることを知っているから。

「マーラータ、二カ月だぞ。二カ月経つのに、未だに世界樹がどうなっているか確認できんとはどういうことだ！」

「騎士団をはじめ、冒険者も送り出しておりますが、一人たりとも戻ってきておりませぬゆえ……」

「それは聞いた！　それをなんとかするのが、騎士団長の役目であろうが！」

「ははっ。もうしわけございません」

そう言うと、騎士団長マーラータは、より一層頭を下げ謝罪の意を示す。

「まったく。グジャの十分の一でも能力があれば、これくらいできるのであろうが……。のう、グジャ」

ズラーンスー公は、傍らに立つ護衛隊長グジャを見てそう言った。

グジャは、浮かべていた薄ら笑いはすでに消し、真面目な顔をして頭を下げる。

「もったいなきお言葉なれど、騎士団長の思うとおりに行かぬこともいろいろあるのでしょう。騎士団といえば、最近は規律が緩んでいるとお聞きします。そんな部下たちだけでは、世界樹にまでたどり着くことができないのは致し方ないかと」

「貴様！」

グジャの嫌みに、怒り心頭に発したマーラータが叫ぶ。

だが……。

「控えよ！」

ズラーンスー公が再び叱責する。

「ぐっ……。申し訳ございません」

国主の信頼を完全に失っている騎士団長マーラータは、謝ることしかできない。

「少なくともグジャは、世界樹から枝を切り出して持ってきおったぞ。結果を残しておるわ！」

「おそれながら、その結果が、世界樹がお隠れになった原因では……」

「その体たらくで口答えか？　何か？　世界樹の枝を切り出してこいと言った、余の命令が間違っていたと貴様は言うのか！」

「い、いえ……」

ズラーンスー公にそう言われては、マーラータとしては何も言えない。


世界樹の枝の切り出しは、三カ月前、確かにズラーンスー公が命じた。そして、傍らに立つ護衛隊長グジャが、切り落とした世界樹の枝をアイテケ・ボに持って帰ってきた。

これらは、すべて事実。

同時に、それ以降、森に異変が生じたという報告が上がり始めたのも、また事実なのだ。その報告は、各所からズラーンスー公の元に届いているはずなのだが……。

おそらくズラーンスー公本人には届いていない。周りの者たちがもみ消している。

なぜなら、そんな報告がズラーンスー公の機嫌を損ねるのは間違いないから。そんな、誰も幸せにならない報告はもみ消すに限る。

「騎士団が頼りにならんとなれば、さて、どうするのがよいか……」

ズラーンスー公は考え込んだ。

彼ですら、世界樹が現在どうなっているのかは知りたいのだ。たかが木ではあるが……。

そして、一つの案を閃いた。

「ふむ。そういえば、ちょうど使える者共が逗留しておったな」

「ダンダン殿、これはどういうことですか」

そこは宰相府次官室。

宰相府次官ダンダンは、アイテケ・ボ側の交渉責任者である。

そこに紙を持って入ってきて問うたのは、王国側の交渉責任者、首席交渉官イグニスであった。

とはいえ、そこはイグニス。

怒鳴りこんだりはしない。あくまで丁寧に、そしてソフトに。

「ああ、イグニス殿、申し訳ない。陛下が……」

次官ダンダンは、顔をしかめながら、本当に申し訳なさそうに言った。

当然だ。

二国の交渉は、大詰めを迎えている。明日、明後日には調印も可能という段階にまで達していたのだ。

しかし、そこに国主から横槍が入った。しかもその内容が、相手国の冒険者を危険にさらす内容のものであるとなれば、頭も抱える……。

アイテケ・ボ国主からの要望とは、「王国冒険者が世界樹の状況を観察し、アイテケ・ボ政府に報告するまで、一切の交渉を中断する」であった。

「やはりですか……。しかしズラーンスー公であっても、これはあんまりと言えばあんまりでしょう」

イグニスは、いつも通りの柔らかい表情と言葉遣いであるが、その目は笑っていない。視線が無形の圧力となって次官ダンダンを撃つ。

「わ、分かっております。本当に申し訳ない。宰相閣下も陛下に直言しようとしたのですが、会っていただけず……。しかもその前に、世界樹への情報収集を失敗した騎士団長マーラータ殿も解任されたとかで……。本当に申し訳ない……」

ダンダンは、今にも泣きだしそうであった。

彼にとっても、中央諸国の大国の一つ、ナイトレイ王国との通商交渉など一生に一度の大仕事。それが完成しようとしていた矢先に、横槍を入れられたのだ。

しかも、自国の国主から。泣きそうにもなろうというもの。

交渉官として、成功、失敗、多くの経験を積んできたイグニスとしても、その気持ちは痛いほどよく分かった。

だから結局、一言しか言えなかった。

「……持ち帰って相談してみます」

「つまり、世界樹の情報を取ってこない限り、交渉打ち切りということか？」

「はい……。万事任せておけと言いながらこの体たらく、恥じ入るばかりです」

王国使節団団長ヒュー・マクグラスと、王国使節団首席交渉官イグニスは、彼らが逗留する宿『春の太陽』の食堂で話し合っていた。

ヒューの前には、先ほどイグニスが宰相府に持って行った紙と共に、交渉結果が記された紙とが置かれている。

「交渉内容は素晴らしいものだな。これなら、国元のうるさい奴らも黙るだろう。特に最後の条項がいい……次に我々が目指すシュルツ国までの道案内を、騎士団から出してもらえると」

「はい。内容は満足いくものになったのですが……」

ヒューは内容を褒め、イグニスは内容以外の部分で顔をしかめて首を振った。

「聞いたところでは、確認に行った騎士も冒険者も、誰も帰ってきていないんだよな」

「ええ。ですので、厄介なことが起きているのは、まず間違いないと思われます」

「斥候を放って、事前に情報収集をするべきなのだが、国主がそんな悠長なことを許さないと。報告ということは……行って、見て、帰ってくるか。何か解決する必要性は全くないとはいえ……さて、どうしたものか」

その後、団長ヒュー・マクグラスが『月夜の誘い館』に来たのは、もちろん考えあってのこと。

だがそれでも、まだ決断と呼べる状態ではなかった。

『月夜の誘い館』の護衛責任パーティーは、『十号室』だ。王国使節団中、たった二つのB級パーティーの一つ。

もう一つのB級パーティー『コーヒーメーカー』とは、戦力において甲乙つけがたい。しかし、一点において、大きな差があった。

それが……。

「あれ、ヒューさん、どうしたんですか？　こっちで会議とかなかったですよね」

目の前にいる水属性の魔法使いだ。

何が起きるか分からない。

何が出るか分からない。

どうなるのか全く分からない……。

そんな状況に飛び込ませるのであれば、最強戦力を選ぶべき。

ヒューは、涼を見て決断した。

「リョウ、お前さんと『十号室』の三人に話がある」

◆

「まさか、交渉の成否が、俺たちの肩にかかるとは……」

「失敗できないね」

「片道十キロ、往復二十キロということは、歩いて往復五時間です」

「世界樹があった辺りまで、途中の木を全部〈ギロチン〉で切り飛ばして、一直線に行きますか？」

ニルスが深刻な状況を理解し、エトが確認し、アモンが計算し、そして涼が最善の方法を提案する。

もちろん、最善だと思っているのは涼だけだ。

「いや、穏便にかたをつけてほしい……」

団長ヒュー・マクグラスから、涼の解決方法へのダメだし。

「仕方ないですね。普通に歩きらしいですよ、ニルス」

「そうだな。リョウ以外は、みんな、普通に森の中を歩いていくつもりだったぞ」

涼がため息をつきながら言い、ニルスがさらに深いため息をついてそう答えた。

四人が出発したのは、翌朝七時になってからであった。

昨日、世界樹探索の依頼をヒューから受け、四人は一晩おいてからの出発を選択した。

普通の森ですら、夜の森は人間が踏み込むべき場所ではない。それが、『漆黒の森』となれば、夜の立ち入りは絶対に避けるべきだ。

斥候部隊を率いる『コーヒーメーカー』のB級斥候ラスリーノですら、夜の漆黒の森への偵察には絶対反対を主張したのだ。

斥候ですら拒否する、夜の漆黒の森。

リスクはできるだけ減らすべきである。

大難を小難に、小難を無難に。

死にたくないなら、リスクの見極めは、絶対に必要。

「けっこう城壁の近くまで、森が迫ってきているな」

城壁の外で、アイテケ・ボを囲む城壁と森を見ながら、ニルスが呟く。

「城壁は高さ五メートルくらい？　でも森の木も、けっこう背が高いね」

城壁と木の高さを見比べながら、エトが言う。

涼は無言で首を傾げている。

それを見て、アモンが問いかけた。

「リョウさん、どうしたんですか？」

「うん……。半径一キロ圏内に、魔物の反応が全くないのですよ」

涼の〈パッシブソナー〉は現在、半径一キロほどの情報を拾うことができる。

だがその中に、魔物が一体もいないのだ。ついでに言うと、普通の動物の反応も全くない。

「それは、さすがにおかしいね」

エトが応じた。

ここは森の中。平地に比べて、多くの魔物や動物が生息しているのが森だ。それなのに、一キロ圏内に何もいないというのは、どんな森であろうと異常である。

「とにかく、慎重に進むぞ」

ニルスが言い、他の三人は頷いた。

健脚ぞろいの『十号室』。森の中とはいえ、往復二十キロ程度の距離では疲れることもないであろう。

だが、何があるか分からない。

だからこそ、この四人が選ばれたのだから……。

異変が起きたのは、アイテケ・ボと世界樹の中間地点と思われる辺りであった。

「もの凄い数の魔物がこっちにやってきます。ウォーウルフが……五百以上」

「なんだそりゃ！」

涼の報告に、素っ頓狂な声を上げるニルス。

ウォーウルフは、確かに集団を組んで行動するのだが、多くても五十頭程度だ。その十倍以上とか、何の冗談であろうか。

「何が狙いだ？　リョウ、氷の壁でやり過ごすことは可能か？」

「多分……」

ニルスが判断し、涼も頷きはした。頷きはしたが……断言できなかったのは、別の理由からだ。

「ウォーウルフの後ろから、今度は……おっきな蛇……いっぱい……」

「え……」

涼の追加報告に、嫌そうに顔をしかめて絶句する神官エト。エトは蛇が苦手らしい。

もちろん涼も、苦手な方だ。

「とりあえず、〈アイスウォール10層パッケージ〉」

停止した四人を全方位から囲む氷の壁が出現し、しばらくすると、『それ』は現れた。

目を爛々と輝かせ、一直線に向かってくる無数の狼。

だが、見ているのは四人ではないらしく、止まったままの氷の壁にぶつかりながら、そのまま後方へと流れていく。

ガキンッ。

ガキンッ。

ガキンッ。

果てしなく続くかと思える狼の流れ。

そして、次は蛇の流れ。

そしてそして……。

「あ～、次は猪……ボア系が来ました……」

涼のため息交じりの報告。

「マジか……」

ニルスのため息交じりの返答。

そして声も出さずに、ため息をつくエトとアモン。

そこで、ニルスは決断した。

「リョウ、この氷の壁を維持したまま移動できるか？」

「ええ、可能ですけど？」

「よし。なら、氷の壁を俺たちの周りに維持してくれ。このまま世界樹に向かって歩く」

ニルスの決断に、エト、アモン、涼は頷いた。

いつ途切れるともしれない魔物の流れの中ではあるが、時間は有限。計算上、十分な時間が確保してあるとはいえ、もしも夜までにアイテケ・ボに戻れなかったら……。

冒険者として十分な経験を積んだ四人ですら、この『漆黒の森』で夜を越すのはゾッとする。たとえ、涼の〈アイスウォール〉があったとしてもだ。

涼は〈アイスウォール〉の形状を少し変形し、流線形に変えた。

世界樹に向かう先端を尖らせ、魔物の流れを割りやすくする。割れた魔物の流れは、〈アイスウォール〉の横を通り過ぎて、四人の後ろでまた合流し、流れていく。

突然、氷の壁が割れるような光景を想像しなければ、それは、なかなかスペクタクルに富んだ景色だと言えるだろう。

ボアは、レッサーボアだけではなく、ノーマルボアもおり、時折グレーターボアすら交じっていた。いずれのボアも目を真っ赤にし、殺気立ったままやってきて、流れていく……。

「最初は、何か恐ろしいものに追われているのかと思ったのですが……」

「うん、なんか違うみたいだよね。逃げてるんじゃなくて、怒りのままに襲い掛かっていこうとしている感じ」

涼が感想を言うと、エトも同意する。

ボア系が数千頭ほど流れた後、さらに別のものが向かってくるのを涼は感知した。

しかし……。

「ん～、これは知らない魔物です。全長十メートルくらい？」

「リョウが知らないってことは、ルン周辺にはいないやつか」

涼の言葉に、ニルスが考えながら答える。

しばらくすると、それは現れた。

「来ました！」

全長十メートル以上。全高三メートル以上。

形状は、巨大な……。

「イモムシ……」

大型トレーラーほどのイモムシが、高速道路を走るほどの速度で何千匹も向かってくる絵……。

人によっては、トラウマになりそうな光景だ。

だが涼が思ったのは……。

「目玉がいっぱいついていれば、どこかのアニメの、虫の王です……」

目の前のイモムシは、目と思われる部位は見える場所にはなく、細い触手らしきものがうねっている。

「ああ……キャタピラーだな……」

ニルスはこのイモムシを知っているらしい。

「体表、うっすら赤くなってるね」

エトもこのイモムシを知っているらしい。

「確か怒っていると、赤くなるんでしたよね」

アモンもこのイモムシを知っているらしい。

「キャタピラーって、イモムシの英語名だけど……なぜ、みんなこんな魔物を知っているの」

知らないのは涼だけであったために、軽く落ち込む。

それを見て苦笑しながらエトが説明した。

「王国北部に依頼で行った時に見たんだよ、三人とも。ルンがある南部にはいない魔物だから、リョウが知らないのは仕方ないよ」

さすがはB級冒険者たち。王国内各地を飛び回っているのだ。

引きこもりの涼とは違うらしい。

「そ、それでも僕は負けない！」

「リョウは、いったい誰と戦っているんだ……」

涼の呟きに、ニルスは小さくため息をついてつっこんだ。

「移動はらくちんになりました」

「ま、まあな……」

「一直線の道ですね」

「あんなのに出会ったのなら、確かに冒険者や騎士たちは帰ってこられないね……」

涼が感想を言い、ニルスが同意し、アモンが事実を述べ、エトが戻ってこなかった者たちが遭遇したであろう悲劇を思いやった。

狼、蛇、イノシシといった魔物たちは、全て木をよけながらの移動であったが、イモムシは木を押し倒して突き進んだ。そのため、キャタピラーが通り過ぎた後は全ての木がなぎ倒され、一直線の道ができ上がっている。

四人は、キャタピラーが造った道を通って、順調に世界樹に近付いていった。


そろそろ世界樹が立っていた場所が近くなってきた頃……涼の〈パッシブソナー〉にこれまでとは違う反応があった。

「あの～、ソナー……魔法の探索によると、八百メートルほど先に、高さ一キロを超える何かが立っています」

「は？」

涼の報告に、ニルスが素っ頓狂な声で聞き返す。

そして、涼を含めて四人全員が、八百メートルほど先を見る。

「普通に……」

「森ですね」

「でも一キロを超える高さって……」

「うん、多分世界樹だと思う……」

ニルスが言い、アモンも肯定し、エトが確認の問いを行い、涼が答える。

何かがあるようには見えない。

「まさか……。〈アクティブソナー〉」

受動的な〈パッシブソナー〉よりも、能動的な〈アクティブソナー〉の方が、だいたいにおいて探査の精度は高い。

「やっぱり！　世界樹の表面に、大量のラフレシアもどきがくっついてます！」

「ラフレシアもどきって……あの、見えない植物型魔物か！」

『十号室』の三人は、思い出していた。

渡河できるポイントを探しに、探索に出かけた時に、その魔物が放出する麻痺毒によって動けなくなったことを。その姿は、氷漬けされるまで見えなかった……。

「あいつが世界樹の表面に？」

「はい。多分、数千体とか数万体といった数です……」

「確かに、それなら見えないのも納得だ」

「近付くと、また麻痺しますよね？」

ニルスも涼も、エトもアモンも、正直戦いたい相手ではない。

涼の〈氷棺〉なら、封じ込めることは確かに可能だが……。

「戦ったり、何かを解決するのが目的じゃなくて、観察だから。ある程度確認したら、手を出さずに戻ろう」

エトが、最も現実的な提案をする。

そう、今回四人が来たのは、あくまで観察なのだ。確認して報告すればいい。

世界樹は存在するけど、見えなくなる植物型の魔物がいっぱい張り付いていましたと。


だが、事態は、彼らの予想を超えて進展する。

「空から、何か降ってきます」

涼が言うと同時に、三人は上を向く。

「人？」

「人型の魔物？」

「空からの襲撃？」

ニルスもエトもアモンも見たことがない、人型の魔物。三体が四人の前に着地した。

人ではない。

全身灰色ののっぺらぼう、目も鼻も口も耳も……何もない。

魔物なのは一目で分かる。

だが、体長百八十センチ、二足歩行で、二本の手には、右手に片手剣、左手に小盾を持っている。着地すると同時に、構えており、かすかに攻撃の意思も感じる……。

「まさか、噂に聞くシャドーストーカーとかいうやつか？　なんにしろ、これは……戦わざるを得んな。俺、アモン、リョウで近接戦。エトはバックアップ」

ニルスが指示を出した瞬間、三体は向かってきた。
ガキンッ。
シュンッ。
一騎打ちが三か所で発生した。
シャドーストーカーは強かった。B級剣士ニルス、アモンと同等に打ち合っているのだ。
もちろん、涼とも……。
《アベル、アベルは生きてますか～？》
剣戟を行いながら、涼は『魂の響』を通して、アベルに話しかける。
《おう、生きてるが今ちょっと忙し……ん？　珍しい奴と戦っているな。シャドーストーカーか。しかも武器装備のやつとか、初めて見たぞ》
《やはりアベルの知識は便利ですね。国王陛下をクビになったら、冒険者ガイドさんを始めるといいです。きっと食べていけますよ》
《なんだ冒険者ガイドって……。とはいえ、シャドーストーカーは強いぞ。気をつけろよ。そいつらは、森が生み出す幻影と言われているからな。大きな森であればあるほど、強力になるらしい》
《幻影というわりには、普通に実体がありますよ？　そもそも剣を握っているし、盾で防ぐし》
《おそらく、森で亡くなった冒険者の武器だろ。幻影という意味は、魔石を持っていないから……じゃなかったか？　王国ではめったにお目にかからない魔物だから、俺も詳しくは知らん》
アベルの解説を聞きながら、涼とシャドーストーカーとの剣戟は続いている。
シャドーストーカーの剣筋は、基本に忠実だ。
魔物の剣筋が基本に忠実というのも変な話ではあるが、アベルやアモンの剣に似ているのだ。王国で言うヒューム流剣術に近いだろうか。
それだけに、涼的には見慣れたものではある。
だからこそ……。
「読める」
それまで、村雨で丁寧に受けていた剣を、今回も受ける、と見せかけてかわす。

シャドーストーカーが袈裟懸けに打ち下ろしてきた剣を、左足を開いてさばき、体勢を崩したところを、一刀のもとに首を刎ねた。

首を斬り落とされると同時に、シャドーストーカーは消滅。

使っていた片手剣と小盾は地面に落ちている。こちらは消えないらしい。アベルの推測通り、森で命を落とした冒険者たちのものだったのだろう。

涼が倒したのとほぼ同じタイミングで、アモンとニルスもシャドーストーカーを倒した。

「ふぅ、だいぶてこずったな」

「この剣や盾って、森で死んだ冒険者や騎士たちのですよね」

ニルスとアモンがそんな会話を交わし、エトと涼がそこに合流しようとしたところで、辺りに声が響いた。

《人の子らよ、汝らに問う。森を訪れし目的は何か》

辺り一帯から聞こえてくるような、あるいは地の底から響いてくるような……四人とも初めての経験だ。

「これは……」

「森そのものの声？」

ニルスとアモンが小声でそんな会話を交わす。

(森そのものの声とか、なんというファンタジー！セーラたちの『西の森』では見られない現象ですよ)

心の中で興奮している涼。

そうなると、当然、交渉役は神官エトになる。

「私たちが訪れた理由は、世界樹の現状を知るためです。決して争うためでも、森を荒らすためでもありません。先ほどの三体との戦闘は、本意ではありませんでした」

さすが、神にその身を捧げた神官だからであろうか。相手が漆黒の森そのものであると思われても、堂々としている。

涼は、その姿に素直に感心した。

「さすがエトです。こういう時、もの凄く頼りになりますね」

「同感だが、リョウ、なぜチラチラと俺の方を見ながら言うんだ？」

「べ、別に深い意味はありませんよ？」

ニルスの問いに、慌てて視線を逸らしながら答える涼。

そんな光景を横に感じながら、エトが先ほど以上にリラックスして漆黒の森との交渉に臨めたのは……きっと二人は意図していなかったはずだ。

《汝らが十分な力を持ちながら、森のものを傷つけずに来たことは理解している》

（シャドーストーカーを倒すほどの力を持ちながらも、ずっと〈アイスウォール〉で囲まれたまま移動し、魔物を下手に倒してこなかったことを言っているのかな？）

涼はそんなことを考えていた。だったら、アイスウォールのまま移動したニルスの判断は正解だったということになる。

《弱きものが強きものの糧となる、それは森の掟《おきて》。それゆえ、人の子らが森に生きるものを狩るのは止めぬ。自由にすればよい。されど、街に住む人の子らは、約定を破った。〝樹〟に触れてはならぬという約定を破り、枝を切り、持ち帰った。ゆえに、これ以上近付くことは許さぬ》

厳然たる雰囲気。

「それって……」

「うん。三カ月前に、ズラーンスー公の命令で、世界樹から枝を切り出してアイテケ・ボに持ち帰ったって噂があったね」

アモンとエトが、そんな会話を交わした。

街中で聞いてきた話の中にあったらしい。

「偉大なるお方よ、理解いたしました。そのお返事で十分です。街に持ち帰り、報告いたします」

エトはそう言うと、一礼した。

（相手は多分森だろうけど、どう呼びかければいいか分からないから、「偉大なるお方」という呼びかけを選択……。さすがはエトです。これがニルスだったらいったいどうなっていたか……）

「おい、リョウ。やっぱり、もの凄く失礼なことを考えているだろ」

ニルスの指摘に心の中を見透かされた涼は、大きく目を見開いてニルスを見て言った。

「よく分かりましたね」

「いや、そこは嘘でも、そんなことないですよ、だろ……」

ニルスはそう言って、大きなため息をつくのであった。

◆

帰り道では、魔物に遭遇することはなかった。

ただ一度だけ、キャタピラーの大群が、アイテケ・ボ方面から世界樹の方へ移動していくのを、遠目に見た。

「なんというか……驚くほど暴力的なのに整然とした行進です」

「うん、リョウの表現が苦心の結果だというのは分かるよ……」

キャタピラーの移動を見て、涼とエトが交わした会話だ。

巨体にものを言わせて、辺りの木々を押し倒しへし折りながら進むイモムシ……キャタピラー。だが、世界樹の方から向かっていた、うっすら体表が赤くなっていた時に比べれば、怖いわけではない。

それを表現しようとして、苦心した結果が『暴力的なのに整然』という表現であった。

「さすがはエトです。この苦心惨憺《くしんさんたん》たる心情を理解してくれる……。これがニルスだったら、きっと……」

「おいリョウ、聞こえているぞ」

涼の言葉に答えるニルス。

どうも聞こえていたらしい。

当然だ。

ニルスは、涼の隣を歩いているのだから。

「ニルスも理解してくれる……といいなあ、って言おうとしたんですよ。本当ですよ？」

「絶対嘘だろうが！」

「なぜばれた！」

世の中には、ばれるようにつく嘘というものが存在している。

「ニルスは最近、鋭くなってきている気がします」

「どうやったら今の会話から、そんな感想が出てくるのか分からんのだが……」

「鋭いのは、剣士としては良いことだと思うのですよ」

「お、おう……」

「もちろん、会話へのつっこみと、剣の突っ込みは必ずしも比例するものではありません。ニルスは、剣の突っ込みをもっと努力する必要が……」

「うん、やっぱり意味が分からんな」

理解し合うというのは、けっこう難しいのだ。

「まあ、世界樹からやってきた時と違って、キャタピラーはかなり落ち着いていたよね」

「目的を達成した、って感じがしました」

エトとアモンが、キャタピラーの変化を話し合う。

「リョウが、ケーキを手に入れる前と、手に入れた後の違いだな」

「失敬な！　ケーキを手に入れる前と、食べた後です。間違えないでいただきたいです」

「そ、それは悪かったな……」

ニルスのボケにさらにボケを重ねたように見える涼……なぜかこの二人の間で、ダブルボケが成立した。

四人がアイテケ・ボに帰還したのは、午後になってからであった。


午後二時。森が切れ、アイテケ・ボの全景が望める位置に四人は到着した。

そこで見た光景は凄まじいものであった。

「あちゃ～」

「これは……」

「城壁が……」

「大地の怒りじゃ」

ニルスもエトも、そしてアモンも絶句した。なぜか最後だけ、何かの長老的なおばば様みたいなセリフの涼だ。

アイテケ・ボが誇った巨大な城壁は、西側半分が完全に崩壊していた。さらに城壁の向こう側、おそらく西岸地区であろうか、ひどい有様だ。

その西岸地区の中でも、最も破壊が集中したと思われるのは……。

「国主館……跡形もないね」

エトの呟きに、他の三人は頷いた。

四人が城壁に近付くと四人を呼ぶ大きな声が。

「お～い、お前ら、こっちだ！」

声のする方向を見ると、強面巨漢の男が手を振っている。

「ヒューさん」

「使節団のみんなも、グランドマスターの周りにいるみたいです」

「全員無事だといいんだが」

「宿は全部東岸だったから、大丈夫なはずだけど……」

涼が確認し、アモンが補足し、ニルスが常識的な感想を持ち、エトが希望を語る。

果たして……。

「大丈夫だ。使節団は全員無事だ」

ヒューのその言葉を聞いて、四人とも笑顔になったのは言うまでもなかった。

「……なるほど。そういうことがあったのか」

エトが理路整然と報告をし、団長ヒュー・マクグラスが理解して頷いた。

その横では、文官トップの首席交渉官イグニスが、何度も頷きながら聞いている。


「こっちは、キャタピラーの大群が城壁をぶち壊し、ウォーウルフやらボアやらスネークやらが西岸地区を蹂躙《じゅうりん》していった。国主館にあった世界樹の枝が目的だったらしく、それを見つけると去っていったらしいが……」

ヒューはそこまで言うと、いったん言葉を切って顔をしかめて言葉を続けた。

「見た目ほどには死傷者は多くない。だが、ズラーンスー公と側近数名が巻き込まれたらしい」

「そのため、今回の通商条約の締結はなくなりました……」

首席交渉官イグニスが小さく首を振りながら、言葉を続ける。

「皆さんに、わざわざ行っていただいたのに申し訳ありません」

「いえ、首席交渉官殿が謝ることでは……」

イグニスの謝罪に、慌ててニルスが答える。

新政府が発足し状況が落ち着いたら、アイテケ・ボ側から王国に対して使節団を派遣して、通商条約を結ぶということで合意した。

(間に帝国があるんだけど、その辺りはどうするんだろう)

涼はふと考えた。

涼の知らない抜け道や、迂回路などがあるのかもしれない。あるいは、別の何かが。

そう、例えば空に浮かぶ船を使った……。

涼の頭の中には、王国解放戦で乗ったゴールデン・ハインド号が浮かんでいた。驚くほど優美な、そして強力な力を秘めた空飛ぶ船。

欲しいとは思いつつも、さすがに思うのだ。

「高いだろうな～」

涼の呟きを聞いて、隣のニルスが訝しげな視線を注ぐ。

その視線を受けて、涼は答える。

「いえ、たいしたことではありません。王国解放戦に参戦した空飛ぶ船、ゴールデン・ハインド号のお値段はいくらなんだろうと思っただけですから」

「いつもながら、とんでもないことを考えるな、リョウは……」

涼の言葉に、小さく首を振りながら答えるニルス。

「材料費だけで五兆フロリン」

「え……」

エトが微笑みながら答え、涼は文字通り絶句した。

「ルンの騎士団長、ネヴィル・ブラック様がおっしゃってたよ。冗談っぽくだけど」

エトが、なぜそんな金額を知ったのか種明かしをする。

「ちょっと個人では買えませんね」

「ああ、それは無理だろうな……」

涼は嘆き、ニルスはつっこむのを諦めた。

個人で持てる船ではない……。


その後、帝国使節団、連合使節団、小国の使節団が合流し、次のシュルツ国に向けて出発したのは、国主館が崩落して五日後であった。

ズラーンスー公の最期

辺りを圧する轟音が、響いた。

アイテケ・ボの住民たちは、生まれて初めて見た。

巨大な城壁が崩れる様を。

なぜか分からないが、走り出す人々。

ペタリと座り込み、呆然とその光景に見入る人々。

そして、立ったまま、ただ叫ぶ人々……。

だが、彼らは不幸ではなかった。なぜなら、その光景を見続けることができたのだから。それは、つまり、命をとられたわけではなかったということなのだから。

彼らは、東岸の住民たち。

崩れた城壁は、西岸……。


城壁を崩したものたちは、そのまま突き進み、一直線に国主館に……突き刺さった。

「な、なんじゃ、何が起きた！」

国主ズラーンスー公は叫ぶ。常に、彼の傍らにいる護衛隊長グジャも、何が起きているのか全く理解できていない。当然、国主の問いに答える者はいない。

答えは、扉の外からやってきた。

「た、大変です！　魔物が……」

急いで報告のために駆けてきた護衛隊員の後ろから、無数のウォーウルフが迫る。

「ば、馬鹿者、扉を閉め……」

グジャの叫びは、飛び込んできたウォーウルフの一団に、虚しくかき消され……。護衛隊長は、なんの抵抗もできずにこの世を去った。

魔物たちが求める物は……。

「ひぃ……」

悲鳴すら、満足にあげることができないズラーンスー公。なぜなら、彼の周りは、ぐるりと囲まれていたからだ。

狼。

蛇。

イノシシ。

そして、伸びてきているキャタピラーの触手……。

狙いは、ズラーンスー公が手に持っている槍。

ズラーンスー公の命令で採ってこられた世界樹の枝から作られた槍だ……。

ここに至って、ようやく気付いたのだ。全ての原因が、この槍であり、自分が下した命令であり、自分の愚かしさにあったことに。

だが、もう遅い。

「ああ……」

キャタピラーの触手が、槍を奪い取った。

魔物たちの目に宿る殺意は、ズラーンスー公に向けられたまま。

彼らは知っている。

誰が下した命令で、枝が折られたのかを。

『森』は全てを知っているのだ。

人の街の営みも。

人の国の構造も。

人の、誰が責任をとるべき者なのかも……。

責任をとらされ……ズラーンスー公の命は果てた。


その瞬間、全ての魔物の攻撃性が収まり、撤退が始まった。

西岸において、ギリギリで命が助かった者たちは、けっこう多かった。

東岸では、住民たちも、王国使節団の者たちも完全な無傷であった。

もっとも、基礎部分を破壊された国主館は、結局崩壊したのだが。

◆

《……というのが、ズラーンスー公の最期です。それはそれは、悲惨なものでした。国王であり国主でもあるアベルも、気を付けてくださいね》
『魂の響』を通して、筆頭公爵から国王への報告兼直言が行われている。
《リョウは、その現場を見ていないんだよな？　いかにも、見てきたかのように言っているが……》
《ええ、伝え聞いた話ですが、そんなに間違っていないはずです。だいたい、悪い国王の最期なんて酷いも

のなんです。見なくとも分かります》
なぜか自信満々に断言する涼。
《……そうなのか？》
《部下の裏切り、国民の反乱、魔物の流入……国中に怨嗟《えんさ》の声が巻き起こるのです》
《そうか、それは怖いな》
《今回の直接の原因は魔物の流入ですが、ズラーンスー公はきっと、部下の裏切りや国民の反乱の一歩手前の状態だったに違いありません》
《お、おう……》
《王は一人で立ち続けることはできません。部下や民らの支持があってこそ、王は王として振る舞えるのです。それを忘れてはいけません》
《なぜか、そこだけはまともなんだよな……》
《失敬な！　そこだけまともとはなんですか。僕はまともなことしか言いませんよ。常にまともと言ってください》
《ほら、まともじゃないだろ？》
《ぐぬぬ》
結局、墓穴を掘る涼。
とはいえ、国王アベルへの直言は悪くなかったようだ。
《常にかどうかはともかく、王が一人で立ち続けられないというのは、俺もその通りだと思っている。多くの者たちの協力が不可欠だな》
《上に行けば行くほど、高い立場になればなるほど、他の人たちの支えがなければ崩れ落ちてしまいます。だからこそ、支えてもらうことの大切さは常に考えておかないと》
《上の立場だからといって、偉いわけではない。多くの人の支えがあるから、その立場にいられると》
《そうです、そうです。そこを分かってもらえれば良いのです》
もちろん涼も分かっている、元々、アベルが全て理解しているということは。それでもあえて、雑談のようにそのことに触れるのは、常に意識してほしいからだ。
かつてルン辺境伯から、アベルの友であってほしいと言われた。その時は、どういうことなのかよく分かっていなかった。だが今は、多分、先ほどのような話を時々すればいいのではないかと思っているのだ。
それが、涼がアベルを『友として支える』形の一つだと思うから。
涼を筆頭公爵にと進言したハインライン侯爵も、同じようなことを考えていたのではないかと思う。
ルン辺境伯とハインライン侯爵……二人の大貴族は、高い立場の人間が孤独になることを知っている。その孤独が、心を捻じ曲げてしまうこともあるということを。
涼がアベルの隣にいれば、その孤独から解放される。そう思っているのかもしれない。
涼はチラリと後ろを見た。視線の先にいるのは、ハロルド。
《ハロルドに足りなかったのは、友の存在なのかもしれません》
《うん？》
涼の突然の話題転換に、アベルは困惑しているようだ。
《ジークがハロルドを教え導く立場のようですが……対等ではありません》
《そりゃあ片方は国王の甥、もう片方は神官だろ。しかも、将来ジークはハロルドの家臣になるのだろう？対等にはなれん》
《確かに》
アベルにおける、ウォーレンやリンのようなものだ。だからこそ、『赤き剣』外でもあった涼が求められたのだろう。
《いっそのこと、ハロルドを公爵にする時にはジークも侯爵にしてやるって言ってやったらどうですかね》
《……いつもながら大胆な発想だな》
《ジークは、立ち居振る舞い全般、貴族としてもやっていけるはずですよ。というか多分、帝国にいた時には、貴族の子弟だったと思います》
《だとしても……そう簡単に侯爵に叙することはできん。男爵ならともかく……》
《男爵じゃダメです。公爵と差が開きすぎて、上下関係を悪い意味で明確にしてしまいます》
《ふむ》
涼が否定し、アベルが難しい顔をする。もちろん、その表情は涼には見えていないが。

《まあ、いいです。どこかで、ハロルドに対等に近いお友達をつくってあげてください》
《公爵というなら、将来シュールズベリー公爵になるアーウィンだろうな。今、十二歳か……。まあ、考えておく》
貴族社会はいろいろと難しいらしい。
《僕は、いつでもアベルの相談にはのってあげますから》
《お、おう？》
《一人で抱え込んではダメですよ》
《そうだな。また相談に乗ってもらうことがあるかもしれん》
《ケーキ一個で大丈夫です》
《王国に戻ってくる頃には、凄い数になるんじゃないか？》
《ふふふ、ケーキ代で王室を破産させてやるです！》
《お手柔らかにな》

シュルツ国

シュルツ国をはじめとした回廊諸国の北には、広大な草原が広がっている。アイテケ・ボの周辺にある漆黒の森の、さらに北側になる。

正確に言うなら、草原というより、荒涼たる大地と言うべきなのかもしれない。およそ、農地として使える土地ではない。そのため、国が興ったことはないし、村すら存在しない。

だが、その地で生きる者たちはいる。

彼らは騎馬の民。

馬を駆り、羊を追い、草のある場所を転々と移動しながら生きる者たち。

その多くは、漆黒の森の東、中央諸国の北の大地を通って、さらに東の東方諸国の北方から移動してきたと言われている。

東方諸国の北方には、伝統的に、強力な騎馬を駆る多くの民族がいる。そこに強大な王が生まれると、東方諸国をすら席巻する集団となることもあるらしい。

そんな者たちの一部であり末裔。

彼らが東方諸国から流れてきたのは二百年以上昔であり、現在、東方との交流は全くない。

中央諸国から、西方諸国への使節団が出発する、少し前。回廊諸国の騎馬民族たちの代表が、一堂に会していた。

この二百年で初めてのことである。

「決まりだな」

片目の潰れた男が、腹の底に響く声で告げた。

その声に、出席者は、一斉に頷く。

ただ一人、出席者たちの前に座り、じっと腕を組んで目をつぶる赤橙色の髪の青年だけが、身じろぎもせずにいる。

彼は、この会議で王に選出された男。

「我らは今日よりアーン王の下に集う。そして、シュルツ国を討ち滅ぼす!」

「おぉー!」

片目の潰れた男が宣言し、出席者たちが熱狂に身を委《ゆだ》ねながら叫び立つ。

その叫びは、天幕の外まですぐに広がり、集った数千を超える騎馬の民たちの口から口へと伝っていった。

騎馬の民たちは、それぞれの部族の元へと帰っていった。今回の会議の結果を伝えるために。会議の結果は当初の予定通りであるため、どの部族でも混乱は起きないだろう。

そして、次に騎馬の民が集まるのは、戦える者たち全てで……。

「扉が開くのは?」

「今日から、正確に百日後。事前に伝えてある通りだ」

片目の潰れた男ジュッダの確認に、赤橙色の髪の青年アーン王は答える。

「我ら騎馬の民が初めてまとまるのが、こんな理由とはな……」

「仕方あるまいよ。この十年、どの部族も、シュルツ国の子供狩りの犠牲になってきた。俺からしたら、ようやくだ」

アーン王は顔をしかめながら呟き、ジュッダは首を振りながら答える。

このまま子供たちの数が減っていけば、騎馬の民が自然消滅する……騎馬の民の中でも最大部族を率いるジュッダも理解していた。しかし、彼の部族だけではシュルツ国に討ち入ることは不可能である……それも理解している。

だから、騎馬の民全てをまとめるために、アーンを担ぎ出した。彼以外に、今の騎馬の民をまとめることができる者はいないから。

そして今日。

多くの困難を乗り越え、ようやく、騎馬の民はまとまることができた。もちろん、ここがスタートラインであることは理解している。

「穴が繋がるのは王城地下。そこから王城内部に入った先は、謁見の間……。その時、国王と側近たちがどこにいるか」

「謁見の間にいれば最高。執務室にいれば厄介」

ジュッダの呟きに、王城内部を頭に描きながら、アーン王は答える。

そして言葉を続けた。

「とはいえ、厄介だからといってやめるわけにはいかない。扉が開くのは、二年に一度。百日後を逃せば、次開くのは二年後……それまで、子供たちがどれほど犠牲になるか」

「その通りだ」

アーン王の言葉に、ジュッダは大きく頷く。

もう、後戻りはできない。後戻りするつもりもない。

「さて、では俺は戻る。アーン陛下はどうする？」

片目のジュッダが問う。

その問いに、アーン王は皮肉な笑みを浮かべて答えた。

「追放された一族の孫が王か……まあいい。俺もすぐそっちに合流する」

「分かった」

アーン王は、少し離れた場所で待つ供回りの者たちの元へ向かった。

そこには、六人の腹心の部下と……。

「お兄様」

「ソイ、突入の際は、お前の魔法が切り札になる。頼りにしている」

「お任せください」

兄アーン王に声をかけられたのは、年の頃十五か、そこらのかわいらしい女性。

アーンの妹ソイ。

ソイは、心の底から信頼する兄の役に立てるのが嬉しいのであろう。顔いっぱいの笑顔を浮かべて頷いた。

◆

「僕は、今、見ているものが信じられません……」

「リョウさん……これは凄いことですよね……」

「……」

涼は驚き、アモンも驚き、ニルスとエトは絶句した。

ちなみに『十一号室』の三人は、今一つ、四人が驚いている理由が分かっていないようだ。


彼ら七人の目の前に広がる光景。絶句させたその理由。

「なぜ、あのクレープ屋が、この街にもあるのでしょうか……」

店員さんは、七十歳を超えたお婆さんだ。

でき上がったものをお客さんが持っていくが、それを横から見る限り、王国や帝国で食べてきた、いつものクレープと同じである。

もしかしたら、中身も……。

「すいません、クレープを一個下さい」

「はい、ありがとうね～。銀貨一枚だよ」

たまらず涼は注文し、お婆さんは、手際よく生クリームとバナーナを入れてくるむ。

「はい、どうぞ」

お婆さんが渡してくれるクレープを受け取る涼の手は、少しだけ震えていた。

そして……無心でかぶりつく。

次の瞬間、見開かれる目。

続けて、開かれる口。

「美味しい……」

思わず呟いた。

この味のためなら、天使ですら神に背くかもしれない……。

そう……。

「堕天しても惜しくないでしょう」

涼の呟きに、エトが少しだけ反応した。

涼の予想通り、いつもの配合。涼が勝手に名付けた、プラチナダイヤモンド配合。

最初、ウィットナッシュで出会い、ルンの街、王都、さらに帝国のギルスバッハでも食べたクレープ屋。それが、このシュルツ国にまで進出していたのだ。

トップは、いったい、どんな経営哲学なのか……。

涼には、全く想像がつかない。

だが、難しいことは考えなくていいのだ。

そこにあるのは、ただ一つの真理。

そう、美味しいものは正義。

「間違いなく、あのクレープです」

涼は、アモン、ニルス、エトに向かって、力強くそう告げる。告げられた三人は頷き、クレープを買い求めるのであった。


回廊諸国二つ目の国シュルツ国も、最初の国アイテケ・ボ同様に、都市国家と呼ぶべき規模の国だ。

一つの都市がその国土全て。

ただ、城壁に囲まれた都市の周囲に、つまり城壁の外にかなり広大な農地が広がっているのが、アイテケ・ボとの大きな違いであったろうか。アイテケ・ボは、森の真ん中にある国であったが、シュルツ国は、平地の真ん中にある。

とはいえ、大規模な商隊はもちろん、旅人などほとんど訪れないために、まず宿がない。辛うじて、民宿というべき宿が三軒あるだけ。

そのため使節団は、街の広場に数百張りもの天幕を張って、仮の宿とした。これは、文官たちには不評であった。

当然と言えば当然であろう。

完全に野宿するのに比べれば天国のようなものではあるが、きちんとした宿に泊まるのに比べれば……まあ、ひどいものであろうから。

もちろん、護衛である冒険者や、軍人たちからは特に文句も出なかった。

冒険中や作戦中、野宿は当たり前。洞窟や大木の洞、あるいは樹上で寝ることすらある。天幕で寝ることができれば、それは天国のようなもの……は言いすぎだが、たいした不満は出ない。

涼はふと疑問に思った。

（大きな商隊も来ないとなると、これほどの規模の都市というか国を成立させる経済はいったいどうなっているのか……）

「遊牧民というか騎馬民族みたいな人たちは、周囲にかなりいるらしくて、その辺りとの交易はあるみたいだよ」

例の『旅のしおり』を見ながら、涼の疑問に答えてくれたのは神官エト。

『旅のしおり』、優秀！

「でも、不穏な記述もあるんだよね……」

「不穏？」

「そう。今の国王になってから、そんな騎馬民族たちとの関係が非常に悪いって」

エトは顔をしかめながら、『旅のしおり』の一節を涼に示しながら言った。

「騎馬民族の宝物を奪い取った……？」

涼は、その一節を声に出して読む。不穏を通り越して、もう何か破滅的なことが起きるフラグなんじゃ……。

涼は小さく首を振って、世の無情を嘆くのであった。


不穏な内容には、あえて蓋をして考えないことにした涼は、『旅のしおり』の次のページを読んでみた。

「西方教会には開祖様がいると書いてあります」

「うん、開祖ニュー様、って呼ばれているお方だね」

エトが頷いて答える。

中央神殿では、いちおう西方教会の歴史などについても学ぶらしい。信じるものは違えども、信仰に生きる者として共通する部分があると考えているようだ。

「開祖ニュー様って、預言者だったり、神の子であったりするんですかね？」

涼の問いは、地球的知識からの問いである。

「う～ん、預言者ではなかったはずだよ？」

「神の子とかいう表現も見たことないですね」

神官エトと神官ジークが、学んだ知識に基づいて答えた。

西方教会は、地球におけるローマ・カトリック教会などとは全く違うものらしい。大司教など使われている聖職者の階級が同じだけなのかもしれない。

涼は一人、頷くのであった。

そんな涼に、逆にエトが質問する。

「ねえ、リョウ」

「どうしました、エト」

「リョウがさっき言ってた、堕天って何？」

涼が、クレープを食べた時にふと呟いた言葉、「堕天しても惜しくないでしょう」が気になったらしい。

まあ『天』という言葉が入っていたからであろうと推測できる。

とはいえ、この『ファイ』に「天使が堕落する」という概念があるのかどうか、涼は知らないのだ。そもそも、堕落して行きつく先が……あるのかと。

だからこの際、聞いてみることにした。

「えっと、神殿の教えの中に、天国とか地獄ってあります？」

「うん、あるよ。中央諸国の神殿の教義にもあるし、西方教会の教義にもあったはず」

涼の問いに神官エトが答える。

エトの横で神官ジークも頷いて補足した。

「天国は神がおられる所、地獄は罪を犯した人が、死後に行く所です」

「なるほど」

ジークの説明に涼が頷く。

涼がぼんやり持っていたイメージ……地球にいた頃に脳内に形成されたものと、それほど違いはないようだ。

そういえば以前、アベルが『地獄』という言葉を使って啖呵《たんか》を切っていたのを思い出した。

確か二人で、王都からルンに戻る道すがら、闇属性魔法使いたちと対峙した時……。「全員地獄に送ってやるからかかってこい！」と威勢良くアベルが啖呵を切ったのだ。それだけならカッコよかったのだが、その後アベルは言った。「さあリョウ、やってしまえ」と。

自分で啖呵を切っておきながら涼に丸投げした……。

時々、アベルはそういうことをする。

涼は思い出して小さく首を振った。

そして、思考を現在に戻す。

天国も地獄も、生きている人間はもちろん、他の生物も関係はしないところ。霊的な、あるいは概念的な存在。イメージの中に存在する場所というべきだろうか。いや、もちろん、肉体を失った魂が行き着く先という可能性も否定はできないが……。

とはいえ、実際に存在し涼も戦ったことのある悪魔などは、天国や地獄とは関係しないものと考えるのが自然な気はする。

悪魔は天使が堕落したものではない、とミカエル（仮名）が『魔物大全　初級編』で明確に書いていた。デビルは、天使のような超常的なものが堕落してなったにしては、弱かった。他のそれらしい生き物は、知らない。

どうも堕天の本来の意味は……そのまま説明しても通じない可能性の方が高いようだ。

「堕天というのは、聖なるものが、悪いものになっちゃうことです」

結局、涼はそんな説明をした。

「ああ、なるほど……」

エトは、何か思い当たる節があるのか、何度か小さく頷いて言った。

「人は弱いものだからね……」

続けてそう言ったエトの表情は、少し悲しげであった。もしかしたら神殿の過去の歴史で、聖者や聖女が悪い道に進んだりしたことがあったのかもしれない……。

陽が落ち切る前に、涼は天幕を抜け出し、もう一度クレープ屋に向かった。

もちろん、自分だけでがめようなどというわけでもない。ちゃんと、みんなの分も、七個買って帰る。

注文は八個で。

え？　もちろん、一個は食べながら帰って、天幕についたらもう一個みんなと一緒に……。

だが、涼の策は破られた。

「あれ？　もう、なくなってる？」

昼間はあったのだ。盛況だったのだ。

だが、もうクレープ屋はいない。

閉店時間だからとかではなく、完全に店じまいされた後。一切のものがなくなっていた。

「なんたること……」

涼は落ち込んだ。こんなことなら、お昼のうちに買い占めておくべきだったと。

仕方なく、お隣にあった肉串にすることにした。

購入して一口食べる。

「おぉ！　このタレは絶品です！」

クレープだろうが肉串だろうが、美味しいものは正義なのであった。

◆

シュルツ国のどこか暗い場所にて。

「明日の決行に変わりないな？」

「はい」

「本当にいいのか？　中央諸国の使節団がいるぞ。あいつらが、予定よりかなり遅れたせいで、計画と重なってしまった……」

「やむを得まい。扉が開くのは、明日十時と設定されているのだ。変更はきかぬ。そして、誰だろうが関係ない。謁見の間にいる奴は、全員死んでもらう……」

◆

「さて、何も起こらなければいいですな、ロベルト・ピルロ陛下」

「ルパート陛下、このタイミングでおっしゃるのは不吉ですぞ。なにせ、先の国アイテケ・ボは、我々が到着する前に半壊しておりましたからな。さすが王国の英雄、その剛腕は、小国など一ひねりのようで」

帝国使節団団長先帝ルパートと、連合使節団団長先王ロベルト・ピルロは、謁見前に、そんな会話を交わしている。

もちろん、同じ場所にいる王国使節団団長ヒュー・

マクグラスに対するあてつけである。

(こんのジジィども！　ねちねちねちねち、マジでうるせぇ。アイテケ・ボは、国主が馬鹿なことをした結果だろうが、俺らには関係ねぇ！　分かってて言ってるんだよな、こいつら。ああ、マジでムカつく！　こいつらに比べれば、うちのアベル王が、どれほど素晴らしいかよく分かるわ！)

ヒューは、そんなことを心の中で思っていたが、表面上は完全に二人の会話を無視する。

これから、シュルツ国国王ゴンへの謁見に臨むところだ。

国王謁見とはいえ、それほど広い部屋ではない。バスケットコート二面程度の広さであろうか。

そのため、使節団から謁見に臨む者の人数もかなり絞られていた。

小国の代表は入れず、三大国のみ。それも、一国二人ずつ。

帝国は、先帝ルパートとハンス・キルヒホフ伯爵。

連合は、先王ロベルト・ピルロと護衛隊長グロウン。

そして王国は、ヒュー・マクグラスと首席交渉官イグニス。

「中央諸国使節団、ご入来！」

式部官の言葉と同時に扉が開き、使節団代表六人が謁見の間に入っていった。


謁見開始から二十分。

なんとも生気のないシュルツ国国王ゴンへの謁見は、もう少しで終わろうとしていた。

(形式を整える必要がある……それは分かっちゃいるんだが、どうしても時間がもったいなく感じるんだよな)

心の中で愚痴をこぼしているのはヒューだ。

彼はナイトレイ王国のグランドマスターであり、多くの式典への出席を求められる高い立場にある。もちろん、式典の意義、意味は理解しているし、それが必要な場面があることも分かっている。

そう、頭では分かっているのだが……。

(未だに、めんどくせーって気持ちがなくならん)

もちろん表情に出したりはしないし、片膝をついたまま、外見上は完璧に役割をこなしている。

チラリと隣を見た。

そこには、ヒュー以上に完璧な外見で謁見に臨んでいるイグニス首席交渉官が。

（さすが外務省の首席交渉官）

ヒューは感心した。

視線の焦点が、イグニスのさらに先、謁見の間の壁の一部に当たったのは偶然だったのか。それとも、かつてA級冒険者として多くの死線を潜り抜けてきた第六感によるものか。

突然、謁見の間、ヒューが見ていた壁が開いた。

開くと同時に、魔法のトリガーワードが響き渡る。

「〈ゲヘナ〉」

一瞬にして、開いた扉から、広がる炎。

謁見の間にいる者たちが、何が起きているのか理解できないうちに、炎が広がっていく。

「〈障壁〉」

広がる炎と主の間に体を入れ、無詠唱で〈障壁〉を発生させたのは、先帝ルパートの片腕、ハンス・キルヒホフ伯爵。

〈障壁〉の発生と同時に、首席交渉官イグニスを掴んで、〈障壁〉と先帝ルパートの後ろに飛び込むヒュー・マクグラス。

ほぼ同時に、自らも〈障壁〉を展開する先王ロベルト・ピルロ。

「キルヒホフ伯爵、〈障壁〉を重ねるぞ」

ロベルト・ピルロはそう言うと、返事も待たずに自らの〈障壁〉とハンス・キルヒホフの〈障壁〉を重ねて、さらに強固な〈障壁〉へと合成しなおす。

二人が展開した〈障壁〉は、〈物理障壁〉と〈魔法障壁〉両方の特性を持つ。一つのトリガーワードで、両方の特性を持つ〈障壁〉を展開できるため、高位の魔法使いに好まれる。

その高度な魔法を、二人はさらに重ねた。

これは、魔法合成と言われることもある、複数人で同属性の魔法の威力をかさ上げする場合に使われる手法。極めて高度な魔法技術だ。

〈障壁〉は無属性魔法であるため、属性の違う魔法使いどうしでも魔法合成できるが……戦いの場において、実際に行おうとすれば簡単にはいかない。

それを、自らの命が危険にさらされたこの場において問題なくこなしてしまうあたり、先王ロベルト・ピルロの魔法使いとしての能力は非常に高いレベルにあると言えよう。

魔法合成に成功した〈障壁〉は、硬さは倍、消費魔力は半分となる。この先の展開が読めない以上、魔力の消費は少なくしておくに越したことはない。

重ねられた〈障壁〉を横目に、ヒュー・マクグラスは状況を見極めようとしていた。

王城が襲撃を受けた。襲撃者たちは、謁見の間の壁……隠し扉のような仕組みの壁から現れ、一気にこの謁見の間を襲った。ヒューは壁が開くところを見ていたから分かる。

そして、唱えられた魔法は〈ゲヘナ〉。

中央諸国の魔法体系において、火属性魔法の最上級魔法として知られる魔法。当然、その辺の魔法使いが扱える魔法ではないし、詠唱にも驚くほど長い時間がかかる。風属性魔法の最上級魔法として知られる〈バレットレイン〉のようなものだ。

決して消えない炎が広がり、魔法使い自身からも、火の塊が対象に向かって断続的に飛んでいく……。

全てを焼き尽くすための、まさに必殺の魔法。

よく見ると、年若い女性が唱えている。

「あの子を倒すしかないのか……」

そんな場合ではないと理解しているが、ヒューですら良心の呵責《かしゃく》を感じる。若いというより、幼くすら見える少女。

すでに、謁見の間は火の海。二、三か所で、〈魔法障壁〉による防御が行われている。行われているが……どれも限界に近い。

そう思いながら見ている間に、また一つ〈魔法障壁〉が破られ、炎に沈んだ。

すでに、シュルツの国王とその周辺は見当たらない。

「やむを得ん。あの魔法使いを倒しにいく」

ヒューは、誰ともなしにそう告げる。

「分かった」

答えたのは、先帝ルパート。

先王ロベルト・ピルロは、ハンスと合成した〈障壁〉の維持のためか、無言のまま頷く。

ヒューは、ルパートの返事を聞くと、前方に展開された〈障壁〉の脇を抜けて炎の中心に向かって走った。

手には、愛剣たる聖剣ガラハット。

〈ゲヘナ〉を放つ少女は、自分に向かってくるヒューに気付くと、それまで広範囲に展開していた魔法を集束させ、ヒューに向かって放った。

ザシュッ。

集束して向かってくる〈ゲヘナ〉を、剣で切り裂く。

集束させた最上級攻撃魔法を切り裂くなど、普通はあり得ない。

少女も想定外だったのであろう。驚きが表情に張り付いた。

それは、すぐに恐怖に変わる。

「許せよ」

その瞬間、ほんのわずかに、剣閃が鈍ったのかもしれない。もちろん、無意識のうちに。

ヒューは、横薙ぎで少女の首を……。

ガキンッ。

赤橙色の髪の青年が、ヒューと少女の間に飛び込み、ヒューの剣を弾いた。

「やらせん」

赤橙色の髪の青年はそう言うと、ヒューの前に立ちはだかった。

ヒューと赤橙色の髪の青年の剣戟。

百戦錬磨のヒューですら、わずかな心の鈍りと状況に対する焦りから、剣の冴えはいつもほどではない。

理性の問題ではない。感情の問題だ。

(強い……)

ヒューが、心の中で呟く。

技術的な意味だけではない。

いくらかは隙もある。

だが、その心の強さ、なんとしても魔法使いを守るというその確固たる信念が、剣を構えた姿から伝わってくる。

ヒューは知っている。

（こういう男は、強い）

一度大きく剣を弾き、バックステップして距離をとった。

赤橙色の髪の男は、断固たる決意を漂わせ剣を構えている。

ヒューも、油断なく剣を構える。

結果的に、膠着状態が生まれた。


パリンッ。

〈障壁〉を展開しているハンス・キルヒホフの右腕から、硬質な何かが割れる音が響いた。帝国錬金術の粋を結集した魔力充填石……一般的な魔石の倍の魔力を溜めておけるものだが、魔力が空になれば割れる……

それが割れた音。

「陛下、魔力充填の半分が尽きました」

ハンスの苦渋に満ちたその報告に、先帝ルパートも顔をしかめる。

だが、そこで動き出した男がいた。


ヒューの突進を、唖然《あぜん》として見て、だが動けなかった男。先王ロベルト・ピルロの護衛隊長グロウン。

「ロベルト・ピルロ陛下を頼みます」

グロウンも誰とはなしにそう言うと、炎の中心へと突っ込んだ。

〈ゲヘナ〉を放つ少女を守っていた強力な剣士、赤橙色の髪の青年は、ヒュー・マクグラスと対峙している。剣を極めし者《マスター》・マクグラスを相手にしていれば、そう簡単に動くことはできないはず。

少女を守る者は、あと一人。片目の潰れた剣士だけ。その剣士を倒し、あるいは抜いて少女に迫る。それが、先王ロベルト・ピルロを守ることになる。護衛隊長グロウンはその覚悟で突っ込んだ。

少女を守る側も、さらに誰かが来るであろうと予測していたのであろう。片目の剣士は、体ごとグロウンと少女の間に入って、グロウンの突進を防ぐ。

振り下ろされるグロウンの剣を、片目の剣士はしっかりと受けた。

ここでも、使節団の突撃は防がれた……。

誰しもが、そう思った。

ただ一人を除いて。

全てを囮《おとり》に使った男がいた。

「先帝……」

ヒューは、その視界の端で、先帝ルパートが少女に迫る光景に思わず呟いた。

◆

王城謁見の間が火の海と化していた頃、王城の外が平和だったわけではない。

数万を超える騎馬の民が、シュルツ国を襲撃していた。

当然、城門は閉められようとしたのだが……。数日前からシュルツ国の街中に潜んでいた騎馬の民たちが門を襲い、門を閉じることができないまま襲撃された。

襲撃した騎馬の民たちは、一般人には見向きもせずに、政府関係施設を攻撃。騎士団詰め所、衛兵詰め所、各省庁、王城……そして、広場。

「くそっ、なんだこいつら。文官を中心に置いて防御円陣。急げ！」

「し、しかし、王城の中にルパート陛下が！」

「まずは、外からの襲撃に……」

「王城の中からも敵が出てきたぞ！」

「なんだと！　陛下の身が……」

帝国使節団とその護衛たちは、混乱していた。

とはいえ、護衛は帝国軍であり個々の実力が高いこともあって、完全な崩壊には至らず辛うじて戦線を維持している。

「王城の中には先王陛下が……」

「オーブリー卿ですら殺せなかった男を、こんな襲撃者ごときが殺せるか！　俺たち、外の人間は自分たちで生き残るのが先決だ！」

連合使節団とその護衛たちは、もの凄い割り切り方をしていた。

先王ロベルト・ピルロを高く評価しているとみるべきなのか……いや、高く評価しているのは確かなのだが……本当に、それでいいのか、連合護衛部隊。

「リョウ、大丈夫か?」

「問題ありません。この程度の攻撃、毛ほどの傷もつきませんよ」

王国使節団とその護衛たちは、全員、氷の壁の中にいる。

「くそ、なんだ、この氷の壁は!」

「ダメです、魔法でも全く壊せません」

「族長、どうしますか」

王国使節団に襲い掛かった部族は、完全に攻めあぐねていた。

涼が展開する〈アイスウォール〉の前に、文字通り、手も足も出なかったのだ。

「こっちは、〈アイスウォール〉の防御で問題ないですが……王城の中からも敵が出てきているということは、謁見の間にも敵がいるんじゃ?」

「いるだろうな。そこに近付けないために、王城の扉前で、奴ら戦っているんだろう」

涼が問うと、ニルスが頷きながら答える。

どんな方法か不明だが王城から出てきた騎馬の民が、広場と王城の間に防御陣を敷き、シュルツ兵を王城の中に入れないようにしている。

王城の中には、団長ヒューと、首席交渉官イグニスがいる。もちろん、帝国の先帝や連合の先王もいるが、まあ、それはそれ……。

ヒュー・マクグラスは元A級剣士であり、大戦の英雄でもある。一人であれば、どんな困難な状況からでも脱出できるだろう。

だが、交渉官イグニスは……およそ、荒事に向いているタイプではない。もちろん、西部の大貴族ホープ侯爵家の次男であるから、小さい頃から一通りの武芸を学んできた可能性はある。

可能性はあるが……。

やはり、個人の戦闘能力を期待できるタイプではない。

「イグニスさんが……」

「ああ。難しいかもしれん」

涼の懸念に、ニルスも頷く。

そんな二人の元へ、『コーヒーメーカー』のリーダー剣士デロングが、走ってきて確認する。

「リョウ、この氷の壁は一人で維持できるんだよな」

「はい、大丈夫です」

「よし。なら、文官とD級たちの防御は任せる。ニルス、これからB級、C級パーティーで王城に突っ込むぞ。グランドマスターとイグニスさんを救出に行く」

「分かりました」

デロングの提案に、ニルスは力強く頷いて返事をした。ニルスも、同じことを考えていたからだ。

それを横で聞いて、決意に満ちた表情となった者たちがいた。

剣士ハロルド、神官ジーク、双剣士ゴワンの『十一号室』の三人だ。

彼ら三人を横目に見て、涼は声をかける。

「ハロルド、ジーク、ゴワン。ヒューさんとイグニスさんを頼みます」

その涼の声掛けに驚いたのであろう。

ハロルドは、少しだけ目を見張った。だが、すぐに決意に満ちた表情に戻る。

「はい、お任せください」

そう言って、小さく頷いた。

そして『十一号室』の三人は、ニルスたち『十号室』を追って、王城へと走っていった。

一方、文官を守るために残った涼。
そんな涼の心に、いつもの声が聞こえてきた。
《リョウ、実はシュルツ国について伝えておきたいことが……って、なんか凄いことになっていないか》
《アベル！　久しぶりに繋がったと思ったら、なんという間の抜けたことを言うんですか！　見ての通り、戦場真っただ中ですよ》
『魂の響』から聞こえてきたのは、もちろん王都にいるアベルの声。涼は久しぶりと言っているが、実は昨日も繋げている。定時報告のようなものだ。
《もしや、騎馬の民の襲撃か？》
《全くその通りです。何か知っているんですか？》
《ああ。ハインライン侯爵から報告があった。今のシュルツ国政府が、民族の根絶を狙って、騎馬の民たちの子供狩りをしているそうだ。それに対抗して、シュ

ルツ国前王朝の遺児が騎馬の民の王となり、シュルツ国への攻撃を行うという計画があると》
涼は驚いた。
同時に恐怖した。
ハインライン侯爵の諜報網は、いったいどこまで広がっているのかと。帝国領を越え、アイテケ・ボのある漆黒の森のさらに先、荒涼たる大地にまで、彼の手は伸びているということなのだ。
まさに、『情報は力』を地で行く……。
《本当に……ハインライン侯爵が味方でよかったですね。アベル、ハインライン侯爵の後継者たるフェルプスさんにも媚びを売っておいた方がいいですよ！》
《なんだよ、媚びを売るって……》
《いつの日か、アベル王対ハインライン侯爵と、王国を二分する内戦が起きるのを、事前に回避する必要があると思うのです》
《ああ……。だいたい、そういうことになったら、俺、勝てないだろ？》
アベルは全く本気にしていない様子で答える。
《そうなった時、趨勢《すうせい》を決するのは、筆頭公爵をどちらが取り込むかに違いありません！》
《つまり、リョウを、ということだな？》
王国の筆頭公爵は、涼なのだ。
《それなら、俺の勝ちだな》
アベルが、珍しく勝利宣言をする。
《なんで、アベルの勝ちなんです？》
《決まっている。俺は、リョウに週一ケーキ特権を付与するからだ》
《さすがアベルです！　もちろん、僕はアベルに一生付いていきますよ》
国王対宰相のシミュレーション対決は、国王の勝利で終わることとなった。
だが、さすがに涼もすぐに我に返る。
《いや、アベルとこんな馬鹿話をしている場合ではありませんでした。そろそろ次の段階へ移行できそうなので……》
《ああ、俺のことは気にするな》
涼は、いったんアベルのことを頭の隅から追い出して、眼前の状況に集中した。

先ほどまでは、王国以外の使節団は、かなりバラバラに行動していた。

せいぜい、小国の使節団たちが、広場の隅にかたまって防御陣形を組んでいた程度だ。そして彼らは、すでに涼の〈アイスウォール〉で守られている。人数が少なかったのが幸いしたのか、最初から固まっていたために、氷の壁で囲いやすかったのだ。

帝国、連合の二国と違って、王国と戦ったことはない。そう考えると、素直に守るべき仲間……涼がそう感じたのは仕方のないことではないだろうか。

それに帝国や連合は混乱しており、一部、騎馬の民と入り乱れてもいた。そんな状態では、〈アイスウォール〉で囲って守るのは難しい。

そう判断していた。

涼だって、状況を無視してアベルと話していたわけではないのだ。

とはいえ、そんな涼ですら、戦ったことのある国とはいえ、帝国使節団や連合使節団の者たちは死んでしまえばいい！　とまでは思っていない。いちおう、同じように西方諸国を目指す仲間……とまではいかなくとも、同行者くらいの意識はある。

そのため、彼らが、ある程度まとまるのを待っていた。

〈〈アイスウォール〉〈アイスウォール〉〉

心の中で唱えると、帝国使節団と連合使節団それぞれを守るように氷の壁が発生する。

自分がやっているんだぞ、とアピールする気もないため、あえて口に出さずに心の中で。

「なんだ？　見えない壁が……」

「くそ、全然割れねえ」

「魔法も弾かれる」

襲撃側の騎馬の民たちが驚いている。

「これは……守られた？」

「なんか分からんが、一息つけるか」

「神のご加護です」

最後の神官の言葉は、明確に違うと否定したいが、涼はあえて聞かなかったことにした。

帝国も連合も、とりあえず涼の氷の壁で守られたのであった。

涼は、アベルの話を聞いた後では騎馬の民たちを倒そうという気にはならなかった。

シュルツ国政府は、騎馬の民を根絶するために子供狩りを行うなど、誰も擁護できないことをしている。アベルの話が本当なら、彼らがシュルツ国を襲撃したその気持ち、分からないではない。

甘いと言う者もいるかもしれない。

だが、それが涼なのだから仕方ないのだ。歴史を学んだ……いや、歴史学をかじった者として、民族浄化は見過ごせない。

「とはいえ、王城にいる人たちは、そんなこと知らないよなぁ……」

涼は使節団トップの者たちや、彼らを救いに入った『十号室』と『十一号室』など、護衛の者たちに思いをはせるのであった。

「あそこだ！　あの左の、魔法使いが固まっている辺り。あそこを突破する」

ニルスの指示に頷く『十号室』の二人と、『十一号室』の三人。

エトは走りながら左腕をまっすぐ伸ばす。

そして発射。

左腕につけられた連射式弩から立て続けに三本の矢が飛び、ニルスが指示した辺りに向かって飛ぶ。

「うぐっ」

「痛っ」

「な……」

矢が当たるのに一歩遅れて、アモンが飛び込み、続けてニルス。

ほんのわずかに遅れて、十一号室のジーク、ハロルド、ゴワンの順に突っ込む。

騎馬の民たちの防御陣の中でも、魔法使いや神官が多い地点だったのだろう。ニルスら六人に、全く抵抗できなかった。

突っ込んだ六人は、騎馬の民たちを叩き伏せると、そのままさらに走る。

他の地点では、騎馬の民たちがかなり頑強に抵抗しているためだろうか、なかなか突破できず、王城の中に入れていない。そのため、広場から王城に向かった王国護衛冒険者、帝国護衛部隊の中では、彼ら六人が先頭となった。

もちろん、連合護衛部隊は、誰一人王城に向かっていない……。

「どっちだ？」

「まっすぐ」

ニルスの問いに、エトが答える。

彼らが目指すのは、謁見の間。

主に、首席交渉官イグニスの安全確保。おそらく、使節団団長たるヒュー・マクグラスは大丈夫であろうから。

シュルツ国王城は、決して大きくない。

とはいえ、それは、中央諸国の王城に比べればということだけで、例えばルン辺境伯の領主館に比べれば大きい。

走り続ける六人は、その途中、何回かの敵らしき者たちを叩きのめしながら、走る速度を落とさずに……。

「多分その先が、謁見の間に続く廊下」

エトが声を出す。

そして、六人が廊下に入るのとすれ違いで、廊下から出てきた一団があった。

先頭は、片目の潰れた男、次に、血まみれの少女を抱えた赤橙色の髪の青年。

ニルスは、その二人が尋常ではない力を持つ者たちであることを感じ取ったが、あえてスルーした。

二人が敵であれ味方であれ、現在の最優先事項は、首席交渉官イグニスの確保だ。そのため、後に続く五人も、彼らには手を出さずに走り続ける。

廊下を走り終えようとしたところで、謁見の間の扉が開き、数人の人が飛び出してきたのが見えた。

「グランドマスター！　イグニスさん！」

ニルスのよく通る声に、ヒュー・マクグラスとイグニスは顔を上げ、手も上げた。無事だ、ということであろう。

さらに、彼らの後ろからも人が現れた。先帝ルパート、ハンス・キルヒホフ伯爵、先王ロベルト・ピルロ、その護衛隊長グロウン。
中央諸国使節団のトップ六人は、炎上する謁見の間から、なんとか脱出することに成功したのであった。

「『十号室』と『十一号室』か。お前らだけってことは、王城の外でも戦闘が？」

「はい。騎馬の民に襲撃され、使節団は広場にて防御戦を展開中です」

ヒュー・マクグラスの問いに、ニルスが代表して答える。

「王城入口も彼らに封鎖されているため、王国の護衛冒険者と帝国の護衛隊が戦闘中です」

ニルスのその追加報告に、ヒューと先帝ルパートが頷いた。

「連合の護衛部隊はわしらを放置か……。のう、グロウン、護衛隊長としてどう思う？」

「彼らは我々を……信頼しているのでしょう。そう考えないと、涙が出そうです」

先王ロベルト・ピルロが問い、護衛隊長グロウンは小さく首を振りながら答える。

それぞれの国で、それぞれに事情があるらしい。

「騎馬の民はシュルツ国の民衆には手を出さず、いくつかの政府施設を襲撃したようです。さらに、広場にいた我々使節団にも攻撃を加えました。おそらく、防御戦から膠着状態へと変化しているかと思いますが」

ニルスが、三人の団長に向けて報告する。

「まずは、広場の本隊と合流しましょう」

ヒューがルパートとロベルト・ピルロに向かって言うと、二人は頷いた。

この場合、それ以外の方策はない。

◆

炎上する王城から撤退した使節団首脳を含めた十二人より、一足先に王城入口に到達した者たちがいた。

片目の潰れた男ジュッダと、動かない妹ソイを抱えた赤橙色の髪の青年アーン王である。

「陛下！　ジュッダ族長！」

「ご無事で！」

「ソイ様は……」

三人を確認して喜ぶ騎馬の民。だが、アーン王が抱える血まみれのソイを見て、絶句する。

「即死は免れた。俺の〈エクストラヒール〉で命は繋いだが、斬られた時に流れた血が多すぎた。まだ危うい。ボルスたちは？」

アーン王は、腹心の部下たちの所在を問う。

「ボルス殿は、広場にて中央諸国の使節団と対峙しておられます」

「よし、ならば予定通り撤収だ。シュルツの現王を含め、有力な王族は葬った。中央諸国の連中がいなくなってから、堂々と入城してやる」

アーン王のその言葉を伝えるために、伝令が広場へと走った。

そして、アーン王たちも、急いで王城を出る。

だが一度だけ、アーン王は王城の奥を睨みつけ、そして呟いた。

「先帝ルパート……ソイを傷つけたこと、決して許さぬ。必ずやその代価、支払ってもらうぞ」

歴史上、交わることのなかった中央諸国と回廊諸国との間に、因縁が生まれた瞬間であった。

◆

騎馬の民は撤収し、王城は焼け落ちた。

国王をはじめ側近の多くが死亡したため、中央諸国使節団は交渉を断念し、シュルツ国を出国することになった。

使節団が出発して一週間後、騎馬の民を率いたアーン王が、宣言通りシュルツ国に入城する。

アーン王が、新たなシュルツ国の王として即位を宣言した。

都市国家ボードレン

「知っていますか、ニルス。その使節団が通った国は、必ず政府が崩壊するらしいですよ。世間では、地獄の使節団と呼んでいるとか」

「……結果だけ見れば、全くその通りだが」

　ニルスは小さく首を振りながら答える。

　確かに、中央諸国の使節団が通ったアイテケ・ボとシュルツ国では、政府が崩壊した。

　もちろん、使節団が意図的に行ったわけではないし、全く関与していない……いや、ほとんど関与していないと強弁できるのだろうが。

《というわけでアベル、今回の教訓は、むやみに戦線を拡大してはいけないです。覚えておいてくださいね》
《うん、なぜ突然、俺に振った？》
『魂の響』の向こう側にいる国王陛下に、涼は王国筆頭公爵として、国のためを思って直言しているのだ。
　こう見えて、涼もいろいろ考えている。
　錬金術のこととか。
　カレーのこととか。
　クレープのこととか。
《錬金術と食べ物のことばかりだな》
《カレーとクレープを、食べ物という大きすぎる言葉で括《くく》るのはやめていただきたい！　カレーは飲み物、クレープは飲み物……あれ？》
《うん、俺の知っているカァリィーとは別物なんだろうな、飲み物とか言っている時点で》
　涼とアベルの意見は、今日もすれ違いだ。
　しかし、アベルは気になる部分を問いただした。
《さっき、戦線の拡大がどうとか言っていたか？》
《そうそう。今回のシュルツ国でのことですよ。今回の件で、騎馬の王様……》
《アーン王だな》
《そうその人、アーン王は、中央諸国三大国を敵に回したわけじゃないですか？》
《まあ、そうなるな。使節団を襲撃したわけだし》
《もちろん彼らには、のっぴきならない事情があったのは理解できます。たとえそうだとしても、襲われた我々には関係無いわけで……》
《確かにな》
　騎馬の王アーンに率いられた騎馬の民たちは、結果的に中央諸国使節団をも攻撃した。事情があろうとなかろうと、歴史に刻まれるのは攻撃の事実だけだ。
《自分たちがやっていることは絶対に正しい……何か、大きなことを為そうとする時、そう思い込む人は多いでしょう。だからといって、何をしてもいいわけではありません。方法を誤れば、味方になったかもしれない人たちをも、敵に回すことになります。気を付けてくださいね、アベル》
《今回のやつで言うなら、問答無用で謁見の間を焼き払った、という方法だよな》
《ええ。それに巻き込まれなければ、さすがに民族浄化されようとしていた騎馬の民が立ち上がったのですから、中央諸国は好意的中立くらいにはなったと思うんです、味方にならずとも。でも、それすらも、もうありえないでしょう？　もとはと言えば、シュルツ国が騎馬の民の子供狩りをしていたのが原因だったのにですよ。適切な方法を採る、というのは大切なことですね》
涼は、心の中で小さく首を振った。
《……リョウだったら、その適切な方法は、なんだと思う？》
《僕が騎馬の民だったら？　そんなの決まっています。シュルツ国王の暗殺です！》
《え……》
涼のあまりの提案に絶句するナイトレイ王国国王。
《暗殺に成功したとして……新たに王になった人物も子供狩りを続けるのであれば、その国王も暗殺します。次の国王も続けるのであれば、また暗殺します。さすがにこれくらいやれば、シュルツ中枢もヤバいと思うでしょう。国王自身ではなく、その周辺が子供狩りを主導していたとしても、さすがに手を引くと思うんです。実は周辺の人たちが主導していたと分かったら、自分らが国王に代わって暗殺されるのではないかと思うでしょうからね。これで万事解決です！》
《いや……暗殺はちょっと……》
《たった三人の犠牲で巨大な悪事が止まるのです。絶対に正しい方法に違いありません！》
完全にテロリストの思考と手口だが……。

《……という意見もあると思うんですよね。効率的ではあるので》

《……リョウの意見は別にあるんだな》

少しだけホッとしたアベル。

《当たり前です！　僕をなんだと思っているんですか》

《危ない奴》

《なんたる言い草！　でも、実際問題として、スマートな解決法は無い気がします》

《そうか……》

《そもそもシュルツ国側が民族浄化……騎馬の民そのものを消し去ろうなどという狂気に満ちた手法を採っている段階で、普通じゃないですからね。無血革命ができればいいのでしょうけど、そう簡単にはいきません。どう考えても、力での解決がどこかで必要になります。ほんっと、一つの不幸な政策が、その後の多くの不幸を呼びますね。歴史を学ぶと、嫌というほどそんな事例に出会いますけど》

涼はそう言った後で、ふと思った。

今回の騎馬の民の件も、別の不幸を呼び起こしてしまうのだろうかと。願わくば、中央諸国は巻き込まれてほしくないなと……。

そんな、国王陛下への直言も、無事終了した筆頭公爵。

涼たちは、王国使節団の最後衛だ。

王国使節団は、西方への使節団の中で、現在最後尾に位置している。

中央諸国内で、当初決まっていた出発順通りに進んでいた。すなわち、帝国使節団、連合使節団、小国の使節団、そして王国使節団の順番で進んでいる。

とはいえ、使節団同士の距離はかなり開いている場合があるため、特に連絡を取り合って進んでいるわけではない。

そのため、王国使節団の先頭にいる団長ヒュー・マクグラスの元に、帝国使節団からの連絡員がやって来たのは、非常に珍しいことであった。

「次に通るボードレン国が無いだと？　無いとはどういうことだ？」

「はっ。我ら帝国使節団が到着した際には、城門は開かれ、王城と思われる建物も半壊しておりました。私が報告を命じられた段階では、生きている者は誰も発見されておりませんでした」

ヒューの問いに対しての帝国の連絡員の答えは、驚くべきものであった。

国の消滅。

それも、政体の崩壊ではなく、民自体が誰もいなくなるというのは、そうそうあることではない。

ヒューは、横で聞いていた『コーヒーメーカー』のリーダー、デロングの方を向く。デロングも、ヒューと同じことを考えたのであろう。

一つ頷くと口を開いた。

「何があったかは分かりませんが、普通でないことが起きたのは確かでしょう。街には入らない方がいいかと」

「だよな」

ヒューも、デロングの意見を聞くと頷いて同意した。

国が消滅して、どれくらいの時間が経ったのか、なぜ消滅したのかなど、疑問は尽きないし気にもなる。

しかし、個人の好奇心を優先できる状況ではない。


ボードレン国の前までは、この道を行くしかない。着いたらボードレンには入らずに、城壁の脇などを通り抜けることになるだろう……。

「使節団内で情報共有はしておくべきだろうな」

ヒューはそう言うと、斥候たちに、後方への情報伝達を命じた。


王国使節団は、『コーヒーメーカー』斥候のラスリーノを中心として、斥候部隊とも呼べる集団を形成している。王国使節団が先頭で進んでいた時などは、ひっきりなしに、彼ら斥候部隊が情報を集めてきながら進んでいた。

だが、現在は、そこまでの必要性はない。先に、三つの使節団が通った道を数日、あるいは数時間遅れで通っているからだ。

もちろん、ある程度の情報収集は行いながらではあるが、最初に比べればかなり少ない頻度である。そのため、斥候部隊には余裕が出ていた。

ヒュー自身は、第二馬車にいる首席交渉官イグニスの元に相談と報告に行き、他の馬車に、斥候部隊が報告に向かうのであった。

「やはり地獄の使節団……」

斥候ラスリーノからの報告を聞いた、最後衛の『十号室』と『十一号室』の面々。先の呟きが誰なのかは、もはや言うまでもないであろう。

水を扱う属性の魔法使いだ……。

「さすがに、到着する前に国が消滅しているのは、俺らのせいじゃないだろ？」

「それにしても、いろいろ起きるね、本当に」

「西方諸国にたどり着くだけで一苦労です」

ニルス、エト、アモンがそれぞれ感想を口にする。

ハロルド、ジーク、ゴワンの『十一号室』の三人は、特に口を開きはしなかったが、お互いに顔を見合わせると、小さく首を振った。

そこで、ふと涼は思いついたことがあった。

「エト、こういう滅んだ街って、ゾンビとかレイスとかいたりしないの？」

涼の問いは、いつものファンタジー的知識に基づいたものだ。

「ゾンビは、死体があれば、いる可能性はあるよ。あとレイスも、いることがあるね。でも、レイスは大きい街だったとしても、数体とかだから……」

エトは、過去の記憶を思い出しながら答えたようだ。

「それくらいなら、エトやジークの〈ターンアンデッド〉で一発だな」

ニルスが頷きながら言う。

「まあ、そうだけど……。滅んだ街や村のレイスは、無念な思いを抱いたまま亡くなった人たちだからね。街や村自体が、彼らのお墓的な側面もあるんだよ。どうしてもという場合は仕方ないけど、正直、手を出したくはないね」

エトはそう言うと、少しだけ悲しい表情をした。神官として、そういう霊と接する機会があったのかもしれない。涼などには想像できない経験をしていそうであった。

「いざとなったら、ニルスを生贄に捧げて彼らの魂を鎮めましょう」

「なんでだよ！」

涼の提案は、ニルス本人によって拒否された。


王国使節団が、滅びた都市国家『ボードレン』の城壁が見える地に到着したのは、報告を受けてから三日後であった。

「先頭の帝国使節団とは、丸二日以上の距離が開いているということか」

団長ヒュー・マクグラスはそう呟いた。

思っていた以上に、距離が開いている。

「明日からは、前方に、もう少し多めに斥候を出すか」

斥候部隊の悲鳴が、幻聴として聞こえたとか聞こえなかったとか……。


城壁が見えてから、城壁前に到着するまで、一時間ほどかかったが、その間、ヒューの表情は険しさを増していった。

さすがに、傍らにいる『コーヒーメーカー』のリーダーデロングも、それに気付く。

「ヒューさん？」

「ん？　ああ……。いや、俺らの前を行っている小国の使節団なんだが……いない、よな？」

使節団の並びは、帝国、連合、小国、そして王国だ。陽は傾き、どこかで馬車列を止め、夜営の準備に取り掛かろうかという時間帯なのだが……。

「数時間前の斥候部隊の報告だと、それほど離れてはいなかったよな？」

「はい。数百メートル程度でした」

「城壁前で、夜営の準備をしているだろうと思っていたんだが、いないのは変だよな。速度を上げて、さらに前の連合使節団に合流したならいいが……」

「まさか、街の中に入った……とか？」

ヒューの懸念に、ようやくデロングも思い至った。

デロングがその懸念に達するのに時間がかかったのは当然なのだ。冒険者なら当然のように、こんな街に、夜も近い時間帯に入ったりはしない。

そもそも、通り抜けようなどとは思わない。

ましてや、その中で夜営しようなどとは、それこそ絶対に考えない。

「まあ、さすがに街の中で夜営はしないだろう。速度を上げて城壁脇を通って、連合使節団に追いついたんだろう……」

ヒューも、さすがに街の中での夜営はないと考えていた。

小国の使節団も、護衛として冒険者たちが交じっている。彼らが止めるであろうし。

「こんな時間から、斥候に街の中を見てこいとは言えんよなぁ……」

「はい……ラスリーノが泣くでしょうね」

デロングはパーティーリーダーだ。そのパーティー『コーヒーメーカー』斥候のラスリーノは、間違いなく、王国でも屈指の斥候であろう。しかしそれでも、もうすぐ夜になろうという時間帯に、滅びた街に入るのは嫌がるはずだ。

いや、経験豊富であればあるほど、絶対に嫌がる……。

なんとなくであるが、デロングも、この街には入りたくない気がしはじめていた。


ボードレンの城門を遠目に見ながら、王国使節団は夜営を張っていた。

すっかり日も落ち、使節団一行は思い思いの時間を過ごしている。

普通ならば、そんな時間帯であっても、交代で見張りが立つのが普通だ。だが、見張りは誰もいない。

ただ一つだけ言われているのは、「あまり遠くには行くな」である。

なぜなら、氷の壁は半径百メートルなので……。

「こういう時は思うな。水属性魔法は便利だと」

「そうでしょう、そうでしょう」

ニルスの素直な感想に、涼は何度も頷いている。

「いや、水属性魔法というより、リョウが凄いだけな気が……」

「お弟子さんたちも含めてですね」

エトが苦笑しながら言い、アモンがゲッコー商会にいる涼の弟子たちが生成した、〈アイスウォール〉を思い出しながら補足した。

そんな、平和でまったりとした時間は、突然の終わりを迎えた。

街の城門の方から走ってくる一人の男によって。

走ってはいるのだが、よろけながらだ。怪我をしているわけではないのだろうが……恐怖で足がいうことをきかない、といった感じであろうか。

涼は、とりあえず男が通る箇所だけ氷の壁を開け、通り抜けたら再び閉じた。

後から、恐ろしいものが追ってきたりしたら大変だからだ。

「どうした!?」

団長ヒュー・マクグラスが、走ってきた男に大声で尋ねる。

その声によって、王国使節団全体が覚醒した。

冒険者たちは、すぐに立ち上がり、自らの装備を整える。

文官たちは、すぐに馬車に入り、戦闘の邪魔にならないように隠れる。

それが、休憩時の王国使節団の決まりごとであった。すぐに自分がやるべきことを理解しているからこそ、何もない時はゆっくりしていていいのだ。

「し、使節団が、中で……襲われました。助けてください」

「チッ。中に入ったのか。何に襲われた？」

「霊に……」

走ってきた男の報告に、ヒューは小さく舌打ちをした。王国の前を行っていた、小国使節団は街の中に入ったのだ。

「ニルス！　『十号室』と『十一号室』で救援に向かえ。増援が必要な時は、発光系の魔法を放て。エトもジークも放てるな？」

「はい」

ニルス、エト、ジークが返事をする。

エトとジークの発光魔法は、光属性魔法を基にしており、特に夜は見やすいであろう。

「ヒューさん、僕は？」

「リョウは残れ。氷の壁は、お前さんしか開けたり閉じたりできないからな」

めたりできん」

涼の問いに、ヒューは即答した。

ヒューの言うことはもっともであるため、さすがに涼も反論はできない。

できるのは、六人の方を向いて、頷くことだけであった。

六人も頷き返す。そして、城門に向かって走っていった。


『十号室』と『十一号室』の六人は城門をくぐった。

街の中は、それなりに広い道が一本、まっすぐに延びている。いわゆる大通りであろう。

「あそこに！」

アモンが指をさしたのは、道のかなり先の方だ。

馬車や馬もある一団が、何かに囲まれているように見える。

「行くぞ！」

ニルスの号令と共に、六人は、その一団に向かって走った。


一方、一団で起きていたのは……。

「くそっ、くそっ、く……ぐは……」

「〈ターンアンデッド〉……ああ、もう、魔力が」

「きりがない……」

「やめ……助けて……」

数は十体ほどのレイス。だが、倒しても倒しても、新たに湧いてくる……。

それは異常なことであった。

〈ターンアンデッド〉などで魂が浄化されれば、レイスは消滅する。無念な思いを抱いて死んだ者の魂から生じたものなので、『再生』したり、『新たに生まれる』などということはないのだ。

しかし、普通ではないことが、そこでは起きていた。

「不浄なりし魂を　今御心の元に還さん　その罪が許されんことを　我はここに願う　〈ターンアンデッド〉」

神官エトが走りながら〈ターンアンデッド〉を放つ。

それは、一団全体を効果範囲とするものであったため、全てのレイスが浄化された。

だが……。

「また現れました！」

アモンが言い、エトは顔をしかめる。

その間に、小国の使節団の元にたどり着いた神官ジークが、手に持つ杖でレイスを突く。その一突きにより、レイスは消滅した。

神官が持つ杖は、聖なる祝福を受けた杖。特に、レイスなどアンデッド系には、絶大な効果を見せる。先ほどのジークのように、一撃で消滅させることもあるほどに。

だが、再び……。

「やはり、また現れたか……」

神官ジークも、顔をしかめながら呟く。

「敵を倒すのが目的じゃない！　使節団の救出だ！」

ニルスの言葉に、ハッとするエトとジーク。

その間も、アモンはもちろん剣士ハロルド、双剣士ゴワンはレイスと戦っている。

「ハロルド、ゴワン、レイスは魔力が集中している部分を、剣で断て。力はいらん」

「はい」

ニルスの指示に、ハロルドもゴワンも鋭く返事を返す。

レイスを、物理職が武器で倒すのはけっこう難しい。神官の杖などであれば、『中心付近』にダメージを与えるだけで消滅させることもあるが、剣ではそうはいかない。

正確に、魔力が集まっている『中心』を断たねば斬れない。そうしなければ、煙を斬っているようになる……。レイスの魔力を断つのは、魔法を剣で斬るのに似ている。

一方アモンは、確実に、一振りで一体のレイスを消滅させていた。迫りくる魔法すら剣で一刀両断するアモンには、さして難しいことではない。とはいえ……消滅させても消滅させても、再び現れることに変わりはない。

彼らがいる場所は、広い道が十字に交わる、交差点の中央。

ニルスら六人は到着すると、小国使節団の生き残りを中心に囲んで、円陣で防御した。もっとも、生き残りは一人しかいないのであるが……。

「おい、大丈夫か？」

ニルスが使節団の生き残りである、神官服に似た黒い服の男に声をかける。

「いらっしゃい」

男がニヤリと笑って答えた。

次の瞬間！

地面が光った。

「なに？」

「巨大な……」

「魔法陣？」

ニルス、エト、アモンの言葉の後……全員の視界が暗転した。


そこは、完全な暗闇だった。

一メートル先どころか、十センチ先すら見えない。

だが突然、目の前に、光が生じた。生じた光は上昇し、五メートルほどの高さで、静止する。

その光をもとに、ニルスは鋭く周囲を探って考えた。


（エト、アモンはいる。ハロルド、ジーク、ゴワンもいる。他にはいない。黒い神官服のようなものを着ていた男は？　どこにいった？　いらっしゃいと言ったが、どういう意味だったんだ……）

少なくとも『十号室』と『十一号室』の六人はいる。それだけは良かった。

しかし、それ以外が……。

まず、足元が石畳であることに気付いた。

（『ボードレン』の道は、土を固めただけだった。つまり、今俺たちがいるこの場所は、ボードレンではない……？）

あの一瞬で移動したとなると……。

（転移……だと？）

そこまで思考を進めると、さすがにニルスですらも冷や汗をかき始めた。

転移など、尋常なことではない。

中央諸国での転移の例だと、大海嘯後に、ダンジョンの第四十層に強制転移させられた例。あるいは、帝国のなんとかいう男爵が使えるらしいという例。

それくらいだ。

（そう。そういえば俺たちが向かっている西方諸国には、転移の罠があるダンジョンが存在するんだったか……？）

ニルスの思考が逸れたところで、六人の前に、一人の男が現れた。

「あ、さっきの……」

ハロルドが、思わず一歩踏み出そうとするのを、ニルスが止める。

現れた男は、小国使節団の生き残りの一人……と思われていたが。黒い神官服を着たその男が放つようになった雰囲気、それはあまりにも禍々《まがまが》しすぎる。

「お前は、いったい何だ……」

ニルスが低い声で尋ねる。

誰だではなく何だ。

それほどに異質。

これまでに、ニルスたち『十号室』の者たちも経験したことのない雰囲気。あるいは、存在感というべきであろうか。

見た目は人間であるが、実態は全く違う別のもの。

「……魔王？」

その呟きは神官ジークであったろうか。思わず、ニルスも納得してしまいそうになる。

それほど、人間とは隔絶した存在に感じる。

だが……。

「くっはっはっはっはっは」

目の前の黒神官服は大笑いした。

「魔王？　魔王か、そうか、魔王か。くっはっはっはっは。いや、俺は、あんなに弱くはないぞ。魔王は、しょせん『魔物の王』というだけだからな。とはいっても、普通の人間には分からぬよな。くっはっはっはっは。いや、失敬失敬。それにしても、魔王か……、いや、面白い」

もちろん、何が面白いのか、六人には全く分からない。

「ふむ……さすがに分からぬか。そこの二人は、光の女神の神官であろう？　それでも分からぬか……。まあ、中央諸国の神殿の教義では学ばぬか」

目の前の黒神官服は、禍々しい笑いを浮かべながら、だが残念さも感じさせながら言う。

そこに意を決して、という感じで、再び神官ジークが口を開いた。

「ネクロマンサー？」

その答えに、黒神官服は少しだけ驚いた表情を見せた。

「面白い答えだな。なるほど、倒しても倒しても、新たに湧いてくるレイスを見てそう判断したか。面白い。中央諸国では、ネクロマンサーなど数百年前に絶えたはずだが……いいな、自分の頭で考えての答え。神殿の教義に凝り固まっていないのはポイントが高いぞ」

黒神官服は、そこで一呼吸入れて、言葉を続けた。

「だが違う」

数瞬、全員が無言となる。

「光属性の魔法を使う感じがする」

エトがぼそりと呟いた。

「まさか！　神官がレイスを操れるなど聞いたことがありません……」

ジークが、小さく首を振りながら言う。

黒神官服は、二人の会話を興味深そうに見ている。

「いえ、神官などというレベルではないけど……でも……。かつて、聖なるものだったが、悪いものになってしまった……？　堕天？」

エトは、以前、涼から聞いた堕天という言葉を呟く。

それに対する、黒神官服の反応は激烈とすら言えるものであった。

「堕天！　堕天だと？　おい、神官。今、お前、堕天と言ったか？　これは驚いた!!　なぜその概念を知っている！　中央諸国には無いはずの概念だ。いや、すでに西方諸国にすら無い概念だ。これは驚いた……」

そう言った黒神官服の目は、大きく見開かれている。

そして、何事か考え始めた。

小さな呟きが口から漏れる。

「ふむ、これは……そうだな、めんどくさいから殺してしまおうと思っていたが……少しだけ惜しいか。いや、実に惜しいな。そうか、堕天を知る者たちか……これは、別の策を提案するべきか。『虚』にするにちょうどいい都市国家など、他にいくつもある。今回は『材料』だけ『拾ってきた』と報告しておけばいいだろう。文句は言われまい……いや、文句は言われるが、気にすることはない。それよりも、こいつらを西方に行かせて、そこで生じる『結果』を見てみたい。楽しそうではないか？　うん、そうだな、そうしよう」

そして黒神官服は、よく通る声で宣言した。

「まず、俺は天使じゃない。それと、本当はここでお前たちの命も奪ってしまおうと思っていた、先のやつら同様にな。だが、それはやめた。実に面白い経験をさせてもらったからだ。お前たちには、ぜひ、西方諸国に行ってもらう」

次の瞬間、六人の視界が晴れた。

六人が周りを見回すと、そこは元いたボードレンの十字路。

さらにその周辺を、王国使節団の冒険者たちが走り回っていた。

「ニルス、エト、アモン、みんな！」

懐かしい声が、ニルスたちの耳に聞こえる。

水属性の魔法使いが、泣きそうな顔で三人に抱きついてきた。

「よかった……」

涼の口から、小さな呟きが漏れた。

◆

「突然、六人の反応が消えて……」

「リョウからそれを聞いて、急いで救援に来たんだ」

涼とヒューが、ことの経緯を説明した。

もちろん、ボードレンの外だ。街の中だと、また何が起きるか分からないので……。

「六人が消えた辺りを探し始めて……十秒くらいで、六人が突然現れました」

涼が思い出しながら答える。

そして、微笑んで言った。

「無事でよかったです……」

その素直な言葉に、なぜか六人とも照れた。

その後、ニルスとエトを中心に、何があったかの説明がヒューに対して行われた。

「つまり、小国使節団は、もう……」

「はい。全滅したかと……」

ヒューの確認に、顔をしかめながらニルスが頷く。

これには、涼も心を痛めた。帝国や連合の使節団に比べれば、仲間意識を比較的持っていたからだ。もちろん、一方的に。だからこそ、シュルツ国では、いちはやく〈アイスウォール〉で、小国使節団を守ったのだし。

他にもいくつかの確認の後、ヒューは、ニルスら六人に頭を下げた。

「すまなかった。俺の判断ミスだ」

「え？　グランドマスター？」

ニルスが声に出し、他の五人も首を傾げる。

「まさか、そんな化物がいるとは思わず、六人だけで行かせたのは、俺の判断ミスだ」

「いや、それは……。あんなのがいるのは誰にも分からなかったですし、そもそもあれは……多分、誰がいても勝てる相手ではないかと」

ヒューの言葉に、エトが答える。

「グランドマスターもですが、俺たちも以前、コナ村の依頼で魔人に遭いました。今回の奴は、そんな魔人並みの、あるいはそれ以上の存在のように感じました」

ニルスがそう言うと、エトとアモンも頷く。

魔人を見たことのない『十一号室』の三人は驚いている。

だがわずかに、ハロルドからだけは、苦渋の表情を見て取ることができた。当然だ。ハロルドは、魔人による『破裂の霊呪』を受けている状態なのだから……。心穏やかなはずがない。

報告も終わり、「とりあえず休め」とヒューに言われた『十号室』と『十一号室』の六人。

「いや～、無事に戻ってこられてよかったです。これは、コーヒーパーティーでお祝いするしかないですね。あ、でも、もう夜だし眠れなくなるかな……」

涼は上機嫌でそんなことを言いながら、氷製のコーヒーミルを生成し、その中にコナコーヒーを入れようとしていた。

六人が無事に戻ってきたことが、本当に嬉しかったのだ。

　上機嫌でコーヒーパーティーを準備する涼に、エトは気になっていたことを尋ねることにした。

「リョウ、一つ詳しく聞きたいことがあるんだけど」

「なんですか、エト」

　手早くコーヒー豆をミルで挽き、これまた氷製のフレンチプレスに生成したお湯と一緒に入れ、氷製の砂時計をひっくり返すと、涼はエトの方を向いた。

「ボードレンで遭った黒い神官服の男は、堕天という言葉……というか、堕天という概念に、凄く驚いていた。いや、感心もしていた。だから、堕天という言葉の意味を詳しく聞かせてほしいんだ」

「ああ……」

　エトの質問に、涼はこめかみに指をつけながら考え込む。

　確かに、以前、エトに「堕天というのは、聖なるものが、悪いものになっちゃうこと」と説明した覚えがある。

　しかし、それは正確ではない。

「そうですねえ……。エト、天使という存在は知っていますよね？」

「もちろん。神の傍らにあり、神の意思を執行するもの」

『ファイ』における天使というのは、地球における天使の役割と同じものらしい。

　厳密にはそうとばかりは言えないが、基本的に地球において天使と言った場合は、キリスト教、ユダヤ教、あるいはイスラム教などに出てくる存在だ。この三つは、実は本質的に同じ神を信仰しているため、天使の存在とそれが担う役割はほぼ同じものとなる。

　すなわち、神と人の間の存在で、霊的に神と人間の中間に位置する。

　この辺りは、西洋史学専修（ただし一カ月で休学）出身の、涼の面目躍如だ。

「そう、天使はそうですね。う～ん、ここからは怒らないで聞いてほしいのですが……そんな天使が、神の下を離れて悪いことをするようになったら、どうなるでしょう？」

「え……」

涼の問いに、神官エトと神官ジークは絶句した。

それこそ、後ろから突然頭を叩かれたかのように、という形容詞がぴったりな感じで。

ちなみにその間、残りの脳筋四人組……ニルス、アモン、ハロルド、ゴワンは座って静かに聞いている。

……聞いているようにみえるが、ニルスがコーヒーばかりを気にしているのは、涼にも分かっている。


でき上がったコーヒーを脳筋組に分けたあたりで、エトとジークも我に返った。

「そんなことはありえません。天使は、神の下を離れては存在しえない……」

神官ジークは顔をしかめながら言う。

そう、神官なら、そう言うであろうと涼も予測していた。だから、以前、エトに説明した時にはぼかしたのだ。

「なるほど。それが、あの黒神官服の存在かもしれないと。でもあの者は、自分は天使ではないと言いました……」


神官エトは顔をしかめながらも、小さく頷いてそう言った。

その答えに、涼は少しだけ驚く。神官としての考え方を変容させるほどに、その黒神官服の存在が与えた影響は大きかったのだと理解した。

「天から堕ちるという意味で、堕天。本来、人間などに使われる言葉ではありません。天にいる、霊的な存在のものに対しての言葉です」

涼は正直に、そう答える。

頭の中には、転生する時に白い部屋で出会ったミカエル（仮名）を、思い浮かべていた。

明確に、人間とは違う存在。次元が違う存在。

これまでにも、ドラゴンやグリフォン、あるいは悪魔や魔人など、人とは圧倒的に違う存在と出会ってきた。だがそれでも、それらは『生物』ではあった。

しかし、「天使みたいなもの」と名乗ったミカエル（仮名）は、おそらく、『生物』ではない。

『霊的な存在』という単語が、おそらく、最も近い言葉だ。

エトやジークの話を聞く限り、彼らが遭った黒神官服は『生物』のような気がする。ミカエル（仮名）よりも、悪魔やドラゴンに近いような。

だから、ある意味、まだましだったのではないかと思う。これがミカエル（仮名）のような存在だったら……。

そもそも、人が、争うことのできる相手ではない。

「話を聞く限り、みんなが遭った、その黒神官服は天使や堕天した者ではないのでしょう。しかし堕天という言葉に過剰反応ともいえるものを示した部分と、西方諸国に行かせたがっているという点を考えると……」

「西方諸国に、堕天した何かがいる？」

涼の思考誘導に、エトがのって答えた。

ジークは大きく目を見開いて二人を見る。

二人が下した結論は、ある意味妥当。

だが……。

そう、だが、である。

そんな堕天した霊的な存在と思われるものが、わざわざ人間の世界に介入してくるであろうか？

百歩譲って、霊的な存在であっても天使なら分かる。神なるものの意思をこの世で遂行するために、人間世界に介入することもあり得るであろう。

だが、堕天したものが介入してくる？

……理由が分からない。

これが地球であれば、神への敵対者としての悪魔という存在がある。その悪魔の多くは、堕天した天使である……といわれている。人間を間に、神・天使と、悪魔とがいろいろやっている……というのも、理解しやすい構図であろう。

しかし、この『ファイ』においては、悪魔はそんな存在ではないようだと涼は感じていた。もちろん、涼が知っている悪魔は、レオノール一人だけなのだが。

レオノールが、神や天使に敵対している存在？

それは違和感がある。

確かに、『ファイ』の生物体系からは外れた存在だと感じたことはあるが、それでも神や天使とはあまり関係がなさそうな気がする……。

その瞬間、涼の脳裏に閃いた。

「まさか、レオノールが言った仲間って、みんなが遭った黒神官服？」

そう、レオノールは言った。西方諸国には我のような者がいると。それはおそらく悪魔ということだ。

レオノールのような悪魔なら、『十号室』の三人が魔人に匹敵すると感じたのも納得がいく。

しかし……この場で悪魔という単語を出すのはまずい。

本来、悪魔という単語は、人が知ってはいけない単語らしいのだ。その単語を知っているだけで、人外の者たちに驚かれる……。例外的に、人で悪魔という単語を知っているのは涼とアベルだけのはず。これ以上、知る人は増えない方がいい気がする。

涼の呟きは小さすぎて、幸いにもエトにもジークにも聞こえていない。

とりあえず今は、涼の胸の内だけにしまっておくことにした。

涼が一緒にいる時なら、涼が戦えばいい。問題は、涼がその場にいない時……『十号室』や『十一号室』の六人が、その『悪魔』と思われる黒神官服と対峙した場合だ。

そうならないように、涼にできる対策を考えなければ！

「なあ、リョウ。これは、なんとかならんのか……？」

ニルスが傍らを歩く涼に問いかける。

それを聞いて、エト、アモン、ハロルドにジークとゴワンも、苦笑いと共に頷く。

「みんなが消えたら困るので、仕方ないのです」

涼は、力強く頷いて、そう答えた。

六人には、腰に、氷のチェーンが巻かれている。そして、そのチェーンは、涼が腰に巻いている氷のチェーンに繋がっている。

六人が消えないように、涼が考えた方策がこれだ。

「いや、これだと、リョウも一緒に消えてしまうだけだろ？」

「それは仕方ないです。消えた先で、僕が戦ってみんなを守るのです！」

ニルスの指摘に、決意に満ちた表情で力強く頷く涼。

「そうなったら、使節団の他の連中はどうなるんだ？」

「しまった！　彼らが消える可能性がありますね。そこも対処しなければ！」

「いや、そこまでしなくても……」

涼が、考え始めたので、ニルスが呆れて言う。

「いい考えが思い浮かびました！　使節団全員を氷の鎖で繋ぎましょう！」

「うん、絶対やるなよ」

そんなことをやりながら、使節団は回廊諸国最後の国、『スフォー王国』を目指すのであった。

スフォー王国

「……使節団の西方行は困難を極めた。大地は割れ、人を呑み込み、降り注ぐ炎が辺りを焼き、あるいは迫りくるドラゴンの群れに食い散らかされ……。一人、また一人と脱落していく使節団。彼らが、回廊諸国最後の国『スフォー王国』にたどり着いた時、その数は、十人にまで減っていたのであった……」

「いや、なんの物語だよ……」

「ドラゴンとか、群れどころか一体でも生き残れない気が……」

「最後の十人に残れるくらいに、強くなりたいです」

涼が語り、ニルスがつっこみ、エトがドラゴンの恐怖を語り、アモンが上を目指す。

それを後ろで聞く『十一号室』の三人は、何とも言えない表情で顔を見合わせる。

王国使節団の最後衛は、だいたいそんな感じであった。

涼は、フィクションな物語風にしたが、実際、壊滅した『ボードレン』以降、ランシ峡谷、フンスン山脈という、困難極まりない危険地帯を抜けてきたのは事実。

もっとも、涼の水属性魔法によって、かなりの困難が取り除かれてしまったのも、また事実……。

「スフォー王国はフンスン山脈を越えて徒歩で五日らしいから、この丘を越えて、今日には見えてくるみたい」

神官エトは、『旅のしおり』を見ながら言う。

それを見て、涼はあることに気付いた。

「エト、その『旅のしおり』には、壊滅したボードレン国って、普通に載ってるんですよね？」

「うん、載っているよ。『回廊諸国の中では最も規模は小さいが、街はよく整備されており～』って感じで」

「つまり、ボードレンがあんなことになったのって、かなり最近だったわけですね……」

エトの答えに、涼は何度か頷きながら言った。

「そうだね。死体とかもなかった気がするけど……。いろいろ不思議だね」

エトも、ボードレンで見たことを思い出しながら答えた。

その時であった。

『十一号室』のハロルドが、前方を指さす。

涼もつられて、その方向を見て……。

「おぉ、やっと見えましたよ！」

ハロルドが指さす先には、回廊諸国最後の国『スフォー王国』の城壁が見えていた。

スフォー王国に近付くと、これまでにはない光景が広がっていた。

「城門前に、人がいっぱい……」

「帝国使節団と連合使節団だ。三国同時に入城することになっている、ってグランドマスターが言っていただろう。リョウは、やっぱり聞いてなかったのか……」

涼の呟きに、ニルスが呆れながら言う。

「やっぱりとは何ですか、やっぱりとは！　失敬な！　僕は、世界の理《ことわり》を解読するのに忙しかったのです。だから仕方なかったのです！」

「なんだよ、世界の理って……。途中でなってた、小さなリンドーを食べるのに夢中だっただけだろうが」

「うっ……」

ニルスの鋭いつっこみに反論できなくなる涼。助けを求めてエトの方を向くが……。

「リョウ、負けだと思うよ」

エトにも苦笑しながら敗北を言い渡され、涼は反論を諦めた。

「うぅ……」

世の中、諦めが肝心という場合もあるのだ。

帝国、連合、王国の順に門をくぐり、大通りを進む一行。

通りの両端にはスフォー王国の旗らしきものが差され、国民も多く出て一行に手を振っている。驚くべき歓待であった。

「国中が、僕らを歓迎してくれているみたいです」

「まあ、今までの三国に比べれば、凄い違いだよな……」

涼の感想に、こればかりはニルスも素直に頷いて同意した。

一つ目の国アイテケ・ボでは、傲慢な国主に交換条件で森の調査を命じられ。

二つ目の国シュルツ国では、騎馬の民による襲撃に巻き込まれ。

三つ目の国ボードレンにいたっては、国自体が消えてなくなっていた……。

それらに比べれば、驚くほどの違いなのは確かであろう。

「あとは、国王陛下が変な人じゃないことを祈るだけです」

涼のその言葉に、凄く嫌そうな顔をして涼を見るニルス。苦笑するエトとアモン。そして、激しく同意して頷くハロルド、ジーク、ゴワン。

もっとも、彼ら七人は、国王陛下の前に出たりはしないため、その人となりを直接知ることはないのだが。

謁見の間では、帝国使節団団長先帝ルパート、連合使節団団長先王ロベルト・ピルロ、そして王国使節団団長ヒュー・マクグラスが横に並び、スフォー王国国王ビュラード九世との謁見の儀が執り行われていた。

「中央諸国の使節団の皆様、ようこそおいでくださいました。まさに天使様のお告げの通り。皆様が休まれる宿も準備しておりますれば、ゆるりと休まれるがよろしいでしょう」

「もったいなきお言葉、感謝いたします」

ビュラード九世の言葉に、代表して答えたのは先帝ルパート。

だが、それだけで終わらないのが、さすが中央諸国の大国を率いていた元皇帝であろうか。

「陛下、ご質問をお許しください。先ほど、『天使様のお告げの通り』とありましたが、それはいったい？」

「おお、まさに。余の夢の中に天使様が現れましてな。『五日後に到着する使節団を歓待せよ』と。今日が、その五日目です。皆様は天使様に守護された使節団！素晴らしいことです」

ビュラード九世は、感激した表情でそう言った。

（『天使』がお告げ……？　中央諸国とは、人と天使の距離も違うのか？）

ヒューは、そんなことを考えていた。

もちろん、中央諸国においても、神や天使のお告げというものは存在する。しかし、およそそれは普段、起こり得ることではない。

数十年に一度、聖者や聖女といった者の身に起こること。

そのため、人が、神や天使と直接話すなどということはまずない、というのが中央諸国における常識だ。


だが、このスフォー王国ではそうではないらしい。


その夜、使節団は歓待された。

それは特に、食事に表れた。

三国合わせれば一千人近い人数だが、驚くほどの質、量を揃えた食事が提供されたのだ。

回廊諸国の中では最も国家規模も大きく、西方諸国との交易もあり豊かとすらいえる国なればこそであろうか。

使節団一行は、文官も護衛隊も、大いに食べ、大いに飲んだ。


お腹を満たし、まどろむ使節団一行。

そんな中、外にふらりと出ていく魔法使いが一人。

『十号室』の面々は、それを見ても特に声をかけなかった。涼が何をしようとしているのか、この旅の中で知らされていたから。

涼としては、携帯電話で話すために人のいない場所に移動するような……そんな感じだ。もちろん、会話を聞かれるようなことはないのだが。
《アベル、聞こえますか~聞こえますか~聞こえますか~》
《いや、聞こえてるから。そもそも、俺の方から繋げただろ》
涼は、決して、国王陛下の貴重な時間を、勝手な都合で邪魔したりはしない。時々忘れてしまうが、筆頭公爵としてちゃんと国王を支えているのだ。
ちなみに、涼は『魂の響』を繋げながら、コーヒーの準備をしている。
どうせ話をするのなら、傍らにコーヒー。
食後のコーヒーは格別なものであるし。
《そうそう、アベル、さっき何か言いかけてましたよね》
《ああ。そもそも今回の西方諸国への使節団は、帝国が呼び掛けたわけだが……その理由の一端に繋がる可能性のある情報が上がってきた》
《なんとも、もってまわった言い回しですね。明確に分かっていないけど、推測できるという程度ってことですよね?》
涼は小さく首を振りながらも、そんな情報でも、ないよりましかと思っている。
《仕方ないだろう。ハインライン侯の情報網ですら、明確にはつかめていないんだ》
《それなら仕方ありません。アベルなら、よくある間違いの可能性がありますが、ハインライン侯爵ならそうじゃないでしょう。かの宰相閣下の情報網でも確定していないというのは、大変なことに違いありません》
《……帰ってきたら、ぎゃふんと言わせてやる》
アベルは、むぅ~と言った後、そう呟いた。
涼としても望むところだ。
筆頭公爵として国王を支えているという心はいったいどこへ……。
《帝国の使節団が出発して以降、ハーゲン・ベンダ男爵が、帝国軍内で確認されていない》
《なるほど》
《……なあ、リョウ》
《な、なんですか?》
《ハーゲン・ベンダ男爵が誰か、思い出せていないだ

ろ?》

《ギクッ》

図星であった。

聞いた記憶はあるのだ。なんか、けっこういろんなところで出てきた人な気はするのだ。

《ちょ、ちょっとだけ思い出せない気がしないわけでもない可能性もあるかもしれず、ないかもしれず……》

涼が意味の分からない言葉を吐くと、アベルはため息を吐いた。そして説明を始めた。

《ハーゲン・ベンダ男爵は、帝国軍付きとして、常に帝国軍と一緒に行動している、『時空魔法』を操る男だ》

《思い出しました！　〈転移〉とか〈無限収納〉とか使える人ですね。王国解放戦でも、奇襲部隊をアベルたちの所に転移させた人！》

涼もようやく思い出した。

《そいつだ。帝国軍の活動において、補給の重要な部分を担っているベンダ男爵が帝国軍にいないということは、ほぼありえない。だが、使節団が出てから確認されていないということは……》

《帝国使節団の中に紛れ込んでいるということですね、僕みたいに》

《その可能性は高い。理由は、まだ分からんがな》

これは非常に興味深い情報であった。

ハーゲン・ベンダ男爵の〈転移〉は、一度行ったことのある場所に瞬時に移動することができる……自分だけではなく、最大で数万人同時に。だが、一度も行ったことのない場所には〈転移〉できない。

もし、この使節団に入っていれば、今後、帝国領から西方諸国に瞬時に移動できることになる……可能性がある。

可能性というのは、転移可能距離に関しては、王国側に情報がないからだ。帝国領と西方諸国は、直線距離にしても四千キロは離れている。それを〈転移〉できるのかどうか……。

いろいろと興味は尽きない。

《まあ、そういうことだ。だからどうしろ、というわけではないが、心に留め置いてくれ》

《分かりました》

涼はそう言ったところで、誰かが近付いてきている雰囲気を感じ取った。

少しだけ身構える。

「いやあ、すまぬな。芳醇なコーヒーの香りが漂ってきたもので……」

そこに現れたのは、七十代半ばほどの老人。だが眼光は鋭く、背筋もピンと伸びている。歩き方も、いわゆる上流階級の歩き方……。

それもそのはず。

老人は、涼ですら知っている人物。もちろん、顔と名前だけではあるのだが……。

「ロベルト・ピルロ陛下?」

連合使節団団長、先王ロベルト・ピルロであった。

「もしよければ、わしにもコーヒーを振る舞ってはもらえぬかな」

先王ロベルト・ピルロはそう言うと、石の椅子に腰かけた。

涼とロベルト・ピルロが座っているのは、大きな石の机、その周りに置いてある三つの石の椅子の一つ。

「どうぞ」

涼は氷のカップを生成すると、フレンチプレスに残っているコーヒーを入れて渡した。

ロベルト・ピルロは、それを嬉しそうに受け取ると、目を閉じた。香りを楽しんでいるらしい。

ロベルト・ピルロは、ただ一人出てきたが、当然のように周囲の暗闇の中には護衛の者たちが忍んでいる。〈パッシブソナー〉を使うまでもなく、涼でも気配を感じられるほどに。

わざとであろう。

見ているぞというメッセージ。

「すまぬな、無粋な部下たちで」

「いえ、当然のことかと」

ロベルト・ピルロは微笑みと苦笑いの中間くらいの笑みを浮かべて謝り、涼も素直に受け入れた。

護衛が主を守るのは当然のことだ。

ロベルト・ピルロは、カップ半分ほどコーヒーを飲むと、ゆっくりと口を開いた。

「実は、今日来たのは、礼を言おうと思ってな」

「礼？」

涼は首を傾げる。

連合首脳から、怒りをぶつけられるようなことならいくつも思い当たる。だが、礼を言われるようなことをした覚えはないのだが？

「うむ。先のシュルツ国で、連合の者たちを氷の壁で守ってくれたであろう？　その礼じゃ」

「ああ……」

回廊諸国二番目のシュルツ国において、広場で騎馬の民に襲撃された際、涼が氷の壁で連合使節団を守ったことに対してであった。

「当然のことをしたまでですから」

自分ではない、と強弁するのも何か違うし……どうせ、いろいろばれているみたいであるし……。確かに、連合も戦争で戦った相手ではあるが、今は同じ使節団であるのは事実ではあるから、そういうセリフにならざるを得ない。

「口だけの礼ではどうかと思うのじゃ。どうじゃろう、連合に来ぬか？　来れば、今の王国と同じ地位を与えるぞ」

「お断りいたします」

「即答か！　あーっはっはっはっは」

先王ロベルト・ピルロの申し出に、涼はすぐに断った。考えるまでもない。

「もちろん、同じ地位というのは、連合の筆頭公爵じゃが？」

やはり、涼の正確な地位についても、知っているらしい。

さすが『オーブリー卿が殺せなかった男』。

「はい。お断りいたします」

「そうか」

涼が再び断ると、ロベルト・ピルロは笑顔で頷いた。

元々、引き抜けるなどとは考えていなかったのであろう。

涼はそんな感じを受けた。

「お主ほどの者からの絶対の忠誠を受けるアベル王……よほどの人物のようじゃな」

「はい。最高の王です」

涼は、臆面もなく言い切った。

それには、さすがのロベルト・ピルロも驚いて目を見張る。


ちょうどそのタイミングで、再び、人が近付いてくる音がした。

「いやあ、いい香りだな」

そう言いながら暗がりから出てきたのは、帝国使節団団長、先帝ルパートであった。

「両巨頭の対談中、失礼するぞ」

そう言うと、先帝ルパートは、一つ空いていた石の椅子に座った。

こうして、先帝、先王、筆頭公爵という、三使節団それぞれの最高位の人物が、一つのテーブルに着いた。

「まあ、どうぞ」

涼はそう言うと、最後にフレンチプレスに残ったコーヒーを氷製カップに注いで、ルパートに出す。

「おお、すまんな」

ルパートは受け取ると、思わず、ほぉっと声を漏らした。

「これは、いいコナだな。まさか、旅先でこれほどのコーヒーに出会えるとは」

そう呟くと、一気に飲み干した。

熱くないのだろうか？

涼の、その感想には、誰も答えない……。

先王ロベルト・ピルロはその光景を見ながら、微笑んでいる。

「やはり美味かった。さて、まずは要件から済まそう。シュルツ国では、我が使節団の連中を守ってくれたそうだな。感謝する」

そう言うと、ルパートは頭を下げた。

「いえいえ、当然のことをしたまでですから」

先ほどと同じ会話の繰り返し。

「その礼というわけではないが、帝国に来ぬか？　来れば、帝国領の半分を与えよう」

「……お断りいたします」

さすがに、『帝国領の半分』には驚いたが、返答は変わらない。

この申し出には、傍らのロベルト・ピルロも驚いたらしい。

「ルパート陛下、帝国領の半分とは豪気ですな」

笑いながら言う。

「いや、帝国の半分で手に入るのなら安いものだ。まあ、断られてしまったわけだが……。もしや、ロベルト・ピルロ陛下もか？」

「うむ。断られましたな」

そう言うと、二人の陛下は大笑いした。

涼は、なぜ大笑いしているかよく分かっていないが。

「圧倒的な戦闘力、先帝と先王を前にしても揺るがぬ精神力、そして国王への絶対的な忠誠。なるほど、アベル王が筆頭公爵にするわけだ。いや、あるいはハインライン侯爵あたりの忠言か？」

正解である。

さすが、その智謀を謳われた先帝ルパート六世。国王とその周辺の考えまで推測してみせる。

忠誠というよりも、友情である点には思い至らぬようであるが。

「いや、忠誠というよりは友情というべきじゃろう。そういう目をしておる」

さらなる正解。

『オーブリー卿が殺せなかった男』先王ロベルト・ピルロは伊達ではない。

涼の内面まで推測してみせた。

剣術や魔法よりも、為政者《いせいしゃ》としての比類ない洞察力こそが、国を統べる最高の力。

涼は驚き、ある種、感動していた。

目の前の二人の、智謀と洞察力に。

そして現時点では、自分は遠く及ばないとも理解した。

だが……。

そう、だが、である。

実は人は、誰でも、智謀も洞察力も手に入れることができる。

すぐには無理であっても、どちらも努力をすれば手に入れることができるものであることを、涼は知っている。地球にいた頃に、そんな人たちを見てきたから。

だから驚き、感動はしても、絶望は感じない。

（いずれ、この二人のレベルにまでたどり着く）

そう決意する。

智謀も洞察力も、どちらも本質は同じものだ。

脳が司るもの。

であるなら、向上させる方法はただ一つ。

たくさん考える。

人の体は、使えば使うほど能力が上がる。

筋肉しかり。

心肺機能しかり。

もちろん、頭脳もしかり。

目標とする者、あるいは超えようとする者。そんな者たちが目の前にいるのは僥倖《ぎょうこう》。

また一つ、超えるべき目標を見つけた涼は、嬉しそうに、残ったコーヒーを飲み干すのであった。

◆

期せずして、三巨頭会談が行われた翌日。

中央諸国使節団は、回廊諸国最後の国スフォー王国を発った。

帝国、連合、王国の順に進むが、各使節団の距離はあまり離れていない。自然と、全使節団の最後尾を守るのが、涼ら七人となっていた。

「スフォー王国が、歓待した分の食べ物を返せ～って襲ってきたら、僕らが真っ先にその矢面に立つことになります」

「リョウ……不吉なことを言うな」

涼が呟き、ニルスが顔をしかめて答える。

「大丈夫ですよ。我に策ありです！」

「……なんとなく聞きたくない気がするのはなぜだろう」

涼が、自分の胸をどんとたたいて、任せてくださいとアピールをし、嫌な予感を憶えたニルスが聞きたくないと言う。

「ニルスのおっきな体を生贄に差し出せば、時間を稼げます！」

「そんなことだろうと思ったわ！」

いつものように、最後尾は平和であった。

先頭を進む帝国使節団。

その日、最初の休憩地にて休息をとっていた。

団長先帝ルパートの周りには、多くの人間が侍《はべ》る。

片腕として、皇帝時代から付き従うハンス・キルヒホフ伯爵を筆頭に、近衛や料理人はもちろん、優秀な人材ばかりだ。

その多くは、見た目も悪くない。決して、美男美女ばかりという意味ではなく、自らの仕事に自信と誇りを持った者たち特有の顔立ち、とでも言えばいいだろうか。

そんな者たちが多い。

しかしその中の、ある一人の三十代半ばの小姓はいつもビクビクした表情と態度であった。

この帝国使節団の中にあって、小姓は、当然先帝ルパートの身の回りの世話をする。宮廷において決して高い地位とは言えないが、皇帝や先帝付きの小姓であれば貴族たちもぞんざいに扱ったりはしない。

皇帝、先帝の最も近くに侍る者たちなのだから。

だから、多くの小姓が自分の仕事に誇りを持っている。お給金もかなり高いため、地位としては決して高くないが帝城内において人気のあるポジションでもあった。

この帝国使節団においても、先帝ルパートの小姓九人は、いずれも自分の仕事に誇りを持ち、いい顔で仕事をしている……その、ハーグと呼ばれる三十代半ばの小姓、ただ一人を除いて。

「ハーグ、キルヒホフ伯爵がお呼びです。すぐに行ってください」

「はい、ただいま」

小姓頭からハーグと呼ばれた三十代半ばの小姓は、皿並べを別の小姓に任せて、キルヒホフ伯爵の天幕へと向かった。

「クソッ、どうして俺がこんなことを……」

ハーグは、呟く。

彼は、他の九人の小姓と違って、この仕事に誇りを持っていない。それどころか大嫌いだ。

そもそも、この使節団に入るまでは、別の仕事をしていた。その仕事は過酷ではあったが、ハーグ自身は誇りを持っていた。なぜなら、帝国広し、いや中央諸国広しといえど、彼だけが持つ能力によって彼だけができる仕事であり、帝国全軍を支えているという自負があったからだ。

しかし、今は違う。

この小休憩で組み立てられる天幕は、先帝ルパートのものと、ハンス・キルヒホフ伯爵のものだけだ。

「失礼します」

小姓は、名乗らずに天幕に入ることが許されている。中では、ハンス・キルヒホフ伯爵が何やら書類を書いていた。

「ああ、ハーグ、この手紙を出してもらおうと思いまして。ちょっと待ってください」

ハンスは、そう言うと、手早く手紙を書き上げ、封《ふう》蝋《ろう》をした。

そしてハーグに手渡しざま尋ねる。

「どうですか、仕事には慣れましたか」

「はい、なんとか……」

「無理をしてはいけませんよ」

伯爵が小姓にかけるには、過分な言葉かもしれない。

「はい、ありがとうございます」

ハーグは恭しく頭を下げると、手紙を受け取り、天幕を出ていった。

「おお、ハンス、いいところに！」

ハンス・キルヒホフ伯爵が、先帝ルパートの天幕に入っていくと、ルパートはすぐに、こっちに来いと手招きをする。

「いかがなさいました？」

ルパートの前には、コーヒーが置かれてある。

「ハンス、これは……もう少し良い豆はないのかと話していたところだ」

「はて……？」

ハンスは首を傾げる。コーヒーの豆が替わったという話は聞いていないからだ。

「まあ、飲んでみよ」

ルパートはそう言うと、ハンスにそのカップを勧める。

「では失礼して」

ハンスは一口、飲む。

だが、再び首を傾げる。

「陛下、何も変わっておりません」

「なに!?」

ルパートは慌てて一口飲む。

そしてルパートも首を傾げる。

「そうか？　以前は、もう少し美味かったと思ったのだが……」

「淹れ方も、おそらく変わっておりません」

ハンスは、傍らに控える小姓をちらりと見る。

小姓の顔には、滂沱《ぼうだ》の汗……。不味いコーヒーを出したとなれば、処分される可能性もあると考えているのだろう。

それには、ルパートも気付いたらしく……。

「ああ、いや、淹れ方がまずいとか言うつもりはない。案ずるな、処分したりはせぬ。とりあえず、下がっておれ」

ルパートのその言葉に、小姓は目に見えて落ち着き、天幕を出ていった。

「陛下、おそれながら、昨晩のあのコーヒーのせいかと……」

「あれか……」

ハンスは、三巨頭会談で飲んだコーヒーの可能性を指摘した。

「確かにあれは美味かった……。あれが美味過ぎたのか。欲しいな」

ルパートのその言葉に、思わず苦笑するハンス。

「陛下、帝国本土なら手に入りましょうが、この地では難しいかと」

「むぅ……」

「なんなら、力ずくで奪いますか？　王国筆頭公爵から」

ハンスはいたずらっ子のような表情で問う。

「それはやめよ。コーヒーを手に入れようとして返り討ちにあったなどと知られれば、帝国臣民に笑われるわ」

ルパートは顔をしかめて答えた。さすがに、そこまでして手に入れたいとは思わない。

「まあ、コーヒーの件はよい。ハンス、入ってきた時に何かを相談したいことがあったのではないか？」

「ご慧眼、恐れ入ります」

この辺りは、さすが長年にわたり帝国に君臨した男。観察力は、その智謀を支える大きな力だ。

「ハーゲン・ベンダ男爵の件です」

「ふむ」

「ヘルムート陛下の行いは無謀な気がいたします。記憶させるためとはいえ、貴重な時空魔法使いを使節団に入れるのは……」

小姓ハーグは、ハーゲン・ベンダ男爵である。

そのハーゲン・ベンダ男爵が、先帝ルパート付きの小姓として使節団に入っているのは、現皇帝ヘルムート八世の命によるものだ。

「まあ、仕方あるまい。ヘルムートの考えか、あるいは側近どもの考えか分からぬが……我は口を出す気はない」

はっきりと言い切る先帝ルパート。

「はっ。失礼いたしました」

すぐに謝罪するハンス・キルヒホフ伯爵。

先帝ルパートは皇帝の座を譲って以降、一貫して、息子でもあるヘルムート八世の施政に口を出すことはなかった。唯一の例外が、この使節団の団長の座に自分を据えさせたことだけだ。

「ハーゲンには、息子がおる。今年十四歳であったか。最悪、ハーゲンに何かあったとしても、息子に時空魔法が発現すると考えておるのであろう」

「はい」

ルパートの言葉に、頷くハンス。

だが、そこでうっすらと笑いながら、ルパートは言葉を続ける。

「そんな保証は、どこにもないのだがな。そんな賭けに出なければならないほどの意味が、この使節団を西方諸国に送ることにあるのやもしれぬ」

「我々の知らない何かが……」

「うむ。さて、それはいったい何なのやら……。少しだけ気になるな」

いつの時代、どんな国においても、政治の中枢は魑《ち》魅魍魎《みもうりょう》あふれる場所。

そんな政治中枢を退いた者たちも、平和で穏やかな生活を送れるわけではない。一度でも政治に関われば、その事実は死ぬまで付いて回る。

好むと好まざるとにかかわらず。

もっとも先帝ルパートの場合は、自分から穏やかな生活を打ち捨てているようにも見えるが……。

ハンスは、心の中で小さくため息をついた。

（ルパート陛下には、穏やかな生活はお似合いにならない……）

◆

《アベルも、本当に大変ですよね》
《藪から棒になんだ？》
《いえ、ナイトレイ王国の国王として、あんな大変な人たちと渡り合っていかなければならないと考えると……》
《それは、ルパート陛下や、ロベルト・ピルロ陛下のことか？》
《ええ、よく分かりましたね》
《ああ。数日前の、リョウとお二方の会話は聞こえていたからな》
《盗み聞きしていたんですか！》
《人聞きの悪いことを言うな。『魂の響』が繫がったままになっていたから、聞こえてきただけだ》
そういえば、直前まで、アベルと話していたことを涼は思い出した。
《アベルの顔を立てて、そういうことにしておきましょう》
《いや、事実だろうが！》
ここは、回廊諸国最後の国スフォー王国から、西方諸国の最東端であるキューシー公国に繫がる街道沿い。
回廊諸国内は、街道と呼べるものなどない所もあったが、スフォー王国とキューシー公国の間には通っている。石畳敷きの立派なものではなく、土を固めただけの簡素な街道ではあるが。この二国の間では、小規模ではあるが交易が行われているからだ。
《それで？　まだ今日、『魂の響』を接続した理由を聞いていませんけど？》

《ああ……誰のせいだよ。いや、まあいい。例のハーゲン・ベンダ男爵の件だが、いくつかの情報収集の結果、やはり使節団内にいることが確定した》
《時空魔法の男爵ですよね》
《ああ、そいつだ》
《分かりました。それで、どうします？　捕えて時空魔法を抽出しますか？》
《抽出って……そんなことができるのか？》
《さあ？　僕はできませんけど？》
《……一瞬でも、リョウの錬金術でできるのかと期待した俺が馬鹿だった》
《なんたる言い草！　だいたい、そんな非人道的なことが許されるわけないでしょう！》
涼は小さく首を振る。もちろん、『魂の響』を通してなので、その様子はアベルには見えないのだが。
《……とりあえず、頭の片隅に置いといてくれというだけだ。おっと、そろそろ会議だな。じゃあ切るぞ》
そう言うと、アベルは一方的に『魂の響』の接続を切った。国王陛下は忙しいらしい。

「まったく困ったものです」

涼はそう口に出して言うと、再び小さく首を振った。

それを見て、横を歩いているニルスが問う。

「アベル陛下との会話は終わったのか？」

簡単にではあるが、『十号室』と『十一号室』の六人には、錬金道具によってアベルとたまに会話することができると話してある。それを聞いた時にはニルスが羨ましそうな顔をしたが、常に魔力を消費し続けると聞いた瞬間、うなだれて諦めていた。

ちなみに、団長たるヒュー・マクグラスには伝えていない。伝えると、いろいろとこき使われそうな気がしたから……。

「ええ、今、終わりました。それにしても、こんな長距離なのに問題なく繋がるのは本当に凄いです。錬金術の偉大さの証明ですね」

「本当ですよね！」

涼は、錬金術の凄さをアピールし、アモンが同意して頷く。

アモンは素直でいい奴である。

「魔力の消費量、とんでもなさそうだよね。本当に、将来、リョウ以外の人でも使えるようになるのかな」

エトは、汎用性《はんようせい》に関しては半信半疑なようだ。

エトも思慮深くいい奴である。

「そんなことよりももうすぐ昼だろ。腹減ったな」

ニルスは食べ物のことしか頭にない。

ニルスは脳筋&腹ペコさんらしい。

「リョウ、今、もの凄く失礼なこと思っただろ！」

「そ、ソンナコトナイデスヨー」

脳筋なのに鋭いのは、B級冒険者だからであろう。


王国使節団の昼食は、ゴロゴロお肉の入ったシチューであった。

スフォー王国で、かなり潤沢な補給を受けられたこともあり、使節団の食は非常に充実している。食べることが生きがいの冒険者は多いが、文官たちも食べることは息抜きになっているのだ。

部下のストレスコントロールは、上司が常に意識しなければならない要素。美味しそうにシチューを食べる使節団員を見て、団長ヒュー・マクグラスは何度も頷いた。

美味しいものは、人を幸せにする。

人は、幸せを感じればストレスが軽減される。

いつの時代、どんな世界においても変わらぬ真実。

人は、どこにいても人なのだ。


「キューシー公国、今日入るんですよね」

食べ終えて、少しゆっくりしていたヒューにそう声をかけたのは、文官百人を取りまとめる首席交渉官イグニスであった。

「ああ。あと二時間もすればこの丘を越える。そうしたら、街が見えるらしい」

その街が、キューシー公国の国境を管理している。ロプノールと呼ばれるその街は、間違いなく西方諸国だ。

「楽しみでもあり、不安でもあり……」

イグニスは、苦笑しながら言った。

「西方諸国についたら、文官たちは忙しくなるな」

「そうなんですが……西方諸国と一口に言っても、いろいろありますから。やはり本番は、西方教会の中心たるファンデビー法国での交渉でしょう」

　西方諸国全土で信仰されていると言っても過言ではない西方教会。その中心となる教皇庁があるのがファンデビー法国だ。

　国家面積は決して大国と呼ばれる規模の国ではないが、富、軍事力、有形無形の影響力などを合算した国力は、間違いなく西方諸国一。教皇自身が治める国であり、西方諸国におけるその影響力は想像を絶する。

　そもそも今回の使節団は、そのファンデビー法国で執り行われる、第百代教皇就任式を祝うために中央諸国が送り出したもの……少なくとも表向きはそうなっている。

　そうである以上、ファンデビー法国までは、あまり時間をかけずに到着する必要があった。

「まあ、言語体系がほぼ同じというのは、交渉する者としてはありがたいです」

「ああ……。東方諸国とかだと、全く違うよな。それでも、ある程度の教養がある者たちであれば、中央諸国語を話すらしいが」

　首席交渉官イグニスは、交渉官らしい意見を述べ、王都のグランドマスターでもあるヒューは、東方諸国の言語事情について思い出して言った。

「行ってみたいのは、西方も東方も変わりませんがね」

　イグニスはそう言うと笑った。根っからの外務省の人間であり、交渉官なのかもしれない。

　それを、少しまぶしいものでも見るように、ヒューは見る。本質的に冒険者であるヒューも、まだ見たことのないものを見たい気持ちは、大いに理解できるものだった。


　そして、二時間後。

　使節団は、丘を越え、遠くにキューシー公国ロプノールの街を望んだ。

　その街は……燃えていた。

キューシー公国

中央諸国使節団がキューシー公国に到達する十数日前。

ナイトレイ王国の南西には、国境を接するトワイライトランドという国がある。中央諸国に属する小国ではあるが、今回の使節団には人員を出していない。

この国は、いろいろと特殊なのだ。

そんなトワイライトランドの一角。そこは、ただ『書斎』と呼ばれている場所。広大な空間に、膨大な数の本が揃えられた……建物の主のためだけの部屋。

主は、涼から『ヴァンパイアの真祖様』と呼ばれている。

そんな真祖は、今日もその中の一冊を読みふけっていた。しかし、ある香りをかぎ取ると顔を上げる。

そこには、悪魔のように黒く、地獄のように熱く、天使のように純粋で、そして恋のように甘い……あの飲み物が置かれるところであった。

「ありがとう」

真祖はそう言うと、淹れたてのコーヒーに手を伸ばし、その香りを楽しむ。

「ご主人様、ドラス様がご報告をしたいとのことですが」

コーヒーを淹れた執事が、報告者を待合室に待たせていることを告げる。

「そうか。お通しして」

真祖は一つ頷くと、報告者を通すことを許可した。

入室を許可された報告者ドラスが、一礼して報告を始める。

「報告は二点ございます。一点目、デブヒ帝国皇帝ヘルムート八世の周辺問題について。二点目、チェテア公爵一派の動向が判明した件について」

「チェテア公爵？」

真祖は首を傾げる。報告の際に、真祖がそのような反応をとることは滅多にない。

「チェテア公爵というと、あのチェテア公爵？　西方諸国の？」

「動きが掴めたら報告せよと、真祖様のメモが残っておりました。それで報告すべきかと思いまして」

「うん、メモを残した気がする。では、その報告を」

「はい。チェテア公爵一派が、西方諸国のキューシー公国で『目覚めた』証拠が挙がりました。最近の西方教会の活発な動きに呼応して動き出したために、我々が捕捉できたのだと思われます」

ドラスはそう言うと、報告書を真祖に渡した。

真祖は報告書を一読すると、考え込む。

チェテア公爵らの動向については、このトワイライトランドを建国する前から気になってはいた。数百年の間ずっと。

しかし正直言って、最近は忘れていた。

ことは西方諸国でのことゆえ、トワイライトランドのある中央諸国には直接関係はしてこない。

だが……。

「中央諸国の使節団は、予定通り出発してたよね？」

「はい。現在は、回廊諸国を進んでいる頃です」

真祖の問いにドラスが答える。


「他はともかく、王国には借りがある。特にリョウとアベルは巻き込んでしまったし。しかも、今回の使節団にはリョウが入っていたはず……」

真祖が思い出していたのは三年前、ランド貴族らの『シヴィルウォー』に、使節団として来ていたアベルらを巻き込んだ件だ。

「そうだね、アベルにだけは知らせてやろうか」

しかし、ここで真祖は思い出す。

「そうか、アベルは国王になったんだった。公的地位のない私では、簡単には会ってもらえないか？」

少しだけ考えて妙案を思いついた。

卓上の鈴を鳴らすと、執事のドラブが入ってくる。

「ドラブ、アグネスに連絡して。ちょっとナイトレイの王都に行きたいから、付き合ってくれと」

翌日、アルバ公爵の馬車と六人の護衛騎士がトワイライトランドの首都テーベを発ち、ナイトレイ王国王都クリスタルパレスに向かうのであった。

◆

「トワイライトランドのアルバ公爵が、私的な会談の要望？」

「はい、西方諸国に送った使節団に関連して、陛下に直接お話ししたいと。一人連れて王城に伺いたいので時間を割いてほしいとのことです」

「使節団に関して？　トワイライトランドは、使節団には人員を出していなかったよな？」

「はい、出しておりません」

アベルの問いに、ハインライン侯爵が頷く。

使節団は、三大国以外にも小国が合同で人員を出していた。その中には、トワイライトランドの外交官は入っていない。もっとも、その小国の使節団は行方を絶ったのだが……。

「分かった。会おう」


翌日、会談が開かれた。

アルバ公爵アグネスは、実はトワイライトランド政府の公的な地位には就いていない。

だが外交とは、行政府の職員や政府関係者だけが行うわけではない。議員外交や王族外交のような、政府とは関係ないが国内で高い地位にあると周辺国家が認める人物による外交は、いつの時代、どんな世界でも行われるものだ。

アルバ公爵はトワイライトランド屈指の権勢を誇る貴族として、隣国ナイトレイ王国では知られている。だからこそ、アベル王への会談の申し込みもスムーズに行えたのだ。

しかも彼女が連れてきたのは……。

「久しぶりだな、シンソ殿」

もちろんアベルは覚えていた。

おそらくは、トワイライトランドの真の支配者。『シヴィルウォー』の際にはアベルに協力し、王国使節団を助けるのに協力してくれた。

「王の顔になりましたね、アベル……いや、アベル陛下」

私的な会談とはいえ、真祖の傍らにはアルバ公爵、アベルの傍らにはハインライン侯爵が座っている。いちおうの体裁を整えた方がいいと真祖は思ったのだ。

アベルも理解したのだろう、苦笑する。そして、言葉を続けた。

「それで、使節団に関する情報があるということだったが？」

「そう。使節団は西方諸国、最終的にはその中心たるファンデビー法国に向かう。ということは途中で、キューシー公国を通るね？」

真祖がそう言うと、ハインライン侯爵が頷いた。これらの情報は、すでに公開されている情報であるため、隠す必要はない。

「実はそのキューシー公国で、ヴァンパイアの一派が目覚めた」

「なに？」

真祖の言葉に、アベルが眉をひそめる。当然だ、嬉しい情報ではない。

「知っているとは思うが、西方教会とヴァンパイアは長きにわたり戦い続けてきた」

「ああ、聞いたことはある」

「元々、西方教会が成立する遥か前から、西方諸国においては人とヴァンパイアは争ってきた。その中で西方教会ができた。教会が成立した初期の頃は、実は人とヴァンパイアの争いは落ち着いていたのだ。平和だった、と言ってもいいだろう」

「ほぉ」

真祖の説明にアベルは驚く。隣を見ると、ハインライン侯爵が小さく首を振った。宰相ハインライン侯爵も知らない埋もれた歴史らしい。

「その平和は、教会の開祖ニューの徳によるものだった。だが彼が亡くなり、いつしか教会も変質し……再び人とヴァンパイアは争い始めた。しかも人の中心に西方教会が据えられてからは、その争いは激しさを増したんだ」

真祖はそこまで言うと、置かれたコーヒーを一口啜った。

他の三人は無言のまま、真祖の口から再び語られるのを待つ。

そして……。

「ここ二百年は、落ち着いた方だったと言っていいだろう。その理由は、ヴァンパイアの多くが西方諸国を去ったり眠りについたりしたから」

「西方諸国を去ったのは分かるが、眠りについた？」

アベルが問う。

「そう、眠りについた。そのままの意味さ。人だって、眠くなったら寝るだろう？　ただヴァンパイアの場合は、長い時間眠ることもある。数十年、あるいは数百年と。だが眠った者は、いずれは起きる」

「二百年近く眠っていた者たちが最近になって起きた、その場所がキューシー公国ということか」

「簡単に言えばそういうことになる。教会の活動が活発になったためらしい。こちらに来た情報ではチェテア公爵の一派のうち、半数が目を覚ましたようだ」

「そのチェテア公爵というのが、親玉か」

「そう」

アベルの確認に、真祖は頷いて再びコーヒーを啜った。

真祖は、しばらく何も言わずにコーヒーを飲む。アベルとハインライン侯爵の頭の中で、状況の整理が行われるのを待っているのだ。

二人の表情を確認してから、再び口を開いた。

「本当の問題は、なぜ今起きたのかだ」

「ん？　教会の活動が活発になったからと言わなかったか？」

アベルが首を傾げて問いかける。

「そうなのだが……。眠ったヴァンパイアを起こすほどの活発な活動というのは、正直想像がつかない。私もそれなりに長く生きているが、あまり記憶にないほどのことだ。それはつまり、起きる原因となったものは、この世のものかどうか……」

「神か何かだとでも？」

「神か……。私にはなんとも言えないが、人にとってもヴァンパイアにとっても厄介な何かだろうね。それほどの何か……それは正直、西方諸国だけで収まるのかどうかも……」

「この中央諸国にもなんらかの影響があると？」

「分からない」

アベルが顔をしかめて問い、首を振る真祖。

アベルは顔をしかめたまま横を向いた。そこには同じように顔をしかめたハインライン侯爵が。

「今まで以上に、各地の状況から上がってくる情報を精査いたします」

「ああ、頼む」

中央諸国でも屈指の諜報網を持つと言われるハインライン侯爵の言葉に、アベルは一度頷く。

「今回の使節団は、西方教会の招きによるものだろう?」

「ああ。先日即位した、第百代教皇の就任式に招かれた」

「その就任式には、中央諸国からだけでなく暗黒大陸からも使節団が招かれる」

「ほぉ……。暗黒大陸というと、西方諸国の南西にあると言われる大陸だな」

「そう。つまり西方教会は、外部から使節団を招きたい。となると、ヴァンパイアはそれを妨害するだろう。西方教会の力になることはことごとく潰すというのが、西方諸国ヴァンパイアの基本だからね」

「つまり、中央諸国の使節団はヴァンパイアに襲われる可能性があるということか」

真祖の言葉に、小さく首を振るアベル。

涼をはじめ、強力な冒険者が護衛しているとはいえ、三分の一は荒事に向いていない文官たちだ。人を遥かに上回る力を持つヴァンパイアに襲撃された場合、どれほどの損害が出るか分からない。

ハインライン侯爵も考え込む。

再び、無言の時間が流れた。


タイミングを見計らって口を開いたのは、再び真祖であった。

「今回の件で、他にトワイライトランドとして伝えることができる情報は一つ。チェテア公爵に関してだ」

「目を覚ました、ヴァンパイアたちの親玉か」

「そう。ヴァンパイアそれぞれの強さは、爵位に準ずるというのは聞いたことがあるかな?」

「聞いたことがある。以前、王国で騒動になったハスキル伯爵カリニコスの時にな」

アベルは直接関わらなかったが、当時のルンのギルドマスター、ヒュー・マクグラスや、涼と『十号室』などルン所属の冒険者が関わったために話は聞こえてきた。

そこでアベルは、ふと、真祖の隣で優雅に座る女性に視線を送る。それはアルバ公爵アグネス。そう、公爵だ。

そのアベルの視線と、気付いた際のわずかな表情の揺らぎを読み取ったのだろう。真祖はうっすら笑って口を開いた。

「そう、このアグネスは公爵だ。強さにおいて、ヴァンパイアの中でも最高クラスと言ってもいいだろう」

その言葉を受けて、アグネスもうっすら笑う。あまりに妖艶な笑みは、アベルですらドキリとさせられる。

「今回、目を覚ましたチェテアも公爵。つまり、ヴァンパイアの中でも最高クラスということか」

「そういうことだ」

真祖が頷く。

だがその頷きを受けて、アベルの中では疑問が浮かぶ。

アベルはトワイライトランドの『シヴィルウォー』においてヴァンパイアと剣を打ち合った。リージョ伯爵の首を刎ね、ポルセル男爵の首も刎ね、エスピエル侯爵の剣を一合で弾き飛ばした。そう、最後の相手ビセンテはエスピエル侯爵……爵位で言えば、公爵の一つ下。

「公爵というのは、侯爵と比べてどれくらい違う？」

「うん？　ああ、それは『シヴィルウォー』の時にアベルが戦ったビセンテ……エスピエル侯爵と比べてということだね？」

「そうだ。考えてみると、あの時、俺は男爵、伯爵、侯爵と戦っている」

「なるほど。それは良い質問だが、正直、比べ物にならない」

「なに？」

「公爵は、『力』という面で見た場合、あらゆる面で別格なんだ」

真祖はそう言うと、横に座るアルバ公爵アグネスを見る。はたから見ても、アグネスが嬉しそうなのが分かる。真祖に高く評価されて嬉しいのだろう。

「人とドラゴンほどの違い、と言うと言い過ぎかな。まあでも、侯爵と公爵ではかなりの差がある」

「おいおい……」

「その中で、アグネスは別格としても……チェテア公爵が、古きヴァンパイアとして西方諸国のヴァンパイアにおける最強の一角であったのは間違いない。目を覚ましたとなると、再び西方諸国は荒れるだろうね」

真祖は、コーヒーの残りを飲み干すと言葉を続ける。

「まだ目覚めたばかりで全力は出せないだろうから、そこは人にとっては良い点かもしれない」

「それくらいしか良い点がないのかよ」

「そうそう、あとチェテア公爵は、他のヴァンパイアとは少し違うんだ」

「少し違う？」

「簡単に言うと、他のヴァンパイアを好きなように操れる」

「なんだ、その厄介すぎる力は」

あまりにも簡単に言う真祖、だが瞬時に意味を理解し驚きに大きく目を見開くアベル。

隣のハインライン侯爵も、今まで以上に顔をしかめている。

「闇属性魔法か？」

「いや、それとも少し違う。なんというのかな、彼女自身の特性なんだろうな」

「女性のヴァンパイアか……」

「ああ、そういえばそうか。そこから言うべきだったか」

真祖は苦笑した。

「そう、チェテア公爵は女性だ。まあ、他のヴァンパイアを自由に操れるとは言っても、せいぜい伯爵以下の者たちだ。侯爵以上は無理だが……とはいえ、彼女を慕うヴァンパイアは多いから、西方教会にとってはかなり苦しいかもしれん」

「そこに使節団は向かっているのか」

アベルは小さく首を振る。

そんなアベルを見ながら真祖は問うた。

「ちゃんと、使節団と連絡を取り合う方法はあるんだろう？」

「ああ……詳しくは言えんが……」

「私も、少しは錬金術ができるから、長距離での交信を可能にしそうな方法は思いつく。特に、リョウほどの魔法使いが使うのであれば……」

微笑みながら言う真祖。

それに対して無言のアベル。

（リョウが言っていたな、シンソ様は錬金術においても凄いですと。ケネスが実用化したばかりの『魂の響』、原理は推測できるということか？　マジで、とんでもねえな）

もちろん、アベルは答えるつもりはない。

「連絡はつくが、その方法については機密だ」

「もちろん構わないよ。リョウに伝えておいてくれ。ヴァンパイアは確かに厄介だが、西方教会にも油断するなと」

「伝えておこう。もしかしたら、我が王国の使節団が向こうのヴァンパイアたちと戦うことになるかもしれんが……」

「ああ、私は全く気にしない。彼女たちとは数百年も前に袂《たもと》を分かっているからね。ランド貴族の中には、『古《いにしえ》の記憶』が残っていて、人とヴァンパイアの根本的な対立構造を持っている者もいるが……。もちろん、我がランドに手を出すようなことをすれば、相手がアベルやリョウであってもただでは済まない」

「分かっている。今のところ、そんなつもりはない」

「ランドと王国、平和が続くことを祈るよ」

真祖はそう言い残すと、アグネスと共に帰っていった。


真祖とアグネスが去った部屋には、アベルとハインライン侯爵が残された。

「ランド貴族がヴァンパイアであることは聞いておりましたが、厄介ですな」

ハインライン侯爵が、珍しく小さなため息をついて言う。

「強いだろ、あの二人」

「はい、恐ろしいほどに」

アベルもため息をついて問い、ハインライン侯爵も頷く。

「王国は大変だな。帝国のルパート陛下、連合のオーブリー卿やロベルト・ピルロ陛下、さらにトワイライトランドのアルバ公爵やシンソ殿。周りを強敵に囲まれている」

「国の運営、ほんのわずかな緩みも許されません」

「まったくだ。三大国の一角と言っても、大国ではないトワイライトランドすら全面戦争になったら勝利はおぼつかないだろう。周辺国家につけ入る隙を与えないようにせねばならん」

「御意」

アベルもハインライン侯爵も平和の尊さを理解している。

同時に、平和主義だけでは平和を維持することはできないということも理解している。

人の世の大いなる矛盾。

しかし、いかに矛盾であろうとも現実を無視してはいけない。

それが、国を運営するということだから。

ハインライン侯爵が部屋を出ていった後、アベルは『魂の響』を繋いだ。
《リョウ、聞こえるか?》
《珍しいですね、アベルの方から繋げるなんて。でも、今は一大スペクタクルが展開中ですから手短に願います》
《いちだいすぺた? よく分からんが、まあいい。さっき、トワイライトランドのシンソ殿とアルバ公爵がやってきた》
アベルのその言葉には、さすがに涼も驚いたようだ。驚きの感情が、『魂の響』を通してアベルにも伝わってくる。この辺りが、確かに魂が繋がっているのかもしれないと感じさせる。
《それは重大事ですね! なんて言ってました?》
《キューシー公国で、今まで眠っていたヴァンパイアたちが目を覚ましたそうだ》
《……はい?》
《親玉はチェテア公爵といって、その一派だそうだ》
《いろいろ厄介ですね》
《シンソ殿が言うには、眠っていたヴァンパイアたちが一斉に起きるなどめったにないことらしい。それだけ、大変なことが西方諸国で起きようとしているのか

もしれんと》
《ニルスたちが遭った黒神官服、さらにヴァンパイア、他にも堕天に関しての何か……。僕はアベルにケーキ特権を取り上げられ、恐ろしい使節団に入れられた不幸な冒険者……》
《自分で行きたいと言ったろう？》
《もちろんです。西方諸国に行きたいとは言いましたが、もっと楽ちんで平和な旅が良かったです》
《それは仕方ない》
涼が嘆いたふりをするが、アベルは頓着しない。この二人にとってはいつものことだ。
《なあ、リョウ》
《なんですか、アベル》
《無事に帰ってこいよ》
《大丈夫です。僕が戻るまで、アベルも死なないでくださいね》
《いや、こっちは大丈夫だから》
《アベル、甘いですよ！》
《うん？》
《使節団がヤバいと思わせておいて、本命は王国の方だったというのは展開的にあり得ます》
《なんだよ、展開的にって……》
いつもの涼の適当推論に、呆れるアベル。
《まあ、リョウに救ってもらった命だからな。こっちも気を付けてはおく》
《帰ったら、絶対ケーキ特権を行使しますから！》
《分かった、分かった》
こうして、二人は、目の前にあるそれぞれの課題に集中するのであった。

◆

中央諸国使節団が西方諸国キューシー公国に到達する二週間前。

そのキューシー公国は、西方諸国の最東端に位置する。

それは辺境という意味でもある。

そんな辺境のキューシー公国のさらに北部地域は、一年の半分は雪と氷に覆われている。

納税さえ行っていれば、中央からの監視はほとんどなく、公国そのものへの賦役《ふえき》義務も免除されている地域だ。

理由は貧しいから。

水産業を中心とした自給自足を基本とし、林業で貨幣を稼ぐ……。中央への納税も、伐採された木材で行われることとすらある。

北部地域とそれ以外を分かつのは、巨大な北嶺山脈。山脈で採れる木材は、北部地域民の貨幣を稼ぐ糧であると同時に、他地域との境界でもあった。

そんな北部地域は、決して豊かとは言えない貴族たちが、それぞれの領地を治めていた。ごくたまにひどい領主も現れたが、そのほとんどは民と手を取り合って、自らも漁業と林業に勤しみながら統治をする貴族。

そんな場所であるために、伯爵以上の上級貴族はいない。

子爵か男爵……場合によっては、世襲されないと規定されている准男爵が代々継承されている家もある。特例がずっと更新され続けている……という形らしい。

ありていに言って、キューシー公国中央から見れば経済規模があまりにも小さい北部地域は、重視されない場所なのだ。下手に手を入れずに、自治に近い形で現地に住む者たちに任せる……それが、代々のキューシー公が行ってきた北部統治であった。

そんな北部地域に、四百年以上続く男爵家がある。

古くからの貴族家が多い北部地域の中でも、長い歴史を持つ家の一つノルヴィヤ男爵家。

民からの信頼、周辺貴族との協力など、問題なく存続してきたのだが……不幸なことに、この二百年の間、代々の領主は体が弱い者が続いている。そのため、周辺貴族はもちろん、民の前にすらその姿を見せることはほとんどなくなっていた。

とはいえ、領主としてやるべきことは問題なくこなされている。民に課す税も多くない……いや、驚くほど少ないと言ってもいいだろう。こんなに少なくて、領主館の人たちは食べていけるのかと心配になるほどに。

もっとも、民の代表が納税や陳情のために館に上がっても、扉に出てくるのは老執事長ただ一人。彼が全ての話を玄関で受ける。

民の代表が館の中に入る許可は与えられない。

そう、だから二百年間、実はノルヴィヤ男爵が同一人物であることを知る者はいなかったし、館の地下に百人を超えるヴァンパイアが眠っていたことを知る者もいなかった。


そんなノルヴィヤ男爵オゼロが、館の会議室でただ一人片膝をついている。彼の前には、七人の男女が椅子に座っていた。

「オゼロ、我々が『起こされた』理由について、新たな情報が入ったそうだな」

オゼロに問いかけたのは、中央右に座る銀髪に赤いメッシュの入った男。この場で、二番目の権力者バリリョス侯爵ルーベン。

「はい、ルーベン様。見立て通り、その中心はマーローマーの教皇庁でした。あの時、教皇庁とどこかが繋がったようです」

「繋がった？　どこかは分かっていないのだな」

「はい。我々……ヴァンパイアも人も認識できないどこかとしか。記録を調べてみましたところ、四千年前に一度だけ同じことがあったようです」

「四千年前？」

オゼロの報告に、眉をひそめるルーベン。

他には誰も口を開かなかったが、ただ一人、中央に座る金髪の女性がうっすら笑いながら呟いた。

「ニューの頃だな」

西方教会の開祖ニュー。数多の奇跡を起こし、一代にして西方諸国をまとめ上げた傑物《けつぶつ》。四千年経った今でも、ニューが築いた西方教会は西方諸国の中心として存在し続けている。

「血と炎で紅《あか》く染まった世界、楽しかったぞ」

金髪女性は大きく目を見開いた。その瞳は、まさに血と炎の紅。

ヴァンパイアの瞳は基本的に赤いのだが、その中でも際立つ紅。自ら輝いているのではないかと思えるほどに、力のある紅。

正面で礼をとっているオゼロは、思わず頭を下げる。

紅の瞳の彼女こそが、ヴァンパイアの中のヴァンパイア……チェテア公爵レアンドラ。

その紅の瞳が、懐かしさを帯び遠き過去を思い出す。

「人とヴァンパイア、それに悪魔どもも交えての三つ巴《どもえ》の戦い。ふふふ、何度思い出しても身が震えるわ」

「しかしニューという男は、聖職者だったはずでは……」

「ん？　そうか、あの時ルーベンはいなかったか」

「はい？」

「そう、ニューは徳を備えた真に聖職者と呼ぶにふさわしい男であったかもしれん。だが……」

ニヤリと笑ってレアンドラは言葉を続けた。

「強さを極め、その向こう側を見たからこその聖職者なのだ。人とこの世の、表裏全てを見たからこそ、聖職者になった。その本質は優しい男であったが、剣を交えた時は昂《たかぶ》ったぞ。奴も我もな。我は戦うのが好きだからだが……。あれは、人の皮をかぶった別の何かであったのかもしれん」

レアンドラが浮かべた笑みは美しさを通り越して、妖艶と呼ぶべき姿へと変化した。色を付けるならやはり紅……紅き妖艶さを纏った笑み。

「そう……ニューの時は、押し入ってきたのであったな」

「はい。神、あるいは天使であったと聞いたのですが」

「ふん、あれはそんな上品なものではないわ」

ルーベンの言葉に、片頬を上げて笑うレアンドラ。

「人は……ものを知らぬゆえ、自分たちが頭の中に描く天使だと認識しておるやもしれぬが、全く別物よ。そう、ニューはこう言っていたな、堕天せしものと」

「堕天？　それはいったい……？」

「天より堕ちたものという意味だが……さて、天とはいったいどこにあるのであろうな」

笑いながら言うレアンドラであるが、すぐに気付いた。他の者たちが、あまり理解していないことに。

「いかんな、我の悪い癖が出た。小難しい話は無しだ。ルーベン、オゼロ、話を戻してくれ」

「はい、レアンドラ様」

ルーベンはそう答えると、再び司会を続けた。

「約二週間後、西方教会の呼びかけに答えて、中央諸国からの使節団約千人がキューシー公国に到着いたし

ます」

「うむ。おそらくは先ほどの……四千年前に起きたことを、今度はこちら側から起こすのであろう、それに使節団はなんらかの方法で関わるのであろうと思う。それを防ぐためにも、使節団をマーローマーに到着させてはならん。到着させない一番確実な方法は、全員殺すことだ」

ルーベンの言葉を、レアンドラが補足した。

参加者全員が頷く。

「問題はその後。また新たに、中央諸国から使節団が送られてきても面倒。それゆえ、このキューシー公国も潰しておく」

再び、参加者全員が頷く。

だが今回、ただ一人だけ頷くのが遅れた人物がいたのを、レアンドラは気付いた。それはオゼロだ。とはいえ、レアンドラは何も言わない。なぜ遅れたのか想像はついているし、ここで、そのことについて話す必要性を認めていない。

「このキューシー公国は、西方諸国における東の要でもある。潰し、混乱させておけば法国の連中も対処せざるをえまい。そんな状況を、西方諸国内にいくつもつくる。そうやって法国の力を分散させておいて、最終的には教皇庁を潰す」

三度、全員が頷く。

だがやはり、ただ一人、オゼロだけが頷くのが遅れた。今回はレアンドラだけでなく、その横のルーベンも気付いたようだ。

ルーベンが、ちらりとレアンドラを見た。だがレアンドラはうっすら笑って無言のまま、小さく首を振る。「放っておけ」という意味だ。

ルーベンも了承の意味で頷き、言葉を続けた。

「我々は目覚めたばかりです。通常であれば、十年も起きていれば元の力に戻りますが、今回は時間がありません。まずは、力を取り戻す必要があります。時間をかけずに、我々ヴァンパイアが力を得る方法はただ一つ、人の血です」

レアンドラとオゼロ以外が頷く。

「そのため〈ブラッディ・ボルケーノ〉によって、人の血を集め吸い上げます」

「おぉ」

「このキューシー公国北部地域の人の血を〈ブラッディ・ボルケーノ〉によって集め、力をつけてから中央諸国使節団に当たるのがよろしいかと思われます」

ルーベンの提案に、参加者たちが頷く。

しかし……。

「お待ちください」

異議を申し立てる男が一人。その人物は、ただ一人片膝をついて礼をとる、この場で最下級の男爵という立場の男。

「何かあるのか、オゼロ」

「はい、ルーベン様。〈ブラッディ・ボルケーノ〉には反対いたしません。ですが標的は、なにとぞ、ここではない別の場所に……」

いつの間にか、オゼロの顔に大量の汗が流れだしている。自分の提案の無謀さを自覚しているからだ。それでも言わざるを得ない。

「なに？」

そんなオゼロの提案に、顔をしかめて問い返すルーベン。

「血迷ったか、オゼロ！」

「どういうつもりだ！」

「貴様、自分の立場が分かっているのか！」

口々にオゼロを非難する列席者。

何も言わないのは、うっすら笑ったままのレアンドラと顔をしかめたままのルーベン、そして囂々《ごうごう》たる非難を反論せずに受け続けるオゼロのみ。

オゼロの顔は俯き、表情は列席者からは見えない。

しかし、レアンドラは確信していた。その瞳には強い力が宿っているだろうと。

ここにいるのは、公爵たるレアンドラを筆頭に、侯爵と伯爵ばかりだ。男爵たるオゼロは圧倒的に下の立場……。ヴァンパイアは力と格によって上から、公爵、侯爵、伯爵、子爵、男爵のいずれかの爵位が与えられている。その中で、オゼロは男爵。最下位。

だがそれでも、オゼロは標的の変更を願い出た。自らが治めてきたこの辺りの人間たちの血を奪わないでほしいと。

〈ブラッディ・ボルケーノ〉は、血を吸い上げる大魔法。それを行えば、対象となった人々は死に絶える。

それは嫌だとオゼロは主張したのだ。

「え？」

「オゼロ、汝は何ぞ」

ルーベンの突然の問いに、オゼロは一瞬戸惑う。

だがすぐに問いを理解する。

「チェテア公爵レアンドラ様にお仕えするヴァンパイアです」

「それなのに、我らに人の血を捧げるのを厭《いと》うというのか」

「は……」

「人は敵ぞ？」

「そ、それは……」

ルーベンの言葉に、思わず反論しそうになるオゼロ。

仮の領主とはいえ、そして人の中にほとんど入ることなく過ごしたとはいえ、二百年の間、オゼロはこの辺りを男爵として治めた。もちろん、元々のノルヴィヤ男爵は人間であったが、二百年前、チェテア公爵一派が眠るための場所を確保するため、ノルヴィヤ男爵家とこの地を乗っ取ったのだ。

元々オゼロは、ヴァンパイアの中では人に優しい部類であったと言えるだろう。それがこの二百年の経験で、さらに人に気持ちを寄せるようになった。

正直に言って、もはや人を敵とは思えない。

心の中が、その瞳に出ている。

「よい、ルーベン」

「レアンドラ様？」

「元々〈ブラッディ・ボルケーノ〉をこの北部地域の街で使うには、人の数が少なすぎて効率が悪いと思っておった。もっと人が集まっている街にするがよい。東部地域にちょうどよい街があったはずだ……ロプノールであったか、そこにする」

その言葉にオゼロはホッとした。

「レアンドラ様がそうおっしゃるのであれば」

ルーベンが頭を下げ、他の列席者もオゼロも頭を下げた。

うっすら笑いながら、レアンドラが口を開く。

「オゼロ、人間に、情が移ったか？」

「い、いえ、そのようなことは決して……」

あまりにも直接的な問いかけに慌てるオゼロ。

「お前は優しい、人に情が移るのもやむを得ん。もちろん、我への忠誠も疑っておらぬ。それゆえ二百年前、我らの眠りの『門番』にお前を指名したのだからな」

「ははっ」

「我々ヴァンパイアにとって人とは家畜のようなものだ。我々は人の血を飲まねば力を出せぬのだ、殺し尽くすことはできぬ。家畜を愛《め》でるなとは言わぬ。人も、あるいはあの悪魔どもでさえ似たようなことをしておる……ヴァンパイアがしたところで変ではあるまいさ」

うっすら笑いから苦笑になるレアンドラ。

「だが、人は敵対的な家畜でもある。やつらは、我らがヴァンパイアと知った瞬間、我らに襲い掛かる。慈《いつく》しむのも愛でるのもよいが、油断はするなよ」

「肝に銘じておきます」

「それから、キューシー公とその家族は皆殺しにして、この国も戦火に沈める。それは変わらぬが、よいな」

「はい……」

「本当に、人のことを大切に思うのなら、お前の民を戦乱の中でも守ってみせよ」

「はい」

レアンドラの言葉に、力強く頷くオゼロ。

それは弱々しい男爵の姿ではなく、居並ぶ上級貴族にも匹敵する力強さをレアンドラに感じさせた。同時に、オゼロはついてこないということも。

「オゼロは、ここに残るのだな？」

「はい……今しばらく、この北部に留まりとうございます」

「好きにせよ。我らは離れていてもヴァンパイア。人に愛想が尽きたら、また我が下に来ればよい。いつでも受け入れようぞ」

「ありがたき幸せ」


そして二週間後、ロプノールの街が紅く染まった。

◆

　中央諸国使節団が見た、キューシー公国最初の街ロプノールは燃えていた。いや、正確に言えば、燃えているように見えた。

「なんですかね、あれ。最初は燃えているのかと思いましたけど、炎ではなくて赤い何かが……」

「赤い光の……滝？」

　アモンが誰とはなしに尋ね、双剣士ゴワンが見たままを答える。

　その光景は、とても現実のものとは思えない。

　城壁に囲まれた街に、空から、赤く輝く滝が零れ落ちていくような……。

「あれは……魔法なのか……？」

「分かりません……」

　剣士ニルスの呟きに、剣士ハロルドが答える。

「西方諸国の魔法は、中央諸国とはかなり違うと聞いていたけど……でも、これは……」

　神官エトが呟く。

　それを受けて、同じ神官であるジークは無言のまま頷く。

「なんか……あの爆炎の魔法使いの魔法みたいだな……」

　ニルスの呟きに、アモンが頷いた。

　おそらく、二人が感じたのは、オスカーの〈真・天地崩落〉であろう。本来の〈真・天地崩落〉は、都市攻撃用の広域殲滅魔法。都市に対して使用すれば、目の前のような光景が現出される可能性はある……。

　六人がいろいろ言っている間も、ずっと無言のままの涼。

　涼には、空から天使の大群が降りてきているように見えた。おそらくそれは、地球における聖書の知識があったから。

　聖書のヨハネの黙示録には、使徒ヨハネが見た幻が記されている。その第五章には、天使と思われる者たちが、千の千、万の万いると表現されている……。

　千の千倍でも、百万。万の万倍だと、一億……。そんな数の天使が待っている光景？

「まさか……〈ブラッディ・ボルケーノ〉？」

多くの思考の結果であろうか、ジークが呟く。

「ヴァンパイアの大魔法？　そう言われれば、〈ブラッディ・ボルケーノ〉の描写に似ている……。でもそうなると、あれは天から落ちてきているのではなくて、地上から人の血が吸い上げられているということになるよ」

エトが顔をしかめて言う。

「え？　エトとジークは、あれが何か知っているの？」

二人の会話を聞いて驚いたのは涼。二人が知っているということは、神殿の秘法？　いや、今、ヴァンパイアの大魔法って言った気が……。

「見たことはないよ。神殿で学んだ中に、ヴァンパイアに関する記述があってね。その中に〈ブラッディ・ボルケーノ〉という、街に住む人たちの血を全て吸い上げる大魔法が記述されていたんだ」

「ヴァンパイアは中央諸国にはいませんが、西方諸国においては長い間、人と争ってきました。ですので、西方教会からの情報提供の一環として、ヴァンパイアに関する情報も神殿に回ってきています。とは言っても、ヴァンパイアの力が強かった一千年以上昔の話らしいですけど」

二人の神官エトとジークが説明した。

西方教会と中央諸国の神殿は、教義の違いはあれど敵対はしていない。むしろ西方教会の成立以来、細々とではあるが交流すらある。もっとも、中央諸国と西方諸国の間は、簡単には行き来できないため、細々以上になることはないようだ。

「ヴァンパイア……」

涼が呟く。

目の前の現象に関して、その単語が出てきた以上、アベルから聞かされた情報に関して伝えた方がいいだろうと判断できる。

「実は、先ほどアベルから聞かされたのですが……」

涼が聞かされた情報を六人に話していくと、驚きが広がっていくのであった。


その後、涼は使節団団長たるヒューにも報告を行った。『魂の響』について、それまでヒューには伝えていなかった。めんどうな仕事を押し付けられると嫌だなと思って。

とはいえ、〈ブラッディ・ボルケーノ〉とかヴァンパイアとかが出てきて、それがこの先に使節団が赴くキューシー公国で起きたとなれば……報告しておいた方が良いだろう。

報告を受けた時、ヒューは思いっきり顔をしかめた。

だがそれだけ。

「分かった」

間違いなく、この先、面倒なことが起きると覚悟を決めたヒューであった。

◆

王国使節団だけではなく、先に丘に到達していた帝国使節団と連合使節団も、止まってその光景を見ている。

しばらくすると、その二国のトップ、すなわち先帝ルパートと先王ロベルト・ピルロが連れ立って、王国使節団団長たるヒュー・マクグラスの元を訪れた。

「さてマクグラス団長、どうすべきだとお考えかな」

開口一番そう言ったのは、帝国使節団団長たる先帝ルパート。

ヒューは、ルパートとロベルト・ピルロの方を向く。

当然ながら、ルパートの問いは、どうすればいいか分からないからヒューの意見を聞きたい、というものではない。

彼らクラスの人間たちは、他人に問う前に、自分の中に答えがある。

それでもあえて問うのは……。

『君がその地位にふさわしいことを、その答えによって示せ』ということなのだ。

なんという上から目線？

当たり前だ。

そうでなければ、最高権力者として、何十年にもわたって国家運営などできるわけがない。国家レベルでのかじ取りなど、本来、誰にでもできることではないのだ。

今回も、問うた者たちが想定した答えか、それ以上の答えだけが求められている。

それは、ヒューも理解していた。

（実際、先帝も先王もとんでもない実績を上げてきた、政治における化物みたいな連中だからな。俺には荷が重い。この地位に押し込んだアベル陛下、マジで恨むぜ）

などということを心の中で考えてはいたが、もちろん表情には一切出さない。

「本隊はこのままで、街とその周辺に偵察を出すのがよろしいでしょう。街までけっこうな距離がありますから、歩きや走ってでは時間がかかり過ぎます。ですので、馬に乗れる者を。そして、魔法の素養のある者たちを。うちから出したいのはやまやまですが、何せ冒険者というやつらは、馬に乗れない者が多いので……申し訳ないですな」

つまり、王国の護衛は冒険者ばかりで馬に乗れないから、危険な偵察任務は、帝国と連合から出せと言っているのだ。

「ククク……これは恐れ入りましたな、ロベルト・ピルロ陛下」

「いや、まったく。大戦の英雄は、交渉もお上手らしい」

先帝ルパートは小さく笑い、先王ロベルト・ピルロはニヤリと笑った。

ヒューの答えは、二人の想定を超えたようであった。

使節団本隊は丘の上で停止したまま。そこから、二十人ほどの騎馬の偵察隊が、街に向かっていくのが見えた。

その頃には、赤い滝は消えていた。

「あれは、帝国の人たちですかね？」

「そうみたいだな」

涼の誰とはなしの質問に、隣のニルスが頷いて答える。

「よかったですね、ニルス。馬に乗れないおかげで、あんな危険な偵察に駆り出されずに済みましたよ」

「ものすげー馬鹿にされている気がするんだが……」

「え？　馬、乗れます？」

「……いや、乗れん」

涼の問いに、顔をしかめて答えるニルス。

「ニルス、後輩たちに負けてますよ」

「なに？」

「多分、『十一号室』の三人は騎乗できるはずです」

涼はそう言うと、『十一号室』の三人の方を向く。

「は……はい……」

「いちおう……」

「乗れますが、どうしてリョウさんは、そう思ったのですか？」

バツが悪そうに答える剣士ハロルド、ハロルドがニルスを尊敬していることを理解している双剣士ゴワン、そして涼がなぜそのことを知っているのか疑問に感じた神官ジーク。

そして、そんな三人を愕然とした表情で見る、先輩剣士ニルス。

ニルス同様に騎乗できない、苦笑いの先輩エトとアモン……。

「ハロルドは、カイン殿下の息子さんですからね。カイン殿下はとても頭のいい方でしたから、王族として、当然必要な教育はされたはずです。ゴワンも、いずれハロルドの近侍となるのでしょうから、騎乗できるように訓練したはずです。ジークは、なんか小さい頃から、そういう方面もきっちり仕込まれた気がします。だから、三人とも乗れるだろうと」

「そ、そうか……」

涼の得意気な説明に、けっこう適当な推論が入っていることに気付きつつも、結果的にあっているため受け入れるしかないニルス。

適当推論なのに、けっこう当たっていてびっくりしている『十一号室』の三人。

正解を答えさえすれば、たいていの場合、周りの雑音はシャットアウトできるものなのだ。

涼の言った言葉に、少し引っかかったのは剣士ハロルドであった。

「リョウさんは、父上のことをご存じなのですか？」

『カイン殿下はとても頭のいい方でした』という涼の表現が気になったのであろう。

「直接の面識はありません。ただカイン殿下が、アベルを即席教育するために準備した宿題を見たことがあります。非常に素晴らしい問題ばかりでした。問題は、問題作成者の知的レベルが表れます。あの問題を見れば、カイン殿下が名君の素養をお持ちであったのは明らかです」

「父上がアベル陛下の問題を……」

涼の説明に、ハロルドは少しだけ寂しそうな表情をした。

「私は、父上に、そんな問題を作っていただいたことはありませんでした……」

それが、寂しそうな表情の理由らしい。

「ハロルドは、カイン殿下と仲が悪かったの？」

「あ、いえ、そういうわけではありません。父は体調を崩すことが多かったですが、体調の良い時にはいろいろ教えてもらいました」

涼の問いに、ハロルドは慌てて答えた。

「アベルへの問題は、仕方なく作ったのだと思います」

涼は、ハロルドの目をしっかりと見て言う。

そして言葉を続けた。

「本当なら、もっと時間をかけて直接、教えたかったはずです。アベルは王家を離れて冒険者をしていましたから、仕方ないでしょうけど。ハロルドは、カイン殿下から直接学ぶことができたわけですから、アベルよりも運が良かったと僕は思いますよ」

「……はい」


丘の上で、そんな会話が交わされている間も、使節団の偵察隊は、街に近付いていた。

彼らは、街に近付くにつれ、あることに気付いた。

「隊長、街の外に、誰もいません」

「ああ、変だな」

街の中で火災が起こったり、異常が起きたりすれば、街の外に避難しようとするはずだ。だが、街の門は開いたままであるにもかかわらず、門の外に誰も出てきていない。

「城外に誰もいない。人がいれば、そこで何か聞けるかと思ったが……やむを得ん、中に突っ込むぞ」

「はい！」

隊長の言葉に、隊員全員が、一瞬の逡巡もなく返事をする。

彼らは精鋭であった。

四時間後。

偵察隊が戻ってきて、報告を行うということが王国使節団にも知らされた。先帝ルパートにだけではなく、同時に連合と王国にも偵察隊が直接報告すると。

そのため、王国使節団団長ヒュー・マクグラスは、指定の場所に赴いた……のだが。

「なんで、リョウが付いてきているんだ？」

水属性の魔法使いが、コソコソと後をつけてきていることに気付き、咎《とが》めた。

だいぶ早いうちから気付いてはいた。どこか別の場所に行こうとして、たまたま同じ方向なのだろうと思っていたのだが……つけてきていたらしい。

ちなみに涼本人は、尾行のつもりだったようだ。

「ちょっとヒューさん、そんな大きな声で言ったら、他の人に気付かれるじゃないですか！」

「いや、みんな気付いてるだろ」

涼が慌てて小さな声で非難し、ヒューは呆れたように言う。

「そんなはずは……」

涼は、そーっと、周りを見る。

「我は何も見ておらぬ」

先帝ルパート。

「言われるまで、気付かんかったわい」

先王ロベルト・ピルロ。

「ほらー！」

得意げに言う涼。

「なんでだよ！　なんであんたたちまで毒されているんだよ！」

怒鳴るヒュー。

「ヒューさん、失礼ですよ。団長として同格とはいえ、先の皇帝陛下と国王陛下です。言葉遣いには気を付けてください」

なぜか涼が偉そうに言う。

「さすがアベル王の股肱《ここう》の臣として知られるロンド公。やはり、王国の筆頭公爵は違いますな」

「マスター・マクグラスも、王国の英雄。その言動は、常に注目されていることをゆめゆめ忘れなさいますな」

「くっ……」

なぜか、涼、ルパート、ロベルト・ピルロという、三巨頭から苦言を呈せられるヒュー・マクグラスであった……。


ヒューが若干の、いや、かなり大きな不満を感じつつも、偵察隊の報告は行われた。

内容としては……。

建物の多くは、燃えていた。あるいは燃え尽きていた。

街には、誰もいなかった。

死体すら、なかった。

「街には入れぬな」

「ですな。そのうち、他の街にいるキューシー公国の駐留部隊などが見にきましょう。この丘から見えたのです、他からも見えたでしょうからな」

「となると、この丘で待つ方が、まだましか」

「旗を出しておけば、街に様子を見にきた部隊が接触を図るでしょう。スフォー王国から、我々が向かっているという知らせは、公国に伝えられているので」

先帝ルパートと先王ロベルト・ピルロの間で、次々と対処が決まっていく。それを、もう一人の団長、ヒュー・マクグラスはじっくりと腕を組んで見ている。

その傍らで見ている涼は、ひやひやしていた。

そして、コソコソとヒューに囁《ささや》く。

「ヒューさんも、こう、何か意見を言った方がいいんじゃ？」

「ん？　その必要はないだろう？　全部妥当な対処だ」

「ヒュー・マクグラス、ここにあり！　って感じでアピールしておかないと、軽く見られますよ？」

「なんでだよ……」

涼の謎提案にヒューは呆れた。


結局、街の怪異を調査に来た部隊と接触し、キューシー公国公都ディーアールに使節団一行が入ることができたのは、十日後であった。

◆

西方諸国の最東端国家として知られるキューシー公国。その都ディーアールは、さすがにこれまでの回廊諸国の街とは規模が違っていた。

「これは……王都とまでは言わないけど、ルンの街以上の人口はいるね」

その人口の多さに驚く神官エト。

「西方諸国を王国に例えれば、このキューシー公国は辺境伯にあたります。そのためか、西方諸国の中でも、かなり強力な軍事力を持っているそうです。その一つが、ゴーレム兵団とか」

『旅のしおり』を読みながら、情報を補足する神官ジーク。

「なるほど……って、え？　ジーク、今、ゴーレム兵団って言った？」

ジークが言った言葉に反応する涼。

「あ、はい。西方諸国最強のゴーレム兵団は、教皇が治めるファンデビー法国のものらしいですが、このキューシー公国のゴーレム兵団も、なかなかのものだそうです」

ジークはそう言いながら、『旅のしおり』の該当箇所を見せる。

「それは、ぜひ、見たいですね！」

ワクワクを通り越して、ソワソワしはじめた涼。

「これはヒューさんに、この公国に半年くらい留まるように直接交渉を……いや、ルパート陛下やロベルト・ピルロ陛下にも根回しを……」

「いや、そういうのはやめろ」

涼の口から出る不穏な言葉を、未遂のうちに止めようとするニルス。

苦笑するエトとアモン。

ちょっとぽかんとなる『十一号室』の三人。

だが、ニルスの懸念は払拭され、涼が望んだ光景も現出された。

一行を迎えた公宮には、ずらりと整列したゴーレムたちがいたのだ。

それを見た涼の表情は……。

まさに歓喜。

まさに喜悦。
まさに……至福。
列から逸れて、フラフラとゴーレムの方へ近寄っていこうとするのを、ニルスにむんずとつかまれて、何度列に戻されたことか……。
結局、整列したゴーレムを抜け、公宮内の広場に一行が入るまで、それは続いた。
広場に入り、扉を閉められ、ゴーレムが見えなくなる時……。
「ああ……」
手を伸ばしながら、涼の口から漏れた言葉に、『十号室』と『十一号室』の六人はため息をついた。
だが本当は、ため息で終わってはいけないのだ。涼の行動力を考えた場合。
それを理解していたのは、この六人ではなかった。
《リョウ、絶対扉を破って突っ込むなよ！》
《アベル、止めないでください！》
《いや、止めるわ！》
はるか中央諸国にいるアベルによって、涼の暴走は未然に防がれた。
『魂の響』を通して、アベルはその光景を見ていた。
そして、涼の気持ちも想像がついた。
となれば、とるかもしれない行動も予測がつくというものだ。
《本命は、教皇のゴーレム兵団だろうが。ここで問題を起こせば、それを見られなくなるぞ？》
《うっ……》
教皇が治めるファンデビー法国のゴーレム兵団は、西方諸国でも最強と言われている。
そして、使節団一行は、その教皇の就任式に向かっているため、ファンデビー法国には必ず行くのだ。それに連れていってもらえなくなるのは、涼としては困る。
《仕方ありません。後で、正式なルートで観察を申し込みます》
《正式なルートって何だ……》
《ヒューさんに、お願いします》
《ま、まあ……それならいいが……。グラマスに迷惑かけるなよ？》

《大丈夫ですよ。心配しないでください！》
なぜか自信満々の涼。
何の根拠があって自信満々なのか、全く理解できないアベル。
いつものように、世界はすれ違いからできている……もう、断定してもいいのかもしれない。

王国使節団によるキューシー公ユーリー十世への謁見は、公宮内にある中央庭で行われた。閲兵式などでも使う中央庭ということもあり、千人弱の使節団全員が謁見の栄に浴したのだ。

「ニルス、めんどくさいと思っても、これもお仕事の一環です」

「俺、何も言ってないぞ」

「剣士はみんなそうです。式典の重要性を理解していません」

「……なんだろう、すげー理不尽さを感じるのは」

涼による謎の糾弾に、ため息をつくニルス。

横でクスクスと笑うエト、苦笑するアモン。賢明にも無言を貫くハロルド、ジーク、ゴワン。

彼ら七人がいる場所からも、キューシー公らがいる壇上は見えた。

中央正面の椅子に、四十代後半のはずのキューシー公ユーリー十世が座り、その隣に同じくらいの年齢の女性が座っている。

「キューシー公の隣の女性が、公妃様って言いましたよね」

「うん、言ったね」

涼の確認に、エトが頷く。

こういう場合の確認は、やはりエトが一番ちゃんとしている。

公と公妃の横にも椅子が設えられている。涼たちから見て、公の左に二つ、公妃の右に二つ。そこには、三人の男女が座っていた。年齢的に、公と公妃の子供たちだろう。

「公の左が空席で、その左が……」

「第二公子様って言ってたね」

「公妃の右が……」

「第一公女様、そのさらに右が第二公女様って言ってたね」

「ということは、空席は……」

「第一公子様だろうね」

涼とエトによる、空席の確認完了。

つまり、第一公子は欠席らしい。

「嫌な予感がします」

涼が呟く。いや、呟きというには少し声が大きい。

だが、誰も何も反応しない。

「嫌な予感がします」

再び、涼が呟く。いや、呟きというには先ほどより声が大きい。

だが、誰も何も反応しない。

「嫌な……」

「分かったから！」

三度目の呟きは、ニルスが介入した。

「つっこみが遅いです、ニルス」

「リョウが適当に言ってるだけというのが分かっているのに、わざわざ……」

「アベルなら一回目で的確につっこみます。ニルスがアベルの領域に到達するのは、いったいいつになるやら」

「アベル陛下……こんなリョウの傍若無人さをいつもいなしていたなんて。マジで尊敬します」

涼がやれやれと肩をすくめ、ニルスが遠き中央諸国にいるアベルへの尊敬の念をさらに深めた。

「第一公子の問題はありますが、キューシー公含めた他の人たちはまともそうです」

「アイテケ・ボとかシュルツ国みたいなことはなさそうだね」

涼の言葉に、苦笑しながらエトが同意する。

国のトップには、やはりまともな人がついてほしい……自国民だけでなく、使節団の人間ですらそう思うのだ。


そんなキューシー公ユーリー十世への謁見がつつがなく終了し、使節団一行は、公宮内に準備された迎賓館に入った。これまでの回廊諸国とは違い、ここでは護衛たちも休息をとることが許されている。

ただし使節団首脳たちには、別の仕事がある。

首脳たちには、別室でファンデビー法国までの旅程が示されていた。

キューシー公国は、教皇の指示により中央諸国使節団をファンデビー法国まで道案内する役割を与えられている。そのための、旅程伝達であった。

西方諸国には、『全ての道はファンデビーに通ず』という言葉があるくらい、街道網が発達している。しかし今回、中央諸国使節団用に準備されていたのは、大河を船で下る旅程であった。

あったのだが……。

「川が増水？」

旅程表を見て、思わずヒューの口から言葉が漏れる。

「はい。この公都ディーアールからファンデビー法国までは、オース川を船で向かいます。三十台の馬車と二百人以上乗れる船を、合計六隻用意させていただいております。各国二隻ずつです。ただ、昨日まで降り続いた大雨のため、川が増水しております。二日ほどで出航できるとは思いますので、それまでこのディーアールでお待ちいただくことになります」

陸路でもファンデビーに向かうことは可能らしいが、船より時間も手間もかかる。

そもそも、教皇の就任式まで、まだ三カ月ほどの余裕がある。急ぐ必要もない。となれば、待つのが上策。

先帝ルパート、先王ロベルト・ピルロ、そしてヒュー・マクグラスの三人は視線を交わした。言葉に出さずとも、その程度は理解できる。

「分かりました。川が治まるまで待たせていただきましょう」

代表して、先帝ルパートが答えた。

ここに、二日間の余裕が生まれた。


「やりましたよ！　天は我に味方せり！」

宿舎の大食堂で、川が治まるまで待つという報告を受けた時、ある水属性の魔法使いが叫んだ言葉だ。

「なんだ、リョウ。何が味方なんだ？」

その、かなりの喜びように、訝しげな表情を向ける、団長ヒュー・マクグラス。

『十号室』と『十一号室』の六人は、小さく首を振ったり、苦笑したりしている。

「ヒューさん、折り入ってお願いしたいことがあります！」

涼は、ヒューに近付きながら言った。

「公国のゴーレムを、近くで見る許可を取ってほしいのです！」

「ゴーレム？　ああ、並んでいたやつか……」

涼の言葉に、ヒューは整列していたゴーレムを思い出す。同時に、三年前のインベリー公国への出兵時に、涼が連合の人工ゴーレムに異常なほどの興味を示していたことを思い出していた。

「リョウは……ゴーレムに興味があったな、そういえば……」

「はい！」

ヒューの言葉に、いい返事をする涼。

ヒューも、涼の希望が通ればいいなとは思うが、ゴーレムはおそらく国家機密、そう簡単には他国の人間が見る許可は下りないだろうと思えた。


「いちおう、先方に頼んではみるが……難しいと思うぞ？」

「大丈夫です。その時には、公都全体を一時的に氷漬けにして、みんなが動けなくなったところで見ますから」

「いや、馬鹿、やめろ」

涼のとんでもない考えを、慌てて止めるヒュー。公都全体を氷漬けにできるかどうかは分からないが、そんな考えを持つこと自体が大変困る。

「もちろん冗談ですよ。いやだな～、ヒューさんたら、本気にしちゃって」

「……リョウの場合、どこまで冗談かが全く分からん」

涼が素敵な笑顔でヒューの腕を叩き、もの凄く疲れた顔で答えるヒュー。

いつもはアベルが担う役割を、今回はヒューが担っている……大変そうだ。

その後、『見るだけなら構わない』という許可が下りたのは、誰にとっても幸運であった。

涼は何度もガッツポーズをして喜び、ヒューは問題が起きなくて済みそうだとホッと胸をなでおろし、知らないうちに氷漬けにされたかもしれない公都民は……何も知らないで生活を続けた。

もちろん、涼が氷漬けにすると言ったのは、冗談ですよ？

涼自身が言った通り、冗談ですよ？

本当ですよ？


「ついに、念願がかないます！　ゴーレム見学会です！」

「いや、以前、連合から鹵獲したゴーレム、王都で見ただろ？」

涼の言葉に、付き添いというより監視役で付いてきた王国使節団団長ヒュー・マクグラスはつっこんだ。

団長自らが監視役……涼はＶＩＰ待遇なのだ。単に、他の人物では抑えきれない可能性が高いからとも言える。

「あれはあれ、これはこれです」

「そ、そうか……」

涼の力説に、ヒューは力なく同意した。

移動しているのは二人だけではない。六人が案内されている。

「というか、俺とリョウだけじゃないというのが……」

「いや、マクグラス団長、我々も当然興味はあるのですよ」

「マスター・マクグラス、抜け駆けはいけませんな、抜け駆けは」

ヒューがぼやき、先帝ルパートが笑いながら言い、先王ロベルト・ピルロが茶々を入れる。

涼にはヒューが付き、ルパートにはハンス・キルヒホフ伯爵が付き、ロベルト・ピルロには護衛隊長グロウンが付いていた。

各使節団から二人ずつの、合計六人。

とても公正で公平。


彼らが案内された部屋の扉には、『兵団整備室』というプレートがつけられている。

その部屋の前で、六人を待っていた人物がいた。今回の案内の責任者だ。涼も見たことのある人物で……。

「第二公子様？」

「私が、皆様をご案内させていただきます」

謁見式で見た第二公子が、丁寧に頭を下げた。

「凄いVIP待遇です……」

涼が思わず呟く。

だがすぐに気を取り直す。この先には、ゴーレムたちが待っている。ならばその前に、疑問を解決しておこう。

「なぜ第二公子様が案内を？」

「どうぞ私のことはルスランとお呼びください、リョウ殿」

「分かりました、ルスラン様」

「そう、なぜ私が案内かでしたが……。実は、キューシー公国ゴーレム兵団の開発責任者なのです」

「え！　じゃあ、このゴーレムたちは……」

「いえ、これらは師匠が開発、改良を行ったものです」

そう答えた時のルスランの表情は、少しだけ翳った。

「ですが開発責任者とは……まだお若いのに、ご立派な」

「あはは……」

思わず涼が頷きながら言うと、ルスランは苦笑した。

成人したばかり、十八歳のルスランは確かに若いが、見た目同じくらいの涼にそう言われれば苦笑するしかないだろう。

「では、こちらへ」

兵団整備室のプレートが付いた扉を開けて、ルスラン公子は六人を中に導いた。

そこは、バスケットコート十面分ほどはありそうな、巨大な空間。

そこに、ずらりと並んだゴーレム。

ゴーレムを覆う鈍い金属の反射光が、荘厳な雰囲気を醸し出している。

「おぉ……」

感嘆の言葉が、涼の口から漏れる。

そこに並ぶゴーレムは、高さ約三メートル。表面は、何かの金属製で、鈍くくすんでいる。

涼が以前見た、連合の人工ゴーレムと比べた場合、同じ部分も違う部分もいくつかある。

まず大きさは、連合の人工ゴーレムは二メートル半、こちらは三メートルほど。

そして、見た目で大きな違いは……。

「二本足……」

涼が呟く。

そう、連合の人工ゴーレムは、四本足であったが、目の前のゴーレムは二本足。

言うまでもなく、四本足の方が安定性は高い。というより、二本足で歩くというのは、かなりバランス制御が難しいのだ。

つまり目の前のゴーレムたちは、制御機構が連合の人工ゴーレムとは違うということ。

涼は、魅入られたかのように、一番手前にあるゴーレムの方へフラフラと近付き、手を触れようとして……。

「こら！」

ヒューに止められた。

「ヒューさん、止めないでください！」

「いや、止めるだろ！　見るだけ、触るなと言われただろうが」

そう、見る許可は下りたが、触れるのはもちろんダメである。涼も使節団の一員ということで、国同士の約束事を破れば大変なことになる。

「むぅ……そうでした」

さすがに、涼ですら理解している。

しかし、そこに福音が！

「少し触るくらいなら構いませんよ」

「え！」

思わず声の主の方を見る涼。もちろんそれは、開発責任者ルスラン公子。

「……本当に？」

「はい」

「触った後で、怖い人たちに突き出したりとかは？」

「大丈夫です」

「ありがとうございます！」

涼は嬉しそうに感謝すると、目の前のゴーレムに、右手でそっと触れた。

触れた瞬間に、すぐに手を離す。

そして、もう一度。今度はもっとしっかりと触れる。

右手は触れたまま、今度は左手も。

「ああ……」

感嘆の声を上げると、ついに頬をすりすりしだした。

「え～っと……」

そう呟き、ルスラン公子の方を見たのは、涼の監視役ヒューだ。

「大丈夫です」

微笑みを浮かべながら頷くルスラン。困惑などしておらず、むしろ嬉しそうだ。

「リョウ殿は、本当にゴーレムが好きなのですね。使節団から、ゴーレムの見学をしたいと申し出があった時には驚きましたが」

「ああ……好きというか、憑《と》りつかれているんじゃないかと俺は思っているんだが」

ルスランの言葉に少しだけ顔をしかめて答えるヒュー。

「ヒューさん、失敬ですよ！　ゴーレムとの共存は、人が進むべき正しい未来です。水属性魔法と錬金術こそが、人の未来を切り開くのです！」

「お、おう」

ゴーレムから顔を離してはっきりと言い放つ涼。特に反論する気もないために受け入れるヒュー。

だが驚いたのは別の人物だった。

「もしかして、リョウ殿は錬金術師なのですか？」

ルスランが驚く。

「はい。錬金術が趣味です」

堂々と胸を張って言い切る涼。ただし両手はゴーレムを触ったままなので、全体としては変な格好だが。

「ルスラン様も、ゴーレムの開発責任者ということは錬金術師なのでしょう？」

「はい。ですがまだまだ……いつも自分の未熟さを思い知らされます」

「分かります、分かります。先達《せんだつ》との差はなかなか埋まりません」

涼が、ケネスと自分の差を思い浮かべながら何度も頷く。

「僕の師匠はケネスというのですが、ケネスとの差は全く縮まりません。いえ、むしろ日々開いている気すらしています」

「師匠……」

「ルスラン様の師匠は？」

「二年前に亡くなりました」

「ああ……」

少し寂しそうに答えるルスラン、悲し気な表情になる涼。

「このゴーレムたちは、いわば師匠の最後の作品です」

「なんと」

ルスランが寂しそうな笑みを浮かべながら言い、涼が驚く。

だが涼はすぐに理解した。師匠の死を悲しんでいるのではないと。それはとうに受け入れたと。

「越えるべき壁は大きいのに、相談する相手がいないのが寂しい？」

「はい」

涼の核心をついた言葉に、驚きながらも頷くルスラン。

そう、師匠が残したこのゴーレムたちは、いずれルスランが錬金術師として、ゴーレム開発責任者として越えるべき壁。だが、とても大きな壁。それを乗り越える際に、相談に乗ってくれる人がいれば心強いのだが……もういない。

おそらくは公宮内にもいないのだろう。

それゆえに寂しい笑みを浮かべたのだ。

「ケネスに比べればまだまだですが、僕でよければ相談に乗りますよ！」

「ありがとうございます」

涼とルスランの間に、友情が芽生えた瞬間だったのかもしれない。


良き関係が築けたと手ごたえがあったので、涼は提案してみた。

「できれば魔法式なども見たい……」

涼の呟きに、ルスランは困った顔をした。

「申し訳ありません。魔法式は、『隠蔽《いんぺい》』の技術によって外部からは見えなくなっているんです。また、様々な外部からの干渉を防ぐために、『干渉阻害』の仕組みも施されています」

つまり、外部から魔法式を書き換えて乗っ取る、みたいなことをされないようにいろいろ工夫してあるらしい。もちろん、魔法式そのものも、見えないようになっていると。

まあ、そうでなければ、教皇直々にもてなせと言われた使節団とはいえ、外国の者に、簡単にゴーレムを見せるなどとはならないであろう。

「『隠蔽』と『干渉阻害』を無効化する権限は、父上と母上、それと兄上……公太子である第一公子の三人だけがもっていまして……。私も見ることはできませんし、お見せすることもできないのです」

ルスランが申し訳なさそうに説明する。

「ルスラン様は開発責任者なのに？」

「はい。運用に関する権限は、先ほどの三人だけが持つと、公国の法律に明記されておりまして」

「開発と運用は別……。なるほど」

確かに、開発も運用も同じ人や組織に担当させるのは、仕事量が多すぎな気がする。

「らしいですよ、ヒューさん」

「なぜ、突然、俺に振る？」

涼が、腕を組んで難しい顔をしたままのヒューに話を振る。

「国に戻った時に、国王陛下にお話をしてあげてください。権限を分けることの大切さを」

「それこそ、なんで俺なんだよ。話すなら、リョウの方が適任だろうが」

「僕が言ったら、いかにも僕が何か権限を欲しがっているように聞こえるじゃないですか。僕はケーキ特権だけで十分です」

「ああ、それは大丈夫だと思うぞ。アベル王も、その辺りは完璧に理解している気がするから」

ゴーレムたちの前で、筆頭公爵とグランドマスターがそんな話をしていた時、中央諸国でアベル王がくしゃみを連発していた……という記録は残っていない。

「そうだ！　運用と開発の権限が分かれているそうなので、ダメもとで聞くのですが……」

「はい？」

「ぜひ、ゴーレムたちとお手合わせし……」

「申し訳ありません」

涼が言い切る前に、ルスランは笑顔を浮かべて断った。

「そっこーで断られました」

「当たり前だ」

涼が首を振りながらヒューに報告する。

絶対に通らないと分かっている類の提案……それはみんなを笑顔にする……かな？

涼は、ゴーレムたちが整列していた時の様子を思い出した。

「外に整列していた時には、ハルバードを掲げていましたよね」

「ハルバード？　なんだそれは？」

「あれ？　そういえば……中央諸国では見た記憶がないかも……」

ヒューの疑問に、涼は思い出しながら呟く。

ハルバードとは、槍の先端付近に斧と鉤爪《かぎづめ》がついている長柄の武器だ。

槍として突く、斧として振り回す、あるいは鉤爪で引っ掛けるなど、多用途使いができる……ただし、けっこう重い。そして長い。人間用でも、二メートルから二メートル半はある。

整列したゴーレムが掲げていたのは、四メートルはあったように見えた。

「ハルバードを振り回しながら、敵の密集陣形に突っ込むのは有効らしいですよ。このゴーレムたちも、戦場ではそういう使い方をするのかもですね」

「そんなのが突っ込んできたら厄介だな……棍棒振り回すだけでも、人間にゃどうにもならんだろ」

涼の言葉に、ヒューも小さく頷きながら答えた。

その会話が聞こえたのだろう、ルスラン公子は小さく頷いていた。


この部屋に案内されたのは、涼とヒューだけではない。帝国と連合の人間たちもいる。しかも、先帝と先王という国家運営の中枢にいた人間たちが。

「なるほど、これは見事だな」

「一体でB級冒険者五人分、と言われるのは伊達ではありませんな」

先帝ルパートが呟き、傍らのハンス・キルヒホフ伯爵も頷いて答える。

西方諸国のゴーレム兵団は、その一体で、B級冒険者五人分の戦闘力と伝わっている。

「ロベルト・ピルロ陛下、連合にも、このようなゴーレムがあるのでしょう？　連合の戦力は侮《あなど》れませんな」

先帝ルパートは笑いながらそう言ったが、目は笑っていない。

目の前のゴーレムが持つ力を理解し、それに伍する物を同じ中央諸国の一角が持っているとなれば、心の底から笑うことはできないであろう。

「いや、ルパート陛下、うちの人工ゴーレムはできたばかりですから……まだまだ、ここまで洗練されてはおりませぬよ」

答える先王ロベルト・ピルロも、笑いながら答えるが、もちろん目の奥は笑っていない。

連合の人工ゴーレムを製造したのは、天才錬金術師として名高いフランク・デ・ヴェルデ。当然、未完成品なわけがない。

ルパートもロベルト・ピルロも、それを理解している。


それを少し離れた場所から見るもう一人の団長ヒュー・マクグラスは、小さく首を振って呟いた。

「あんなのを相手に国の運営をしなきゃならんとか……アベル陛下も大変だ」

二時間後、ゴーレム見学会は終了した。

約一名、まだ名残惜しそうにしていた水属性の魔法使いがいたが、さすがに時間は限られている。そもそも、国家機密に準ずるものを見せてもらえただけでも、ありがたいのだ。

実際、三人の団長は案内をしてくれたルスラン公子に丁寧に感謝し、キューシー公に感謝を伝えてほしいと述べている。

「ああ……」

呟きながら、ヒューに引っ張られて部屋を出た涼。

だがそこで、再び福音が。

「もしリョウ殿さえよろしければ、後で中央諸国の錬金術についてお話を聞かせていただけませんか？」

「え！」

「この後、会議が入っていますので……一時間後とか」

「ぜひ！」

ルスランの提案に、嬉しそうに頷く涼。

同好の士と過ごす時間ほど楽しいものはない。


「我が国も、ゴーレムを戦力として作るべきか……。どう思う、ハンス」

「はい。ゴーレムなら、人的損失を減らすことにはなりましょうが……何分、誰にでも作れるというものではございません。連合が製造に成功したのも、失礼ながらフランク・デ・ヴェルデ殿のおかげ……」

先帝ルパートが、歩きながら問い、傍らのハンス・キルヒホフ伯爵はそう答えた。

「まあ、そこは否定できませんな」

うっすらと笑いながら、ハンスの言葉を肯定する、連合の先王ロベルト・ピルロ。

「ふむ。作るには天才錬金術師が必要か……」

ルパートの呟き。

それに反応したのは、涼であった。


「おそれながらルパート陛下。王国のケネス・ヘイワード子爵を攫《さら》おうなどと考えるのはおやめください」

「ほぉ……。もちろん、そんなつもりは全くなかったが……リョウ殿は、そのようなことを懸念されていたのか」

ルパートはうっすらと笑いながら答える。

オスカーらによるルン領主館襲撃の際、ケネスを攫おうとしたことなど、全く記憶にないという雰囲気だ。

「もちろん、賢明なるルパート陛下が、そのような軽はずみなことをされるなどとは考えておりません。そもそも、ケネスは私の友であり師でもありますので、いなくなったりしたら困ります。もしそんなことになれば、帝国全土をくまなく捜しますので」

涼はにっこり笑って言う。

「さて、見つかるかな？」

うすら笑いのまま、ルパートは言葉を紡ぐ。

「帝国全土を凍らせて、捜しますので見つかるでしょう。大丈夫です。凍ったままでも生きていますので。後日、帝国民は解凍いたしますよ？」

にっこり笑ったまま、涼は答えた。

これが冷戦。コールド・ウォー。

「もちろん、そんなつもりは全くなかったが、ケネス・ヘイワード子爵以外の方法でゴーレム製造を考えるとしよう」

「賢明なる判断、感謝いたします」

ルパートはにっこりと笑って言い、涼は頭を下げた。

「うん、お前ら、怖いって……」

ヒューの呟きは、誰の耳にも届かなかった。


見学会が行われた夕方から夜の遅い時間まで、約束通り、涼とルスラン公子は錬金術やゴーレムに関して語り合った。二人とも、それはそれは嬉しそうに。

◆

キューシー公国滞在二日目、迎賓館内食堂。

「ついにやってきました、二日目です！」

今日も元気な水属性の魔法使いが、人差し指と中指を伸ばして空に突き立てている。世界によっては、ピースサインと言われるかもしれない。

それを苦笑しながら見守るエトとアモン。

ちょっと驚いた表情になって無言で見守るハロルド、ジーク、ゴワン。

珍しく何度もため息をついているニルス……。

「グランドマスターに頼まれたとはいえ、俺がリョウのお守りとは……」

そう、昨日ヒューがしていた涼のお守り……いや、付き添いの役目を、今日はニルスがやることになっていた。さすがにヒューは王国使節団の団長であるため、いろいろとやるべき仕事があるのだ。

「あれ？　でも使節団の人間は、基本的に迎賓館とその周辺の庭で過ごしてくださいって言われたけど……」

「でもリョウさんの喜びようは、ゴーレムをまた見られるからとかじゃないですか？」

エトとアモンが、使節団の注意事項として言われているものを思い出していた。

教皇から手厚くもてなせと言われてはいても、公宮も日々の仕事をこなしながら回っている。千人近くの外部の人間に、勝手に公宮内を動き回られては何が起きるか分からない。だから、使節団が宿泊している公宮内にある迎賓館とその周辺だけに行動範囲が決められている。

「ふふふ、エト、アモン、僕にはこれがあるのです！」

涼はそう言うと、嬉しそうに金色のプレートを掲げた。何も書かれていないが、光を反射して綺麗に輝く……おそらくは胸の辺りにつけるプレート。

「これがあれば、公宮内の錬金術開発施設を自由に見て回れるのです！」

「凄いですね！」

「ですよね！」

アモンが素直に称賛し、涼が嬉しそうに何度も頷く。

やっぱりアモンは素直でいい奴なのだ。

「ルスラン様は、もう一人分プレートを準備してくださり、それをニルスが着けることになっているのが……」

「なんだ、文句あるのか」

「だってニルス、錬金術とか興味ないでしょう？」

「ああ、ない」

涼の問いに、堂々と頷くニルス。

「でも異国の人間に、開発施設の中を自由に歩き回る許可を与えて大丈夫なの？　もちろんリョウは問題起こさないだろうし、ニルスもついているんだろうけど」

エトが当然の心配をする。

「もちろん、ルスラン様引率の下でだ」

ニルスのその答えは、エトを安心させた。

同時に、涼の中に思い出させる。

「そうです、ルスラン様をお待たせしては不敬です。ニルス、行きますよ」

「……おう」

こうして、涼（ニルスによる監視付き）の二日目『錬金術開発施設見学会』が幕を開けるのであった。

◆

同時刻、公宮政務会議室。広い会議室で、二人の男性が政務に取り組んでいた。彼らの前方には、いつものように山と積まれた書類がある……。

「キリルは今日も無理か」

「はい……公太子殿下は、まだ起き上がれないようです」

「となると、今夜の夕食会も無理か」

「難しいかと」

キューシー公ユーリー十世の確認に、公国内の政治を取り仕切る政務次官が答える。

「使節団に関しては、教皇聖下よりくれぐれも丁重にもてなせと言われておるのに……公太子が謁見式を欠席し、夕食会にも出てこないとなれば使節団が受ける印象、決して良くはなかろう」

ユーリーは小さく首を振る。

とはいえ、起き上がれない者に夕食会への出席を強要したりはできない。

各使節団から二人ずつ、公国側も国主一族だけという決して大きくない夕食会だが……それだけに、公太子の欠席は目立つだろう。

さすがに政務次官も話題を変える必要を感じたのか、第二公子の話を振る。

「そういえば昨日、ルスラン様が使節団の三人の団長をもてなされたとか」

「王国使節団からゴーレムを見学したいという要望があってな。ルスランは開発責任者であり第二公子でもあるから、ちょうどよいかと思ったのだ」

「各団長から感謝の言葉が届いております」

「うむ。成人したばかりとはいえ、ルスランはよくやっておる」

ユーリーは嬉しそうに頷いた。

想定外の要望であったとはいえ、上手くこなされて好感度を上げられたので喜んでいるのだ。

「本日も、ルスラン様は案内をされると。ただ、団長らではなく、昨日もいた冒険者とか？」

「そう、護衛の一人らしいが、それは表向きの顔だと説明された」

「表向き？」

政務次官が首を傾げる。そんなことをする理由が分からないからだ。

「王国使節団団長のヒュー・マクグラス殿がな、その冒険者は、実は王国では非常に高い地位にあるそうだ。国王アベル一世陛下とも非常に親しいそうで……便宜を図ってくれれば、王国ならびにアベル陛下は感謝すると」

「それほどの地位にある人物が、冒険者として護衛に？」

「聞けばアベル陛下も元冒険者だったとか。その頃からの関係者かもしれん」

「なるほど」

ユーリーのあたらずといえども遠からずな推測に、政務次官も頷く。

「今朝、ルスランが報告に来たが、その冒険者は錬金術に関する知識、経験もかなりのものだとか。ルスランが非常に勉強になると言っておったわ」

「あの錬金術の天才と謳われるルスラン様が？」

「その冒険者との誼《よしみ》、我が公国にとっても利点が多そうだぞ」

そしてユーリーはクスリと笑って言葉を続けた。

「何より、ルスランが楽しそうにしておるのは見ていて嬉しくなるわ」

ユーリーは、次の報告書に目を通した。その瞬間、顔をしかめる。

「ロプノールの報告書……ヴァンパイアどもの大魔法〈ブラッディ・ボルケーノ〉の可能性がある？　例の、『赤い滝』が確認され、住民が全員いなくなった事件だな。ヴァンパイアなど……この数百年、西方諸国全土でも活動は低調だったであろう？　それが、この公国に？」

「はい。ちょうど教皇庁から、我が国東部に派遣されていた異端審問庁の審問官殿が、昨日確認されたそうです。ただ、あくまで可能性が高いというだけで、確定はできないと」

「異端審問官？　西方諸国中を動いているのは、今も昔も変わらぬか。最近は苛烈な審問は無くなったと聞く……対ヴァンパイアを考えると、逆に信頼してよい者たちか？」

「それでも、昔の話を聞くと……」

「うむ。教会の最も苛烈な部分を担っていた者たちといっても言い過ぎではないからのお」

政務次官の言葉に、何度も頷くユーリー。

とはいえ、ヴァンパイアが動き出した可能性があると言われれば、無視はできない。これは、西方諸国の国主であれば誰もがそう考える。それほどに、人とヴァンパイアの争いは長く、深く続いているのだ。

ここ数百年の静けさは、いっそ不気味ですらあるほどに。

「周辺の街との連携を一層強めよ。ヴァンパイア共が、同じように他の街を狙うかもしれん」

「それについてですが、ユーリー様のご懸念通り、ロプノール周辺の街から軍事力の支援要請が来ております。ロプノールの件がヴァンパイアの仕業であるとの情報は広がっていないのですが、あれほどの怪異、住民が不安になっているため、街の巡回を増やしてほしいと」

「そうであろうな」

政務次官の報告に、大きく頷くユーリー。各街の懸念は分かる。

この先、ヴァンパイアの仕業であったとの情報は広がるはずだ。箝口令を敷いたところで、その手の情報は広がる。そうなると、余計に各街の懸念は大きくなるだろう。

ヴァンパイアは、とにかく強い。

力が強く、魔法も強力。しかも人間に噛みついて、その相手を自分たちの奴隷のように使うことができる……ストラゴイと呼ばれる、もはや人ではなくなったものを。

「公都を守る公国軍から派遣せよ」

「よろしいのですか？　公都を守る戦力が大きく落ちますが」

「よい。ここにはゴーレム兵団がおる。あれなら、ヴァンパイア相手でも戦える」

長きにわたる西方諸国での人とヴァンパイアとの戦いにおいて、人側に大きく趨勢を傾けたもの……それが錬金術であり、その結晶でもあるゴーレムであった。

もちろんヴァンパイアの中にも、錬金術を使える者はいた。だが、ヴァンパイアが持つ魔力は強過ぎるのか、錬金術との相性は決して良くなかったのだ。そのため、錬金術の発達は人の方が長じ、ゴーレムの開発にまで至った。

「対ヴァンパイアにおいて、ゴーレムは人の希望」

ユーリーのその呟きに政務次官も頷く。

だからこそ、ファンデビー法国に次ぐ規模でゴーレムの兵団を抱えるキューシー公国は、西方諸国全体で見ても東の要なのだ。

「ヴァンパイアが動き出したのであれば、国の政治、一時も緩めてはならん」

「御意」

ユーリーの言葉に、深々と頭を下げる政務次官。

既にこの時、彼らの足下でいくつも揺らぎが起きていることには、さすがに気付いてはいなかった。

◆

涼とニルスは、第二公子ルスランに案内されている。

もちろん二人とも、事前に渡された金プレートを左胸につけて。一人はとっても嬉しそうだが、もう一人は特に何とも思っていないようだ。どちらがどちらなのかなど、今さら言うまでもないであろう。

「王国で、王立錬金工房の角帽を貰った時みたいに嬉しいですね。なんというか、認められたって感じがします」

「そうか～？」

とっても嬉しそうな水属性の魔法使いの言葉に、否定から入る剣士。

「アベルといいニルスといい、どうして剣士は否定から入るんですかね。そんなことでは人は付いてきませんよ」

「知っているかリョウ、今名前の挙がった二人の剣士は、どっちもパーティーリーダーなんだぞ」

「知ってますよニルス、だから周りの人がもの凄く完璧なサポートをしているじゃないですか。アベルの方はウォーレンがパーティーの柱、リーヒャが頭脳、リンが攻撃面と雰囲気を担当していたでしょう？　ニルスの場合はエトとアモンが全てを担っています」

「……いつかリョウにぎゃふんと言わせてやる」

涼の解説に、ニルスは呟くように言った。

二人の会話を、首を傾げて聞いているルスラン公子。

何か気になる内容があったようだ。

「王立錬金工房の角帽というのは？」

『王立錬金工房』という単語に引っ掛かり、さらに聞きなれない角帽というのも気になったらしい。

「よくぞ聞いてくださいました！　我がナイトレイ王国には、王立錬金工房という組織があるんです。僕、凄くいろいろ頑張ってそこの研究員になったのですけど、その時に角帽……頭にかぶる部分は丸い、円筒形なんですけど、てっぺんの蓋が正方形なんです。そこからピロんと金の紐が垂れている帽子なんですけど、それを貰ったんですね」

「大国として知られるナイトレイ王国、そこの王立錬金工房とは……凄い錬金術師がいっぱいいそうですね。その中にリョウ殿も入っているなんて。昨日お話をしていろいろ勉強になりましたけど、やっぱり凄い方だったのですね」

「いやあ、それほどでも」

ルスラン公子の称賛に、照れる涼。

だがやはり、それを横からジト目で見る剣士が一人。

「なんですかニルス、その目は！　何か言いたいんですか」

「いや、別に」

「嘘ですね、言いたいことがあるなら、はっきり言ってください」

「いや……リョウはいったいどこを目指しているんだろうと思ってな」

「はい？」

ニルスの質問に、首を傾げる涼。

素直に、意味が分からない。

「水属性の魔法使いでありながら、錬金術もやるだろう？」

「ええ、そうですよ？　もちろんどっちも、世界最高峰を目指すのです！」

「そうか……それならいいんだ、目標は高く、だよな」

「その通りです。そういう部分は、アベルやニルスみたいな剣士たちは、素直に受け入れますよね。向上心に関しては、剣士たちも悪くないと思っています」

「それは……どうも……」

なぜか偉そうに腕を組んで、うんうん頷く涼、小さく首を振って仕方なく受け入れるニルス。

「リョウ殿、もう一つ質問があるのですが」

「どうぞどうぞ、ルスラン様の質問なら大歓迎です」

「先ほどからよく名前の出てくる、アベルさんという方はいったい……？」

「ああ、アベルは、うちの国王陛下です」

「こくおーへいか……ああ、国王アベル一世陛下！」

ルスランは、使節団受け入れ国の公子として、中央諸国の政治体制などについて勉強した。そのため、帝国団長ルパートが先代皇帝であり、連合団長ロベルト・ピルロがカピトーネ王国先代国王であることも知っている。

同時に、王国の現在の国王がアベル一世という人物であることも知っていた。

「アベルも出世しましたね。こんな文化圏の違う西方諸国でも知られているなんて」

「陛下は英雄だぞ！　当然のことだ」

涼はアベルが有名になったことを喜び、今度は、ニルスが偉そうに腕を組んで、うんうん頷いている。

「お二人は、国王陛下と親しいのですね」

「はい、アベルは昔、冒険者をしていたことがあるのです」

「冒険者から……国王に？」

「剣士をしていて、このニルスの先輩筋に当たります。なので、ニルスはアベルを剣士としても尊敬していたのです」

ルスランの問いに涼が答える。

そして間髪を容れずにニルスが。

「アベル陛下、万歳！」

ニルスは今も昔も、アベルを尊敬しているのだ。

涼とニルスが案内されたのは、昨日ゴーレムが並んでいた兵団整備室の奥であった。

兵団整備室横の廊下を通る時、部屋の中に並んだゴーレム兵団の威容を見てニルスは目を大きく見開く。

それを見て涼は何度も頷き、こう言った。

「ニルスも、昨日見にくればよかったのに」

「各国、二名ずつだったろうが……」

「そういえばそうでした」

「ヒューさんとリョウが行ったら、俺が入る余裕はないだろう?」

「ヒューさんを排除して……」

「あの人、グランドマスターな。元A級剣士な」

「まだニルスよりも強いと」

「くっ……」

涼の言葉に悔しそうな表情になるニルス。

ニルスは二十三歳、まだまだ伸び盛りだ。そもそも、冒険者になって三年でB級にまで上がっている時点で、『十号室』は王国全体で見ても稀有なパーティーといえる。

そのリーダーなのに……不憫である。

廊下の先には、とても厳重な扉があった。

もちろん、兵団整備室の扉も厳重ではあった。虎の子のゴーレム兵団が格納されているとなれば当然だろう……しかし兵団整備室は、ゴーレムを直接送り出すために外に繋がる大きめの扉などもあり、けっこう多くの整備関連の人たちが出入りしていた。

しかし廊下の扉の先の部屋は……。

「おぉ!」

思わず声を上げる涼。

一目で分かる、錬金術研究、開発のための部屋。白衣こそ着ていないが、もし着ていれば現代の最先端企業研究室と思ったかもしれない。

そう、白衣は着ていないのだが……。

「全員、黒衣?」

よく見ると、白衣のような外見の黒一色の服。現代地球の白衣を、黒く染めたものと言えばいいだろうか。

「西方諸国では、研究関連では伝統的にこの黒衣を着ることが多いのです」

ルスラン公子が微笑みながら説明する。

「白衣は白衣でカッコいいのですけど、この黒衣というのもいいですね」

「なんか、威圧感があるぞ」

涼の言葉に、ニルスが頷く。

そこにいる人たちは、間違いなく研究者たちなのだが……黒衣だからというだけではないのだろう。全身全霊で研究に打ち込むその姿が、ニルスのような剣士にも威圧感を感じさせたようであった。


二人はそんな研究室も通り抜けた。

もちろん涼としては、何を研究しているか非常に興味があるのだが、あまりにも集中して研究に取り組んでいる人たちの邪魔をしてしまうのは気が引けるので……通り抜けながら見るだけにして、ルスランに付いていく。

「ご案内したかったのは、こちらの部屋です。ここは、私専用の開発室でして……」

先ほど以上に厳重な扉をくぐって、二人はルスラン専用開発室に招き入れられた。そこには、ルスランよりちょっと背の低い……。

「一・五メートル級ゴーレム！」

思わず涼の口をついて言葉が出た。

部屋の中央に立っていたのは、身長一・五メートルほどの一体のゴーレム。もちろん『一・五メートル級ゴーレム』というのは、涼が勝手にカテゴライズしたものだ。

連合の人工ゴーレムや昨日のゴーレムたちは、二・五メートルから三メートルの大きさなので『三メートル級ゴーレム』。目の前のゴーレムや、ロンド公爵領にいる涼の水田管理ゴーレムたちは一・五メートルの大きさなので『一・五メートル級ゴーレム』と。

大きさは、昨日見た三メートル級ゴーレムたちの半分ほどだが、体の表面は同じように鈍く反射する金属で覆われている。顔も、目、鼻、口がある……視覚、嗅覚、味覚があるのかどうかは不明である。

しかし、一目、今まで見てきた人工ゴーレムや昨日のゴーレムたちに比べて大きさ以上に……いや、大きさも特徴的なのだが……。

「とってもスマート……ほっそりしています」

そう、戦闘向きとは思えないほどにすっきり、ほっそりなのだ。涼の水田管理ゴーレムもほっそりしているのだが、あれはそもそも戦闘には駆り出されないからそれでもいい。しかしルスランが開発しているのは、いわば数年後、キューシー公国ゴーレム兵団の中核を担うことになる次期ゴーレムのはず。

つまり、戦場に出ることを前提としたゴーレム。

それにしては細い気がするのだ。

しかしここで、ルスランから驚きの説明が。

「現行機……昨日見ていただいた兵団に比べれば、確かに細いと思います。ですが計算上、現行機に力負けはしないはずです」

「なんと！」

「まあ……開発機ですので、この大きさでいいかなとも思っています」

「開発機……プロトタイプという言葉には夢があります」

涼はうんうん頷いている。

胡乱気な視線を向けてくる剣士については、この際、気にしない。

ルスランの説明が続く。

「いずれはこれも、現行機同様の大きさになるかもしれません。ですが、ゴーレムをそれだけにしておくのは……私はちょっと嫌でして」

「嫌？」

「今までのゴーレムは、戦場で戦うことだけに特化していました。もちろん、国を守る強力な力ですからそれで良かったのです。ですが、この先……そう、数十年後には、ゴーレムはもっと人の生活の中に入っていって、人の力になると思うのです。その時は、現行機のような大きさよりも、この大きさの方が便利だろうとも思っています」

はっきりと言い切るルスラン。今までも、ずっと考えていたのだろう。よどみなく力のこもった言葉が紡がれた。

それを聞いて、うんうんと何度も頷く涼。

「聞きましたか、ニルス。これが、国主の一族が持つべき視座なのです」

「おう、すげーと思うが……だが、なぜ俺に言う？」

「いえ、たまたま目の前にいたから」

「いつもこんな理不尽を受けていたのに、リョウを斬っていないなんて。マジで、アベル陛下はすげーわ」

ニルスは小さく首を振って、憧れのアベルへの賛辞を重ねた。

部屋の中央にシュッと立つ一・五メートル級ゴーレムを、あちこちから見る涼。いちおう手は触れない、見るだけにしている。さすがに涼でも、開発途中であるものに触るのはまずいという認識くらいは持っているのだ。

とはいえ、湧いた疑問は解決しておくに限る。

「ルスラン様、この機体、名前はついているのですか?」

「最初の質問がそれかよ」

そんな呟きが剣士の口から漏れたが、もちろん涼は無視する。

「開発名『雷帝』です」

「おぉ! カッコいいですね!」

「ありがとうございます」

涼が素直に称賛し、ルスランは少し顔を赤らめている。嬉し恥ずかしという感じだろうか。

しかし、涼はある光景を思い出して、ハッとした。

思い出した光景は、連合の人工ゴーレムが戦場で行った、手にプラズマを発生させたあれ。

雷はプラズマだ。

「まさかこの雷帝は、雷を落としたり発生させたりできるとかは……」

「いえ、それはできません」

「良かったです」

涼はホッとした。

「かつて、この国を守ったご先祖様が、雷帝と呼ばれておりまして。その二つ名をお借りしました」

「まさか、雷を使える魔法使いだったとか……」

「さあ、そんな伝承は残っていませんが」

涼の適当推測に、苦笑しながら答えるルスラン。

涼が知る限り、風、水、火、土と四つの属性どれでも、雷を扱う魔法使いはいない。

そう、魔法使いはいない。

魔法使いではなく、魔物はいる。涼は戦ったことがある。忘れもしない相手……初めてのライバルと言ってもいい、そして涼に『殺すことの痛み』を教えてくれた片目のアサシンホーク。

奴が、涼の竹やりに雷を落としたことがあった。その時、空は曇っていなかった。あの落雷は自然現象ではなかったのだ。

つまり魔物の中には、雷を狙った場所に落とすことができるものがいる……。

「いつかゴーレムたちも、雷を扱えるようになるのかもしれません」

涼のそんな呟きは、幸いにも他の人の耳には届かなかった。


涼がある程度見た段階で、ルスランが提案した。

「雷帝、動かしてみましょうか？」

「なんですと！」

「話した言葉を認識して動いてくれます」

「音声入力……」

「この腕輪で、ある程度離れた場所からでも呼べるようになっています」

「リモートコントロール……」

ルスランが、左腕につけた金色のブレスレットを見せ、涼がそれをまじまじと見る。とても精緻な彫金が施され、ゴーレムコントロール用のものには見えない。公子が着けるにふさわしい装飾品と言ってもいいだろう。

「雷帝起動」

ルスランが話しかけると、ゴーレム雷帝の瞼《まぶた》が開き両眼が光った。

「両目に、魔石……」

「戦場に出るものは、外部からは見えない場所に魔石を配置するのかもしれませんけど……まだ開発機ですので」

ルスランが少し照れながら説明する。つまり、彼の趣味で目の位置にゴーレムの動力源である魔石を配置したようだ。

「いえ、凄くカッコいいです！」

そのセンスを称賛する涼。

起動時に目が光るなんて……素晴らしいじゃないで

すか！　まるでロボット！

そこまで考えたところで、涼はある可能性に思い至った。

「もしかしてこの子、剣を使えるんじゃ……」

そう、連合の人工ゴーレムや昨日見た現行機は、体が大きすぎて剣を使うのはかなり難しい……だからこそ、ハルバードを持っていたのだろう。あるいは槍のような、つまり長柄の武器でないと難しい。

だが、目の前の雷帝は全長一・五メートルという点もそうだが、手足がほっそりしているために、剣の取り回しができそうなのだ。

まさか……。

「さすがリョウ殿、よく分かりましたね。騎士団にも協力してもらって、剣を学んでいます」

「おぉ！」

「マジか」

ルスランの答えに驚いたのは涼だけでなくニルスもであった。

ニルスは、雷帝にはほとんど興味がなさそうだったのだ。廊下を通り抜けてきた時に見た大きな現行機は、かなり興味があったようだが、小さな雷帝にはあまり惹かれなかった。

だが、そこはやはり剣士。雷帝が剣を学んでいると聞いた瞬間、興味が湧いたらしい。

夕方になる頃には、ニルスも楽しく過ごしていた。雷帝と剣を交えることによって。

涼とルスランが錬金術談議に花を咲かせている間、ニルスは雷帝と模擬戦を行った。もちろん、ルスランの許可を得て。

それはそれは楽しそうであったことを、ここに付記しておく。

◆

その夜、公宮食堂ではキューシー公ならびにその家族と使節団首脳らによる夕食会が開かれ、迎賓館食堂ではそれぞれの使節団が大いに食べて飲んでいた。

唯一、夕食会に参加していない公子……第一公子であるキリル公太子は自分の寝室にいた。主治医による面会謝絶が伝えられているため、キューシー公ですら寝室には来ない。

そのはずなのだが……寝室には、キリル公太子と主治医以外に二人の人物がいる。

いや、正確には人物と言っていいのかどうか。

なぜなら、彼女らはヴァンパイアだから。

「レアンドラ様、〈スレイブ〉によりキリル公太子は完全に支配下に入っております」

「ご苦労。やはりルーベンの闇属性魔法は強力だな」

「恐悦至極」

チェテア公爵レアンドラの称賛に、深々と頭を下げるバリリョス侯爵ルーベン。ルーベンにとっては、何よりも嬉しい言葉だ。

闇属性魔法の〈スレイブ〉は、対象を支配し意のままに操ることができる。しかもルーベンはヴァンパイア侯爵……彼が行使する〈スレイブ〉に抵抗できる者などほとんどいない。

「キューシー公、公妃、そしてこの公太子。ゴーレムへの上位命令権を持っているのは、この三人であったな？」

「はい、レアンドラ様」

ルーベンは頷く。

それを受けてレアンドラは、〈スレイブ〉の支配下にあるキリル公太子の方を向いて問うた。

「キリル、汝が持つ命令権によって、公国の騎士や中央諸国使節団など、本来なら味方だと認識される者たちに対して攻撃し殺害を命じることができるな？」

「可能です」

「ただし、汝の命令権であっても、キューシー公とその家族への攻撃を命じることはできないのだな？」

「はい、できません」

レアンドラの問いに、一切の抵抗なく答えるキリル。

事前の調査通りの返答を受けて、レアンドラは一つ頷いた。

「人が、最強の力だと思っておるゴーレムで、使節団とこの国を滅ぼしてやるわ」

レアンドラは笑う。その笑みは美しさを通り越して禍々しさを纏う。

「ですがゴーレムでは、キューシー公とその家族には攻撃を加えられません」

ルーベンは確認する。

「やつらは、我が殺す」

「はっ」

当然という表情で答えるレアンドラ、予想していた通りの答えに頭を下げるルーベン。

そう、レアンドラは、公爵というヴァンパイアの中で最上位でありながら、自ら最前線に立つ。その姿に、ルーベンらは憧れと尊敬の念を抱くのだ。

〈スレイブ〉によって人形となったキリル公太子を見下ろすレアンドラ。

「人は愚かだな。どれほど素晴らしいゴーレムを作ろうとも、それに命令を与える者が敵の手に落ちれば窮地に陥る。強い者が上に立たないからそうなるのだ」

「御意」

レアンドラの言葉に恭しく頭を下げるルーベン。

強い者が上に立つ……ヴァンパイアの組織そのもの。

レアンドラは部屋の時計を見た。

「問題は襲撃時間か。ゴーレムは大きい。やつらが持つ長柄の武器は、広く開けた場所でこそ力を発揮する」

「理想は、使節団が屋外……庭にいる時ですな」

「うむ。あるいは港か。船は公宮専用港に寄港する。あそこは、兵の乗り降りにも使われるため、かなり開けている」

レアンドラは、再びキリル公太子を見て問う。

「中央諸国使節団が中央庭、あるいは公宮専用港にいる時間を知っているか？」

「中央庭は分かりません。公宮専用港からの乗船時刻は、午前十時だと聞いております」

キリル公太子は抵抗なく答える。

「なるほど。ならば港にいる時に、ゴーレムに襲撃させるとしよう」

「ならば我らは……」

「ああ、同時に公宮を襲ってキューシー公とその家族を皆殺しにする」

公宮騒乱

三日目、朝八時。

王国使節団が、迎賓館の食堂に集まったところで、衝撃の事実が知らされた。

「……今日、出発？」

その時の、涼の表情をたとえて言うなら、愕然であったろう。

「川の増水が治まったので、初日に伝えてあった予定通り今日出発する。かなり巨大な船だそうで、二隻ずつしか接岸できんらしい。いつも通り、帝国、連合、王国の順だ。帝国は、すでに乗り込み始めている。我々の乗船は二時間後。それぞれ準備を進めてほしい」

団長ヒュー・マクグラスの言葉に、ほとんどの使節団員は頷いた。

頷いていない水属性の魔法使いが、約一名……。

「錬金術開発施設見学会二日目の予定が……」

「いや、元々二日目なんてないぞ」

涼の嘆きに、つっこむヒュー。

公国がゴーレムの見学許可を出したのは初日だけ。昨日はルスラン公子が便宜を図ってくれたおかげで錬金術開発施設の見学ができただけだ。

そもそも、国家機密と呼んでもいい場所の見学許可が出されたこと自体が異例なわけで……。

「リョウ、これから向かうファンデビー法国のゴーレムが、西方諸国最強なのでしょう？　そっちを早く見たくないですか？」

「なるほど！　確かにエトの言う通り、ここは気持ちを切り替えましょう。さあ、皆さん急いで準備をしてください！」

神官エトの言葉に、くるりと変わる涼。

さすが、付き合いの古い『十号室』の人間は、涼の扱いを心得ているらしい。

団長ヒュー・マクグラスは小さくため息をつくのだった。

二時間後。

オース川には、一般港と公宮専用港という二つの港がある。使節団の船が接岸しているのは、公宮専用港。この専用港は、公宮に隣接した場所にある。

その公宮専用港に、二層甲板の巨大な船が二隻、接岸していた。馬車や重い荷物は船倉と下層甲板に入り、人間は上層甲板に乗るらしい。

「これは大きいですね……」

「海だったらひっくり返る気がします……」

「オース川専用らしいよ」

「ウィットナッシュで見た船みたいには、かっこよくないな」

アモン、涼、エト、ニルスの感想だ。

最後のセリフは、涼の感想に聞こえるかもしれないが、ニルスだ。

(美的センスなどあまり持っていなさそうなニルスですら、未だにカッコいいと思っているレインシュータ ー……偉大ですね)

「おい、リョウ。今、何か失礼なことを考えただろ」

「な、何を言っているのですかね、ニルスは」

ちなみに現在、レインシューター号がどこにあるのか、この四人は知らない。


キューシー公国で補給を受けた多くの荷物と、三十台近い馬車を全て船に積み終わった時に、騒動が起きた。

「きゃあああああ」

公宮から響く悲鳴。それも一つではない。多くの怒号も聞こえてくる。

王国使節団三百人のうち、百人は文官たちであるが、残りの二百人はD級以上の冒険者たち。当然、異常事態の発生に対して、ほとんど反射的ともいえる行動をとることができる。

すぐにパーティーメンバー同士、集合し、アイコンタクトで意思を確認しあう。

ほぼ同時に、団長であり、元A級冒険者でもあるヒュー・マクグラスの指示が飛んだ。

「文官たちは、急いで乗船しろ。D級パーティーも割り当てられた船に乗船し、船上で待機。異常が発生したら文官たちを守れ。B、C級パーティーは陸上で臨戦態勢」

公宮で、何か異常が起きたのは分かる……だが、どんな異常なのかは分からないため、下手に動くことはできない。

しかも……悲鳴が港に近付いてきている気がする。

何が起きたのか、王国使節団一行がその内容を知るまで、たいして時間はかからなかった。

「悲鳴と共に近付いてくる音が……」

「重たい音だね」

「これってやっぱりあれだよな……」

アモンが呟き、エトが補足し、ニルスが想像する。

公宮と専用港の間には城壁がある。その城壁が、一瞬にして崩れた。

出てきたのは、想像通り……ゴーレム。

それも一体ではない。城壁は次々と崩壊し、崩壊した箇所から、見ただけでも十体のゴーレムが一行に向かってきた。

真っ先に戦闘に入ったのは、王都所属C級パーティー『天山』。いつも隊列で、最後尾の『十号室』の前を歩く五人パーティーだ。

カキンッ。

ゴーレムへの剣での一撃は、音高く弾かれる。

「硬いぞ！」

そんな声が響く。

「剣では傷一つつかん！」

あちこちで冒険者対ゴーレムの戦闘が始まり、得た情報を叫び、パーティー同士が情報を共有し始めた。

自パーティーが引き出した情報を他のパーティーにも知らせ、最適な対処法を護衛全体で導き出していく。

C級以上ともなれば、緊迫した戦場においてもそういうことが可能になる。

冒険者の国、ナイトレイ王国のC級冒険者なればこそであろうか。

もちろん、やむを得ず、ゴーレムの一撃を盾で受け止める羽目になった冒険者もいた……当然のように、力を吸収しきれずに弾き飛ばされる。

さすがゴーレム、人外の膂力。

野球で、バッターがボールを打つように……そのボールのように弾き飛んだ。

その光景を横目に見つつ、情報が共有される。

「盾使いたちも受け止めるな、流せ！」

ある魔法使いは、こう呟いた。

「そういえば、インベリー公国に出兵した時は、ラーさんがあんなふうに飛ばされていた……」

そう、かつて見た光景を思い浮かべながら、懐かしい気持ちになる涼である。

だが、すぐに気持ちを引き戻し、失敗したことを悟った。

「接敵する前に、〈アイスウォール〉で分けておくべきでした……」

ゴーレムと冒険者を分けておくべきだったと言ったのか。それとも、自分の相手をするゴーレムを分けておくべきだったと言ったのか。それは誰にも分からない。

とはいえ、今さらどうにもならない。ここに現れた十体のゴーレムは、全て戦闘に入っている。

『コーヒーメーカー』と『十号室』はB級冒険者であるが、それ以外はC級冒険者だ。しかしC級であっても、それなりの経験を積んでいる。オーガのような、人外の膂力を持つ魔物との戦闘経験も豊富だ。それらの経験が生かされていた。

決定打を入れることに成功したパーティーは皆無だが、少なくとも戦線は維持されている。

「B級冒険者五人分という触れ込みでしたけど、このゴーレムたちはそれほどではない……？」

涼の呟きは、早計だった。

次の瞬間、ゴーレムの目が赤く輝く。それを境に、戦い方が変わる。

これまでは、足を止めて、手に持ったハルバードを振り回しての攻撃であった。しかし、足を使って動き始めたのだ。これをやられると、一気に間合いのタイミングが変わってくる。

しかも、巨体のくせに、やたらと細かなステップを刻んでくる。前方に進む時には、前傾姿勢になったりしているし。

「オーガや、おっきな人間があんなことをしたら、膝を痛めそうです」

涼は、戦い方の変わったゴーレムを、そう評した。

ちなみに、先ほどから第三者的コメントを呟いている涼であるが、いったい何をしているのか？　もちろんさぼっているわけではない。陸と船の間に氷の壁を築き、船への被害を防いでいるのだ。

元々、船上の文官たちを守るために、D級冒険者が乗船して防御態勢をとっていた。その船に向かって、ゴーレムがハルバードと共に持ってきた槍を投げたのだ。

さすがに、そんな巨大槍が船に刺さってはまずい。

船に穴が開けば沈むし、甲板に落ちれば乗船した者たちの命にかかわる。

そのため、槍が飛んだ瞬間、涼が〈アイスウォール〉を構築して槍を弾き返し、そのまま〈アイスウォール〉を維持していた。

しかし、涼の体はうずうずしてきている。

別に氷の壁は、涼がついていなくとも維持されるわけで……。

見た限り、陸上にいる護衛冒険者は、涼と団長として指揮を執っているヒュー以外、全員がゴーレムとの戦闘に入っている。

「B級冒険者五人分ほどはない」と先ほど涼は呟いたが、一体につき、冒険者五人以上がかかわっている現状を見ると、決して侮れる戦力でもないようだ。

実際、足を使い始めて以降、冒険者の側にも傷を負う者たちが出てきていた。それを、こまめに神官たちが回復することによって、戦線が維持されている。

何より厄介なのは、ゴーレムの表面が物理攻撃だけでなく、攻撃魔法をも全て弾き返す点であった。攻撃力を上げたジャベリン系の魔法でも、全く傷がつかない。

戦線は維持されているが、完全に膠着状態に陥っていた。

団長ヒュー・マクグラスは、不思議に思っていた。

これだけの騒ぎになっているのに、公宮から、援軍が全くやってこないからだ。

「俺たちを見捨てた？　いや違うな……」

目の前の戦闘音がかなりのものであるため意識しな

ければ聞こえないが、公宮の中でも騒動が起きているようだ。

「つまり、この十体だけではなく、他にもゴーレムは動いているのか」

それはあまり嬉しくない予測。なぜなら、この十体に加えて、さらに公宮内からゴーレムがやってくる可能性が……。

そして、十一体目が現れた。

「チッ」

ヒューは音高く舌打ちをし、現れた一体に向かおうとする。

そもそも全てのパーティーが戦闘に入っており、手が空いているのは自分と、船の前に氷の壁を張って船を守っている……。

「リョウ!?」

水属性の魔法使いが、十一体目に向かって走った。

新たに現れた十一体目のゴーレムも、右手にハルバード、左手に槍を持ち、現れるやいなや槍を船に向かって投げつけた。

しかし……。

その槍は、十メートルほど飛んだ場所で、見えない壁にぶつかって落ちた。

十一体目は、槍のことなど関係なく、戦闘中の使節団に向かって走る。

その前に、涼が立ちはだかった。落ちた槍を拾うと、そのまま十一体目に突っ込む。

正面から激突する、涼と十一体目のゴーレム。

十一体目のハルバードが突き出された時、涼の姿は消えた。遠目に見ていたヒューですら、一瞬見失ったほどだ。

だが一瞬後には、何らかの方法で瞬間的に速度を上げて、十一体目の後方に回り込んだと理解する。

涼の後背に、小さく煌《きら》めく水の欠片が見えた……。

十一体目の後方に回り込んだ涼は、十一体目を背後から槍で突く。

十一体目は、盛大にこけた。

それはもう、見事に。

たいして強い突きには見えなかったが、なんの抵抗もなく、こけた。見ていたヒューの方が、唖然としたほどに。

「設計者は、ゼロモーメントポイントを理解していなかったようです」

涼はそう呟くと、村雨に氷の刃を生じさせる。

頭から転んだ十一体目……うつぶせで地面に倒れこんだその首の後ろに、村雨を突き刺した。

関節すら、外から見えないほどに多重装甲のようになっているキューシー公国のゴーレムであるが、首回りだけは、ほんのわずかに隙間が空いているのは見学会で気付いていた。

頭を動かして周囲の状況を探るため、隙間ができるのは仕方ない。

しかしゴーレムは全長三メートルもの高さであるため、人間の武器では、首回りに攻撃を加えることはできない。下方からの槍の突き上げでは、首の隙間には入らない構造なのだ。

であるならば、転倒させて突き刺すのが最も合理的。

例えば、これがオーガなどであれば、膝など足を潰して頭が下がったところで首を刎ね飛ばす、などという方法もある。たいてい猫背なオーガと、姿勢のいいゴーレムとでは、体感的にも頭の位置が大きく違うと感じてしまうわけだが。

まあ、そういうわけで、涼は転倒させる方法を選んだ。

転倒させ、そのままの流れでとどめを刺したが……さすがに涼の表情は複雑だ。

「キューシー公国を守るために、彼らは作られたのに……なぜ、こんなことに」

涼は、そんな呟きを発しながら倒したゴーレムを見下ろしているが、周りでは展開が変わりつつあった。

涼が槍で転倒させた後にとどめを刺したのを見た。そこはB級、C級冒険者。自分たちが対峙するゴーレムにも、試し始める。

結果として、十体のゴーレム全てを制圧した。

「公宮が、まだ騒がしいな」

ヒューの呟きは、涼の耳にも届いた。

「まさか、向こうにもゴーレムが？」

「その可能性はあるが……屋内で、このでかぶつを動かすのは難しいだろう。俺なら別の手を使う」

「え？　俺なら？　別の手？　ヒューさんは、この騒動を引き起こしたのが誰か知っているんですか？」

「うん？　リョウだろう、アベル陛下から聞いたのは。わざわざトワイライトランドの偉い人が、知らせに来たんだろう？」

「まさか、ヴァンパイア……」

ようやくそこで、涼も思い至った。

西方諸国においては、人とヴァンパイアは長きにわたって争ってきた。そのヴァンパイアの一派……なんとか公爵らが目覚めたと。もしヴァンパイアがこの騒動を引き起こしたのであれば……。

「混乱に乗じて……」

「キューシー公とその家族を襲うかもしれん」

涼の推測に、ヒューも同意する。

「ルスラン様……」

涼にとっては、とても大切な同好の士。

すぐにでも助けに行きたい。


確かに〈アイスウォール〉を維持しているが、涼がこの場にいなくても維持される。

最初に現れたゴーレムはすべて倒しきったが……ふと見ると、新たなゴーレムが向かってくるのが見えた。

なぜかゴーレムたちは使節団を襲う。当然、新たに向かって来ているゴーレムたちもそうだろう。それに対して、冒険者たちは戦わねばならない。

それを置いてルスランを助けに行くのは……。

「でも……」

迷う涼。

だが、ここの団長は即断即決。

「行け、リョウ。ルスラン公子とキューシー公を救ってこい！」

「はい！」

ヒューが許可を出し、涼は走り出した。

◆

騒乱が起きた時、キューシー公ユーリーは政務会議室にいた。帝国、連合、そして王国の順番に使節団を中央庭で見送り、毎日の政務にすでについていたのだ。

傍らには、これもいつも通り政務次官がおり、今日の報告と決裁書類について説明をしていた。

「何やら、騒がしくないか？」

「確かに」

ユーリーが気付き、言われて政務次官も気付く。

最初に会議室に飛び込んできたのは、ユーリーの侍従長であった。

「何体ものゴーレムが暴れまわっております！」

「どういうことだ？」

ユーリーが聞き返したのは、純粋に意味が分からなかったからだ。

これまでのキューシー公国の歴史において、ゴーレムが暴走したことはある。だがそれは、開発段階にあったものの暴走。何体ものゴーレムが暴れまわるなど、聞いたことがない。

主の問いではあっても、侍従長には答えられない。

『何体ものゴーレムが暴れまわっている』という情報しか持っていないから。


確認するために、侍従長は再び会議室を飛び出していった。

ほとんど入れ違いに、別の情報が入ってきた。もたらしたのはユーリーの近衛隊長。

「公宮が襲撃されております！」

「それは、ゴーレムによってということであろう？」

「いえ、それとは別です！」

「いったい何が起きている……」

思わず呟くユーリー。完全に理解を超えている。

隣の政務次官も顔をしかめたまま動けない。

だが、ただ一人、近衛隊長だけはやるべきことを理解していた。

「ユーリー様、近衛隊がこちらでお守りいたします」

近衛隊長の後ろからキューシー公直属の近衛隊四十人が会議室に到着し、そこで保護されることになった。

この政務会議室は公宮の最上階にあり、一階から襲撃してきた者たちが辿り着くには最も遠い部屋の一つ。

しかも広い会議室であるため、近衛隊を展開する余裕もある。

現在の公宮において、やるべきことを最も冷静に判断していたのは、近衛隊長だったのかもしれない。

騒ぎの音は、公宮のあちこちから聞こえてくる。

しかしユーリーと近衛隊長は気付いていた。ひときわ大きな音が、一定の速度で会議室に近付いてきていることに。

それはすなわち、公宮を守るキューシー公国軍の者たちが気合いを入れて打ち込み、攻撃を加えているが、進む敵の足を止めることができていない……その敵は、一直線にこの会議室を目指してきているということである。

そして、ついに……。

会議室前の廊下に配置されていた者たちが、打ち倒されたのが分かった。

政務会議室の大扉が開き、一人の女性が優雅に入ってくる。

「キューシー公は、今日もいつも通り政務に励んでおるようだな。全て想定通り、けっこう」

腰までの豪奢な金髪に、驚くほど輝いて見える紅い瞳。顔貌の美しさは当然のことだと思わせるほどに、その二つが見る者の目に最初に飛び込んでくる。

「き、貴様、この狼藉《ろうぜき》の一味か！　何者だ！」

誰何する近衛隊長……だが、その声は裏返っている。

質問に、うっすら笑って首を傾げてみせる紅い目の女性。

「近衛程度では分からんか？　だがキューシー公、汝なら分かるであろう？」

「ヴァンパイア」

ユーリーは、紅い目の女性に圧倒されていた。

そのため、答える声も大きくはない。

しかしそれでも、国主として襲撃者に対峙しなければならない。

大きくない声であっても、圧倒されていても、決して弱々しい声ではない。

「そう、正解だ。さすがは西方諸国、東の要キューシー公ユーリー。我が威圧を一身に受けながら正気を保っておるとは重畳」

紅い目のヴァンパイアは大きな声をあげて笑った。

実際、ユーリーの隣に立っていた政務次官は、威圧にあてられたのかすでに気絶している。隊長を筆頭に近衛の者たちですら、顔から大粒の汗を流し、構える剣は震えている。

それほどの威圧を、ユーリーは一身に受けながら対峙していた。

ユーリーは、武の男ではない。だが、その地位に対する責任を取る覚悟は常にできている。

「ロプノールの街で、〈ブラッディ・ボルケーノ〉を発動させたからな。我らヴァンパイアが活動しているのを理解したであろう？」

紅い目のヴァンパイアは、ユーリーが答えに辿り着いた理由を、正確にひも解いてみせる。

「しかし、それに釣られて公国軍を他の街に回したのは、失態だったのではないか？　こうして攻め込みやすくなったのだからな」

「……そこまで、お前たちの策だったか」

「そう。もちろん、〈ブラッディ・ボルケーノ〉によって力を補充できたのは事実。そのうえで、陽動作戦としての効果もあったというわけだ」

策が成功したためだろう。紅い目のヴァンパイアは嬉しそうに笑う。

ユーリーは、ちらりと周囲を見た。近衛隊らの精神が限界に近いのが見て取れる。

襲撃を受けた側としては、もっと時間を稼ぎたい。稼げば稼ぐほど、近衛以外の者たちも自分を守るために集まってくる可能性が高まるからだ。

しかし、これ以上時間が経てば、近衛隊の精神がやられてしまう……それを理解できてしまった。

四十人もの近衛隊であれば、ヴァンパイア一体を倒せる可能性は決して低くない。そんな計算もある。

全ては、目の前のヴァンパイアの強さ次第。強さを知るには、ヴァンパイアの爵位を知ればいい。

「我が名はキューシー公ユーリー十世。ヴァンパイア、そなたの名前を聞こう」

「よかろう、名乗るとしよう。我はチェテア公爵レアンドラ。古のヴァンパイアの一人だ」

「公爵だと……」

　思わず呟くユーリー。

　そんな、お互いの名乗りが均衡を破った。

「うぉおおお！」

　一人の近衛が打ちかかる。

「〈フレイム〉」

　紅い目のヴァンパイア……レアンドラが唱えると、打ちかかった近衛は吹き飛ばされ、炎に包まれた。

　二人目、三人目と近衛隊が打ちかかっていくが、剣の届く距離まで近付くことすらできずに吹き飛ばされ、炎に包まれて崩れ落ちる。

「ヴァンパイアといえども敵は一体だ。囲んで倒せ！」

　近衛隊長の指示が飛ぶ。

　打ちかかる剣は、だが……レアンドラに届く前に、見えない壁に弾かれた。

「馬鹿な！」

「攻撃が届きません」

「こんな硬い〈物理障壁〉、聞いたことがない」

　全ての攻撃がはじき返される。

「愚か者どもめ、我は公爵ぞ。人間ごとき、何十人いても変わらぬわ」

　うっすらと笑いながらレアンドラは嘲笑する。

「どれ、剣でも相手してやろう」

　レアンドラはそう言うと、ゆっくりと腰の剣を引き抜く。

　その間も近衛隊は打ちかかるが、全て〈物理障壁〉に弾かれる。

　そして、一閃。

　ただ一振り、レアンドラの剣。

　斬り飛ばされる、三人の近衛隊の首。

「なんだ、それは……」

　近衛隊長が呟く。

　ただ一振りで分かる……勝ち負けの問題になどならない。何もかもが違い過ぎる。

　力？　速さ？　技術？

　全てだ。

　全てが違い過ぎる。

　そこにあるのは、圧倒的な差。

「ヴァンパイア、これほどとは……」

思わず呟くユーリー。

「違うぞ、キューシー公ユーリー。我が公爵だからだ」

傲然と言い放つレアンドラ。

「人とヴァンパイア公爵との差。それが、この差だ」

それはある意味、決定的な言葉となって近衛隊を打ち据えた。

近衛隊の生き残り二十人は、辛うじて剣は構えている。だがすでに、足は前に出ない。率先してレアンドラに打ちかかっていく者はいなくなった。

「どうした？　もう、戦意喪失か？　ユーリー、汝の近衛隊は不甲斐ないな。鍛えなおした方が良いのではないか？」

嘲りを含んだレアンドラの言葉が近衛隊を打つ。

だがそれに反発して前に出ていく足は……。

「おのれー！」

ただ一人、動いた人物がいた。

それは指揮官。近衛隊長。

近衛隊長の打ち下ろしを、〈物理障壁〉ではなく、あえて剣で受け止めるレアンドラ。

「ふむ、今までの者たちよりは鋭い剣だな。とはいえ……」

次の瞬間、隊長の剣が宙を舞った。

「ごふっ……」

そこにいた者たちには、隊長の剣が舞うのと体を貫かれるのは、ほとんど同時に見えたに違いない。それほどに、レアンドラの剣閃は鋭かった。

「まだまだ差がありすぎる」

完全に呑まれた。

もう誰も……一歩も動くことはできない。

「終わりか？　なら消えよ。〈フレイム〉」

近衛隊は、弾き飛ばされ炎に沈んだ。


「さて、キューシー公ユーリー、覚悟はできているか」

レアンドラはそう言うと、ユーリーの方を向く。

その時には、ユーリーも立ち上がって剣を構えていた。

「そうだな、上に立つ者が危険に身をさらしてこそ、下の者が付いてくる……そういう場面もある。しかし汝は、剣が強いわけではなかろう。構えで分かるぞ」

「侮るなよ、チェテア公爵！」

そう言うと、ユーリーは打ちかかった。

しかし……。

ただ一合。

ユーリーの剣は弾き飛ばされ、体も吹き飛ばされた。

「くっ……」

「気持ちは入っていたが、それだけだ」

ゆっくりと近付きながら言い放つレアンドラ。

「そろそろ死ぬがよい」

剣が振り上げられ、下ろされようとしたその刹那。

扉が破られた。

同時に飛び込んできたのは、一人の公子と一体のゴーレム。

「父上！」

第二公子ルスランと、彼が作った開発機『雷帝』。

「父上、ご無事ですか」

「ルスラン……ああ、大丈夫だ」

レアンドラとユーリーの間に飛び込んだ一人と一体は、そのままユーリーを庇うような立ち位置となる。

当然それは、ヴァンパイアとゴーレムによる剣戟を生み出した。

「ゴーレム？」

呟いたレアンドラは、大きく剣を弾いてバックステップして距離をとる。それは、圧迫されていたユーリらにとってはありがたいことだ。

「雷帝か。他のゴーレムたちは、やはり？」

「はい、乗っ取られたようです」

ユーリーの問いにルスランは答えてから、対峙するレアンドラを睨みつけた。

その視線が物語っている、お前たちの仕業だなと。

「ふむ、第二公子ルスランか。お察しの通り、ゴーレム兵団はこちらがいただいた。人の力の象徴ともいうべきゴーレム、ヴァンパイアに奪われるのは屈辱であろうな」

ニヤリと笑うレアンドラ。

「なぜそんなことが可能に……」

「公子は分からぬらしいぞ、ユーリー、汝は心当たりがあるだろう?」

ルスランの言葉に、婉曲的《えんきょくてき》に答えるレアンドラ。

「おそらく、キリルからだ」

「兄上?」

「正解だ、ユーリー。論理的に考えて、それ以外にはないものな。汝と妃を除けば、味方を襲撃する命令を出せる権限を持っているのは公太子キリルしかおらぬ」

ユーリーが苦渋に満ちた表情で答えを出し、ルスランが驚き、レアンドラが答え合わせをする。

「キリルに何をした」

「大したことではない。主治医を闇属性魔法で操って、公太子に毒を盛って寝たきりにし、今度は本人も闇属性魔法で操って支配下に置いた。ただそれだけのことだ」

「貴様……」

「全ては弱さが原因。弱いのが悪い、そうであろう?公太子が弱いから、人が弱いから、支配下に置かれる。そして全てを奪われる。強くないのが悪い」

レアンドラは笑いながらそう言うと、目の前で剣を構えるゴーレム雷帝を見る。

「さて、そこの小さなゴーレムの強さはいかほどか、試してやろう」

音高く響く剣と剣。

ユーリーもルスランも見えないほどの飛び込みで、レアンドラは突っ込み、その勢いのまま剣を打ち下ろした。しかし、その速度に完璧な対応をみせる雷帝。

「ほぉ、人形にしてはやるではないか」

「父上、今のうちに脱出を……」

ルスランがユーリーの体を起こして、会議室からの脱出を図る。

しかし……。

「〈フレイム〉」

二人の足下に炎が走った。

レアンドラの火属性魔法。

「逃がすわけないであろうが。おとなしくそこで見ておれ」

レアンドラは笑いながら言う。雷帝と剣で戦いながら、魔法で二人を牽制する。それくらい造作ないようだ。

それをきっかけに、始まるレアンドラの連撃。

先ほどまでの、近衛隊を相手にしていた時とは全く違う。あの時でさえ、ユーリーは絶対に勝てないと感じた。

しかし今は……。

「先ほどよりも速くて強い……」

「ああ、ユーリー、お前の近衛たちよりもこのゴーレムの方が強いからな、それに応じたらこうならざるを得ん」

確かに、先ほどまでの近衛隊対レアンドラの戦闘に比べて、かなり熾烈《しれつ》なものとなっている。

その理由の全ては、雷帝の剣さばき。

「かつて、多くのゴーレムを相手に戦ったが……ここまで剣に秀でたものはいなかった」

称賛するレアンドラ。

「B級剣士ニルス殿と互角に渡り合ったのに……遊ばれている」

だが、悔しそうに呟くルスラン。

そう、昨日の模擬戦で、雷帝はニルスと剣戟を繰り広げた。

「やはりか、このゴーレム……実戦を繰り返して、人の剣士の動きを学ばせたな」

レアンドラが頷く。

正解なのだが、ルスランは何も答えない。わざわざ答えてやる必要を認めないからだ。

もちろん、レアンドラもそんなものは求めていない。

「それだけならよくある話だが、厄介なのはその合成よ。剣の動きとは流れ……それは剣そのものだけでなく、腕、足、体全ての動きが次の動きへと繋がり、さらにその次へと繋がっていく。優秀な剣士の、それぞれ得意な技だけを学んだとて意味はない。魔法のように、単体で完結するものではないからだ。それを上手く融合させている」

レアンドラは頷きながら言う。

呟きというには声が大きい。それは、雷帝を作ったルスランに聞かせるためだ。

「ゴーレム開発者として優秀だな、ルスラン公子」

「……」

「だがそれでも……我には勝てん」

雷帝の突きを、わずかに剣で角度を変えて受け流し、その左目を突いた。雷帝の左目が光を失う。

さらに高速の突きで、右目を突く。雷帝の右目も光を失い……膝から崩れ落ちた。

「雷帝！」

ルスランの悲痛な叫び。

だが、もう雷帝は動かない。動力源である二つの魔石を潰されたから。

元々、雷帝は開発機だ。戦場に出る想定はもちろん、こうしてヴァンパイアとの戦いに投入される予定もなかった。

実用化され量産された時のために、騎士団や剣士として名高い者たちからの剣の技を取り込んだりはした。それが今回、活かされはしたが……それとて、まだ完璧には遠かったのだ。

その結果が、今。

「いや、思いのほか面白かったぞ。これほどに剣で戦えるゴーレムが開発されていたとはな。我が眠りにつく前とは、いろいろと変わったようだ。だが変わらぬものもある」

レアンドラは、ユーリーとそれを支えるルスランを見て言葉を続ける。

「結局は強い者が勝つ。つまり、我々ヴァンパイアが勝つということだ」

圧倒的な強者の弁。

実際、会議室に広がる光景は、その言葉が事実であることを示している。

「そうだな、お前たち二人も、近衛の者たち同様に炎によって葬ってやろう」

レアンドラは右手を出し、二人に向ける。

それに対して、ユーリーもルスランも睨み返す。

勝てないのは理解した。負けであることも受け入れよう。

だが……。

「心は屈しない」

ユーリーは、はっきりと言い切る。

「世迷い言を。死ね。〈フレイム〉」

しかし、その炎は二人には届かなかった。

遮ったのは、くすんだ金属の光沢……。

「雷帝！」

動かなくなっていたはずの雷帝が、最後の力を振り絞って二人の前に体を投げ入れたのだ。

焼けただれる雷帝の体。文字通り、身を挺して二人を守った。

その身は吹き飛ばされ、ルスランの下へ……開発者にして主である、その下へ。

「雷帝……」

これまで決して泣かなかったルスランが、雷帝の体を抱きしめて泣き崩れた。

「雷帝が、時間を稼いでくれたのですね」

その声は、冷気を伴っていた。

安堵。

悲しみ。

そして、怒り。

怒りに満ちた冷気が辺りを満たす。

「雷帝の犠牲、無駄にはしません」

「リョウ……殿」

そこに現れたのは、怒れる水属性の魔法使いであった。

◆

「ふむ……」

レアンドラは呟いた。

そして言葉を続ける。

「正直、今さら人一人が現れたところで何も面白くないと思ったが……珍しいものを着ているな。それは妖精王のローブであろう、魔法使い」

「三下ヴァンパイアに答える義理などありません」

傲然と言い放つ涼。

主を守って散ったゴーレム……雷帝を思い、憤っているのだ。

「我は公爵ぞ？　相手になると思っているのか？」

「僕は筆頭公爵です」

「なに？」

「ヴァンパイア公爵の相手としてちょうどいい……と

いうか、やはり僕の方が上、あなたの方が下です。かかってきなさい」

「公爵であることを宣言したのに、そんな返しをされたのは久しぶりぞ。すぐには殺さん、なぶり殺しだ」

表面上、辛うじて平静を保っているように見えるが、レアンドラの内心では怒りが渦巻いていた。

それは、涼にとってはいつものこと。

《相手の冷静さを奪うのは、対人戦の初歩の初歩》

『魂の響』の向こう側で、アベルが呟いた瞬間、戦いが始まった。

戦いは、常に、怒りを纏った方から開始される。

「〈フレイム〉」

「〈アイシクルランス〉」

炎と氷は、対消滅の光を発して消えた。

「なに?」

「どうしました、ヴァンパイア公爵。まさか対消滅で消されたのが予想外でしたか?」

訝し気なレアンドラに、挑発的な響きを交ぜて問いかける涼。

「その余裕、いつまでもつか見ものだな! 〈フレイムスター〉」

「〈アイスウォール10層〉」

何十もの炎の槍が涼を襲う。しかし、その全てが氷の壁に弾かれた。

涼は何も言わずに肩をすくめる。

それが、さらにレアンドラの心に怒りの炎を掻き立てる。

「……いいだろう。死体すら残さず消し炭にしてくれる! 〈フレイムシャワー〉」

「〈ドリザリング〉」

レアンドラが唱えると、何百もの炎の塊が空中に生じ、あらゆる方向から涼に向かって放たれる。だが、霧雨と呼ばれる涼の対消滅防壁……〈ドリザリング〉に当たって対消滅の光を発して、全ての炎が消滅した。

「なんだと……」

「ヴァンパイア公爵、どうしたんです? この程度なら、人間の魔法使いの方が強いですよ?」

「貴様……」

「中央諸国デブヒ帝国にいるオスカー・ルスカとかいう火属性魔法使いの魔法の方が、圧倒的に強かったです。どうします？　もう諦めた方がいいんじゃないですか？」

さらなる挑発を繰り返す涼。

だが……。

「ふぅ」

レアンドラが、深く息を吐き、剣を構えた。

（あれ？　やり過ぎた？）

その瞬間、涼は理解した。レアンドラの冷静さを奪う策が、ここで破れたことを。

深く息を吐けば、深く息を吸うことになる。

それは深呼吸の成立。

深呼吸を行えば、人は冷静さを取り戻す。おそらくヴァンパイアも。

「我は、冷静さを失っていたようだ」

明確に言葉にするレアンドラ。

この言葉を吐ける者は強い。自分が陥っていた状況を把握し、しかもそこから抜け出す方法を知っているから。

敵にすれば非常に厄介な相手……。

しかし、よく言うではないか。敵は選べないと。そう、倒さねばならない相手、それが敵なのだ。

「ふぅ……」

涼も、深く息を吐き、息を吸う。

村雨を持ち、刃を生じさせた。

いつものように、村雨を正眼に構える。

人とヴァンパイアが、剣を構えて対峙する。

二人の間に高まった緊張……。

突然、弾けた。

緊張を割ったのは、またしてもレアンドラ。しかし、前回とは違い、冷静さを伴った一撃。

神速の飛び込みからの打ち下ろし。

「くっ」

思わず涼の口から漏れる。

滅多にないことだ。

（これは、強い）

ただ一撃を剣で流しただけだが、涼は理解した。理解させられてしまった。

（トワイライトランドで、ヴァンパイアの剣士相手に戦いましたけど……あれを思い出してしまいました）

そう、あの時はヤバかった。

魔法無効空間で、力、速さで圧倒的に上回り、技術で互角のヴァンパイア相手に剣で戦った……。

しかし今回は……。

（あの時のヴァンパイアより、強い？）

あの時戦った相手を、アルバ公爵アグネスは、ヴァンパイア最強の剣士と言っていた。

しかし、今対峙する相手は、力と速さで上回り……何より、技術も高い。そう、あの時は互角であった技術において、明確に上回られている。

「技術が高いということは、真摯に剣と向き合ってきたということ」

涼の呟きが聞こえたのだろう。レアンドラはうっすら笑って答えた。

「我らは、人とは比べ物にならない長き生を生きる。その間に、我は剣を鍛えた」

レアンドラはそう言うと、涼の目を見て言葉を続けた。

「汝も、妖精王からローブを貰うほどの魔法使いなのだろうが、剣も使えるではないか」

「僕が師匠……水の妖精王から鍛えられたのは剣です」

「ん？　汝は、水属性の魔法使いであろう？　水の妖精王から、水属性魔法を鍛えられていないのか？」

「それ、よく言われるんですけど、剣しか習っていません」

「……意味が分からんな」

ヴァンパイア基準で見ても、涼の境遇は意味が分からないらしい。

当然、会話の間も剣戟は続いている。

剣戟とはいえ、レアンドラが攻め、涼が守りの構図だ。

（これだけの力量差があると、そうならざるを得ません）

力、速さ、技術、全てに差がある状態での戦い。それは、弱い側からすれば絶望的な戦いと言っていいだろう。

だが涼は、絶望してはいない。

（最近はたるんでいました。こういう戦いがあると鍛

えなおされます）
自分の命が懸かった戦いで、なぜか鍛えなおす思考。
しかしそれは、変な緊張に囚われるのを防いでくれる。
もちろん……。
油断とは無縁。
緩みとも無縁。
ただ、繰り出されるレアンドラの剣をさばく。
正面から受け止めず、流す、よける。
一つ、一つ。
丁寧に、丁寧に。
レアンドラの剣の動きを、目で追わない。
レアンドラの体全ての動きを捉え、対応する。
進めば、それすら、意識はしなくなる。
集中していくほどに、思考は意識されなくなる。
無意識のうちに、体が動く。
敵は関係ない。
己で完結する。
剣は己との対話。
そこには、完璧な『守』があった。

（なんだ、こいつは……）

レアンドラには、目の前の存在が理解できなかった。

ヴァンパイア公爵たる自分に対抗できる魔法を展開する……まず、そこからして異常だ。人間が、そんなことできるはずがない。できるはずがないのだが……

論理的に不可能ではない。

だから、まあ、受け入れざるをえない。

そんな魔法を展開するくせに、剣においても自分に対抗してくる……これは、全くもって理解できない。

（どこに打ち込んでも、完璧に流される。どういうことだ？）

そう、受けるのではない。流される。

理屈上、守る側が四十五度以上の角度をつけて剣を差し出せば、攻め側の剣は流れていく。

それは分かる。分かるのだが……。

（それをずっと続けることなど、不可能だ）

不可能なことをされている。

ヴァンパイア対ヴァンパイアであったとしても不可

能だろう。

それなのに、目の前の相手は人なのに、ヴァンパイアの剣を流し続けている。

それも、ただのヴァンパイアではない。

（我は公爵ぞ？　それも剣を鍛え上げた……）

レアンドラは気付いていていた。

目の前の人間に打ち込み続けても、その守りを打ち破れる予感がしないことに。

レアンドラは自分が苛立ち、焦りに似た感情を抱いているのを自覚する。

同時に気付く。

（なるほど、それが狙いか。焦り、疲労……守り続けることによって、そんな状況を生み出し、綻びをつくり、そこを突く。持久戦に活路を見出した？　いや、それな消極的な理由ではないな。持久戦に絶対の自信を持っているのだろう）

これまでの経験から手に入れた自信。

（自分を、力や速さで上回る相手との戦いを数多くこなしてきたということか。全く揺るがない）

ここまでの守りを見せられれば認めざるを得ない。強い相手だと。

レアンドラはヴァンパイアであり、人を見下している。そもそも同等の生き物だとは、思っていない。それは事実だ。

だが、それでも……。

（我を相手に戦うに値する人間であると認めよう）

レアンドラの意識が変わった瞬間であった。

（その持久戦にのってやろうではないか。どちらかが動けなくなるまで、剣を振り続けてやる）

会議室の外では、未だ騒動が続いているが、この場にいる者たちには全く関係なかった。

会議室に響くのは、ただ剣戟の音のみ。

それも、普通ではない……誰の目から見ても分かるほど、普通ではない剣戟。

「凄い……」

思わずルスラン公子の口から言葉が漏れる。

ルスランは公子だ。だから、小さい頃から武芸も一通り修めてきた。その才能は、魔法や錬金術方面に偏っているらしく、剣も槍も決して得意な方ではない。

しかしそれでも、目の前で繰り広げられている剣戟が、異常なほどハイレベルであることは分かる。

ルスランは昨日、ニルスと雷帝の模擬戦を見た。ニルスはB級剣士。それは、人類でもかなり高いレベルにあるということ。雷帝もゴーレムであるため、その模擬戦はかなりのものであった。

そんな模擬戦も、今、目の前で繰り広げられる戦いに比べれば……あまりにも違い過ぎる。

「ルスラン、あの冒険者が？」

「はい、父上、ナイトレイ王国のリョウ殿です」

ユーリーに問いかけられるまで、ルスランは剣戟に見とれていたようだ。戦いに見とれるなど、生まれて初めての経験……。

「私が知っている『戦い』と全く違います」

「ああ、私もだ」

ルスランの言葉にユーリーも同意する。

攻撃の凄さは素人でも分かるが、防御の凄さは玄人でなければ分からない……そう言われることがある。

しかし、二人の目の前で繰り広げられる戦いにおいては、涼の防御の凄さも十分に理解できた。攻撃はもちろん凄すぎるのだが、それに引き上げられて防御の凄さも理解できてしまう。

それが、ルスランが剣戟に見とれた理由であろう。

「才長けた二人がぶつかり、初めて名勝負は生み出される」

「父上？」

「チェスの格言だが、チェス以外にも通じるということだ。どれほど強い者であっても、一人では、これほどの『戦い』は生み出せん」

ユーリーもルスラン同様、決して武に秀でているわけではない。それでも、近衛隊や公国軍など戦いを生業とする者たちを部下にもち、その戦いぶりを数十年にわたって見てきた。だから分かる。

目の前の戦いは異常だと。

才長けたとは言ったものの、それは生まれ持っての才能だけのことではない。長く努力を続けるからこそ、その才能が光り輝くほどに磨かれたのだ。

「本当に、洗練されているな」

洗練とは、無駄なものが削られていった結果、生み出されるもの。

言うだけなら簡単、しかし少し考えれば分かる。

無駄なものを削るためには、何が無駄で、何が必要かを判断しなければならない。それはどうやって判断する？

経験を積み重ねない限り、無駄か必要かの判別はできない。

「リョウ殿が凄いのはもちろんだが、あのヴァンパイアも剣に専心してきたのだろう。そう考えると……我々は、ヴァンパイアについて、あまりにも知らなさすぎる」

「父上？」

「あのヴァンパイアは公爵だと名乗った。ヴァンパイアは、その強さによって爵位を持つ……それは昔から知られている。だが、その爵位はいつつけられる？生まれた時か？　成長し力をつければ爵位は上がるのか？　あのヴァンパイアは、いつから公爵なのだ？」

「……」

「もし、この場を生き延びることができたら、ヴァンパイアについて、いろいろと調べねばならないな」

「ヴァンパイアは敵でしょう？」

「そう、ヴァンパイアは人の敵だ。人の敵だとしても……いや人の敵であるからこそ、より詳しく、より深く知っておかねばならない」

そこまで言い切って、ユーリーは苦笑する。

もちろん分かっているのだ。今、目の前の戦いに、自分たちの命が懸かっている状況だということは。目の前のヴァンパイアが勝ってしまえば、自分たちは殺されるのだということは。

「全てはリョウ殿しだい」

「そうだな」

ルスランも理解し、ユーリーも理解していた。

自分たちの命、ひいてはキューシー公国の存亡すらが、戦っている冒険者の肩にかかっているということを。

レアンドラは大きく後方に跳び、距離をとった。

「驚くほどしぶといな」

その声は、はっきりと涼の耳に届く。

「ヴァンパイア、あなたもタフですね。疲れていませんか？」

「持久戦において、ヴァンパイアが人に後れを取るわけないであろうが」

「ああ、持久戦であることを理解しちゃってたんですね」

涼は肩をすくめる。

トワイライトランドの時のように、焦れて、そしてほんの少しでも疲労によって剣閃が鈍った隙に付け込めばと思っていたのだが……どうもそれは望めないらしい。

「舐め過ぎだぞ、筆頭公爵とやら」

顔をしかめるレアンドラ。

すでに、涼を下に見る意識はない。対等の相手として認識している。

「そういえば名乗っていなかったな。我はチェテア公爵レアンドラ。ナイトレイの筆頭公爵とやら、汝の名を聞こう」

「ロンド公爵リョウ・ミハラ」

レアンドラの名乗りに、涼も素直に名乗り返す。

ナイトレイ王国の筆頭公爵という立場である以上、あまりみっともないことはできないのだ。王国の他の貴族がどうこうというより、国王たるアベルの顔に泥を塗る可能性があるために。

堂々と名乗る相手には、こちらも名乗り返さねばならない。

「ロンド公爵、強いな。それは認めよう」

「あなたもヴァンパイアにしてはけっこう強いですよ、チェテア公爵」

レアンドラが称賛し、涼も称賛する……素直にではないが。

その素直ではない部分に、レアンドラは顔をしかめた。

「ヴァンパイアにしては？　我以外のヴァンパイアと戦ったことがあるということか？」

「そうですね。そのヴァンパイアさんとの剣戟には、大変苦労しました」

魔法無効空間だったので、とはさすがに言わない。

そこまで教えてやらなくてもいいかなと思って。

「でも、本当に強いのは、多分、彼らの指導者です」

涼の頭の中に浮かんでいるのは、真祖様だ。

「うん、あの人……いや、あのヴァンパイアは、ちょっととんでもない感じです」

「指導者だと？　なんのことを言っている？」

涼の言葉に、さらに顔をしかめながら問い返すレアンドラ。

それは涼に首を傾げさせた。もちろん、ヴァンパイアだからといって、全員が面識あるわけではないだろう。中央諸国と西方諸国では離れているから、お互いに知らない可能性は高い。人間だって、これだけの距離が離れていれば、当然知らない。ヴァンパイアも同じものかもしれない。

「僕の知るヴァンパイアの指導者は、人とヴァンパイアが共存できる仕組みをつくり上げていました。あなたのように人を襲ったりはしません」

「ほぉ。そんな愚かなヴァンパイアがおるのか？　にわかには信じられんな。その名前を言うてみよ」

「真祖様です！」

「シンソ？　知らんな」

「え？　ああ、やっぱり、距離が……。いや、もしかして本名が別にある？　そうですよね、そりゃありますよね。本名は知りません」

「後日、そのヴァンパイアに会うことがあれば伝えておけ。チェテア公爵が愚かだと言っていたとな」

「伝えておきましょう」

「とはいえ、お前はこの場で死ぬのだから、伝えられんだろうがな」

「……まさかヴァンパイアが、ノリつっこみを展開するとは」

驚く涼。

もちろん、レアンドラにノリつっこみなどという認識はない。

「チェテア公爵、あなたが、ここでごめんなさいをすれば、許してやるのもやぶさかではありません」

「もちろん断る。そもそもロンド公爵、汝とてそんなことは望んでいないだろう？」

「え？」

「楽しそうに戦っているではないか」

「そ、そんなはずはありません。雷帝が破壊されたことに嘆いていたルスラン様を見て、あなたに怒りを抱いていました。それでも僕は、力でしか解決できない現状に悲しみながら剣を振るっていたはずなのです」

「面白いことを言う……今、笑っている説明にはなっていないがな」

「あれ？」

レアンドラがニヤリと笑って指摘する。そう、涼は自覚がないまま片頬だけ笑っていた。

「怒りは事実だろう。悲しみもそうかもしれん。だが、それら全てを超越して、戦いに身をさらすことに抵抗がない。そういうのを、戦闘狂と言うのだ！」

言うが早いか、レアンドラが間合いを侵略する。

激戦が再開された。

攻めるレアンドラ、守る涼。その構図は変わらない。

涼自身は力、速さ、技の全てでレアンドラに及ばないと認識していたが、傍目にはそれほどの差はない。

実際、ユーリーの目にもルスランの目にも、二人に差があるようには見えない。

つまり、まだまだ均衡が続く……そう思われた。

しかし、ここ公宮はすでに戦場。

模擬戦の場でも一騎打ちの決闘場でもない。つまり、不確定要素が数多く存在する……。

会議室の扉は開いている。

だから廊下の奥からでも、戦闘が見えた。

「レアンドラ様？　まさか、まだ戦闘中？」

廊下で、そう呟いたのはレアンドラの補佐役、バリリョス侯爵ルーベン。

当初の予定では、レアンドラは執務をしているはずのキューシー公ユーリーの命を自らの剣で奪い、ルーベンら側近の者たちと合流するはずだった。だが、いつまで待ってもレアンドラが来ないためにルーベンが会議室に確認にきたのだ。

そこには、まだレアンドラがいた。

ルーベンは、レアンドラと涼の苛烈な剣戟を見て顔をしかめる。

レアンドラが攻めているのは分かる。力、速さ、おそらく技術においても上回っている……そのはずなのだが、彼の目から見ても、すぐに決着がつくようには見えない。それほどに、守る人間の剣は堅く見える。

ルーベンは、視線を動かした。

その先には、床に座り込んだキューシー公ユーリー、ゴーレムの体を抱えた第二公子ルスラン。

ルーベンが、ユーリーの命を奪うべきだと考えたのは当然だ。それは今回の襲撃の、大きな目的の一つなのだから。しかも、その役割を担ったレアンドラが強敵と戦っているとなれば、自分が代わりを果たそうと考えたのは……これもまた当然だったのかもしれない。

しかし、会議室の中には入れないことに気付く。

「〈物理障壁〉？　いや、氷の壁か」

会議室の入口には氷の壁が生成され、ユーリーとルスランを守っている。

つまり、直接ユーリーの命を奪うのは無理。

だが問題ない。ルーベンは、闇属性魔法を使えるヴァンパイア。

「〈スレイブ〉」

小さく唱えた。

すると、ルスランが、抱えていたゴーレムの体をゆっくりと床に下ろした。そして、ゴーレムが持っていた剣を自らの手に移す。

キューシー公ユーリーは剣戟に目を奪われ、ルスランの異常には気付かない。

そして剣が……。


涼ですら反応が遅れた。

気付いた時には、雷帝の剣を手にしたルスランが、ユーリーの体を貫く直前。

瞬間、青い風が舞った。

吹き飛ばされるユーリー。

ユーリーのいた場所には涼……その体を、ユーリーが手にした雷帝の剣が貫いていた。

「ごふっ……」

涼の口から血が溢れる。

内臓が傷ついたようだ。

だが自分のことよりも、優先すべきことがある。

「〈スコール〉〈氷棺〉」

おそらく闇属性魔法辺りで操られてしまったルスランの体を、氷漬けにする。

動けず、理解できていないままのユーリーの顔が目に入る。

なんらかの説明は必要だろう。

「お二人があまりにも近過ぎたために……〈アイスウォール〉で分けられず……飛び込むしかありませんでした」

ユーリーは氷漬けのルスランを見たままだ。

「闇属性魔法で操られたようですので、氷漬けにしました。生きていますので……」

「ああ……」

涼の言葉を理解したのか、それともただ口から漏れたのか、ユーリーの口から言葉が発せられる。

「ルーベン！　我が名誉を汚す気か！」


一方では、主が叱責していた。

一騎打ちの最中に、横から現れた部下が勝手をしたのだ。

叱責されたルーベンにしてみれば理不尽な怒りではある。

「申し訳ございません」

それでもルーベンは言い訳をしない。

客観的に見れば、ルーベンの行動は非難されるものではない。しかし、主の怒りももっともであることは理解している。主の性格を考えれば、行き過ぎた行動だったかもしれないとも思えるから。

その紅き双眸《そうぼう》に怒りを宿らせたレアンドラが、氷の壁の向こうで片膝をつくルーベンを睨みつけている。

レアンドラも理解しているのだ。作戦全体から見れば、ルーベンの行動の方が正当性があるということは。

今も、この公宮を襲撃した同胞たちは戦っている。一刻も早く作戦目標を達して、撤収に入る方がいいということは分かっている。

分かっているのだ……。

「よい、ルーベン。我が自らの欲に流された」

レアンドラはそう言うと、怒りを収めた。

ルーベンは無言のまま、深々と頭を下げる。主の感情の起伏が激しいことは知っている。しかし同時に、懐も深く、自らの弱点を理解してそれを補う部下たちの役割について高く評価していることも知っている。

レアンドラは、涼を見て口を開いた。

「ここで、汝の命をとったところで意味がない。別の機会を設ける」

深い傷を負った涼を逃がすと言う。

しかし言われた側が……。

「なに勝手なことを言っているんですか」

なぜか涼が反論する。

「この程度の傷、大したことはありませんよ。あなたたちをこのまま逃がしてやるほど、僕は甘くありません。ここで決着をつけます」

もちろん、涼の傷は深い。すぐに氷の膜を張って、臓器からの出血と大きな血管からの出血は止めた。さらに、レアンドラがルーベンを叱責している間に、特製ポーションも飲んだ。

そうは言っても、流れ出た血は戻ってこない。

かなりの出血があったため、実は立っているのも簡単ではない。

それでも、涼は戦闘の続行を希望した。

それはなぜか。

涼が気にしたのは、氷の棺に閉じ込めたルスラン公子の気持ち。

闇属性魔法が解けた後も、自分が起こしたこと、今起きていること、その全てを覚えている。

以前、ヒュー・マクグラスが、コナ村の近くでヴァンパイア伯爵の〈スレイブ〉で操られたことがあった。涼から溢れる妖精の雫で解き放たれたが、自分が操られていた間の記憶もあるような感じだったから。

おそらく、ルスランは全てを覚えている。

今、この瞬間のことも。

自分の行動で涼を傷つけた、その結果としてヴァンパイアを倒せなかったら……その心の傷はとても深くなる。涼が負った体の傷よりも、きっと深くなる。

ただでさえ、ルスランの師匠が作ったゴーレムたちが反乱を起こし、倒されている。さらに、自らの愛機とも言うべき雷帝も倒された。その心痛はいかばかりか。

その全てを考えると……。

涼は退けない。

涼は退かない。

そんな側面のある戦い。

同時に、涼自身としても続けたいと考えている。

「飛び込んだ瞬間、僕自身が〈アイスアーマー〉を纏えばよかったのです。それをできなかった僕のミスです」

ユーリーとルスランの間には、氷の壁を張る余裕はなかった。だが、涼自身に氷の鎧を纏うなり氷の壁を張るなりして、ユーリーを突き飛ばせばよかったのだ。そうすれば、ルスランの剣は涼の体が弾いていたはずなのだ。

「ミスを認めて反省すれば、二度と同じミスは繰り返しません」

涼は完璧ではない。

それは分かっている。

だからこそ、さらなる高みに上がっていけることを知っている。

おそらく、目の前のヴァンパイアとの戦いの先にも……さらなる高みに上がる何かがあるはず。

ルスランの気持ちに関してだけでなく、涼自身のためにも、こんな貴重な機会、簡単には失えない。

そう考えたのは事実。

思わず、涼の顔に笑みが浮かんだ。

「それは、戦闘狂の笑みだ」

同じような笑みを浮かべて、レアンドラは会議室の中央に戻って剣を構え、言葉を続ける。

「すぐに終わらせてやる」

「一撃で終わらせてあげます」

涼も会議室の中央に戻って村雨を構えて答えた。

いつものように正眼に構えた後、ゆっくりと振りかぶる。

涼には珍しく、上段の構えだ。大きく胴が空くが、振り下ろす面への一撃に全てを懸ける……それが上段の構え。

飛び込んだのは同時。

速さはレアンドラが上。神速の横薙ぎが、涼の腹を真一文字に切り裂く。

カシュッ。

「！」

それは、肉と骨を断った音ではない。何か硬いものを、剣が滑った音。

ガツンッ。

わずかに遅れて響く重い音は、剣が頭を叩いた音。

「くっ」

レアンドラの口から漏れる苦悶の声。

村雨がレアンドラの頭を打った。

そう、斬ったのではなく、打った。

胴を斬られるほどに懐に入られたため、村雨を斬り下ろすだけの余地がなかった。

大きく後方に跳び退るレアンドラ。思わず跳んだが、足元がおぼつかない自覚がある。

脳を上下に揺らされた……ヴァンパイアも人間同様、頭蓋骨の中に脳がある。

レアンドラが跳び退った距離を、一瞬で詰める涼。

通った場所を、細かな水が揺蕩《たゆた》う。

詰めた勢いのまま胸を貫いた。

胸を貫かれながら、レアンドラは動きを止めることなく、さらに後方に跳ぶ……跳ぼうとしたが……。

「氷の壁？」

いつの間にか生じた氷の壁で、レアンドラは後方への退路を遮断された。

「終わりです！」

「舐めるな！」

ガキン。

涼が横薙ぎで首を斬り飛ばそうとする。

三分の一までは首を斬った。

しかし、レアンドラが剣を入れ、それ以上は斬れない。

「〈フレイム〉」

ゼロ距離でのレアンドラの魔法。

吹き飛ぶ涼。

「〈アバター〉〈ウォータージェットスラスタ〉」

吹き飛ばされた空中。唱えるは必殺戦術ブレイクダウン突貫……崩れ。

生成された二体の分身が、左右からレアンドラを襲う。さらにそれを追って、涼自身が空中から迫る。

二体分身の剣がレアンドラの心臓を貫く。

涼の村雨がレアンドラの首を斬り飛ば……せない。

再び剣を入れて止められる。

涼は、止められることを想定していたのだろう。

右足を一歩、大きく踏み込む。

左手を村雨から離し、貫手のように指を伸ばし氷でコーティング。

レアンドラの喉を突いた。

「……っ」

声にならない声がレアンドラの口から漏れ……仰向けに倒れる。

しかし、涼も限界に達していた。

ゼロ距離からの〈フレイム〉を食らった際に、その衝撃で再び内臓が傷ついたのだ。ポーションでの回復は、即時に完全な状態に戻るというわけではないらしい。

とどめは刺せず。

仰向けに倒れたレアンドラは、〈アイスウォール〉を切り裂いたルーベンが担ぎ上げ、去っていった。

◆

《リョウ、起きたようだな》
《ええ、アベル、もう大丈夫です》
《いや、大丈夫じゃないだろ》
ヴァンパイアたちが撤収した後、涼はしばらく眠っていた。
体の傷は、エトの〈エクストラヒール〉ですぐに治ったが、失われた血はすぐには増えないわけで……。しばらく安静に、つまりは眠らされていたのだ。
《今回は、かなりのダメージを負いました。さすがヴァンパイア公爵、剣では圧倒されました》
涼の声は少しだけ悔しそうだ。
だがアベルが感じ取ったのは、悔しさだけではなく、希望あるいは未来につながる何かもであった。
《なあ、最後、リョウは剣を振りかぶっただろう？》

《そう、上段に構えましたね。『魂の響』から見えました？　あれ？　でも、そんな狭い視界でよく分かりましたね》
《ああ、ゆっくりと腕が上がっていったからな》
日本であれば上段の構えというが、剣を振りかぶる体勢というのは、古今東西、多くの剣術の中に存在している。アベルが修めたヒューム流にもあるのだ。
《あの後、リョウは腹を斬られただろ？　いや、剣を上げて、腹を斬られるように誘ったというべきか。どちらにしろ、腹を斬られても、何事もなかったかのように相手の頭に剣を振り下ろした。なぜそんなことができた？》
アベルは元A級剣士。
今でこそ、国王としての仕事が忙しいために現役の頃ほどは剣に専心しているとは言えないが、それでも気になったらしい。
《あれは……ちょっとズルをしました》
《ズル？》
《体内に……正確に言うと、皮膚の内側に氷の膜を張っていたのです》
《皮膚の内側に、氷の膜？》
《ええ。それによって、チェテア公爵……レアンドラと言いましたっけ。彼女の剣が滑ったんです。でも、皮膚は斬られたので痛かったんですよ？》
涼は痛かったことを主張している。
アベルからすれば、はっきり言ってそこはどうでもいい。そんなことよりも……。
《なんで皮膚の内側に氷の膜を張ったんだ？　体の表面でもいいだろう？》
《そんなところに張ってたら、光の反射でばれるじゃないですか。相手をだますには、見えないところに張らないと。兵は詭道《きどう》なりと言います。戦いとはだまし合いなのです！》
《服の内側なら見えない気が……いや、まあ、いいか》
涼が主張し、アベルは首を傾げつつも受け入れる。
一対一において、相手の意表を突くことの大切さを、アベルはよく知っている。確かに、内臓さえ守れば戦い続けることはできるわけで。

《本当は、純粋に剣で勝てれば良かったのですが……圧倒的に実力差がありました。でもあの戦い、剣で負けても、勝負には勝たなければならなかったのです》
《ルスラン殿のためにか》
《ええ。あそこで負ける、あるいはそのまま取り逃がしたら、ルスラン様の心に大きな傷が残ります。まあ、最終的には取り逃がしてしまいましたけど》
闇属性魔法で操られたルスランがユーリーを傷つけそうになり、それを涼が阻止した……その際に、涼は大怪我を負った。
実際戦闘後、ルスランは謝罪に来た。もちろん涼は、気にする必要はない、今まで通り錬金術の同好の士として付き合ってほしいと伝え、ルスランは泣きながら頷いた。
可能な限り、ルスランの心の傷は小さくできたはずだ。
《ユーリー殿とルスラン殿の間に、氷の膜を張れなかったから突っ込んだんだよな？》
《ええ、そうです。二人が静止していれば、間に〈アイスウォール〉を張って、操られたルスラン様の剣が届かないようにできたのですが、動いていたのであの隙間では……》
《それにユーリー殿を守る際、自分に氷の膜を張って飛び込めばよかった、と言っていたな》
《そう……その失敗というか後悔を取り戻すために、自分の体内に氷の膜を張ってみました》
《なかなか凄い発想だ》
アベルは称賛し、小さく首を振った。戦いの中で失敗を取り返す……それは、とても難しいことを知っている。
《発想が、完全に剣士だな》
《な、何を言っているのですか！　僕は魔法使いです。だから、皮膚の下に氷の膜だって張れたのですよ！》
アベルの言葉に、慌てて反論する涼。
涼自身、心の底から自分は魔法使いだと思っている。あるいは錬金術師……いや、そちらはあくまで趣味であり、ケネスなどと比べればまだまだな気がするので、やはり魔法使い。
少なくとも剣士ではない！

《剣士同士の戦いなら、剣で決着をつけるべきなのでしょう。でも僕は、そもそも魔法使いなので魔法を使ってもいいのです！》
《まあ、いいんじゃないか？　戦闘の中で、一度失敗したことを次に成功させたのは凄いなと思っただけだ。なかなかできることじゃないだろう？》
《あれは……僕の故郷では、江戸の敵《かたき》を長崎で討つって言うかもしれません。ある種の自己満足ですが、まあ、いろいろ仕方ありません》
《エドノカタ……？　まあ、よく分からんが……体の中に氷の膜を張れるのは凄いと思ったぞ》
《誰の体でもできるわけではないですよ？》
《そうなのか？》
《生成できるのは、せいぜい僕自身の体内と、アベルの体内くらいです》
《俺？　俺の体の中に？》
《ええ、できますよ。この前の手術の時に、だいぶ〈精査〉しましたからね。楽勝です》
涼が自信満々に言い放つ。
《……絶対するなよ》
《それは、するなよ、するなよ、絶対するなよ……なんでしないんだよ！　という、お約束のやつです？》
《ちげーよ！　マジでするな！》
アベルは、国王になっても苦労する……そんな星の下に生まれたのかもしれなかった。
《今回の問題の本質は、〈アイスウォール〉が魔法を通してしまったことです》
《うん？》
《〈アイスウォール〉が、闇属性魔法を通さないようにしていれば、ルスラン様が操られることはなかったのです》
《確かにその通りだが……そんなことが可能なのか？》
《さあ？　知りませんよ？》
《おい……》
涼のあんまりな答えに、おもわずつっこむアベル。
そこに、いかにも心外だという声音で涼が抗議する。
《そんなに次から次へとポンポンポンポン、新技は生

み出せないのです！》
《期待した俺が馬鹿だったよ》
《アベルは王様になってから、楽をし過ぎじゃないですか？　常に新しい問題に対処しなければならない現場の苦労を、少しは考えてほしいものです》
《なんでだろうな、圧倒的な理不尽さを感じるのは》
アベルは、周囲を取り囲む書類の山を見てため息をつく。
そのため息の音は、『魂の響』を通して、もちろん涼にも聞こえる。
《正直、王国解放戦以降、魔法に関してはあまり力を入れていませんでした》
《そうなのか？》
《王都にいる時は王立錬金工房で錬金術系のお仕事をしていましたし、ロンドの森に戻ってからはゴーレムを開発したりと……錬金術の方に偏っていた気がします》
《そうか……》
アベルも、涼が王立錬金工房で協力して、けっこういろいろと開発したのは知っている。当初、それを期待して『王立錬金工房の角帽』をケネスと相談して与えた……それも事実なのだ。与えられた角帽に応える形で、ケネスとは系統の違う涼の錬金術の知識が王立錬金工房に入り、その発展に寄与した。そこは、アベルも認めている。
《リョウが貢献した錬金道具……いつか日の目を見るといいな》
《中には、日の目を見ない方がいい物もありますよ？》
《戦場で使う系統のやつな。それでも……王国を守る者たちの命を、戦場で救うかもしれんだろう》
《そうですけどね。でも、やっぱり、戦争など起きない、そんな政治を王国政府にはやってほしいものです》
《筆頭公爵の直言として聞いておく》
涼がちょっと偉そうに言い、アベルは苦笑しながら受け入れる。
そう、この二人は、ナイトレイ王国の筆頭公爵と国王なのだ。
《なあ、リョウ》
《なんですか、アベル》

《なんであの時、第二公子を助けに行ったんだ？》
《え？　助けずに見捨てろと？　勇猛をもってなるアベル王の言葉とは思えません》
《いや、そうは言ってないだろうが》
涼が茶化し、アベルが小さくため息をつく。
《そうですね～、多分、ルスラン公子とウィリー殿下がだぶって見えたんだと思います》
《ああ、なるほど》
ジュー王国からナイトレイ王国に留学したウィリー殿下は、涼の水属性魔法における弟子だ。
年齢的にも体格的にも、話し方や雰囲気も、なんとなくルスランとウィリーは似ていると感じたのだろう。だからこそ、すぐに意気投合したのだ……。
《王族とかそういう人たちって、若いのに面倒な役割を押し付けられて凄く大変そうに見えます》
《否定はできんな》
涼の庶民的感想に、現国王陛下であり前王子様でもあったアベルが同意する。
《ですので、せめて趣味というか……息抜き的に好きなことを、ストレスの発散くらいはした方がいいと思っているのです。ルスラン様に関しては、趣味的な錬金術すら国のお仕事に関連しちゃってますけど》
《王族というのは、本当に面倒な立場だよな》
《アベル、国王の仕事に押しつぶされないでくださいね》
《うん？》
《若い頃は英邁な君主だったのに、いつの間にか歴史に名を残すような暗愚な君主、あるいは残酷な君主になってしまった人たちはけっこういます。アベルも気を付けてください》
《ああ、気を付ける》
アベルには、民と国を思う素晴らしい王のままでいてほしいと、涼は心の底から思うのだった。

◆

王国使節団の出発は、翌日に繰り下げられた。そんな出発の前夜。涼の元をルスラン公子が訪ねてきた。

「リョウ殿、ゴーレムに関して、お尋ねしたいことがあります」

「はい、ルスラン様、なんでしょう？」

ルスランが、改まった表情で涼に問い、涼はいつも通り問い返す。

「リョウ殿は、ゴーレムたちが襲撃した際、簡単に転倒させたと聞きました。なぜそんなことが可能だったのでしょうか？　我が公国の現行機には何か重大な欠陥があり、それを突かれたのでしょうか？」

ルスランの表情はとても真剣だ。涼がゴーレムに関する深い知見を持っているからこそ、簡単に転倒させたのだと確信しているようだ。それは、この先の次期公国ゴーレムを作る自分がぜひ知っておきたい部分であると。

「ああ……」

涼も、ルスランの真剣な気持ちは理解できた。

同じゴーレム製作者として、さらなる高みを目指す仲間の一人として、伝えるのもやぶさかではない。

とはいえ、簡単ではない。

「公国ゴーレムに欠けていたのは……というか、問題はハードではなくソフトの方でして……」

「えっと……？」

そう、涼がゴーレムを倒した際に思わず呟いた『ゼロモーメントポイント』……ＺＭＰに関してなのだが、どう伝えればいいのか……そもそも、果たして伝わるのか。

「我々が歩いていて、たとえば地面にあるでっぱりに足が引っ掛かったとしましょう。そう、右足が引っ掛かりました。どうします？」

「えっと……左足を大きく前に踏み出す？」

「そうですね、それによって転倒を防ぎます」

涼の問いに正解を答えるルスラン、さらに補足する涼。

地球にいた時に見た自動車会社のロボットは、床反力制御、目標ＺＭＰ制御、着地位置制御の三つの姿勢制御で二足歩行を実現していた。キューシー公国のゴーレムを見た限り、床反力制御に近いことはやっていた。途中から、細かなステップを使いだしたことで、そう判断できる。

問題は、ゴーレムが大きく傾いた場合の制御だ。

「目標ＺＭＰ制御、それを基にした着地位置制御を魔法式に組み込むことによって、ゴーレムでもそれが可能になります」

「目標ぜっとえむ……？」

「ああ……ゼロモーメントポイントといって、僕の故郷でロボ……ゴーレムを歩かせる際に意識する考え方……みたいなものなのです」

ゼロモーメントポイント（ＺＭＰ）……二足歩行ロボットで、重力と慣性力の合力が路面と交わる点。字義的に言うなら、総慣性力のモーメントがゼロとなる点。

これだけ見れば、多分意味不明。

「ルスラン様が馬車に乗っていたとしましょう」

「はい」

「その馬車が発車した瞬間、ルスラン様はどうなります？」

「そうですね……少し後ろに引っ張られます」

「そうです！　その、進行方向とは反対方向に引っ張った力を、慣性力と言います」

「慣性力……」

慣性と文字は似ているが別物、慣性力。


どこまで理解してもらえるか分からないが、伝えることは決して無駄にならないと涼は思っている。今ここで理解してもらえなくとも、将来のどこかで「そういえば聞いた覚えがある」、そんな記憶があるだけでも何かの役に立つこともある……。

簡単に言えば、ゴーレムの動きに関して、この慣性力を意識して魔法式に組み込むことによって、非常に転倒しにくいゴーレムにすることが可能になる。

具体的には、理想的な動きをあらかじめシミュレートして魔法式に組み込んでおく。大きく傾いた場合、足をどう動かし上体をどう動かせば、その理想状態に戻せるか……。

その方法が、目標ＺＭＰ制御と着地位置制御。

知ってしまえば複雑な話ではないが、知らなければ難しいお話。

だから、完全な理解はしてもらえなくても、ルスランには知ってほしい……この先、何十年もゴーレム開発に関わっていくに違いないのだから。

その中で、いつか活かされてくれればいいなと涼は思っていた。

その夜、涼は自分が知る限りの、地球におけるロボットの姿勢制御をルスランに伝えた。

◆

翌朝、王国使節団はキューシー公国を出発し、当初の予定通り、船でオース川を下っていった。

王国使節団を送り出したキューシー公国。

「父上、お呼びとか？」

「うむ」

ルスラン公子は、キューシー公ユーリー十世に呼ばれて政務会議室を訪れた。

「聖職者によれば、キリルは回復するそうだ」

「ああ、良かったです」

ユーリーの言葉に、心底安堵するルスラン。

キリルはルスランの兄で、公太子の地位にある。だが、ヴァンパイアに闇属性魔法〈スレイブ〉をかけられて支配下に置かれていた。

キリルとルスランの兄弟は十歳の差があるが、とても仲が良い。だから、キリルが回復するというのはルスランにとって非常に嬉しい報告であった。

しかし次の言葉は、ルスランを驚かせる。

「ルスラン、ファンデビー法国に行け」

「え？」

「以前出しておった、公国と法国によるゴーレムの共同研究の返事が来た。公国の代表として、法国に向かえ」

「承知いたしました」

これは申請された当初、ルスランを喜ばせたものだ。今でも、もちろん嬉しいことではあるが……ここ数日で、いろいろとありすぎた。

しかしユーリーには、別の目的があるようだ。

「祝いの品を贈呈せよ」

「祝いの品ですか？　教皇聖下には、ご即位されてすぐに、お祝いの品を贈呈したかと」

「ああ。だが、枢機卿《すうききょう》の方々にはまだだ」

「なるほど」

ファンデビー法国は教皇を頂点に、その下に十二人の枢機卿がいる。彼ら枢機卿が、法国の実務面を取り仕切っていると言っても過言ではない。

彼らに、直接接触してこいということらしい。

「我々は、ヴァンパイアについてあまりにも知らなさすぎる、それは確かだ。だが同時に……いや、それ以上に、今の教会についても知らないことが多すぎる」

ユーリーの言葉に、ルスランが無言のまま頷く。

昨今の西方教会の動きは、西方諸国各国の政治中枢に近い者たちからすれば、理解しにくいことが多すぎる。

一般の民衆が気付かないところで、何かが起きている、そう考えるしかない。

「そもそも、今回の中央諸国からの使節団にしてからが変だ。就任式に、中央諸国と暗黒大陸からの使節団は呼ばれている。だが、我ら西方諸国の者たちは呼ばれていない」

「確かに」

「先代、先々代の就任式には、西方諸国の多くから使節団が派遣された。その前もそうだ。だが、今回は違う……あまりにもおかしい」

「それを探ってこいと」

「探れる範囲でいい、絶対に無理はするな」

ルスランの問いに、ユーリーは顔をしかめながら答える。

「法国における情報収集は、常時行っておる。だが、潜入し情報を収集するのが専門の者たちでも、教皇庁には足を踏み入れることができておらぬ」

「なるほど。法国のゴーレム兵団の管理、開発が行われているのは教皇庁内にある兵団管理部。ゴーレムの共同研究で向かう私なら、確実に教皇庁に入れると」

「うむ、ルスランしか入れぬ」

そう言ったユーリーの顔は、先ほど以上にしかめられた。

当然だ。自分の息子を教皇庁に送り込むのだから。そこが、普通の場所でないことは知っている……。

「お任せください、父上。何があるのかは分かりませんが、必ずや探ってまいります」

「くれぐれも、気をつけてな」

西方諸国の中心たるファンデビー法国をめぐって、

多くの者たちが動こうとしていた。

　王国使節団は、二隻に別れて乗船している。船の上では、護衛の仕事はないため、護衛冒険者たちも思い思いの時間を過ごしていた。

　騒乱において、キューシー公と公子を救った水属性の魔法使いは、キューシー公本人から特に感謝された。その際、褒美として望みの物を聞かれた魔法使いは、こう答えた。

「壊れたものでいいので、研究用にゴーレムを一体分……」

　そうやって手に入れた、半壊したキューシー公国のゴーレム現行機が、船の甲板上でバラバラになっている。もちろん、手に入れた魔法使いの手によって可能な限り分解された。

「省魔力化のポイントが、少しずつ分かってきましたよ……」

　そう呟いて、クックックと悪魔的に笑う涼の元には、『十号室』と『十一号室』の六人も近付かないようにしていた。共通した認識として、「そっとしておこう」だったのだ。

　ただ、食事のタイミングだけはきちんと伝えた。

「リョウさん、ご飯の時間だそうです」

　アモンがそう言うと、涼はハッと顔を上げ、立ち上がる。

「食べにいきましょう」

『三度の飯より錬金術』というのは、涼には当てはまらないらしい。

　ご飯はしっかり食べたが……結局、船旅の間も、涼はずっと分解したゴーレムの分析に取り組んだ。それは、涼のゴーレムに関する知見を、かなり高めることになる。

◆

　五日間のゆったりとした船旅の後、王国使節団は西方諸国の中心にして、西方教会の総本山たるファンデビー法国の港に到着したのであった。

ちょうどキューシー公国で騒乱が起きていた頃、回廊諸国でも大きな異変が起きていた。

中央諸国から近い順に、アイテケ・ボ、そしてシュルツ国がある。どちらも、都市国家というべき国であり、中央諸国における国と比べれば、かなり規模は小さい。とはいえ、どちらも数十万人の人口を抱え、曲がりなりにも政府と呼べるものは存在していた。

だが、アイテケ・ボでは国主ズラーンスー公の愚かな行為により、キャタピラーの大群が街や国主館を襲い、ズラーンスー公は亡くなった。また、政府中枢の人間たちも幾人かが亡くなっていた。

この時、アイテケ・ボが誇った城壁はキャタピラーによってかなりの広範囲で崩壊した。

これは、漆黒の森の中にある国として、かなり厳しい状況である。普通の森以上に、漆黒の森は魔物が多いことで知られているからだ。

とはいえ、そこはしょせん魔物。

街に侵入しないようにするだけなら、いくつもの方策がある。さすがに、今回のようなキャタピラーの大群であればどうにもならないが、あんなことは数十年、あるいは百年に一度あるかないかだ。気にするようなことではない。

じっくりと、城壁の修復をすればよかった。よかったはずだった……。

これまでは。

「ダメです、もう、もちません！」

「なんであいつら、森の中を馬で駆けられるんだよ！」

「騎乗したまま矢を放ってきます！」

「報告します……第一騎士団、全滅しました……」

「城壁の崩壊地点から、騎馬が侵入！」

「次々と敵が……」

この日、わずか一日の交戦でアイテケ・ボは陥落した。

アイテケ・ボを陥落させたのは、新しくシュルツ国の国王となったアーン王。かつて、騎馬の民を率いてシュルツ国を攻め落とした男だ。

そして、妹を傷つけたデブヒ帝国前皇帝ルパートを絶対に許さないと誓った男でもある。

こうして、アイテケ・ボは、シュルツ国の属国となった。アイテケ・ボを併合したことにより、アーン王とデブヒ帝国の間に、障害となる国は無くなった。

「俺は必ず、誓いを守る」

アーン王のその呟きは、もちろん先帝ルパートには聞こえない……。

アイテケ・ボの陥落は、三日後には、遠く離れたナイトレイ王国王都のハインライン侯爵の元に届いた。

そして、アベル王に報告される。

「アイテケ・ボが陥落。なぜ、騎馬の民はアイテケ・ボを襲撃したんだ？」

「確定情報ではないのですが……シュルツ国旧政権が、騎馬の民の子供たちを襲っていたのは以前報告させていただきました」

「ああ、覚えている」

誰が聞いても心楽しくなる報告ではなかった。それだけに、アベルもはっきりと覚えている。

「その子供たちは、裏ルートでアイテケ・ボに売られていたようです」

「人身売買かよ。両国間は結構な距離があるだろう？」

「はい。そのために、騎馬の民たちも、攫われた子供たちの行方を知ることができなかったようです。ですが、シュルツ国を占領し、資料や情報が集まったらしく……」

「それでアイテケ・ボの関与も知ったわけだ。どちらも都市国家とはいえ、国の上層部の誰かじゃないと、そんな大掛かりなことはできんだろう。シュルツ側もアイテケ・ボ側も」

「はい。どちらも中心となっていたのは、国王、国主の周辺と思われます」

アベルの推測に頷くハインライン侯爵。

嬉しい報告ではないが、外交を考えた場合目を逸らしてはいけないものだ。

実際、それによって新たなシュルツの王となったアーン王が、騎馬の民を率いてアイテケ・ボを襲撃したのだから。それは、ナイトレイ王国にも影響を与える。

特に、送り出している使節団に関して……。

「使節団は、帰路の確保が難しくなるな」

「はい。シュルツ国とアイテケ・ボを、大きく迂回するルートにならざるを得ません。そうなりますと、安全もですが、補給も難しくなるでしょう。また、シュルツのアーン王は、中央諸国使節団に対して、良い感情を持っていないと報告されています。特に、先帝ルパート陛下に対して」

「ああ、それは俺も聞いた。アーン王の妹を傷つけたからだな。逆恨みではあるが……しかし、これは困ったな」

アベルは顔をしかめ、傍らのコーヒーを一口飲む。

「シュルツとアイテケ・ボほどの距離があっても障壁になりえない」

「はい。騎馬の民の移動速度は尋常ではありません」

「そうだな」

アーン王が率いたのは、シュルツによって迫害されていた騎馬の民である。騎馬の機動力、そして行動半径は、非常に高く広い。全員が騎馬移動による驚くほどの移動能力が、歴史上はじめてシュルツ国によるアイテケ・ボ攻略という、回廊諸国同士の交戦を生み出した。

しかも、たった一日で決着がついた。

「侮れない戦力だな、騎馬の民」

「はい。王国本土への攻撃などはないでしょうが、使節団が西方諸国から戻る際に、大きく迂回したとしても障害になる可能性があります。回廊諸国にも、本格的な諜報網を構築する必要がありそうです」

「現状……けっこう、詳細な情報が入ってきていると思うが、本格的ではないと？」

「申し訳ありません、陛下。早急に整えます」

「あ、うん……」

ハインライン侯爵の本格的のレベルは、アベルの想定をはるかに超えているようであった……。

エピローグ

そこは、白い世界。

ミカエル（仮名）は、今日もいくつかの世界の管理を行っている。

手元には、いつもの石板《タブレット》。

「三原涼さんは、西方諸国に行きましたか。さっそく、大変な戦いを……おや？　これは、変なところと繋がっていますね。なるほど、西方諸国に住む人々の目から見れば、天使に見えるかもしれません……そもそも、違いを認識するのは……。ほっほぉ、これはまた珍しいことが起きていますね。そして、当然のように、三原涼さんはそこに関係してくると」

ミカエル（仮名）は苦笑しながら、小さく首を振る。

「トラブルに愛されているのか、トラブルを愛しているのか……ここまでくると、どちらなのか、私にも正確には分かりません。ただ、どちらにしても……」

ミカエル（仮名）は石板をじっと見つめて呟いた。

「三原涼さんがいない中央諸国も、大変なことになりそうです……」

あとがき

お久しぶりです。久宝　忠です。
「水属性の魔法使い　第二部　西方諸国編Ⅰ」をお手に取っていただき、ありがとうございます。ついに第二部に入ることができました。これもひとえに、読者の皆様の応援のおかげです。本当にありがとうございます。

この第二部は「西方諸国編」となっております。物語の舞台が、これまで進んできた中央諸国から西方諸国にちょっと移動します。ええ、ちょっとです。実は中央諸国でもこの後……おっと、これ以上は書けません。

涼とアベルが別々の行動をとることになりますが……本編をお読みいただけた方にはお分かりの通り、完全に別々ではありません。こちらのあとがきから読まれている皆様は、ぜひ本編を……。もちろん、この第二部においてもアベルは大活躍します。ええ、アベルファンの皆様も期待してお待ちください。

本編は、ちょっとだけ大変な出だしから始まります。涼がとっても頑張ります……地球でも、あれくらい確実に問題を除去できれば、筆者の父も亡くならずに済んだのだろうかと考えます。十年近く前に、その病で亡くなった父には、この『水属性の魔法使い』を見せてあげることはできませんでしたが……第二部まで出版できたのを、きっと天国から見て喜んでいることでしょう。

さて、序章であり『起』にあたる第一部が終わり、『承』である第二部以降に進んだわけですが、物語上で三年の間が空いてしまいました。物語全体を通して、最も長い期間が空くのが、この第一部と第二部の間でして……。これは『水属性の魔法使い』という物語上、しかたのないことです。物語が進んでいけば、読者の皆様にも、なぜこの三年間が必要だったのかお分かりいただけると思います。

この三年の間に起きた出来事がいくつかあります。

一つは、前巻である第七巻で『ウィリー殿下の冒険』という小冊子付き版が出ておりますが、それです。TOブックスオンラインからのみ発売されている版です（十一万字超のきちんと装丁された小冊子付きですので、ちょっとお高いです。ですが、文庫本が一冊付いているのと同じですので……。ちなみに、いつでもご購入いただけます）。

他にも出来事があるのですが、それはいつかどこかで、読者の皆様にお披露目できればいいなと考えております。全てはまだ、筆者の頭の中だけにあります、はい。

これからも涼の物語は続いていきます、世界を広げながら。読者の皆様も一緒に、楽しく涼と世界を旅していただけると嬉しいなと思っております。

それではまた、次巻でお会いしましょう。

最強の
ゴーレムも
全部倒して
お持ち帰りです！
共和国に迫る法国のゴーレム兵団・
ホーリーナイツを迎え撃て！

2024年初頭発売決定!
久宝忠—著
天野英—イラスト
水属性の魔法使い
第二部
西方諸国編
II

クセスはこちら!
https://to-corona-ex.com/
魔法使い』の最新話が
早く読める!!

アベルさんの服は
そこに干してあります
たぶん
もう乾いているとは
思いますよ
……
……だが
イメージとして
描くことは可能だ
その知識さえあれば！
内容は割愛するが
いわゆる
水素結合と呼ばれる現象を
イメージする
原作：久宝 忠
漫画：墨天業
CORONA EX
コロナEX
TObooks
なら
「水属性の
どこよりも

シリーズ累計
170万部
突破!
(紙+電子)
小説
第15巻
2023年
12月20日
発売!
TOKYO MX・MBS・BS11にて
絶賛放送中!!!
帝国物語
式HPへ!
餅月望──著
Gilse──イラスト
原作HP
TVアニメHP

ティアムーン帝国物語
コミックス
第8巻
2024年
発売予定!
漫画：杜乃ミズ
TVアニメ
ティアムーン
断頭台から始まる、
姫の転生逆転ストーリー
詳しくは公

ほのぼのる500シリーズ
最弱テイマーはゴミ拾いの旅を始めました。
The Weakest Tamer Began a Journey to Pick Up Trash.
原作
9巻
イラスト:なま
好評発売中!
コミックス
5巻
漫画:蕗野冬
好評発売中!
ジュニア文庫
4巻
イラスト:Tobi
好評発売中!
スピンオフ
1巻
漫画:雨話
好評発売中!
24年TVアニメ
放送予定!
◀◀詳しくは公式サイトへ
©ほのぼのる500・TOブックス/「最弱テイマー」製作委員会

［著］イスラーフィール
［絵］碧風羽《みどりふう》
臨兵闘者
最新第十五巻2023年11月20日発売決定!!
続報は作品公式HPをチェック！　tobooks.jp/afumi/

（通巻第8巻）
水属性の魔法使い　第二部　西方諸国編 Ⅰ

2023年11月1日　第1刷発行

著　者　久宝 忠

発行者　本田武市

発行所　TOブックス
〒150-0002
東京都渋谷区渋谷三丁目1番1号　PMO渋谷Ⅱ　11階
TEL 0120-933-772（営業フリーダイヤル）
FAX 050-3156-0508

印刷・製本　中央精版印刷株式会社

ISBN978-4-86699-979-1